DIE LEGENDE VON

GREG

DAS MEGA-GIGANTISCHE SUPERCHAOS

Chris Rylander ist erfolgreicher Kinder- und Jugendbuchautor und lebt in Chicago. Wenn er nicht schreibt, isst er sehr viel Himbeermarmelade oder versucht, sich mit den Eichhörnchen in seinem Block anzufreunden.

CHRIS RYLANDER

DIE LEGENDE VON GREG

DAS MEGA-GIGANTISCHE SUPERCHAOS

Aus dem Englischen von Gabriele Haefs

CARLSEN

Alle Bände von Die Legende von Greg auf einen Blick:
Die Legende von Greg 1: Der krass katastrophale Anfang der ganzen Sache
Die Legende von Greg 2: Das mega-gigantische Superchaos
Die Legende von Greg 3: Die absolut epische Turbo-Apokalypse

Wir produzieren nachhaltig
- Klimaneutrales Produkt
- Papiere aus nachhaltigen und kontrollierten Quellen
- Hergestellt in Europa

FSC
www.fsc.org
MIX
Paper from responsible sources
FSC® C021394

Veröffentlicht im Carlsen Verlag
Februar 2023

Originalverlag: G. P. Putnam's Sons, an imprint of
Penguin Random House LLC, New York
Originaltitel:
The Curse of Greg; Book Two of An Epic Series of Failures

Umschlagtypografie: formlabor
ISBN 978-3-551-32093-3

Für alle, die je das Gefühl hatten,
sie seien verflucht

INHALT

1

Ein Junge und seine sprechende Axt brauchen unbedingt eine Runde Pizza

Wenn ich euch sagte, dass es ein Donnerstag war, als ich meine eigene Hose anzündete, während ich von einem Wasserspeier mit scheußlicher Frisur gejagt wurde, würde euch das vermutlich nicht weiter überraschen.

Denn ihr wisst inzwischen bestimmt, dass alle Zwerge mit einem Donnerstagsfluch geboren werden. Aber in letzter Zeit hat sich die Lage dermaßen verschlechtert, dass niemand auch nur mit der Wimper zucken würde, wenn unsere Hosen auch an jedem anderen Wochentag in Flammen aufgingen.

Das alles begann mit der Rückkehr von Galdervatn.

Oder jedenfalls so irgendwie. Ich meine, damit hat es zwar angefangen, aber wir wussten zuerst nicht, dass Galdervatn nur *sozusagen* zurückkehrte. Denn der Beginn eines neuen Magischen Zeitalters sah nicht ganz so aus, wie ich gedacht hatte, als ich einige Monate zuvor auf der Navy Pier stand und sah, wie in der Stadt alle Lichter ausgingen – unmittelbar nachdem ich meinen ehemaligen besten Freund Edwin besiegt hatte.

Im Moment möchtet ihr sicher wissen, wie in aller Welt ich

es geschafft hatte, meine Hose in Flammen aufgehen zu lassen und von einem wütenden Wasserspeier mit Vokuhila verfolgt zu werden. Ich könnte euch erzählen, dass ich ganz und gar unverschuldet in diese Notlage geraten war. Aber das wäre gelogen, und Zwerge lügen nicht.

Wir waren gerade in Evanston (einem Vorort im Norden von Chicago), auf unserer allerersten Monster-Friedens-Mission (MFM).

Den Richtlinien des Rates zufolge gibt es bei MFMs nur zwei schlichte Regeln:

1. Gewaltanwendung um jeden Preis vermeiden (lieber das Monster zum Freund machen als einen Kopf kürzer).
2. Kein Aufsehen erregen.

Ihr wisst jetzt schon, dass ich gegen Regel Nr. 2 verstoßen hatte. Denn ein pausbäckiger Junge, der mit lichterloh brennender Hose schreiend eine Straße entlangläuft, erregt zweifellos »Aufsehen«. Und dass der wütende Wasserspeier mir auf den Fersen war, bedeutete, dass ich aller Wahrscheinlichkeit nach bald auch gegen Regel Nr. 1 verstoßen würde.

Tatsache ist: Zu wissen, dass ihr ein Zwerg seid, hindert euch nicht unbedingt daran, aufs Zwergischste zu versagen. Aber dass unsere Mission dermaßen schiefgehen würde, hatten wir nun doch nicht erwartet.

Vielleicht sollte ich damit anfangen, wie wir an diesem Abend in Evanston eintrafen. Das könnte zumindest erklären, wie ich in diesen Schlamassel hineingeraten war, und das wäre nicht so schlecht, oder? Vielleicht würdet ihr dann zu dem Schluss kommen, dass wir unser Bestes getan hatten, und dass der Verstoß gegen die einzigen beiden MFM-Regeln kaum zu vermeiden gewesen war.

Aber zuerst sollte ich wohl erklären, warum überhaupt solche Monster-Friedens-Missionen angesetzt worden waren.

Die kurze Version geht so: Galdervatn (oder, für die Uneingeweihten: uralte Magie aus Ur-Erde) ist unaufhaltsam dabei, in die Welt zurückzukehren. Es sieht aus wie eine Art farbiger Dampf, und während mehr und mehr davon langsam aus dem Erdkern zurück an die Oberfläche sickert, registrieren wir eine Vermehrung der Monstersichtungen in aller Welt. Außerdem wird immer öfter über unvorhergesehene Stromausfälle und Ähnliches berichtet: Mobiltelefone geben ihren Geist auf und lassen sich nicht wieder zum Leben erwecken, E-Autos, Baugeräte und Küchenapparaturen versagen und unter den Menschen herrscht Verwirrung und Chaos.

Die Lösung des Rates sind MFMs (bis auf Weiteres).

Mögliche Monstersichtungen werden überprüft und dann wird ein Spezialteam aus trainierten Zwergen ausgesandt, um die Bedrohung für die Menschen zu neutralisieren – entweder, indem sie sich die Kreatur zum Freund machen und sie mit in den Untergrund nehmen, oder, wenn es sein muss, indem sie sie vernichten. Aber neuerdings werden so viele »seltsame Sichtungen« gemeldet, dass der Rat zur Verstärkung auch eine Gruppe von minderjährigen Zwergen aufstellen musste. Lake, Eagan, Ari, Glam, Froggy und ich hatten unser Training fast hinter uns und besaßen zudem praktische Erfahrung, nachdem wir ein Elfenversteck infiltriert und meinen Dad befreit hatten. Wir waren also die ersten kleinen Glückszwerge, die für eine Mission abkommandiert wurden.

Und so saßen wir an jenem Abend in einem Pendlerzug in

Richtung Evanston, wo mehrere Menschen Stromausfälle und seltsame Flugobjekte gemeldet hatten.

»Es ist so still«, hatte Ari gesagt, als wir gegen Mitternacht die Treppe vom Bahnhof hinabstiegen.

»Um diese Zeit sind Vororte meistens still«, sagte ich und vergaß mal wieder, dass die anderen nicht die meiste Zeit ihres Lebens unter Menschen in der modernen Welt verbracht hatten.

»Wo soll denn dieses Dings gesehen worden sein?«, fragte Glam, und ihr zarter Schnurrbart sträubte sich vor Spannung, während sie unter einer Straßenlaterne ihren kräftigen Bizeps spielen ließ. »Ich werde es bis zur Unkenntlichkeit zertrümmern ... was immer es ist!«

»Glam!«, sagte Ari. »Wir müssen zuerst versuchen, es uns zum Freund zu machen. Regel Nr. 1, weißt du noch? Außerdem ist ein Kampf gegen Monster in einem Vorort eindeutig auch nicht im Sinne von Regel Nr. 2.«

Wir blieben vor der Treppe unterhalb des Bahnsteigs stehen. Unsere Waffen (die natürlich nur für den Notfall bestimmt waren) hatten wir in zwei große Hockeytaschen gepackt, die Glam und Lake sich über die Schultern geworfen hatten (überraschenderweise hatten die Taschen die perfekte Größe für Kriegsäxte, Schwerter und andere zwergische Kampfgeräte).

Glam stellte ihre Tasche hin und hob frustriert die Hände.

»Wen interessiert es denn, ob Menschen sehen, wie wir gegen ein Monster kämpfen?«, fragte sie. »Die werden die Wahrheit ja doch irgendwann erfahren. Viele von ihnen wissen vermutlich sowieso schon, dass etwas Komisches vor sich geht. Warum geben wir uns solche Mühe, es ihnen zu verheimlichen?«

»Weil der Rat gesagt hat, dass die Zeit noch nicht reif ist«, erklärte Eagan. »Stell dir vor, es tauchen plötzlich Leute auf, die jahrhundertelang im Untergrund gelebt haben, und erzählen der Welt, dass die ganzen Stromausfälle und seltsamen Ereignisse der letzten Zeit nichts mit Sonneneruptionen und Klimawandel und Regierungsverschwörungen zu tun haben, sondern mit der Rückkehr einer uralten, mythischen, vor langer Zeit verschollenen *magischen Essenz* – glaubst du wirklich, dass die ganzen sieben Milliarden Menschen auf der Welt dann einfach sagen: Ach so, ja, cool, klingt plausibel?«

»Pfft, sie werden es glauben *müssen*, wenn sie es sehen«, knurrte Glam.

»Sehr wohl, auf dass kundgetan werde, wie die Alten sungen, dass die Magie sich nahet«, fügte Lake hinzu.

»Hört auf, Leute, das ist doch Zeitverschwendung«, sagte Ari. »Der Rat hat beschlossen, kein Aufsehen zu erregen und die Menschen die Wahrheit nach und nach entdecken zu lassen. Das werden wir also tun. Und das bedeutet, hier wird gar nichts bis *zur Unkenntlichkeit zertrümmert*, solange das nicht unbedingt nötig ist.«

»Na ja, von mir aus.« Glam gab sich endlich geschlagen. »Ihr wollt eben einfach keinen Spaß haben …«

Da bin ich ganz ihrer Meinung, pflichtete Aderlass aus der Hockeytasche zu ihren Füßen bei. *Wir könnten uns doch mal richtig amüsieren, wo wir schon hier draußen sind! Dann können wir alle widerlegen, die behaupten, die Vororte seien langweilig. Wir können ein Monster zerhacken, irgendwelchen Kram zu Klump hauen, und dann haben wir immer noch genug Zeit für eine Runde Peperoni-Pizza satt!*

»Nein, wir werden nichts und niemanden zerhacken«, sagte ich und schaute auf die Hockeytasche hinunter. »Ich hab dir das schon im Zug gesagt, als du mich überreden wolltest, den Schaffner in zwei Stücke zu hauen, nur um zu sehen, ob die METRA-Bahngesellschaft wirklich echte Menschen einstellt und keine Roboter.«

»Redest mal wieder mit deiner Axt, was?«, fragte Glam und feixte.

Ich verdrehte die Augen, grinste aber zurück.

»Leute, bleiben wir mal beim Thema«, sagte Ari. »Den Polizeiberichten zufolge wurde gleich nach Sonnenuntergang ein nicht identifizierbares graues Flugobjekt beobachtet. Es hat sich vor allem in der Nähe des Carlson Building in der Church Street aufgehalten. Was hier übrigens gleich um die Ecke ist.«

»So möge sich die Gefolgschaft spornstracks und schnurstreichs gen selbigen Ortes verfügen«, sagte Lake und wies dramatisch zum Himmel hoch.

Glam hob ihre mit Waffen vollgestopfte Hockeytasche hoch und wir folgten Lake die verlassene, stille Vorortstraße entlang ins Herz von Evanston.

Kaum waren wir einige Schritte gegangen, da fielen uns von einem in der Nähe stehenden Baum drei blutrünstige Eichhörnchen an.[1]

Ich wich einem von ihnen aus und Glam versetzte ihm schnell einen Tritt wie einem Fußball. Die anderen beiden Eichhörnchen kreischten entsetzt auf und traten eilig den Rückzug in den Baum an (bei dem es sich um einen Amur-Korkbaum handelte, falls euch das interessiert).

---

1 Falls ihr das vergessen haben solltet: Die Rückkehr der Magie führte auch zum Wiederauftreten eines wilden, unerklärlichen Zwergenhasses bei so ungefähr allen Tieren. Und in den letzten Monaten ist er immer schlimmer geworden.

Das Eichhörnchen, das Glam weggekickt hatte, erholte sich schnell und flüchtete lautstark quiekend in einen Busch – wahrscheinlich ließ es eine Reihe von Eichhörnchen-Flüchen vom Stapel.

»Meine Güte, werden diese Tiere jemals wieder aufhören, uns anzugreifen?«, fragte ich. »Erst gestern hätte eine Taube mir fast das Ohr abgerissen.«

»Na, zu ihrer Verteidigung kann ich sagen, dass du wirklich hübsche Ohren hast«, kommentierte Glam.

Ich verdrehte die Augen und grinste. Glam versuchte mindestens drei- oder viermal pro Tag, mit mir zu flirten oder mir ein Kompliment über mein Aussehen zu machen. Aber ich glaubte mittlerweile, das war eher ein Dauerwitz als wirklich ernst gemeint – sie stürzte mich einfach gern in Verlegenheit (sie hatte sogar mal gesagt, wenn mir etwas peinlich wäre, wäre ich besonders süß).

»Die hören garantiert nicht auf, uns anzugreifen, wenn wir sie wie Fußbälle durch die Gegend treten«, sagte Ari und starrte Glam wütend an.

»Sollte ich mich vielleicht beißen lassen?«, fauchte Glam zurück. »Das Vieh hatte bestimmt Tollwut.«

Da Ari keine gute Antwort auf Lager hatte, seufzte sie nur.

Als eine der seltenen vegetarischen Zwerginnen (soweit wir wussten, war sie die einzige überhaupt) litt Ari ganz besonders unter dem andauernden Kampf zwischen Zwergen und Tieren. Ich war nicht sicher, was sie mehr verletzte: der unerklärliche Zwergenhass der Tiere oder die Tatsache, dass viele von uns sich auf immer aggressivere Weise verteidigen mussten. Nicht, dass es uns besonderen Spaß machte, die Angriffe abzuwehren – aber ihr wisst erst dann, was Angst ist, wenn ihr davon aufwacht, dass eine ganze Spinnenarmee versucht, durch eure Nasenlöcher in euren Kopf zu kriechen.

»Die Tatsache, dass das angebliche Monster flog, hilft uns einzugrenzen, was es sein könnte«, sagte Eagan, als wir uns von dem Eichhörnchenüberfall erholt hatten und weiter durch Evanston liefen.

In den Monaten seit Dads Befreiung aus dem geheimen Elfenbau in dem riesigen, bis dahin als Hancock-Haus bekannten Wolkenkratzer hatten wir nicht nur unser Magie- und Kampftraining fortgesetzt, sondern auch alle möglichen anderen Studien betrieben, unter anderem über Zwergengeschichte, Elfengeschichte und die vielen verschiedenen Monster und Kreaturen, die sich einst auf Ur-Erde herumgetrieben hatten und eines Tages durch Magie zurückkehren könnten (und davon gab es wirklich viele!). Die Unterrichtsstunden hatten meistens große Ähnlichkeit mit denen an meiner alten Schule, der PISS. Nur dass mir dort meine Lehrer in Kunst oder Mathe nicht dauernd erzählt hatten, dass mein Leben eines Tages davon abhängen würde, dass ich mir den Lehrsatz des Pythagoras oder die Namen der bedeutenden Künstler der Frührenaissance merken könnte.

Es hatte mich nicht überrascht, dass Eagan in den meisten Fächern der Klassenbeste war.

»Das grenzt es ein auf wie viele?«, fragte ich.

»Na ja …« Eagan überlegte und rechnete rasch im Kopf nach. »Es gibt mindestens hundertzwanzig fliegende magische Wesen, die in Ur-Erde existiert haben. Und das sind nur die, deren Existenz belegt ist, also könnten es wohl noch mehr sein …«

»Ja, das grenzt es gewaltig ein«, sagte Glam.

»Es ist ein Anfang«, sagte Eagan, aber er klang nicht gerade optimistisch, nicht mal für einen Zwerg.

»Na ja, wir wissen aber mehr, als dass es fliegt«, sagte Ari und bezog sich dabei auf die Mitschriften einiger Anrufe bei der Notrufzentrale[2]. »Den Zeugenaussagen nach ist es grau. Wie viele fliegende graue Monster haben unseres Wissens in Ur-Erde existiert?«

Wir drehten uns alle um und starrten Eagan erwartungsvoll an. Er hob die Hände.

»Leute, ich weiß es nicht!«, sagte er. »Ich bin doch kein wandelndes Monsterlexikon! Ihr habt alle denselben Unterricht in Monsterologie und Kreaturenklassifikation wie ich, oder etwa nicht? Ich weiß nicht immer alle Antworten.«

»Vermöchte es wohl gar eine Harpyie zu wesen?«, schlug Lake vor.

»Ja, Harpyien können fliegen«, sagte Ari zustimmend. »Und sie werden meistens als grau beschrieben.«

»Okay, was noch?«, fragte Eagan. »Wer kann sich an noch etwas erinnern?«

»Ich hoffe, es ist ein Langsuyar-Vampir!«, sagte Glam. »Die können angeblich die Gestalt von schönen Frauen annehmen, aber was heißt hier schon schön. Die haben ja nicht mal Haare im Gesicht. Pfft. Ich würde zu gern meine Faust als Rammbock nehmen und ihr ein Loch mitten durch ihren hässlichen Oberkörper schlagen!«

---

2 Nicht alle separatistischen Zwerge leben im Untergrund. Der Rat hat sogar eine gewisse Anzahl von Zwergen angewiesen, über der Erde unter den Menschen zu leben und zu arbeiten, z.B. bei der Notrufzentrale und als Verwaltungsbeamte.

»Krass, Glam«, sagte Eagan. »Vergiss nicht Regel Nummer 1: *Gewaltanwendung um jeden Preis vermeiden.*«

»Ja, ja, ich weiß«, sagte Glam und verdrehte die Augen.

Es könnte ein Kristalliner Wyvern sein, meinte Aderlass (das sagte er natürlich nur mir, da ich als Einziger mit dem Segen/Fluch belegt war, ihn hören zu können). *Oh! Ich hoffe, es ist einer! Ich lechze schon seit Äonen danach, noch einmal meine Klinge durch ihre angeblich unverletzliche, mit Diamanten besetzte Haut zu ziehen! Wenn das alles hier vorüber ist, zeige ich dir, wie man einen Mantel aus Wyvern-Leder herstellt. Die waren damals in Ur-Erde sehr beliebt, musst du wissen. Nur die ganz echten Promis hatten einen.*

Ari und Lake dagegen hatten jeweils noch einen anderen Vorschlag: Vielleicht war es ein Greif oder eine Chimäre.

Als wir uns dem Stadtzentrum näherten, kamen wir an einem Obdachlosen vorbei, der in einem Durchgang hockte. Anscheinend hatte er ziemlich viel von unserem Gespräch aufgeschnappt, denn er sah uns an, als ob wir wandelnde, sprechende Toaster wären.

Der Ortskern von Evanston besteht vor allem aus modernen, anonymen Glasgebäuden, voneinander getrennt durch ein paar graue steinerne Überbleibsel aus dem frühen 20. Jahrhundert. In dieser Nacht war die Gegend verlassen, abgesehen von dem Obdachlosen und einigen Autos, die durch die fast leeren Straßen an uns vorüberfuhren.

Unsere Blicke suchten den Nachthimmel ab, der durch die leuchtenden Straßenlaternen in ein dunstiges Orange gefärbt wurde. Wir hielten Ausschau nach Anzeichen für Greifen, Chimären, Kristalline Wyverns, Langsuyar-Vampire, Harpyien oder irgendein anderes bisher nicht erwähntes Monster. Aber wir konnten nichts Ungewöhnliches entdecken.

Die erste Sichtung war vor knapp vier Stunden gemeldet worden. Danach waren bis nach Sonnenuntergang noch einige weitere eingetrudelt, das berichtete unsere Mitschrift von der Polizei von Evanston. Es gab keinen Grund zu der Annahme, das Monster sei plötzlich verschwunden. Es sei denn, es handelte sich um eines der wenigen fantastischen Ungeheuer, die »spontanes Verschwinden« zu ihren Superkräften zählten.

»Vielleicht war es eine Riesen-Dagsländа?«, schlug Eagan vor, der offenbar ähnlich gedacht hatte wie ich. »Die Lebensdauer dieser Fliegen beträgt nur Stunden. Also ist sie möglicherweise hier aufgetaucht, hat ein paar Menschen zu Tode erschreckt, hat irgendwo ihre Larven abgelegt und ist dann gestorben. Vielleicht sollten wir lieber Ausschau nach Fliegenlarven halten?«

»Nein«, sagte Froggy gelassen.

Wir alle fuhren herum und starrten ihn an.

Oft war es leicht, zu vergessen, dass er da war. Selbst jetzt, nachdem er seinen Dad (bei dem es sich um unseren Kampfausbilder Buck handelte) wiedergefunden und mehr Freunde hatte als jemals auf der PISS, sagte er nur selten etwas. Ich hatte sogar das Gefühl, dass er unseren Gesprächen manchmal nicht zuhörte, da in seinen Ohren meistens die Ohrstöpsel eines uralten MP3-Players steckten.

»Was soll das heißen, nein?«, fragte Eagan.

»Das war keine Riesen-Dagsländа«, sagte Froggy. »Das war ein Wasserspeier.«

»Wieso bist du so sicher?«, fragte Ari.

Froggy zeigte ungerührt auf das Dach eines alten grauen Gebäudes auf der anderen Straßenseite. Auf dem Sims hockte ein dunkelgraues Ungeheuer mit knotigen Flügeln und leuchtend roten Augen, die uns anschauten, als wären wir Beute. Das Wesen öffnete den Mund und ließ einen gequälten Schrei hören, dann öffnete es die riesigen Flügel und sprang vom Dach.

Die dämonischen roten Augen schienen immer größer zu werden, als es auf uns zujagte.

2

Wie ich einmal aus Versehen meine Hose in Flammen aufgehen ließ

Wenn Glam nicht gewesen wäre, wäre ich jetzt wohl tot.

Ich war so verblüfft vom Anblick des riesigen Wasserspeiers, der im Sturzflug auf uns zuschoss, dass ich einfach stehen blieb, mit den Händen in der Tasche und einem dämlichen Gesicht, während der Wasserspeier auf mich niederstieß, um mich mit seinen riesigen Krallen zu einer Portion Gyros zu zerfetzen. Aber Glam reagierte sofort, sie ließ die Hockeytasche mit den Waffen fallen und hatte sie schon geöffnet, ehe ich überhaupt begriffen hatte, was hier vor sich ging.

Das Nächste, woran ich mich erinnerte, war, dass sie mir Aderlass zuwarf. Ich konnte ihn gerade noch hochreißen, um den riesigen Wasserspeier nach links zu treiben, auf Ari und Froggy zu. Sie wichen aus und von meiner schwarzen Axtschneide stoben Funken auf.

Das fliegende Ungeheuer legte neben uns eine Bruchlandung hin und schlitterte über den Bürgersteig.

Aus dem Monsterkurs wusste ich nicht mehr viel über Wasserspeier. Wenn ich an den Tag zurückdenke, als unser Lehrer sie zur Sprache brachte, war meine klarste Erinnerung, dass

Lake mich mit einem stetigen Strom von Zetteln mit uralten zwergischen Redensarten abgelenkt hatte. Ihr wisst schon, so was wie *Der frühe Vogel fängt den Wurm* oder *Jetzt müssen wir den Stier bei den Hörnern packen,* aber eben in zwergischen Versionen. Zum Beispiel: *Lurbumble Großquantens Bart wird nicht mehr dicker* (was bedeutet: *Beeil dich!*), oder: *Hier stinkts wie fünfzig verwesende Beutelratten* (was bedeutet: *Was für ein betörender Duft!*). Lake kannte ungefähr tausend alte zwergische Redensarten und ich fand sie zum Brüllen. Deshalb kritzelte er mir oft welche auf einen Zettel, um zu sehen, ob ich mitten in der Unterrichtsstunde losprusten würde. Meistens hatte er Erfolg. An diesem Tag hatte ich sogar so schallend gelacht, dass ich unfreiwillig einen Schnarchlaut ausstieß, mich an meinem eigenen Rotz verschluckte und dann wegen Störung des Unterrichts vor die Tür gesetzt wurde.

Aber ehe ich den Raum verließ, schaffte ich es doch auf irgendeine Weise, ein paar Infos über Wasserspeier aufzuschnappen. Zum Beispiel: Ich wusste, dass sie aus Stein waren, selbst wenn sie lebten. Was die Funken und die Tatsache, dass Aderlass' Schneide abgerutscht war, ohne Schaden anzurichten, teilweise erklärte.

Die beiden Hockeytaschen waren jetzt leer und wir hoben unsere Waffen und bildeten einen Halbkreis um den gestürzten Wasserspeier. Er rollte sich auf die Hinterbeine und fuhr herum, um uns anzusehen. Aus der Nähe waren seine leuchtend roten Augen von fast hypnotischer Intensität – so hell, dass es unmöglich war, hineinzustarren, aber ebenso unmöglich, den Blick abzuwenden.

Das Ungeheuer ging in die Hocke, als wir es umstellten. Zu seiner vollständigen Höhe aufgerichtet wäre es über eins achtzig groß gewesen. Seine rissigen grauen Flügel waren gewaltig und hatten sicher mehr als fünf Meter Spannweite. Es hatte menschenähnliche, drahtige und muskulöse Arme und Beine, Klauen anstelle von Füßen und knotige Hände mit gekrümmten Krallen, die uns problemlos hätten zerfetzen können. Der Kopf des Wasserspeiers wirkte zu groß für seinen geschmeidigen Leib, was teilweise an den gewaltigen Widderhörnern zu beiden Seiten des Kopfes und den oben spitz zulaufenden Ohren lag. Sein Gesicht ging vorne in eine Art Vogelschnabel über, und sein breites Grinsen zeigte Dutzende von scharfen, gezackten Zähnen.

Und dann waren da noch die Haare des Ungeheuers. Die waren wirklich ein Anblick für sich. Sie bedeckten seinen Kopf wie eine Krone, sahen aber nicht so vorteilhaft aus. Oben, zwischen den gekrümmten Hörnern, waren sie kurz, fielen aber lang über seinen Nacken, wie die beängstigendste Hipster-Vokuhila aller Zeiten.

Der Vokuhila-Wasserspeier schrie ein weiteres Mal.

Glam reichte eilig einen Flachmann voll Galdervatn herum. Obwohl jeden Tag mehr davon aus der Erdoberfläche sickerte, war es meistens noch immer nicht genug, dass wir Magie wirken konnten, ohne erst die Essenz zu uns zu nehmen. Im Laufe der Zeit würde sich das natürlich ändern, aber für den Moment wollten wir nichts riskieren, und deshalb tranken wir gierig aus der Flasche aus Bisonleder, die mit dem Familienwappen der Schattenspießsippe versehen war.

Obwohl »trinken« das Erlebnis beim Verzehr von Galdervatn nicht ganz zutreffend beschreibt. Es ist eher ein Dampf als eine Flüssigkeit, und dass man überhaupt etwas hinunterschluckt, merkt man nur daran, dass ein eisiger Frostschauer durch die Speiseröhre in den Magen jagt – und weil der Mund einige Sekunden lang vollständig betäubt ist. Ich hatte gedacht, Galdervatn schmecke nach nichts, aber als wir in den vergangenen Monaten bei unserem zweiwöchentlichen Magietraining mit Fenmir Nebelmoosmann immer mehr davon getrunken hatten, hatte ich bemerkt, dass Galdervatn einen undefinierbaren, erdig-bitteren Nachgeschmack hinterlässt.

Leider waren Glam und ich die beiden Einzigen, die einen Schluck ergattern konnten, ehe der Wasserspeier zum nächsten Angriff überging, wobei er mir den Flachmann mit einem Wasserstrahl aus der Hand schoss. Der Strahl war so stark, dass er mich gegen den schmalen Stamm einer Hopfenbuche schleuderte.

Der Wasserspeier (den ich von nun an Vokuhila nennen werde) schwebte über uns, kreischte zwischen weiteren Wasserattacken und schlug dabei wie verrückt mit den Flügeln. Er schien zu wissen, dass wir ihn nicht herunterholen konnten. Als das Monster Glam mit einem Wasserschwall rückwärtsschleuderte, fiel mir eine weitere Wasserspeier-Info ein, die ich damals vor meinem Rausschmiss im Unterricht gelernt hatte: Wiederbelebte Wasserspeier hatten die Fähigkeit, ihre Opfer zu ertränken, indem sie sie mit wahnsinnig starken Wasserstrahlen vollkotzten.

Lake und Ari schwangen ihre Schwerter, aber die Klingen rutschten erfolglos ab und ließen nur Funken regnen. Nicht einmal zwergischer Stahl konnte die magische Granithaut des Wasserspeiers durchdringen. Was bedeutete, dass wir ihm gegenüber ziemlich hilflos waren.

Ich kam auf die Füße, während Glam unter dem endlosen Wasserfall, der aus dem Schlund des Wasserspeiers herausquoll, noch immer verzweifelt um Atem rang. Ich hob Aderlass, aber Froggy, Eagan, Lake und Ari schlugen bereits ohne Erfolg mit Schwertern auf das Ungeheuer ein und bewarfen es mit Äxten. Mir ging auf, dass es Glam nicht retten würde, wenn noch jemand ohne irgendeinen Effekt auf die Steinhaut des Wasserspeiers einhieb.

Auf die Augen zielen, Greggdroule, sagte Aderlass.

»Bitte, benutz nicht meinen vollständigen Vornamen«, mahnte ich ihn zum hundertsten Mal, während ich mir die Axt auf den Rücken schnallte und meinen Dolch hervorzog. »Aber danke für den Tipp.«

Aber du hast doch einen wunderbaren Namen, Greggdroule, sagte Aderlass. *Kein Grund, dich zu schämen, Greggdroule.*

Ich kniff die Augen zusammen und Aderlass lachte, als ich auf Vokuhila zurannte. Ich gab mir alle Mühe, mithilfe von zwergischer Magie einen Windstoß herbeizurufen, und sprang auf den Rücken des fliegenden Ungeheuers. Nach mehreren Monaten Unterricht fiel es mir zusehends leichter, Magie zu verwenden – aber es war noch immer alles andere als eine exakte Wissenschaft. Zum Beispiel hatte ich erst drei Tage zuvor in der letzten Magie-Trainingsstunde das Gewand unseres Lehrers, Fenmir Nebelmoosmann, aus Versehen in Sirup verwandelt, während ich eigentlich versuchte, eine Treppe aus Baumstümpfen zum Dach des Lagerhauses heraufzubeschwören. Niemand kannte einen Zauberspruch, um die klebrige Masse unter seinen Füßen wieder zu Magiergewändern zu machen, und so endete der Unterricht an jenem Tag früher, zu unserer großen Enttäuschung. Aber wir kamen nachher alle überein, dass es den Preis wert gewesen war, um Fenmir in seinen Mickymaus-Fantasia-Boxershorts zu sehen (ja, echt).

Diesmal funktionierte mein Zauberspruch, und ein Windstoß trug mich auf Vokuhilas Rücken. Ich packte die kleinen Steinhörner an seinen Flügelspitzen, um Halt zu finden. Er schlug wild mit den Flügeln, aber ich klammerte mich fest, rief alle meine restliche Kraft zusammen und schlang ihm den rechten Arm um den Kopf.

Und knallte Blackout voll in Vokuhilas linke Augenhöhle.

Ich weiß, ich weiß.

Regel Nr. 1 bei einer MFM: *Gewaltanwendung um jeden Preis vermeiden.*

Aber ich konnte ja nicht einfach da herumstehen und mich bei einer Kreatur einschmeicheln, die kurz davor war, eine meiner Freundinnen zu ertränken! Vielleicht waren Wasserspeier ja schnell bereit, zu vergeben und zu vergessen. Ich könnte, wenn alles hier vorüber wäre, kurz um Entschuldigung bitten und zu seinem Kumpel werden, oder? Wir könnten alle zur Tagesordnung übergehen und vielleicht könnte Vokuhila sogar mit Aderlass und mir Peperoni-Pizza essen gehen?

Natürlich ist das möglich, sagte Aderlass. *Du hast ja keine Ahnung, mit wie vielen Widersachern meine Besitzer und ich im Laufe der Äonen in einer Eckkneipe beim Met gesessen haben, nachdem wir ihnen vorher die Glieder abgehackt hatten. Es ist wirklich bemerkenswert. Vielleicht kriegt man ja Durst, wenn man eine Hand verliert? Ich weiß das schließlich nicht, aus Gründen, die auf der Hand liegen.*

Ich hatte keine Zeit, um Aderlass noch einmal zu sagen, er sollte nicht dauernd meine Gedanken lesen (was er in letzter Zeit immer häufiger tat). Es hätte vermutlich ohnehin nichts geholfen. Ich wurde abgelenkt von Vokuhilas verzweifeltem Wutschrei und seinen heftigen Versuchen, mich von seinem Rücken zu werfen, indem er wie wild mit seinen Steinflügeln schlug. Ich versuchte mich festzuhalten, aber irgendwann rutschten meine Hände dann doch ab.

Ich flog durch die Luft und die Welt wurde zu einem Kaleidoskop aus dunklem Beton und trüben Straßenlaternen.

Zum Glück brachen meine starken Zwergenknochen nicht, als ich neben Glam auf den harten Asphalt knallte. Glam war durchnässt und rang um Atem. Vokuhila ragte kreischend über uns auf und Blackouts Griff lugte aus seiner linken Augenhöhle.

»Äh, ich glaube – ich glaube, du hast da ein kleines, äh, Dings im Auge«, sagte ich zum Wasserspeier, ich konnte einfach nicht anders. »Diese Erfahrung hat dir gewissermaßen die Augen geöffnet, was?«[3]

Vokuhila antwortete mit einem weiteren Wutschrei, riss den Dolch heraus und schleuderte ihn zur Seite. Sein leuchtendes Auge, das eigentlich nur eine rote leuchtende Vertiefung war, sah unversehrt aus. Aber das bedeutete nicht, dass er nicht mit Fug und Recht stocksauer über diese Augenstecherei war.

»Greg!«, brüllte Eagan irgendwo hinter mir. »Lauf! Lauf, so schnell und so weit du kannst. Wasserspeier sind nur belebt, solange sie sich in der Nähe ihres ursprünglichen Standortes aufhalten. Wenn du ihn dazu bringen kannst, dich weit genug zu verfolgen, kannst du ihn vielleicht in Ruhemodus versetzen!«

Ich nickte und rappelte mich eilig auf, während Vokuhila sich aufbäumte, um mir einen Wasserschwall ins Gesicht zu speien.

Ich konnte gerade noch rechtzeitig ausweichen. Dann rannte ich dicht unter dem schwebenden Wasserspeier hindurch und

3 Obwohl meine Freundschaft zu Edwin im Grunde tot und begraben war, liebte ich lahme Wortspiele noch immer. Leider fanden meine neuen zwergischen Freunde sie bei Weitem nicht so komisch wie Edwin.

immer weiter. Ich brauchte mich nicht umzublicken, um zu wissen, dass er mich verfolgte – ich konnte seine Steinflügel hinter mir schlagen hören wie einen furchtbaren getrommelten Totenmarsch.

Ich rannte, so schnell ich konnte. Obwohl ich es ganz schön schnell fand, war es bei Weitem nicht schnell genug, um eine fliegende Statue mit einer Flügelspannweite von fünf Metern abzuschütteln. Aderlass bestätigte das Sekunden später.

Tu irgendwas!, brüllte er in meinem Kopf. *Sonst hat er dich gleich!*

»Na ja, solltest du – *keuch* – nicht – *keuch* – ich meine – *keuch* – so 'ne Art – *keuch* – von wahnsinnig – *keuch* – mächtiger – Waffe sein?«

Das schon, aber ich bin trotzdem nur ein Gegenstand, Greggdroule! Jemand muss mich benutzen! Jemand, der ein Held sein sollte, schon vergessen?

Ich rang weiter um Atem und zerbrach mir den Kopf nach irgendeiner Rettungsmöglichkeit. Die schlagenden Flügel waren mir jetzt so nahe gekommen, dass ich geradezu darauf wartete, dass scharfe Krallen meinen Rücken zerfleischten oder ein Wasserschwall mich zu Boden warf. Und dann war es plötzlich wieder da: Das Allerletzte, was ich an jenem Tag im Unterricht gehört hatte, ehe unser Lehrer für Monsterologie und Kreaturenklassifizierung, Thassum Klippenkopf, mich vor die Tür gesetzt hatte.

»Wasserspeier, ha, ihr solltet einfach hoffen, niemals einem über den Weg zu laufen«, hatte er gesagt. »Es kann verdammt schwer sein, sie zu bezwingen. Das steinerne Äußere steht, wenn es belebt wird, unter einem Zauber und ist deshalb so gut wie unbesiegbar. Dennoch gibt es zwei wenig bekannte Möglichkeiten, einen Wasserspeier aufzuhalten: ihn in eine gewisse Entfernung zu seinem Bau zu locken oder ihn in direkten Kontakt mit dem Sonnenlicht zu bringen.«

Natürlich war ich schon dabei, ihn von seinem Sims wegzulocken, aber offenbar war ich noch nicht weit genug gekommen. Es blieb die andere Möglichkeit: Sonnenlicht. Aber es war nach Mitternacht und für mindestens vier Stunden bestand null Chance auf Sonnenschein.

Benutz Magie, du Ork-hirniges Fensterleder!

Ich konnte zwar die Beschimpfungen (oder das Gedankenlesen) nicht gutheißen, aber Aderlass hatte recht.

Natürlich hatte ich noch nie die Sonne (oder Sonnenschein) durch Magie herbeigerufen. Ich war nicht einmal sicher, ob es dafür überhaupt einen Zauberspruch gab. Aber andererseits geht es bei zwergischer Magie ja darum, das Universum und seine natürlichen Elemente zu manipulieren, also war es theoretisch immerhin möglich. Fenmir Nebelmoosmann hatte im Magieunterricht mehrmals gesagt, dass die Möglichkeiten der zwergischen Magie im Grunde keine Grenzen kannten.

Also tat ich es:

Ich konzentrierte meine ganze Energie auf die Sonne.

Ich stellte mir vor, wie ihre gleißenden Strahlen die Wolken durchbrachen.

Ich stellte mir vor, wie ihre Hitze über Millionen von Meilen auf uns herabstrahlte.

Ich stellte mir ihre feurige Oberfläche vor.

Ich stellte mir ihre gewaltigen Sonneneruptionen vor.

Ich stelle mir ihre brutale Energie vor.

Und dann entzündete sich plötzlich meine Hose und ging in Flammen auf.

3

Glam-Smash!

Wisst ihr noch, dass ich gesagt habe, zwergische Magie sei alles andere als eine exakte Wissenschaft?

Und dass ich außerdem gesagt habe, zu wissen, dass man ein Zwerg ist, verhindert nicht unbedingt, dass man aufs Zwergischte versagt?

Also ich finde, seine Hose in Flammen aufgehen zu lassen, während man versucht, seine Freunde vor einem Wasserspeier mit Vokuhila zu retten, ist ein ziemlich guter Beweis für beide Behauptungen.

Da rannte ich nun also durch die Hauptstraße von Evanston, meine Hose brannte lichterloh und ich schrie wie am Spieß, während ein riesiges geflügeltes Ungeheuer immer näher kam, um sich über mich herzumachen und mich von meinem Elend zu erlösen. Ich würde gerne behaupten, dass mir in dem Moment ein genialer Rettungsplan in den Sinn kam. Aber ehrlich, meine Versuche, dem Tod zu entrinnen, beschränkten sich auf hektisches Um-mich-Schlagen und Schreien.

Glücklicherweise vernichtete Vokuhila seine Feinde am liebsten mit Wasser, das ja dazu neigt, Feuer zu löschen. Ehe ich also allzu lange schreiend durch die Gegend rennen konnte, traf mich plötzlich von hinten ein gewaltiger Wasserstrahl. Er warf mich zu Boden und schwemmte mich weiter, sodass ich wie ein feuchter Baumstamm über die Straße kullerte.

Außerdem löschte er augenblicklich das Feuer.

Eine Dampfwolke stieg aus meiner Hose auf und schwebte über mir wie ein winziger Atompilz. Zum Glück (ehrlich, es haut mich ebenso um wie euch, dass ich an einem Donnerstag tatsächlich ein bisschen Glück hatte[4]) war Vokuhila von dem Dampf total überrascht. Mit einem gewaltigen Schrei warf er sich herum, um ihm auszuweichen, und war für einen Moment verwirrt und orientierungslos.

Und da sah ich meine Chance.

Während Vokuhila versuchte, sein Flugtempo zu drosseln, um eine Wendung hinlegen zu können, rief ich einen zwergischen Zauber herbei, von dem ich wusste, dass er mir gelingen würde.

Ich kam auf die Knie hoch und legte jedes Gramm meines magischen Willens in die scharfe Brise, die vom Michigansee einige Straßen weiter herüberwehte. Ein Windstoß fing sich in Vokuhilas schlagenden Steinflügeln. Die blähten sich wie Segel und Vokuhila schoss durch die Straße, fort von mir und seinem Sims; in wenigen Sekunden legte er mindestens dreißig Meter zurück. Früher oder später hätte er sich sicher aus dem Windstoß lösen können, aber es war zu spät.

Vokuhila stürzte plötzlich wie eine Steinfigur vom Himmel und knallte auf einen kleinen Nissan, der am Straßenrand parkte. Das Wagendach brach ein und der leblose Wasserspeier

---

4 Allerdings war es streng genommen ja Freitag, da Mitternacht vorbei war. Was vielleicht diese unerwartete kurze Glückssträhne erklärte.

krachte auf den Asphalt. Ein Horn und ein Teil des Flügels brachen beim Aufprall ab.

Ich wusste nicht genau, wie weit ein Wasserspeier sich von seinem Standort entfernen musste, um wieder in leblosen Stein verwandelt zu werden, aber offenbar war das hier weit genug.

Ich kam auf die Füße und staunte über mein Glück. Ich hatte mich selbst angezündet, um nicht vom Wasserspeier ertränkt zu werden. Und doch hatte es auf irgendeine Weise funktioniert. Vielleicht hätte ich das als Zeichen auffassen sollen, dass Zwerge nicht immer zum Scheitern verurteilt waren, sondern dass sich das Schicksal zu unseren Gunsten wendete.

Wenn mein ehemals bester Freund, Edwin, noch mit mir spräche, hätte ich das hier als endgültigen Beweis dafür anbringen können, dass unser ewiges Versagen doch keine sich selbst erfüllende Prophezeiung war. Aber Edwin war seit Monaten nicht mehr gesehen worden, seit ich genau diesen Windzauber eingesetzt hatte, um ihn in den Michigansee zu befördern. Manchmal fragte ich mich, ob er wohl an der Navy Pier im Hafen ertrunken war. Ich sah das sogar in Albträumen vor mir – und dann fuhr ich mit schweißnassen Kleidern aus dem Schlaf hoch, als ob ich zusammen mit Edwin im See ums Leben gekommen wäre. Ich bekam Magenschmerzen, wenn ich auch nur an diese Träume dachte. Aber ich wusste, dass sie nicht stimmen konnten. Zum einen verfügte Edwin über elfische Magie, die ihn bestimmt gerettet hatte. Zum anderen war er ein großartiger Schwimmer – er hatte an der PISS sogar zur Schulschwimmmannschaft gehört. Vor allem jedoch wusste ich, dass er noch lebte, weil Aderlass mir das immer wieder erzählte und mich (so gut wie täglich) daran erinnerte, dass ich mit Edwin noch eine Rechnung zu begleichen hatte. Und dass die Rache dafür, was mit meinem Dad geschehen war, erst vollendet sein würde, wenn Edwin nicht mehr unter den Lebenden weilte.

Aber Aderlass konnte mir nicht sagen, wo Edwin war oder was er machte oder warum seit Monaten niemand von ihm gehört hatte. Meine Haupttheorien waren, dass er sich entweder in seiner Schande irgendwo verkrochen hatte oder im Verborgenen seinen nächsten unheilvollen Zug plante. Es klingt jetzt sicher komisch, aber ein Teil von mir sehnte sich fast danach, ihm zu verzeihen. Zu vergeben und zu vergessen und weiterzuleben – und vielleicht eines Tages unsere Freundschaft mit ein paar Narben wieder aufzunehmen. Das war natürlich unmöglich, das wusste ich. Wegen der Taten seiner Eltern würde mein Leben nie wieder dasselbe sein. Außerdem hasste Edwin mich sicher noch immer.

Ich dachte an den Schmerz und den Hass, die ich nach unserem Kampf damals auf der Pier in seinen Augen gesehen hatte. Solch einen Hass kann man nicht einfach so überwinden. Wenn überhaupt, dann vertieft er sich nur, wird noch entschlossener. Wird zu einer fixen Idee.

Nein, wo immer Edwin sein mochte und was immer er jetzt machte, wir waren sicher weiterhin Feinde.

Aber jetzt gerade hier draußen in Evanston war ich zu meiner Überraschung vollständig unversehrt, obwohl meine Hose zu wenigen schwärzlichen Fetzen verkohlt war. Das hing wahrscheinlich damit zusammen, dass das Feuer mein eigenes magisches Produkt gewesen war. Irgendwie passte das zu allem, was Fenmir Nebelmoosmann über die Reinheit zwergischer Magie gesagt hatte, die in Notwendigkeit wurzelt, nicht in Begierde, und in Schutz, nicht in Schaden (auch nicht für einen selbst).

Meine fünf zwergischen Freunde kamen auf mich zugerannt, und ihre Mienen zeigten eine Mischung aus Besorgnis und Schadenfreude. Lake überzeugte sich davon, dass mir nichts fehlte, und brach dann in wildes Gekicher über die ganze Szene aus. Glam schaute an mir herunter und feixte angesichts meiner nackten Beine.

»Das nennst du Beine?«, fragte sie scherzhaft. »Mein drei Jahre alter Neffe hat mehr Muskeln als du.«

Ich merkte, dass ich rot wurde, aber ich schüttelte nur den Kopf.

Sie hat recht, sagte Aderlass. *Du hast bemerkenswert magere Hühnerbeine. Damit siehst du eigentlich aus wie ein Riesenlolli.*

Mann, du bist schlimmer als die Leute an der PISS, knurrte ich Aderlass in Gedanken an.

Vergleich mich ja nie wieder mit Elfen!, sagte er. *Nimm das zurück!*

Ich ignorierte die Axt, da Glam ihre noch immer triefnasse Hirschlederjacke auszog und sie mir reichte.

»Bitte sehr, Prinzessin«, sagte sie.

»Danke«, sagte ich grinsend und band mir die triefenden Ärmel wie bei einer Schürze um die Taille.

»Greg, du hast es geschafft!«, sagte Ari. »Du hast den Wasserspeier besiegt!«

»Wieso hat deine Hose denn Feuer gefangen?«, fragte Eagan, während er vorsichtig den jetzt leblosen Wasserspeier mit seiner Schwertspitze antippte. »Eigentlich sind Wasserspeier nicht gerade als Brandstifter bekannt.«

»Äh ...«, sagte ich und suchte verzweifelt nach einer Antwort, die nicht lautete *In zwergischer Magie bin ich eine Null.*

Eagan grinste, während er auf mein Geständnis wartete, dass die brennende Hose meine eigene Schuld gewesen war, aber zum Glück erinnerte uns Ari an den Ernst der Lage.

»Leute, ich unterbrech euch ja nur ungern«, sagte sie und schaute an einem in der Nähe stehenden Hochhaus nach oben. Aus mehreren Fenstern sahen uns neugierige Gesichter an. »Aber wir müssen machen, dass wir hier wegkommen.«

In der Ferne heulten Sirenen los, was nur unterstrich, dass sie recht hatte.

»Was sollen wir denn mit dem hier machen?«, fragte Eagan und versetzte dem steinernen Wasserspeier einen Tritt. »Wir können ihn doch nicht einfach hier liegen lassen, oder?«

»Von wannen soll der grimme Widersacher zu neuem Leben erwachen?«, fragte Lake. »Oder jenselbiges denn nimmermehr?«

»Ich hab keine Ahnung, ob oder wann sie wieder lebendig werden«, sagte Ari. »Eagan, weißt du das?«

Er zuckte ratlos mit den Schultern.

»Wasserspeier können und werden wieder zum Leben erwachen«, sagte Froggy zur allgemeinen Überraschung. »Aber nur an ihrem angestammten Ort. Und natürlich nur durch weitere Magie.«

»Wenn er also nie wieder auf sein Gebäude gestellt wird, erwacht er nie wieder zum Leben?«, fragte Eagan.

Froggy nickte.

»Moment mal, wartet«, sagte Ari. »Ihr meint doch nicht, wir lassen ihn einfach hier liegen? Nach allem, was geschehen ist?«

»Was sollen wir denn sonst machen?«, fragte Eagan. »Die Bullen können jeden Moment hier sein. Wir können ihn doch nicht mit in die Bahn nehmen. Wir würden schließlich gesehen werden, wie wir ihn tragen. Und wir können uns auch nicht unsichtbar machen und den Bullen entkommen, während wir eine riesige Statue mit uns herumschleppen. Wenn wir die überhaupt hochkriegen ...«

»Aber du weißt so gut wie ich, dass hier die Magie wieder aktiv werden wird«, widersprach Ari. »Vielleicht nicht morgen oder in diesem Monat, aber irgendwann wird es wieder passieren. Wenn die Stadt ihn also wieder auf sein Haus stellt, dann ist es nur eine Frage der Zeit, bis er wieder zum Leben erwacht, und dann war das alles hier umsonst.«

»Ja, aber bis dahin werden die Menschen in Evanston größere Probleme haben als einen einzelnen Wasserspeier«, warf Glam ein.

»Leute, Froggy hat gesagt, dass er dafür auf seinem Sims stehen muss«, sagte ich.

Froggy nickte.

»Und?«, fragte Ari und schaute voller Panik auf.

Inzwischen starrte uns aus den umliegenden Gebäuden mindestens ein Dutzend Gesichter an und die Sirenen schienen nur noch wenige Straßen entfernt zu sein.

»Wir können das Problem also dauerhaft lösen, wenn wir dafür sorgen, dass die Stadt sich nicht die Mühe macht, das Teil wieder anzubringen«, sagte ich.

»Aber wie denn?«, fragte Ari. »Der ist doch so gut wie unzerstörbar.«

»Ich glaube, nur solange er am Leben war und Magie im Leib hatte«, sagte ich. »Als er wieder zur Statue geworden war, sind Horn und Flügelspitze beim Sturz doch sofort abgebrochen.«

»Da hat er recht«, bestätigte Froggy.

Er hatte im Unterricht offenbar viel besser aufgepasst, als uns anderen klar gewesen war. Jedenfalls, wenn es gerade um fantastische Wesen ging.

»Ja, okay«, Ari nickte. »Wir müssen also nur eine Möglichkeit finden, das Dings zu zerstören?«

Aber Glam war uns bereits einige Schritte voraus. Eagan schrie überrascht auf und sprang zur Seite, als sie nun auf den Wasserspeier losging. Ihre Fäuste hatten sich schon auf magische Weise in gewaltige Steinquader verwandelt.

»Glam-Smash!«, schrie sie begeistert.

Wir anderen gingen in Deckung.

4

Der einzige Ort, wo ihr in einem nassen Hirschkilt ignoriert werdet

Man sollte doch meinen, ein Junge, der sich eine riesige nasse Hirschlederjacke wie einen Kilt um die Taille gewickelt hat, würde ein paar dumme Sprüche ernten.

Aber nicht um zwei Uhr morgens in einem Pendlerzug in Chicago. Die meisten Leute, die um diese Zeit unterwegs sind, vermeiden es, einander anzusehen. Je seltsamer man aussieht, umso wahrscheinlicher wird man ignoriert.

»Den armen Wasserspeier hast du echt fertiggemacht«, sagte Eagan, als wir uns in der oberen Etage eines fast leeren Wagens niederließen. »Ich glaube nicht, dass noch ein Stück von ihm übrig war, das größer war als ein Baseball.«

Glam wurde rot und fuhr sich mit dem Finger über ihren zarten Schnurrbart. Dann wanderte ihre Hand weiter zu den Dutzenden von Zöpfen, die um ihren Kopf herumbaumelten. Sie schleuderte sich die Zopfpracht lässig über die Schultern.

»Sachen zerschmettern find ich toll«, sagte sie.

»Offenbar«, sagte Ari, aber ich merkte, dass auch sie davon beeindruckt war, wie Glam bei dem steinernen Wasserspeier zur Berserkerin geworden war.

Ohne Glam hätten wir das Teil niemals schnell genug zerstören und in einer dunklen Gasse verschwinden können, ehe die Bullen aufkreuzten.

WIR hätten das besser machen können, Greggdroule, sagte Aderlass. *Du und ich hätten den Stein BLUTEN lassen!*

Ich verdrehte die Augen und versuchte Aderlass zu ignorieren. Ich wollte nicht wieder vor den anderen mit der Axt reden. Ich hatte das Gefühl, dass ihnen das auf die Nerven ging. Stattdessen und in dem Wissen, dass Aderlass meine Gedanken ja doch lesen würde, schoss ich zurück: *Klar, so wie du auch Vokuhilas Haut durchschnitten hast, als er mit seinen Krallen auf mein Gesicht zukam. Und dabei habe ich gedacht, meine sprechende Axt wäre schärfer als alles andere auf der Erde.*

Aua, Greggdroule, das hat meine Gefühle verletzt.

»Ich frage mich, ob sich dieser Ausflug nach Evanston wirklich gelohnt hat«, sagte Eagan. »Man könnte meinen, dass wir der Stadt mehr Schaden zugefügt als Gutes getan haben. Wir haben ein Auto und einen Teil eines historischen Gebäudes zerstört, und das haben mindestens zwanzig Augenzeugen zum Teil miterlebt.«

»Nein, das war trotzdem ganz klar gut für das Allgemeinwohl«, sagte Ari. »Ich meine, wer weiß denn, wie viele Menschen der Wasserspeier vielleicht verletzt hätte, wenn wir ihm hier einfach freie Hand gelassen hätten.«

»Wir sollten den Menschen jetzt einfach mal die Wahrheit eröffnen«, sagte Eagan. »Die ganze Last, alle Monster zurückzuschlagen, die jetzt überall auf der Welt aus den Ritzen kriechen, sollte nicht auf den Zwergen allein ruhen. Ich habe neulich zufällig gehört, wie mein Onkel mit Dunmor gesprochen hat. In einigen Gegenden gibt es so wenig kampfbereite

Zwerge, dass sie schon Menschen zum Training zugelassen haben – nachdem die Menschen ein Schweigegelübde abgelegt hatten, natürlich. Und in einigen Ländern, wie Peru und Neuseeland, laufen die Monster seit Wochen ungehindert frei herum.«

»Ich weiß«, sagte Ari. »Aber der Rat hat abgestimmt. Und die Mehrheit will die Schäden, die der Welt der Menschen zugefügt werden, lieber so klein wie möglich halten, statt ihnen zu sagen, was wirklich vor sich geht. Für den Moment ist es also unsere Aufgabe, nach besten Kräften die Monster in der Umgebung von Chicago zu neutralisieren.«

»Da hast du natürlich recht«, sagte Eagan. »Irgendwann werden die Menschen die ganze Wahrheit erfahren müssen, aber für den Moment müssen wir darauf vertrauen, dass der Rat den richtigen Zeitpunkt festlegt.«

»Ja, so wie sie auf mich vertraut haben, als ich ihnen gesagt habe, ich wüsste, wo die Elfen meinen Dad gefangen hielten«, sagte ich, obwohl es kleinlich war, deshalb noch immer sauer zu sein.

Schließlich war das alles Monate her und eine alte Geschichte – relativ gesehen. Ich hätte darüber hinweg sein müssen. Aber das war ich nicht. Wenn der Rat ein Kommando von ausgebildeten Wachsoldaten geschickt hätte, um meinen Dad zu retten, hätte alles ganz anders kommen können. Vielleicht wären Edwins Eltern dann noch am Leben und es gäbe noch Hoffnung für unsere Freundschaft. Aber ich werde das niemals wissen, weil der Rat mir eben nicht vertraut hat. Oder vielleicht vertrauten sie sich selbst nicht? Schließlich waren sie Zwerge.

Ari zuckte mit den Schultern. Ich wusste, dass sie es hasste, sich auf die Seite des Rates zu stellen, aber im Grunde war sie eben doch systemtreu.

»Wir wissen alle, dass es bei diesem Beschluss nicht nur darum geht, Menschen zu beschützen«, fügte Eagan hinzu. »Es wäre naiv von uns, das zu glauben. Es liegt doch auf der Hand – der Rat will unbedingt versuchen, ein Bündnis mit den Monstern einzugehen, ehe die Elfen das tun. Das ist der eigentliche Grund, nicht der Schutz der Menschen – so grausam sich das auch anhören mag.«

Ari nickte widerstrebend.

»Ich wünschte nur, ich wüsste, was diese schleimigen Pointer als Nächstes vorhaben«, sagte Glam und hieb sich mit der Faust in die Handfläche.

»Und ich hatte gedacht, wir wollten nicht auf ihr Niveau sinken«, erinnerte ich sie.

Ich hatte in letzter Zeit (meistens ohne Erfolg) versucht, die Zwerge im Untergrund davon abzubringen, die Elfen mit abwertenden Schimpfnamen zu belegen. Ich argumentierte damit, dass wir doch selbst auch zutiefst beleidigt waren, wenn sie uns *Gwints* nannten, und dass Edwin nicht so ganz begriffen hatte, wie kränkend dieses Wort für uns war. Vermutlich galt das auch für unsere Elfen-Beleidigungen (wie *Pointer, Langey* und *Bowster,* um nur einige zu nennen).

»Tut mir leid, Greg«, sagte Glam halbherzig, obwohl mir klar war, dass es ihr eher leidtat, mich zu enttäuschen, als die Elfen zu beleidigen.

Aber sie hatte natürlich trotzdem recht: Niemand wusste genau, was die Elfen ausheckten. Sie hatten sich seit unserem Angriff auf das ehemalige Hancock-Haus (ein Geschehnis, das inzwischen in Zwergenkreisen als die Schlacht im Hancock

Tower bekannt war) nicht blicken lassen. Es hing sicher zu einem Großteil damit zusammen, dass ihre Anführer, Locien und Gwen Aldaron, im Chaos des Überfalls ums Leben gekommen waren. Und ihr Sohn und Erbprinz Edwin war seither wie vom Erdboden verschwunden. Obwohl ich für den Tod der beiden nicht direkt verantwortlich gewesen war, wären Edwins Eltern aller Wahrscheinlichkeit nach noch am Leben, wenn ich nicht diesen Angriff geplant hätte. Und obwohl sie nicht gerade nette Leute waren, wäre ich nicht im Traum darauf gekommen, ihnen den Tod zu wünschen, auch nicht, nachdem ich herausgefunden hatte, dass sie hinter der Entführung meines Dad und der Zerstörung unseres Ladens gesteckt hatten. Außerdem wäre Edwin dann noch in der Nähe – und so schwer das auch vorstellbar ist, wir wären vielleicht sogar immer noch befreundet.

Ich dürfte das eigentlich gar nicht wissen, aber im Untergrund lassen sich Geheimnisse nur schwer bewahren (was vermutlich daran liegt, dass Zwerge miese und widerwillige Lügner sind): Kürzlich hatten zwergische Spione berichtet, dass die Elfen ohne einigende Führung hoffnungslos gespalten waren. Mehrere Fraktionen rangen um die Macht, und diese internen Kämpfe machten sie schwach und planlos. Die Elfen hatten es offenbar nie auch nur für eine vage Möglichkeit gehalten, ihre Anführer zu verlieren, deshalb gab es kaum einen Notfallplan. Viele Zwerge gingen aber davon aus, dass sich die Elfen irgendwann wieder einigen und einen neuen Anführer ernennen würden, und dann würden sie stark (und wütend) wie eh und je zurückkehren. Je mehr Verbündete die Zwerge also unter den Monstern finden konnten, umso besser.

Das war jedenfalls die bei vielen Ratsmitgliedern vorherrschende Logik.

Und es war der Grund, warum ich noch immer ein wenig mit dem Gefühl nach Hause fuhr, ein Versager zu sein, obwohl ich den Wasserspeier erlegt und verhindert hatte, dass er unschuldigen Menschen etwas antat. Wir hatten bei unserer ersten MFM beide Regeln gebrochen, und wir hatten es nicht geschafft, einen mächtigen Verbündeten mit zurückzubringen. Es war ein gutes Gefühl, Menschen vor den möglichen Untaten des Wasserspeiers beschützt zu haben, aber es konnte nicht darüber hinwegtäuschen, dass wir das Hauptziel der MFM nicht erreicht hatten.

Ich hoffte nur, dass mein Dad – der zwar nicht richtig wiederhergestellt war, aber immerhin am Leben, falls euch das interessiert – von mir nicht so enttäuscht sein würde wie ich selbst.

5

Warum ihr immer eine Trompete mit nach Python County nehmen solltet

»Greg!«

Als ich am nächsten Morgen die Augen öffnete, begrüßte mich mein Dad mit einem strahlenden Lächeln.

Er hatte geschnarcht, als ich in der vergangenen Nacht in unsere kleine Untergrundwohnung zurückgekehrt war, und ich hatte aus mehreren Gründen beschlossen, ihn nicht zu wecken.

»Hallo, Dad.«

»Du bist lebendig zurückgekehrt«, sagte er. »Und das an einem Donnerstag! Was für eine Leistung!«

»Na ja, technisch gesehen ist die Mission ja am Freitagmorgen geendet«, sagte ich.

»Natürlich«, erklärte er dramatisch. »Wir Sturmbauchs leisten an Freitagen immer die beste Arbeit.«

»Ich wünschte nur, wir hätten bei unserer Mission größeren Erfolg gehabt.«

»Wie meinst du das?«, fragte er, als er sich zu unserer winzigen Kochnische umwandte, um mir Tee einzuschenken.

Mein Dad war so besessen von Tee wie eh und je. Und das

nach allem, was passiert war, seit er vor meinen Augen mit Galdervatn angereicherten Tee getrunken und dabei unwissentlich die ganze Kette von Ereignissen ausgelöst hatte, die uns (zumindest teilweise) dahin geführt hatten, wo wir jetzt waren. Obwohl sich bei ihm eine Menge geändert hatte (darauf komme ich noch zurück), war es trotzdem umwerfend, dass mein Dad wieder da war, auch wenn er nicht mehr ganz der Alte war. Denn er liebte noch immer Tee und Schach, und er war viel mehr zu Hause als früher. Unseren Laden gab es nicht mehr, deshalb brauchte er sich nicht mehr auf die Suche nach unserer verlorenen Magie in aller Welt herumzutreiben, da er sie ja bereits gefunden hatte.

»Ich meine, das Ziel unserer Mission war es, uns das Monster zum Freund zu machen«, sagte ich und nahm am Tisch Platz. »Und nicht, es zu zerstören. Was am Ende passiert ist.«

»Ach, das ist schon in Ordnung, Greg«, sagte er und stellte eine Teetasse vor mich hin. »Du hast dein Bestes getan, da bin ich mir sicher, und nur darauf kommt es an. Immerhin kann es jetzt niemandem mehr schaden.«

Er setzte sich und trank einen Schluck Tee. Der Tisch war bereits für ein nettes kleines Frühstück gedeckt: eine Pfanne Rührei mit Rinderbrust und Käse, ein halber gerösteter Schinken, mehrere Pfund selbst gemachte Bisonwurst, eine Schüssel in Sirup glasierter Speck und eine kleine Schale voll Trauben.

»Danke, Dad«, sagte ich und nippte an meinem Tee, ehe ich mir großzügig den Teller vollpackte.

»Aber ein guter Rat für das nächste Mal«, sagte er und erhob sich eilig, als ob er etwas Wichtiges zu verkünden hätte, das sich im Sitzen nicht sagen ließ.

Ich stöhnte.

»Wenn du schon mit der Bestie tanzen willst, dann gib ihr zuerst ein Sandwich«, deklamierte er ohne die geringste Spur von Ironie. »Am besten mit Pastrami, aber eigentlich geht auch jeder andere Belag.«

»Dad, das ergibt keinen Sinn«, sagte ich und flehte ihn fast an, ausnahmsweise einmal vernünftig zu sein.

»Doch, das tut es, Greg«, sagte er und streichelte meine Hand, als er nun wieder Platz nahm. »Das tut es.«

Er trank noch einen Schluck Tee und starrte dann verträumt die steinerne Decke unserer kleinen Untergrundwohnung an.

Die Sache mit meinem Dad ist die: Er hat das elfische Gift zwar überlebt, aber richtig wiederhergestellt ist er auch nicht. Das Ganze ist so abgelaufen:

Sowie ich Edwin auf der Navy Pier besiegt und meinen Schock überwunden hatte, fast die gesamte Innenstadt ohne Strom zu sehen (ein Zwischenfall, der für die Öffentlichkeit später als »Fehler im Betriebsablauf« verharmlost wurde), lief ich zu einem der Häuser, die Edwins Eltern gehörten. Das war der Hauptgrund, warum ich Edwin im See seinem Schicksal überließ – mein Dad war vergiftet worden und konnte jeden Moment sterben. Ich rannte die ganze Strecke, über fünf Kilometer. Beziehungsweise ich wäre die ganze Strecke gerannt, wenn ich nicht nach ungefähr einem Kilometer ein Fahrrad ~~gestohlen~~ ausgeliehen hätte. (Hallo? Ihr würdet euch auch ein fremdes Rad ausleihen, wenn das Leben eures Vaters davon abhinge!)

Ich fand das Haus verlassen vor und schaute da nach, wo ich nach Edwins Aussage möglicherweise das Gegenmittel zu dem uralten elfischen Gift finden könnte: in einem kleinen Wandsafe hinter einem riesigen Gemälde von Chuck Close im Schlafzimmer von Edwins Eltern. Und wirklich lag dort ein Stapel von Produkten aus Ur-Erde: Schriftrollen und Elixiere und solche Dinge. Ich raffte alles zusammen, stopfte es in eine Tasche und rannte zurück in den zwergischen Untergrund.

Foggy Blutbräu, eine Freundin meines Vaters und die Chefärztin der Zwerge, untersuchte alle meine Beutestücke. Sie kam zu dem Schluss, dass eine von zwei kleinen, mit einer seltsamen Flüssigkeit gefüllten Phiolen vermutlich das Gegengift enthielt. Aber es war nicht herauszufinden, was das Gegengift war und was eine andere Substanz, und die Zeit lief uns davon. Mein Dad hätte jede Sekunde sterben können. Deshalb gab ich meine Zustimmung dazu, beide Mittel auszuprobieren.

Und bis heute wissen wir nicht, ob seine *Veränderung* eine Nebenwirkung des Gegengifts war, oder ob die geheimnisvolle dritte Substanz dahintersteckte. Jedenfalls tat das Gegengift seine Wirkung und mein Dad erholte sich auffällig schnell von der Vergiftung. Abgesehen eben von der oben erwähnten *Veränderung*.

Seit damals benimmt sich mein Dad nämlich absurder denn je. Na ja, meistens funktioniert er und kann normale Gespräche führen. Aber so ungefähr einmal pro Stunde (an guten Tagen) überkommt ihn plötzlich der Drang, der Welt etwas mitzuteilen, was er *Körnchen der Wahrheit* nennt. Und das hat er früher nie getan.

Zuerst wird er total mystisch und verkündet allen, die zuhören mögen, einen unschätzbaren guten *Rat*. Dann trüben sich seine Augen ein und er starrt fünf oder zehn Minuten sehnsuchtsvoll ins Leere, ehe er wieder aus dieser Trance auftaucht. Es wäre ja nicht so schlimm, wenn der gute Rat wirklich gut wäre oder überhaupt irgendeinen Sinn ergäbe. Aber Tatsache ist, in hundert Prozent der Fälle ist es totaler Nonsens.

Und das war nicht nur mir aufgefallen. Mein Dad war schließlich noch immer ein Ratsältester. Und es ist schwer, es nicht zu bemerken, wenn einer der gewählten Anführer sich immer wieder bemüßigt fühlt, die Ratssitzung zu unterbrechen und zu verkünden:

»Was wir wirklich tun müssen, ist Folgendes: Wir müssen anfangen, unsere Schuhe zu baden. Ja, ich glaube, wenn wir unseren Schuhen wenigstens einmal die Woche ein Bad gönnen, wird das unser Ameisenproblem lösen.«

Oder:

»Ein guter Rat: Wenn dir ein Python begegnet, stell dich nicht tot, sondern stell dich an. An die Trompete natürlich. Und dann blas ihm den Marsch!«

Oder:

»Ein *Körnchen der Wahrheit* für euch alle: Rot ist die beste Lebensmittelfarbe überhaupt.«

Ich wünschte, ich hätte das alles erfunden, aber mein Dad hatte diese Sätze tatsächlich laut von sich gegeben, und zwar während der Ratssitzungen der vergangenen Monate. Eagan hatte sogar das Gerücht gehört, dass Dunmor mit dem Gedanken spielte, meinen Vater aus seiner Position als Ältester zu entfernen. Und ich musste zugeben: Ich konnte ihm da keinen Vorwurf machen.

Aber das Problem war, dass Dunmor das nicht tun konnte. Theoretisch konnte er es zwar, als Ältermann, aber es wäre eine ungeheuer unpopuläre Entscheidung. Eine, die Dunmor nächstes Jahr bei der nächsten Wahl zum Rat der Ältesten aller Wahrscheinlichkeit nach seine Stellung kosten würde.

Denn, so seltsam es auch war: Mein Dad war jetzt eine zwergische Berühmtheit.

Eine lebende Legende.

Im Zuge dieser Ereignisse war er zu einer der größten Ikonen der modernen Zwergenwelt geworden. Wo immer er im Untergrund auftauchte (und sogar oben in der Welt der Menschen), blieben Zwerge stehen, starrten ihn an und tuschelten erregt miteinander. Wenn im Untergrund Handys erlaubt wären, würde er bestimmt mindestens fünfzig Mal am Tag angesprochen, um ein Selfie zu machen. Er war schließlich der einzige Zwerg, der die Rückkehr von Galdervatn vorhergesagt hatte. Er war der Zwerg, dem es zugeschrieben wurde, dass der Elfenlord und seine Gemahlin ausgeschaltet worden waren (mir war das nur recht, ich wollte mich nicht noch schuldiger fühlen, ich hatte in meinen Albträumen auch so genug damit zu kämpfen). Und außerdem war er der Zwerg, der dem Tod von der Schippe gesprungen war, indem er ein uraltes elfisches Gift überlebt hatte.

Er war ein echter Held, wozu die Sturmbauchs ja auch angeblich vom Schicksal bestimmt waren.

Natürlich fiel auch den anderen Zwergen auf, dass er sich seltsamer verhielt denn je. Aber sie nahmen das nur als weiteren Beweis, dass er ein Genie war. Schließlich war er schon immer ein bisschen eigen gewesen. Er war jahrelang als verrückt bezeichnet worden, als er sich immer wieder über Galdervatn und die Rückkehr der uralten Magie verbreitet hatte – was bis vor Kurzem nur als wilde Verschwörungstheorie betrachtet worden war. Doch dann hatte sich herausgestellt, dass er recht hatte. Wie sollten sie jetzt etwas gegen seine zunehmende Seltsamkeit anführen können?

Das Ganze hatte eine gewisse Logik, aber ich kannte meinen Dad nun mal und wusste, dass er nicht in bester Form war. Irgendwas stimmte nicht mit ihm. Und ich wusste nicht, wann und ob es jemals wieder in Ordnung gebracht werden könnte. Foggy Blutbräu wusste das auch nicht. Sie hatte ihre gesamte Freizeit damit verbracht, die Reste der beiden alten elfischen Flüssigkeiten in den Phiolen zu untersuchen. Aber ohne Zugang zu alten elfischen Werken über Alchemie konnte sie kaum etwas darüber in Erfahrung bringen. Die Mixturen aus Ur-Erde wurden eher mithilfe von esoterischem Hokuspokus zusammengerührt als nach den Gesetzen moderner Chemie.

Ein lautes Türklopfen riss meinen Dad und mich aus unseren Gedanken.

Ich sprang auf und öffnete.

»Fynric!«, sagte ich.

»Greg«, grunzte er mit einem Hauch von einem Lächeln.

Obwohl er eine Zeit lang mein Vormund (und mein Zimmergenosse) gewesen war, als mein Dad von den Elfen gefangen gehalten wurde, war er absolut kein kumpeliger Typ. Er war eigentlich sogar noch grantiger als früher, als er in Dads altem Laden gearbeitet hatte, im EGOHS (*Erdgüter und Organische Harmonie*-Shop).

»Dad, Fynric ist hier«, sagte ich, drehte mich um und trat zur Seite.

»Eigentlich wollte ich mit dir reden, Greg«, sagte Fynric.

Mein Dad sah uns vom Tisch her an, er rührte sich nicht und strahlte eine Ruhe aus, die andeutete, dass er bereits wusste, dass Fynric meinetwegen gekommen war und nicht seinetwegen.

»Mit mir?«, fragte ich ungläubig.

Fynric nickte.

»Dunmor will dich augenblicklich sprechen«, sagte er. »Und er ist nicht gerade guter Laune. Er ist alles andere als glücklich.«

Ich seufzte, denn ich hatte einen Verdacht, worum es ging. Hinter mir stieß mein Dad einen langen, leisen Pfiff aus. Er schüttelte langsam den Kopf.

»Greg, ein *Körnchen der Wahrheit* für deine Besprechung mit Dunmor«, sagte er. Ich schlug mir mit der flachen Hand an die Stirn. »Sprich mit ihm, als ob du Laub harkst. Als ob du im Herbst Laub harkst. Und als ob ein Eichhörnchen da ist und euch beide beobachtet.«

Fynric und ich wechselten einen hoffnungslosen Blick.

Dann seufzte Fynric und sagte mit einem winzigen Hauch von Humor: »Na gut, los gehts, Greg. Dann wollen wir mal mit Dunmor Laub harken.«

6

Mal wieder wird ein fantastisches Geheimnis durch einen mystischen Gegenstand mit blödem Namen erklärt

Ich behielt recht mit meiner Befürchtung, weshalb Dunmor wütend war.

»Sagt mir doch noch mal«, verlangte er, »was ist Regel Nummer 1 bei einer MFM?«

Glam, Eagan, Lake, Ari, Froggy und ich saßen ihm mit betretenen Gesichtern gegenüber, an seinem riesigen steinernen Schreibtisch in seinem Untergrundbüro, und starrten unsere Füße an. Wir hatten die Regel jetzt schon zweimal wiederholen müssen: *Gewaltanwendung um jeden Preis vermeiden.*

»Wir mussten uns aber wehren, sonst hätte das Dings uns umgebracht!«, sagte Ari.

»Ihr hattet vielleicht keine Möglichkeit, euch das Ungeheuer zum Freund zu machen«, räumte Dunmor ein. »Aber musstet ihr wirklich solches Aufsehen erregen? Wie lautet Regel Nummer 2?«

»Kein Aufsehen erregen«, murmelten wir alle.

»Und ratet mal, was passiert ist«, sagte Dunmor und hob seine Hand an seinen wilden roten Bart, als wolle er seine

Bemerkung noch unterstreichen. »Ihr habt Aufsehen erregt. Und es gibt nicht nur Augenzeugen, einige von ihnen haben euch dabei sogar gefilmt.«

»Echt?«, fragte Eagan und sah aus, als ob ihm schlecht würde.

Dunmor nickte. »Jawohl, ein Video von Glamenhilda, wie sie den Wasserspeier mit den Fäusten zerschmettert, ist offenbar bakterial gegangen«, sagte er. »Im Interweb.«

»Ein Glam-Smash-Video?«, fragte Glam und sah irgendwie stolz aus.

»*Viral,* nicht bakterial«, korrigierte Ari.

»Egal«, sagte Dunmor mit einer wegwerfenden Handbewegung. »Zum Glück ist der größte Teil der Öffentlichkeit, inklusive der wichtigsten Medien, davon überzeugt, dass es sich um eine Fälschung handelt. Um heftige Animationseffekte bei einem Film, den irgendwelche Studierende von der Uni hier gedreht haben.«

»Falls das irgendwie hilft, dann tut es mir leid«, sagte ich. »Es war alles meine Schuld. Die anderen konnten nichts dafür, dass ich dieses Chaos angerichtet habe.«

»Ich weiß, dass es dir leidtut, mein Junge, das weiß ich«, sagte Dunmor und seine Miene besänftigte sich. »Eigentlich habe ich ja gar nichts mit der Sache zu tun. Wir haben andere, die für die MFMs verantwortlich sind. Ihr seid nicht die ersten Zwerge, die gegen die MFM-Regeln verstoßen, und ihr werdet nicht die letzten sein. Aber ihr seid die ersten *Kinder*, denen eine offizielle Mission anvertraut wurde. Und deshalb wollte ich persönlich mit euch reden. Auf euch lastet eine ziemliche Verantwortung, als Versuchsgruppe für die Rekrutierung und Aussendung von jugendlichen Zwergen auf MFMs. Die Anzahl der Monsterbeobachtungen im Umfeld der Großen Seen ist in dieser Woche allein schon um vierzig Prozent gestiegen. Und bald wird Vollmond sein, und das wird mit allergrößter Wahrscheinlichkeit sehr viele Leute glauben lassen, sie seien Werwölfe. Das alles übersteigt unsere Kräfte. Und deshalb würden wir gern weitere junge Zwerge mobilisieren, die mit ihrem Training so weit sind wie ihr. Wir müssen aber sicher sein, dass ihr der Herausforderung gewachsen seid. Und ich bin überzeugt davon, dass das der Fall ist. Also bekommt ihr noch eine Chance, um zu beweisen, dass ich recht habe.«

»Wirklich?«, fragte Ari.

»Ja, und zwar bald«, erwiderte Dunmor. »Ihr werdet morgen früh aufbrechen. Verzeiht mir, ich weiß, das ist sehr kurzfristig, aber wie gesagt, uns bleibt nichts anderes übrig. Die Auswirkungen der Magie machen sich nun endgültig bemerkbar, und für die Menschen wird es immer schwieriger, sie wegzudiskutieren. Morgen geben wir euch einen erfahrenen MFM-Veteranen zur Aufsicht mit. Und um euch hinzubringen, es ist nämlich eine ziemliche Strecke.«

»Welchorts harret jenes Bestimmungsgefilde?«, fragte Lake.

»Wisconsin«, sagte Dunmor. »In der Nähe der Dells. Es gibt Berichte über seltsame Wesen, die sich dort im Wald herumtreiben, Tiere töten und Felsquader auf Landstraßen werfen. Wir tippen auf einen Felstroll, damit kennt ihr euch ja aus, möchte ich hoffen. Das sind riesige, zerstörungswütige Kreaturen, aber die meisten sind ziemlich stumpfsinnig und leicht in die Irre zu leiten. Macht euch heute Nachmittag kundig und ruht euch dann aus. Ihr findet euren Begleiter und Fahrer bei Sonnenuntergang am westlichen Ausgang vor.«

Einige Sekunden lang herrschte tiefes Schweigen. Ich war

nicht sicher, ob es von der Aufregung kam, vom Schock, weil wir so schnell auf die nächste MFM ausgesandt werden sollten, oder von der puren Angst angesichts der Aussicht, in den Wäldern von Wisconsin einem Felstroll gegenübertreten zu müssen. Bei mir war es eigentlich eine Mischung aus allen dreien, aber es kam noch etwas dazu. Etwas, das mir in letzter Zeit ziemliche Sorgen gemacht hatte.

»Danke«, sagte Glam endlich. »Für die Chance, einen Felstroll zu Staub zu zerschlagen.«

»Glam!«, sagte Ari. »Regel 1!«

»Ach ja ... ich meine ... ich meine natürlich, nur wenn mir gar nichts anderes übrig bleibt.«

Dunmor seufzte und schlug die Hände vors Gesicht.

»Bitte, lasst mich nicht bereuen, dass ich euch noch eine Chance gebe«, flehte er.

»Ehe wir gehen, habe ich eine Frage«, sagte ich, da ich meine Neugier nicht mehr bezähmen konnte. »Woher weißt du das alles? Ich meine, ich will ja nicht an deinen Worten zweifeln, aber vor noch wenigen Monaten wusste niemand auch nur von der Existenz von Magie, ganz zu schweigen davon, wann oder wie sie zurückkehren würde. Aber jetzt tauchen überall Monster auf, und wir haben MFMs und diese ganzen Kenntnisse darüber, wie rasch die Magie zurückkommt. Woher wissen wir das eigentlich alles? Und warum jetzt? Warum kommt Magie nach so vielen Jahrtausenden plötzlich zurück?«

Ein Teil von mir rechnete damit, dass meine Freunde peinlich berührt aufstöhnen würden. Oder vielleicht über meine Unwissenheit lachen. Oder mir einen Rippenstoß versetzen, damit ich die Klappe hielt und unseren weltweit obersten Zwergenältermann nicht so offen kritisierte. Aber all das taten sie nicht. Stattdessen richteten sie ihre vorsichtig neugierigen Blicke auf Dunmor.

Er überraschte uns alle mit einem Grinsen.

»Es erstaunt mich, dass du diese Frage erst jetzt stellst«, sagte er endlich. »Vor allem du als Trevors Sohn. Natürlich kann ich angesichts seines derzeitigen Zustandes verstehen, dass du vielleicht nicht auf die Idee gekommen bist, dich an ihn zu wenden ...«

Ich ließ den Kopf hängen. Es stimmte schon: Obwohl er noch immer mein Dad war, stellte ich ihm kaum noch richtige Fragen. Denn meistens waren seine Antworten einfach nur Kauderwelsch. Ich wusste nicht, wie viel Vertrauen ich überhaupt noch in seine Aussagen setzen konnte.

»Es hilft bei der Beantwortung eurer Fragen, wenn ich erkläre, wie die Feen vor langer Zeit überhaupt die Magie verbannen konnten«, sagte Dunmor nun düster.

Bei dieser Eröffnung beugten meine Freunde sich vor, daran merkte ich, dass das eine uralte Zwergensage war, mit der sie sich auch nicht richtig auskannten. Als ob die Verbannung der Magie ein düsteres Geheimnis wäre, über das niemand sprach. Jedenfalls bis uns allen aufgegangen war, dass die Magie zurückkehrte.

»Der Schlüssel zu dieser Geschichte ist das Faranlegt-Amulett von Sahar«, begann Dunmor. Ich versuchte, nicht zu stöhnen, weil hinter allem natürlich mal wieder ein verwunschenes Amulett mit einem geheimnisvoll klingenden Namen steckte. »Es wurde zu Anbeginn der Erde von den Göttern geschaffen. Manche behaupten gar, dass es das eigentliche Samenkorn war, der Kern unseres Planeten, und dass jegliches Leben und Sein daraus erwuchs. Es wurde erst später in einer Zeit der

Verzweiflung von den Feen aus dem Zentrum der Erde entfernt. Auf jeden Fall bestand das Herz des uralten Amuletts aus einem seltenen, jetzt nicht mehr existierenden verzauberten Edelstein namens *Corurak*. Das war ein Stein, der in vielen durchscheinenden Farben gleichzeitig funkelte und leuchtete, je nachdem, wer ihn gerade betrachtete. Über viele Jahrzehntausende war der Verbleib dieses Amuletts unbekannt. Aber wir wissen, dass die Feen es eingesetzt haben, um in der Endzeit von Ur-Erde die Magie zu verbannen.«

»Wie kann ein kleines Amulett so viel ausrichten?«, fragte ich.

»Geduld, Greg, dazu komme ich noch«, sagte Dunmor. »Es gab eine Weissagung, dass das Amulett die Macht besaß, Magie in eine andere Gestalt zu überführen. Und die Feen nutzten nun das Amulett, um das herzustellen, was wir jetzt als Galdervatn kennen. Der Sage nach war Galdervatn in den alten Zeiten jedoch noch keine nebelhafte Substanz, sondern ein Teil der Feen *selbst*. Sie fügten die Magie in ihre Seelen ein. Und als sie die weltweite Zerstörung sahen, die diese Magie in dem eskalierenden Krieg zwischen Elfen und Zwergen anrichtete, opferten sie ihr Leben und wanderten als gesamtes Volk tief ins Erdinnere, wo sie sich zusammen mit der Magie vergruben, um auf diese Weise die Welt zu retten. Aber sie konnten die gewaltige Veränderung der Erdwärme und die Umbrüche, die die Erde in den letzten Äonen durchgemacht hat, nicht vorausahnen. Und schon gar nicht, dass diese geologischen Ereignisse auf irgendeine Weise die Magie tief aus der Erde freisetzen würden. Das hat niemand vorausgesehen, bis auf deinen Vater natürlich.

Aber jetzt kommen die Seelen der Feen wieder zum Vorschein, als dieser seltsame Nebel, den wir Galdervatn nennen, sie schweben durch die Risse in der zerfallenden Erdkrume und kehren zurück an die Oberfläche. Wir wissen, dass das passiert, weil wir es sehen können. Manchmal wird wirbelnder lila Nebel gesichtet, wie er aus den Gullys aufsteigt oder bei der Eruption eines Geysirs in einem Nationalpark freigesetzt wird. Und außerdem können wir weitere Anzeichen sehen: die ehemals ausgestorbenen magischen Geschöpfe. Ohne Magie könnten sie nicht zurückkehren – sie liegt ihrer Existenz zugrunde.«

»Wo befindet sich dieses Amulett jetzt?«, fragte Eagan.

»Das weiß niemand«, sagte Dunmor. »Angeblich ist es vernichtet worden. Aber es gibt in den uralten Annalen der Feen einige Stellen, die andeuten, dass die Feen, ehe sie sich in die Verbannung ins Erdinnere begaben, das Faranlegt-Amulett von Sahar in einer magischen Höhle in einem fernen, unbekannten Wald versteckt haben. Aber die meisten halten das für Ork-Dung.«

»Aber warum?«, fragte Ari. »Vom Rest hat sich doch sehr vieles als wahr herausgestellt. Warum wird gerade diese Geschichte so einfach abgetan?«

»Weil es ein Widerspruch in sich ist«, sagte Dunmor. »Es kann nicht stimmen.« Er schaute in unsere verwirrten Gesichter und seufzte, ehe er erklärte: »Das versteckte Reich dieses Waldes kann nicht ohne Magie betreten werden. Aber wenn es seit vielen Jahren keine Magie gegeben hat und die Magie auch eigentlich schon verbannt war, als sie das Amulett im Wald versteckt haben ... na ja, das könnt ihr euch doch sicher selbst ausrechnen?«

Wir schwiegen alle, um über diese rhetorische Frage nachzudenken.

»Andererseits«, sagte Eagan dann zu unser aller Überraschung, »wenn magische Wesen mithilfe der Magie zurückkehren, dann müsste das magische Reich eines geheimen Waldes das doch auch können.«

Dunmor lächelte und nickte. »Das ist in der Tat hieb- und stichfeste Logik«, räumte er ein. »Aber selbst wenn es stimmt: Die Passagen in den Annalen der Feen, in denen steht, um welchen Wald es sich handeln könnte, wo er liegt, wie man hinkommt und so weiter, sind nicht aufzufinden. Sie wurden vermutlich vom Zahn der Zeit zernagt, zusammen mit den meisten anderen alten Chroniken von Ur-Erde. Und selbst wenn diese Chroniken existieren und gefunden werden, können sie bestimmt nicht hinreichend erklären, wie man die geheime Höhle in diesem magischen Wald findet oder wie man den angeblichen Hüter des Amuletts umgeht. Tatsache ist, dass die Feen nicht wollten, dass es jemals wiedergefunden wird – wenn sie es also nicht vernichten konnten, dann haben sie wohl das Nächstbeste getan: es an einem dermaßen unzugänglichen Ort versteckt, dass es nie wieder das Sonnenlicht erblicken wird. Viele glauben auch, dass sie das Amulett einfach mit ins Erdinnere genommen haben und dass es überhaupt keinen magischen Wald und keine Höhle gibt. Wie dem auch sei: So schön es auch wäre, weil wir uns dann die Macht der Magie auf unvorstellbare Weise zu Diensten machen könnten, so ist es doch nichts, was der Rat auch nur im Entferntesten als Möglichkeit in Betracht zieht. Die Feen wollten nicht, dass es gefunden wird, also haben sie zweifellos alles getan, was in ihrer Macht stand, um das für alle Zeit zu verhindern. Aber das reicht für heute, ich habe noch viel zu tun. Ihr könnt jetzt gehen.«

Wir nickten alle und erhoben uns.

»Du nicht, Mr Mondzauber«, sagte Dunmor. »Ich muss noch etwas anderes mit dir besprechen.«

Eagan blieb an der Tür stehen und sah gleichermaßen besorgt und verwirrt aus.

»Es dauert nicht lange«, versicherte Dunmor.

Eagan sah uns mit einem Schulterzucken nach und schloss hinter uns die Tür.

7

Wir schlagen mit Knochen Schädel durch die Gegend, einfach so zum Spaß

Was sollte das denn alles bedeuten?«, fragte Glam, als wir uns zum Abhängen und Entspannen in der Arena trafen.

Obwohl Dunmor gesagt hatte, wir sollten uns vorbereiten, und obwohl wir das auch vorhatten, brauchten wir erst noch eine Stunde Spaß, um von der Anspannung wieder runterzukommen.

»Dass wir so schnell eine neue Mission kriegen oder dass er Eagan bei sich behalten hat?«, fragte ich. »Oder die Geschichte des Amuletts?«

»Alles!«, sagte Glam.

»Na ja, ich freu mich einfach über die Chance, zu zeigen, dass wir eine MFM erfolgreich zu Ende bringen können«, sagte Ari.

»Können wir das denn?«, fragte ich, während ich anfing, Billardkugeln zurechtzulegen.

Ari starrte mich wütend an.

In der Arena eine Runde zu spielen war für uns zu einer Art Ritual geworden. Nach dem stundenlangen magischen Training mit Fenmir Nebelmoosmann, dem Kampftraining mit Buck oder dem Unterricht bei unseren Ur-Erdistik-Lehrern trafen wir uns fast jeden Tag zu einer Billardpartie in der Arena. Es ging nicht nur darum, den Druck, der auf uns lastete, oder das bevorstehende Chaos bei der Rückkehr der Magie zu verdrängen. Und es lag auch nicht daran, dass Billard ein Spiel war, über das wir doch noch irgendwie mit der modernen Welt in Verbindung bleiben konnten[5]. Klar, all das waren gute Gründe für dieses allabendliche Ritual, aber vor allem lag es daran, dass wir im Grunde eben doch noch Kinder waren. Dass ein neues Magisches Zeitalter heraufzog, hieß schließlich nicht, dass unser ganzes Leben sich um Kampftraining und Unterricht drehen musste. Wir konnten immer noch Spaß haben, oder etwa nicht?

Außerdem half es mir, mehr über meine zwergischen Freunde zu erfahren. Wir hatten uns zwar von Anfang an schnell zusammengefunden, aber ich kannte sie eben doch erst seit ungefähr drei Monaten, deshalb gab es vieles in ihrem Leben, worüber ich nichts wusste.

Zum Beispiel Ari: Bei unserer ersten Begegnung hatte sie sich den halben Kopf kurz geschoren und trug auf der anderen Seite eine wilde silbrig-lila Mähne. Das fand ich wunderschön. Aber nun wusste ich, dass sie ihre Frisur mindestens einmal im Monat änderte, und immer war ihr neuer Stil witzig und außergewöhnlich. Im Moment hatte sie die Haare auf dem ganzen Kopf kurz geschnitten und blau gefärbt, bis auf einen

---

5 Übrigens sind die modernen Billardvarianten angeblich von einem alten Zwergenspiel aus Ur-Erde abgeleitet, das Skalleknuser genannt wurde. Bei diesem Spiel wurden als Billardstöcke allerdings angespitzte Drachenschienbeine benutzt, und als Kugeln dienten polierte Koboldschädel. Und woraus der Spieltisch bestand oder wie die Regeln lauteten, wollt ihr lieber nicht wissen. Das könnt ihr mir glauben!

winzigen rosa Rattenschwanz, der im Nacken einige Zentimeter hinunterhing. Es war nicht meine Lieblingsfrisur unter den vieren, mit denen ich sie bisher gesehen hatte, aber ich fand es trotzdem wunderschön, wie frech und anders und witzig sie war.

Oder Eagan: Der hatte sich als Supergamer entpuppt. Obwohl er im Untergrund lebte, wo die meisten modernen elektronischen Geräte verboten waren (das Verbot wurde jedoch nur selten kontrolliert, da Zwerge persönliche Freiheit über alles stellen), war Eagan besessen von Videospielen. Wenn wir nicht zusammen abhingen (und manchmal sogar dann), versteckte er sein Gesicht oft hinter einem auf dem schwarzen Markt gekauften Smartphone oder einer kleinen Spielkonsole, und seine Finger huschten geschickt über Bildschirm oder Tasten. Er war deswegen immer etwas schuldbewusst, aber wir anderen fanden, dass jemand, der so viel las und lernte wie er, ab und zu eine Erholung von der Bildung verdient hatte.

Oder Froggy: Wir alle wussten, dass er Musik über alles liebte. Aber inzwischen hatten wir herausgefunden, dass er auch so eine Art Horrorfilmfreak war. Er hatte wirklich jeden jemals gedrehten Horrorfilm gesehen oder wusste etwas darüber. Einmal hatte er uns einen obskuren (und überaus unappetitlichen) italienischen Film (noch dazu total mies synchronisiert) aus den Siebzigerjahren namens »Zombies« anschauen lassen. Der Streifen war hauptsächlich eklig, aber es gab eine total coole Szene, in der ein Zombie unter Wasser mit einem Tigerhai kämpft!

Oder Glam: Sie redete nicht viel über sich selbst, deshalb war es schwerer, etwas über sie in Erfahrung zu bringen, abgesehen davon, dass sie gern Dinge zerschlug, Fleisch aß und sich einen Überblick über alle »süßen« Zwergenjungs in der Klasse verschaffte. Aber ich hatte erst kürzlich herausgefunden, dass Glam auch gern Hockey spielte. Sie schlich sich im Winter dienstags abends immer zum Eisstadion in Hyde Park, um sich an spontanen Spielen zu beteiligen (manchmal fanden sich sogar ehemalige und derzeitige Spieler der Blackhawks dazu ein). Sie war nicht gerade die Beste im Umgang mit dem Puck, aber offenbar machte sie in der Verteidigung eine mehr als gute Figur, denn dabei konnte sie nach Herzenslust mit anderen Spielern zusammenkrachen.

Oder Lake: Weil Lake darauf bestand, zur Kommunikation eine wörtliche Übersetzung des Altzwergischen zu verwenden, könnte man denken, es sei schwieriger als bei den anderen, ihn besser kennenzulernen. Aber als vor wenigen Wochen alle außer Lake und mir nach dem Unterricht mit allerlei Aufgaben beschäftigt waren, hatte ich festgestellt, dass er ungeheuer gern Schach spielte! Seither versuchten wir, an jedem Sonntag wenigstens eine Partie zu schaffen. Es war nicht dasselbe wie mit Edwin – unter anderem, weil Lake ehrlich gesagt eine Schachniete war. Aber es machte Spaß, wieder zu spielen und dadurch eine besondere Beziehung zu Lake zu entwickeln.

»Jedenfalls werden wir versuchen, morgen bei der MFM bessere Arbeit zu leisten«, sagte ich, während ich noch mit den Billardkugeln beschäftigt war.

»Wir *müssen* bessere Arbeit leisten«, sagte Ari. »Die Menschen brauchen uns, auch wenn sie das nicht wissen.«

Glam nickte und stieß die Billardkugeln mit einem donnernden KLACK auseinander.

»Was glaubt ihr, worüber Dunmor mit Eagan reden musste?«, fragte ich.

»Ach, du meinst wohl, du wärst der Einzige, mit dem Dunmor jemals unter vier Augen reden muss?«, fragte Ari. »Hältst du dich für was Besonderes?«

»Nein, natürlich nicht, nur ... ich dachte ...«, stammelte ich. »Ich meine ... ich dachte ... vielleicht ...«

»Keine Panik, Greg«, sagte Ari grinsend. »Das sollte doch bloß ein Witz sein!«

Ich rang mir eine Art nervöses Lachen ab.

Sie zogen mich oft damit auf, dass ich ein »Erwählter« sei. Bisher war Aderlass das einzige wiedergefundene magische Überbleibsel aus Ur-Erde, das »erwacht« war und sich einen neuen Besitzer ausgesucht hatte. Angeblich besaßen viele der mächtigen, verwunschenen Waffen von Ur-Erde diese Fähigkeit – fast, als ob sie ihren eigenen Kopf hätten. Aber nur Aderlass hatte diese Sagen bisher bestätigt. Ich hatte inzwischen mehr und mehr das Gefühl, dass meine Freunde heimlich neidisch waren. Aderlass hatte das sogar selbst schon angedeutet (und zwar ziemlich oft). Was mir natürlich unangenehm war. Ich hatte schließlich nie um eine telepathische sprechende Axt als Freund gebeten. Meistens war Carl (wie Aderlass sich selbst nannte) eher nervig. Immerzu wollte er mich überreden, alles Mögliche einfach aus Jux zu zerstören.

»Möchtwesen, dass Eagan neue Gesellen empfanget?«, schlug Lake vor.

»Nein, wieso sollten sie ihm andere Klassenkameraden zuweisen?«, widersprach Ari. »Das hätte doch keinen Sinn. Wir sind ein richtig gutes Team, das sollte sogar das Zwergische Ausbildungs-Komitee erkennen.«

»Genau, das kann es nicht sein«, meinte auch Glam. »Wahrscheinlich spielt Eagan mit dem Gedanken, zum Vegetarier zu werden, und Dunmor will ihm das ausreden. Die haben alle Schiss, dass Aris Propaganda ihn endlich überzeugt hat.«

Ari zog eine Grimasse, sagte aber nichts. Sie und Glam stritten sich ständig über den Konsum von Fleisch. Glam legte es immer wieder darauf an, vor Aris Augen Fleisch zu verzehren (wie an dem Tag, an dem sie sich neben Ari setzte und im Zwergenstaatskunde-Unterricht an einer riesigen geräucherten Truthahnkeule herumknabberte). Aber eins muss ich Ari lassen, sie schaffte es, sich einfach gleichgültig zu stellen. Die meisten Zwerge fanden wie Glam, dass Pflanzen eigentlich heiliger sind als Fleisch, was die ganze Debatte nur noch brisanter machte, und ich hätte mich fast schon auf Aris Seite gestellt, obwohl ich persönlich gern Fleisch aß. Ich respektierte, wie konsequent sie ihre Überzeugungen vertrat, egal, wie unbeliebt diese Überzeugungen in ihrer Umgebung waren.

»Nö, das war es nicht«, sagte Eagan von der Tür her. »Und diese Unterstellung kann ich auch nicht billigen.«

Glams Gesicht nahm einen Rotton an, den ich noch nie gesehen hatte.

»So war das nicht gemeint«, sagte sie eilig.

»Ist schon gut«, sagte Eagan und kam herein.

Es war nicht zu übersehen, dass sich sein Gang geändert hatte. Er kam mir plötzlich irgendwie zielstrebiger vor. Ich weiß, das klingt blödsinnig, aber es ist schwer zu erklären.

»Was war es denn dann?«, fragte Ari.

»Also, erstens kann ich morgen nicht mit euch auf die Mission gehen«, sagte er.

»Nein!«, rief Glam wütend und packte den Billardstock, als ob sie ihn in die solide Mauer hinter ihr rammen wollte.

»Das ist nicht fair«, sagte Ari. »Wir brauchen dich.«

»Wiesowegen beliebt es jenen Herren, dich uns zu entfutzeln?«, brüllte Lake fast.

Eagan schwieg, und langsam breitete sich ein Lächeln auf seinem Gesicht aus. Ich dachte, er hätte nur einen Witz gemacht, aber dann begriff ich, dass es einen anderen Grund hatte. Einen viel aufregenderen.

»Nicht, was ihr denkt«, sagte Eagan. »Ich kann morgen nicht mitkommen, weil ich offiziell vereidigt werde.«

»Vereidigt?«

»Offenbar bin ich das jüngste gewählte Mitglied des Zwergischen Rates«, sagte er.

8

Boz Hellfinger isst vierundsiebzig Biskuitrollen

»Ich kann es nicht fassen, dass Eagan im Zwergischen Rat sitzt!«, sagte Ari am nächsten Morgen im Minibus zum vielleicht zehnten Mal.

Ich konnte ihr da keinen Vorwurf machen. Es war wirklich eine Sensation. Ich meine, es gab in aller Welt jede Menge kleinere Zwergische Räte (sie wurden Zwergenkomitees genannt), aber die hatten nur lokale Entscheidungsbefugnisse, ungefähr wie die Behörden der Bundesstaaten. Der Zwergische Rat in Chicago war das anerkannte, offizielle Regierungsorgan der gesamten Zwergenwelt. Die Sache war noch sensationeller, als wenn ein Vierzehnjähriger zum US-Senator oder zum britischen Parlamentsabgeordneten oder so gewählt worden wäre.

»Die Entscheidung war ziemlich umstritten«, sagte Bosgroli Hellfinger vom Fahrersitz her. »Er ist jetzt ganz offiziell das jüngste Ratsmitglied seit Beginn der modernen Geschichtsschreibung.«

Bosgroli »Boz« Hellfinger war die männliche Gouvernante, die Dunmor uns auf unsere zweite Monster-Friedens-Mission mitgegeben hatte. Er sollte uns zudem hinfahren, in einem alten grauen Minibus, in dem hinten unsere Waffen verstaut waren.

Fast die gesamte dreistündige Fahrt hatten wir aufgeregt darüber geredet, dass Eagan nun einer der hundertfünfundzwanzig Mitglieder des Zwergischen Rates sein würde.

Der Großteil unserer Informationen stammte von Boz, da Eagan am Vortag zu aufgeregt (und noch viel zu geschockt) gewesen war, um uns viel zu erzählen. Außerdem hatte er, nachdem er uns die große Neuigkeit mitgeteilt hatte, davonstürzen müssen, um sich vorzubereiten. Er sagte, es würde sehr viel mehr Arbeit sein, als wir uns vorstellen könnten (und auf jeden Fall sehr viel anstrengender als unsere Stunden in Zwergistik).

Es war mehr oder weniger so abgelaufen: Eagan war anonym für den Ratssitz nominiert worden, der leer war, seit sein Dad einige Monate zuvor in der Dosgrud-Silbermütze-Versammlungshalle bei einem Trollüberfall ums Leben gekommen war. Die Ratsvorschriften sahen vor, dass alle Nominierten zur Abstimmung zugelassen werden mussten. Und Eagan hatte auf irgendeine Weise unter den dreiundzwanzig Nominierten die meisten Stimmen auf sich vereinigt, war damit zum jüngsten Ratsmitglied aller Zeiten geworden und hatte den bisherigen Rekord von einundzwanzig Jahren (witzigerweise gehalten von meinem eigenen Vater) um sieben Jahre unterboten.

»Er wird das großartig machen«, sagte ich, obwohl ich mir da noch immer nicht sicher war.

Meine Zweifel hatten in der vergangenen Nacht eingesetzt, als ich wach im Bett gelegen und meinem Dad beim Schnarchen zugehört hatte.

Das hättest du sein sollen, hatte Aderlass gesagt, und seine Stimme hatte sich durch die Dunkelheit geradewegs in mein Gehirn gebohrt. *Du müsstest jetzt im Rat sitzen, nicht Eagan.*

Nie im Leben, dachte ich zurück. *Eagan ist der klügste Junge, den ich kenne. Und logisch und ehrlich und sympathisch – fast mehr, als gut für ihn ist. Und er ist ganze anderthalb Jahre älter als ich, was nicht viel ist, das weiß ich, aber eine Rolle spielt es eben doch. Und er lernt schon sein ganzes Leben lang alles Mögliche über Zwerge und unsere Kultur. Ich habe doch erst vor weniger als vier Monaten erfahren, was ich bin! Im Vergleich zu ihm weiß ich so gut wie nichts.*

Schon, aber er ist nicht zu Großem bestimmt so wie du, sagte Aderlass unbeeindruckt. *Ich hatte meine Gründe, als ich nicht ihn ausgesucht habe. Ich meine, ich mag Eagan ja auch, obwohl er für mich ein bisschen zu weich ist. Aber du könntest, kannst und wirst eines Tages die Welt verändern. Du hättest gewählt werden müssen.*

Ich gab keine Antwort und machte meinen Kopf leer. In Wahrheit wusste ich nicht einmal, ob ich den Posten wirklich gewollt hätte. Zu viel Verantwortung für einen wie mich; einen, der mal eben seine eigene Hose anzündet und die Eltern seines (ehemals) besten Freundes ums Leben bringt. Aber ich wusste, dass Eagan mir bei unseren MFMs fehlen würde. Er war immer so logisch und wusste so viel über alles Mögliche. Er verhinderte, dass wir in Panik gerieten, wenn alles in den Teich ging, was natürlich ständig passierte, wir waren ja schließlich Zwerge, und überhaupt.

»Eagan wird wahrscheinlich zum Ältesten ernannt, ehe er achtzehn ist!«, sagte Glam stolz hinten im Wagen.

»Na, da wäre ich mir nicht so sicher«, sagte Boz und wischte sich mit dem Ärmel über die Stirn.

Boz Hellfinger war nicht viel älter als wir. Als Mensch in der modernen Welt würde er noch zum College gehen. Er war ein beleibter Kerl, der nur mit Mühe auf den Fahrersitz passte und dem sich das Lenkrad in den Schmerbauch bohrte. Er hatte einen außergewöhnlich langen schwarzen Bart (dafür, dass er so jung war), den er zu zwei fast bis zum Gürtel hängenden Zöpfen geflochten hatte. Boz wirkte eigentlich sympathisch, aber er produzierte in einer Stunde genug Schweiß, um den Michigansee in einen Salzsee zu verwandeln. Und er fraß Biskuitrollen, als ob es morgen keine mehr geben würde. Was ja auch der Fall war, wie er uns mitteilte, nachdem er die fünfte Packung erledigt hatte.

»Die werden mir fehlen«, sagte er, während sich trockene Schokoladenkrümel unter seiner Unterlippe in dem wirren schwarzen Bart verfingen. »Wenn die Magie zurückkehrt, werden sie bald nur noch ein weiterer sterbender Überrest der modernen Welt sein. Es ist eine Tragödie.«

Abgesehen davon, dass er schwitzte und Biskuitrollen vertilgte, verbreitete er sich auch gern über all das bittere Ungemach, das das neue Magische Zeitalter seiner Ansicht nach mit sich bringen würde. So kam es mir jedenfalls vor. Er redete über Straßen, die von rostigen, bewegungslosen Autos verstopft waren und auf denen Rotten von Menschen umherstreunten und mit Fackeln und Schaufeln gegen riesige Skorpione kämpften (brutale Wesen von Ur-Erde, die er Jattemawr nannte). Ich fand das düster und beängstigend. Aber ich glaube, Boz war begeistert von dieser Zukunftsvision (abgesehen natürlich von dem unvermeidlichen Untergang der Biskuitrollen).

Wir hörten jetzt schon seit Wochen von den älteren Zwergen solche Geschichten. Geschichten darüber, wie die neue Welt aussehen würde. Wie unheimlich und gefährlich sie sein würde. Aber viele Zwerge schienen das auch aufregend zu finden, weil sie darin eine Welt sahen, in der die zwergische Magie uns wieder Macht bringen würde. Sie sahen zwar eine beängstigende Zukunft, aber auch eine, in der Zwerge wieder die Herrschaft innehätten. Wir würden diejenigen sein, die sich erhoben und die Schwachen verteidigten, die bösen Monster erschlugen und die Welt zu einem sicheren und wundervollen Aufenthaltsort machten (theoretisch).

Mir kam das alles zu großartig vor, zu sehr anders als das, was ich mein ganzes Leben lang gekannt hatte – selbst wenn ich die letzten Monate nun mitzählte –, um es für möglich zu halten. Es kam mir noch immer vor wie eine Geschichte, die uns vor dem Einschlafen erzählt wurde, um uns Albträume zu bescheren, und nicht wie etwas, das sehr bald passieren könnte. Ich meine, vor vier Monaten war ich ein einigermaßen zufriedener Junge gewesen, ein Gesicht in der Menge, ein Niemand, der einfach sein Leben zu bewältigen versuchte. Ein Leben, von dem wenige je Notiz nehmen würden. Und jetzt war ich als fantastischer, magiebegabter Zwerg verwickelt in eine die Welt verändernde Serie von Geschehnissen (und für die Zwerge, die noch immer an Weissagungen glaubten, spielte ich sogar eine zentrale Rolle darin). Das war mehr, als ich verarbeiten konnte, ganz zu schweigen von der telepathischen Axt.

Endlich bog Boz mit dem Minibus vom Highway auf eine Landstraße ab.

Wir befanden uns jetzt in den Wisconsin Dells, einer Gegend voller Wälder, Seen und Flüsse, die jeden Sommer tonnenweise Touristen anlockte. Ich hatte einmal gehört, wie einer meiner alten Klassenkameraden an der PISS die Dells als das *Las Vegas des Campings* bezeichnet hatte. Ich war noch nie dort gewesen, außer auf der Durchfahrt. Mein Dad hatte nie Zeit zum Camping gehabt (wegen des Ladens und, ihr wisst schon, wegen seiner lebenslangen Jagd nach Magie).

Boz fuhr an der Hauptstadt vorbei, mit vielen Hotels mit

beeindruckenden Namen (wie *Hotel Olymp* oder *Palais Polynesischer Wasserpark*). Wir fuhren noch fast eine Stunde lang tiefer in den Wald, dann hielt er am Rand einer zweispurigen Straße mitten im Nirgendwo.

»Da wären wir«, sagte er und wischte sich fröhlich neuen Schweiß von der Stirn.

»Äh, wo denn?«, fragte Ari.

»An der Stelle, an der dieses undefinierte Wesen zuletzt gesichtet worden ist, das sich hier im Wald herumtreibt«, sagte er. »Gestern Morgen hat hier irgendetwas im Wald einen Wildkadaver auf einen vorüberfahrenden Wagen geworfen. Der Fahrer konnte einen Unfall vermeiden, aber er erzählte der Polizei, dass er eine dunkle Gestalt gesehen hat, die zwischen den Bäumen wegrannte. Der Sheriff hier hat es als Falschmeldung abgetan. Aber da wir alle wissen, dass Monster eben doch real sind, wissen wir auch, dass es wohl keine Falschmeldung war. Also, raus mit euch, findet das Ungeheuer.«

»Kommst du nicht mit?«, fragte ich.

»Negativ«, sagte Boz und wickelte vorsichtig eine weitere Biskuitrolle aus. »Meine Instruktionen besagen, dass ich euch hierhin bringen und die Lage im Auge behalten soll. Ich soll nur im Notfall eingreifen. Hierbei sollen eure Fähigkeiten getestet werden, schon vergessen? Um festzustellen, ob es richtig vom Rat war, zwergische Jugendliche zu den MFMs heranzuziehen. Wenn ich mitkäme, wäre das ja wohl kaum ein brauchbarer Test, oder?«

»Pfft, wir brauchen deine Hilfe gar nicht«, schnaubte Glam und zog die Schiebetüren des Minibusses auf. »Na los, Leute, dann wollen wir dieses Ungeheuer mal zu Knochenpulver zerschlagen – falls es überhaupt Knochen hat.«

Boz grinste und schüttelte den Kopf über Glam, während wir alle aus dem Bus stiegen.

»Versucht bitte, sie zurückzuhalten«, sagte er, aber wir merkten, dass er das nicht so meinte – er war offenbar genauso begeistert von ihrer Zerstörungslust wie die meisten anderen Zwerge.

»Klar, wir versuchen es!«, sagte Ari und schob die Autotür zu.

Wir holten unsere Waffen hinten aus dem Bus.

Greg und Carl, wieder vereint!, sagte Aderlass mit seiner besten Filmerzählerstimme, als ich ihn in den Plastik-Streitaxtbehälter auf meinem Rücken schob. *Wer wird diesmal ums Leben kommen? Vielleicht ein weiterer Wasserspeier? Oder ein ganzes Dorf voller Waldgeister? Egal, niemand kann die riesige Peperoni-Pizza retten, die wir danach vernichten werden, um zu feiern!*

Ich verdrehte die Augen, konnte mir ein Lächeln aber nicht verkneifen. Eins muss man meiner sprechenden Axt lassen: Obwohl sie für Tod und Zerstörung schwärmte, war sie überraschend fröhlich. Und das war nach der vielen Zeit, die ich in Gesellschaft von Zwergen verbracht hatte, eine willkommene Abwechslung. Nicht, dass die Zeit mit den Zwergen schlecht gewesen wäre, das Gegenteil war der Fall. Trotz einiger unserer weniger angenehmen Eigenschaften (Pessimismus, harscher Körpergeruch und die allgemeine Abneigung dagegen, häufiger als zweimal die Woche zu duschen, unsere ruppige Art, miteinander zu reden, und so weiter) musste ich zugeben, dass ich mich noch nie so zu Hause gefühlt hatte. Das Leben unter Zwergen war irgendwie *leichter* als das Dasein in der modernen Welt über uns.

Zum einen machten sich Zwerge keine Gedanken über ihr

Image – wir waren so authentisch, dass es fast nicht mehr gesund für uns war. Status und Reichtum bedeuteten den meisten Zwergen nichts. Wir waren schwer zu beeindrucken und deshalb versuchte es auch niemand. Es hatte keinen Zweck. Wir Zwerge sind, wer wir sind, egal, wie. Außerdem hatte ich, bevor ich in den Untergrund gezogen war, nie das Gefühl gehabt, dass mein Leben viel Sinn hatte. Das Training, der Unterricht, alles kam mir so viel *bedeutsamer* vor als das, was ich auf der PISS gelernt hatte. Und jetzt kamen noch die MFMs dazu, eine weitere besondere Aufgabe, eine Möglichkeit, meine neuen Fähigkeiten und Kenntnisse anzuwenden: Wir halfen Frieden und Ordnung in der Welt zu erhalten. Und ich hätte mir niemals vorstellen können, wie befriedigend das war.

Und deshalb war ich richtig wild darauf, aus dem Bus zu springen und es wieder zu tun, egal, welche Gefahren auf uns lauerten (muss ich an die Sache mit der entflammten Hose erinnern?).

Nachdem wir uns mit unseren Waffen versorgt hatten, wandten wir uns dem dunklen Wald zu und stellten uns am Straßenrand neben dem Bus in eine Reihe. Wir waren nicht sicher, was uns bevorstand. Aber immerhin befanden wir uns diesmal an einer so abgelegenen Stelle, dass wir uns keine Sorgen um Regel Nummer 2 zu machen brauchten: *Kein Aufsehen erregen.* Andererseits, wenn hier etwas schiefginge, bestand unsere einzige Hoffnung in einem kugelrunden, schweißnassen Zwerg, der in einem Minibus Biskuitrollen mampfte und Popmusik aus den Achtzigern hörte.

Na und?, fragte Aderlass, der abermals meine Gedanken gelesen hatte. *Lass uns einfach in den Wald stürmen und alles in Stücke hacken, was nicht bei drei auf den Bäumen ist.*

Himmel, Carl, dachte ich zurück. *Immer mit der Ruhe.*

He, wollte dich doch nur in Stimmung bringen, sagte Aderlass. *Wie ein feuriger Trainer aus einem kitschigen Sportfilm.*

Wie viele kitschige Sportfilme kann eine antike Zwergenaxt denn schon gesehen haben?

He, vergiss nicht, wie viel Zeit ich im Wohnzimmer dieses Sesselfurzers Buck verbracht habe.

Stimmt auch wieder, dachte ich mit einem Grinsen.

Ich hatte natürlich nicht vor, einen Haufen unschuldiger Tiere niederzumetzeln, aber Aderlass hatte durchaus recht damit, dass ich mich nicht zu fürchten brauchte. Wir hatten schließlich schon einen geheimen Elfenstützpunkt infiltriert und meinen Dad gerettet. Und vor weniger als achtundvierzig Stunden hatten wir einen angeblich unzerstörbaren Wasserspeier zerstört. Da würden wir ja auch mit dem hier fertigwerden, was immer es sein mochte.

Ich wollte gerade den anderen eine aufrüttelnde Motivationsrede halten, damit sie mir in den düsteren und schreckenerregenden Tann folgten, als mir aufging, dass meine Freunde nicht mehr neben mir standen. Sie waren bereits einige Meter vorausgelaufen und suchten sich furchtlos einen Weg durchs Dickicht.

»Worauf wartest du noch, Butterblümchen?«, rief Glam mir zu. »Auf einen netten Spazierweg zur Picknickstelle? Los, komm!«

Ich lief hinter den anderen her in den Wald und achtete nicht auf Aderlass und seinen Spott.

Natürlich hatte ich keine Ahnung, dass wir bald einem wilden Monster gegenüberstehen würden, das uns schon einmal über den Weg gelaufen war.

9

Wir werden fast zu einer eleganten Vorspeise

Wir wanderten fast eine Stunde lang ziellos durch den Wald (und wichen unterwegs brutalen Angriffen von Vögeln und Kleingetier aus), ehe wir die ersten Spuren unseres Monsters fanden.

Es begann mit der Entdeckung eines toten Tieres. Der Zustand des Kadavers machte es unmöglich zu sagen, was für ein Tier es gewesen war. Es war relativ klein, zumindest kleiner als ein Reh. Seine Überreste bestanden nur aus einem Haufen Fell und Knochenstücken.

»Übel«, sagte Ari und wandte sich ab.

»Lecker«, sagte Glam, es war aber klar, dass sie damit nur Ari ärgern wollte.

Sieht aus wie die Kochkünste meiner Ex-Gattin, sagte Aderlass.

»Was für ein Wesen würde denn so was tun?«, fragte ich und ignorierte den blöden Witz meiner Axt.

»Wölle doch Eagan mittenmangst uns weilen«, sagte Lake sehnsüchtig. »Jenes Gesellen Kunde um die Welt der Ungeheuer kennt keine Grenzen!«

Er hatte recht, vielleicht würde Eagan das wissen. Aber Eagan war nicht da. Deshalb waren wir auf uns selbst angewiesen. Außerdem sagte Eagan ja immer ganz richtig: Wir besuchten denselben Unterricht wie er, es gab also keinen Grund, warum wir nicht genauso viel gelernt haben könnten. Und er betonte immer, dass er im Fach Monsterologie keineswegs der Klassenbeste war. Ich hatte allerdings eine Ahnung, wer das sein könnte.

»Froggy?«, fragte ich und drehte mich zu ihm um. »Auf der letzten MFM hast du doch eine Menge über den Wasserspeier gewusst. Was denkst du hierüber?«

Er zuckte mit den Schultern. »Könnte alles Mögliche sein. Das hier hilft uns nicht weiter.«

»Vielleicht war es ein Nekimara?«, schlug ich vor. »Weil um den Kadaver herum so wenig Blut zu sehen ist.«

»Nein, Nekimaras sind kleiner«, sagte Ari.

»Woher willst du wissen, dass das hier größer ist?«, fragte Glam.

»Na ja, erstens wegen der Augenzeugenberichte«, sagte Ari. »Und zweitens deswegen!«

Sie zeigte auf zwei Bäume, die offenbar mit Gewalt auseinandergerissen worden waren, um einen Durchgang für etwas Riesiges zu öffnen. Es musste mindestens so groß sein wie ein Bär, vermutlich noch viel größer. Hinter dem Durchgang lagen mehrere entwurzelte Bäume, die offenbar eilig weggeschoben worden waren, um für *etwas* den Weg frei zu machen.

Es war eine Art Fährte, der wir folgen konnten.

Und am Ende würden wir etwas finden, das groß genug war, um ausgewachsene Schierlingstannen wie Papiertaschentücher zu zerfetzen. Und brutal genug, um kleine Tiere zu undefinierbaren Haufen aus Fell und Knochen zu zermatschen.

Natürlich machten wir uns auf den Weg zu diesem Dings, was immer es sein mochte.

Glam trank einen Schluck Galdervatn aus ihrem büffelledernen Flachmann und reichte ihn an mich weiter. Ich trank ebenfalls und gab die Flasche Ari. Ari nippte daran, schob den Stöpsel hinein und gab den Flachmann an Glam zurück. Da Lake und Froggy nicht magiebegabt waren, brauchten sie auch kein Galdervatn zu trinken.

Wir folgten ein paar Hundert Meter dem zerstörerischen Pfad der Kreatur, immer tiefer in den Wald hinein. Der Weg ging hügelan und wurde felsiger. Als der Wald lichter wurde, hätten wir die Fährte eigentlich verlieren müssen (da das Wesen keine Bäume mehr zerschlagen musste, um freie Bahn zu haben), wenn da nicht die fehlenden Felsen gewesen wären.

Alle paar Meter kamen wir an einem riesigen Loch vorbei, in dem vermutlich ein oder zwei massive Felsbrocken gesteckt hatten. An einigen Stellen konnten wir sogar sehen, wo ein Stück Stein mit unvorstellbarer Kraft vom Mutterfels abgetrennt worden war.

Pffft, das könnte ich auch, sagte Aderlass. *Mit links.*

Auf jeden Fall war mehr als deutlich, dass dieses Dings Felsen sammelte.

»Dunmor hat recht gehabt«, sagte Froggy, als wir bei einem besonders riesigen Loch stehen blieben, in dem unten die unverkennbaren Abdrücke des jetzt fehlenden Steinquaders zu sehen waren.

»Wie meinst du das?«, fragte Glam.

»Er bezieht sich darauf, dass Dunmor gesagt hat, sie tippen auf einen Felstroll«, antwortete Ari. »Denn da haben sie wohl recht.«

»Gibt es noch andere Wesen, die Felsen lieben, außer …«

Ein Schatten, der sich über mein Gesicht legte, ließ mich verstummen. Es war der Schatten eines riesigen Felsquaders, der durch die Luft schoss und die Sonne verdeckte. Und der geradewegs auf meinen Kopf zuhielt.

Ich erstarrte, zu verdutzt, um es mit Magie zu versuchen, und wäre bestimmt zu Gregsuppe zermalmt worden, wenn mich nicht ein Windstoß mitten auf der Brust getroffen hätte. Der Windstoß warf mich rückwärts um, fort aus der Bahn des Quaders, der nun mit einem dröhnenden *RUMMS* auf den Boden krachte.

Die harten, knorrigen Wurzeln einer Rotkiefer hielten meinen Fall auf. Ich war nicht sicher, ob ich mich bei Glam oder Ari für die Magie bedanken sollte, die mir soeben das Leben gerettet hatte, aber mir blieb auch keine Zeit für Nachfragen. Eine dröhnende, knarzende Stimme erscholl vom Hügel herab und verhinderte jede mögliche Dankbarkeitsbekundung.

»ZERSTREUT EUCH!«, brüllte die Stimme. »ENTFERNT KEINE STEINIGEN SILICATMINERALE!«

Wir ließen unsere Blicke die Spur aus fehlenden Steinen hochwandern, die auf einem fast baumlosen Felsvorsprung endete. Dahinter fiel der Hang steil ab in ein schattiges Tal voller Kiefern, Fichten und Tannen. Im Schatten hinter der riesigen Felsformation auf dem Gipfel der Anhöhe bewegte sich eine massige Gestalt.

»Wir wollen deine Felsen nicht!«, rief Ari zu der Gestalt hoch. »Wir wollen nur mit dir reden. *Versprochen!*«

»GELOGEN!«, dröhnte die Stimme. »STERBLICHE SIND ALLESAMT LÜGNER UND BETRÜGER, EGAL OB STEINIG ODER NICHT!«

»Was hat dieses Dings bloß für einen Wortschatz«, sagte Glam. »Wissen wir mit Sicherheit, dass es ein Felstroll ist? Dunmor und die alten Texte behaupten, dass die reichlich dumm sind.«

Das Ungeheuer oben auf dem Hügel brüllte in donnernder Wut los.

Meine Fresse, das reicht jetzt aber, sagte Aderlass. *Na los, Greggdroule, lass uns raufgehen und das Ding kurz und klein hauen. In winzige Stückchen, mit denen wir unseren Geflügelsalat garnieren können.*

Endlich trat das Wesen ins Sonnenlicht. Es war wirklich ein Felstroll, wie der Rat vermutet hatte, Wortschatz hin oder her. Er war mindestens vier Meter groß und fast ebenso breit. Seine Haut war graubraun wie Erde, und sie wirkte zerfurcht wie Felsen.

Dabei waren Felstrolle eigentlich gar nicht aus Stein, jedenfalls nicht, wenn man den alten Kryptozoologiewerken aus Ur-Erde glauben will. Offenbar war seit den Zeiten von Ur-Erde kein lebender Felstroll mehr untersucht oder beobachtet worden. Den alten Schriften zufolge fühlte sich ihre Haut an wie harter Stein, bestand jedoch aus einem organischen Material, das Ähnlichkeit mit Elefanten- oder Rhinozeroshaut hatte, nur viel zäher. Die alten Texte schrieben den Felstrollen außerdem höchstens die Gehirnkapazität eines drei Jahre alten Menschenkindes zu (mir war allerdings noch nie ein Kind in diesem Alter über den Weg gelaufen, das das Wort *Silicatmineral* gekannt hätte – nicht mal ich wusste, was es bedeutete, dabei hatte ich es mit einem Stipendium an eine Eliteschule geschafft!). Die Bücher behaupteten zudem, Felstrolle seien für körperliche Arbeit geeignet, falls man eine Möglichkeit fand, sie ausreichend unter Kontrolle zu halten. Es wurde empfohlen, ihnen Steine und Juwelen anzubieten, um sie friedlich zu stimmen, je seltener, umso besser (mit wenigen Ausnahmen).

Plötzlich ging mir auf, dass ich den Troll kannte, der dort oben auf dem Hügel stand und wütend auf uns mutmaßliches Diebsgesindel herunterstarrte. Es war genau derselbe, der einige Monate zuvor bei der Schlacht im Hancock Tower versucht hatte, uns alle umzubringen.

»Kurzol?«, fragte ich.

Der Felstroll legte den Kopf schräg und sah mich an. Dann warf er den Kopf in den Nacken und brüllte dermaßen wütend gen Himmel, dass Dutzende Vögel aus den Bäumen im Tal aufstoben.

»KEIN KURZOOOOOOL!«

Er stürmte den Hügel herab auf uns zu. In jeder Hand hielt er einen riesigen Felsbrocken, bereit, mehrere kleine Zwerge zu einer feinen Paste zu zermatschen, die man bei eleganten Felstrollgalas auf Cracker strich und dann servierte.

10

Glam kümmert sich um unerledigte Geschäfte

Diesmal erstarrte ich nicht.

Kurzol war zum Glück nicht gerade ein Schnellläufer. Als er auf uns zugetrampelt kam, hob er einen seiner Felsquader hoch, um ihn zu schleudern. Aber ich rief einen Zauber herbei, der mir im Unterricht und in anderen Gefahrensituationen ziemlich gut gelungen war.

Mehrere Baumwurzeln wuchsen plötzlich vor dem Felstroll aus dem Boden. Sie stellten ihm ein Bein und er kullerte den restlichen Hang hinunter. Aber jetzt rollten ein riesiger Felstroll und zwei große Felsquader auf uns zu, als ob wir die Kegel auf einer Kegelbahn wären.

Ein ziemlich typisches Ende für einen Zwerg, der nur versucht, sich nützlich zu machen.

»Weg!«, brüllte ich.

Wir ließen uns in unterschiedliche Richtungen in den Wald fallen. Kurzol und seine Quader knallten direkt hinter der Stelle, wo wir gestanden hatten, gegen eine Gruppe von schwarzen Tannen.

Ehe Kurzol sich davon erholt hatte, kam Lake aus dem Wald auf ihn zugerannt. Dabei schwenkte er in wilden Kreisen eine kleine Axt um seinen Kopf, ein Manöver, das unser Trainer Buck die *Henkerswindmühle* genannt hatte.

»Lake, nein!«, schrie Ari. »Regel eins!«

Aber es war zu spät.

Lakes kreisende Axt kollidierte mit dem Felstroll. Die Schneide rutschte von Kurzols Bauchpartie ab, ohne Schaden anzurichten. Er brüllte vor Wut los und schlug mit rascher Rückhand nach Lake – worauf der mindestens zehn Meter weit in den Wald flog.

»KURZOL IST FEHLBEZEICHNUNG!«, schrie der Felstroll und kam nun endgültig wieder auf die Beine.

Greggdroule, worauf wartest du noch?, fragte Aderlass. *Zieh mich aus der Scheide und mach diesen Wilden nieder, ehe er deinen Freunden etwas tut!*

Ich zwang mich dazu, Aderlass zu ignorieren, so schwer mir das auch fiel. Ich wollte mich diesmal nicht so leicht auf Gewaltanwendung einlassen. Wir mussten versuchen, dieses Dings zu beruhigen, statt es einfach umzubringen. Das waren wir Dunmor schuldig, weil er uns eine zweite Chance gegeben hatte.

Sei kein Narr, Greggdroule! Der bringt euch alle um!

Kurzol umfasste sein Gesicht und heulte noch immer vor Frustration. Dann fiel sein Blick auf mich. Er riss eine junge Weymouthskiefer aus dem Boden und schwenkte sie wie eine Fliegenklatsche, als er nun auf mich zukam.

»Aufhören!«, schrie ich. »Aufhören, Kurzol!«

»KEIN KURZOL!«, brüllte er und seine knirschende Stimme klang jetzt fast schrill. »KURZOL IST INADÄQUATE NOMENKLATUR!«

Ich wich seiner Baumkeule aus. Die Wurzeln krachten hinter mir in ein Gestrüpp, als ich nach rechts sprang. Was war nur los mit diesem Knaben? Was sollte das heißen, *Kurzol inadäquate Nomenklatur?*

Wen interessiert das? Bring das Ding mit meiner Schneide zu Fall und damit hat sichs. Dann haben wir vielleicht sogar noch Zeit für eine Pizza.

»Ich glaube, sein Name gefällt ihm nicht, Greg!«, rief Ari, packte mich am Hemd und half mir, einem weiteren wilden Schlag des Felstrolls mit der Baumkeule auszuweichen.

»Jetzt weiß ich wieder, wer du bist!«, schrie Glam, die mitten auf der Lichtung stand. »Komm her, Fluffy, lass uns die Sache zu Ende bringen!«

Sie ließ ihre beiden riesigen Breitschwerter fallen und winkte den Felstroll zu sich.

Das Mädel weiß, was Sache ist, sagte Aderlass aufgeregt. *Die hätte ich mir lieber aussuchen sollen.*

»Glam, nein!«, schrie Ari. »Regel eins, Leute. Regel eins!«

Kurzol grunzte, warf einen Blick auf seinen Baum und schleuderte ihn dann zur Seite. Offenbar wollte er Glams Herausforderung zum Zweikampf *Zwergin gegen Troll ohne Waffen* annehmen und rannte auf sie zu. Glam machte sich bereit und verwandelte ihre Fäuste in Glam-Smash-Felsbrocken.

Bei dem Anblick ihrer Felshände kam Kurzol rutschend zum Halt, verwirrt und überrascht.

»PLUTONISCH-MAGMATISCHES GESTEIN!«, sagte er (sogar seine erstaunte Stimme klang wie ein Schrei – offenbar kannten Trolle nur zwei Lautstärken: laut und ohrenbetäubend). Er zeigte auf Glams Hände: »EXTREMITÄTEN MUSKOVITHALTIGER GRANIT! ICH AUCH MITTELHANDKNOCHEN GRANIT?!«

Er ist abgelenkt, Greggdroule!, quiekte Aderlass. *Erschlag die Bestie und wir bauen eine feine Burg aus seinem Kadaver. Mädchen natürlich nicht zugelassen.*

»Nein, noch nicht«, zischte ich leise.

Obwohl ich wusste: Wenn Kurzol in den nächsten Sekunden wieder zur Besinnung kam und Glam tötete, wäre das meine Schuld.

Ja, das wäre es, stimmte Aderlass zu.

Glam wusste nicht so recht, wie sie sich dem verwirrten Felstroll gegenüber verhalten sollte, der jetzt nur noch ihre Hände anstarrte. Sie hob ihre Quaderfäuste und winkte ihn aufs Neue heran.

»Ja, du!«, sagte sie mit höhnischem Grinsen. »Mit denen hier werd ich dein Gesicht zu Matsch hauen, Fluffy! Zeig, was du kannst!«

»GRANIT-EXTREMITÄTEN HERGEBEN!«, brüllte Kurzol.

»Besorg dir doch selbst welche!«, sagte Glam. »Nix Kurzol-Smash. Das hier ist Glam-Smash!«

»KEIN KURZOOOOOL!«, kreischte er und hob seine gewaltige Trollfaust.

Glam war bereit und ging in Verteidigungshaltung, aber es half nichts. Kurzols Faust krachte gegen ihre Brust.

FLUMP!

Glam grunzte, als sie rückwärts in den Wald flog.

»Jetzt hört endlich alle auf, ihn Kurzol zu nennen!«, schrie Ari.

Als er den Namen hörte, der ihm offenbar verhasst war, wirbelte der Troll herum und starrte Ari wütend an, wobei die pechschwarzen Augen hinter den felsartigen Vorsprüngen seiner Stirn und seiner Augenbrauen kaum zu sehen waren.

»Du bist nicht Kurzol«, sagte sie eilig. »Das wissen wir.«

»KURZOL!«, wiederholte der Felstroll mit Donnerstimme. »KNECHTSCHAFTS-ALIAS!«

»Kurzol war dein ... Sklavenname?«, fragte Ari.[6]

»ELFEN KURZOL SCHANDNAMEN OKTROYIERT!«, war die zustimmende Antwort.

»Wie heißt du denn wirklich?«, fragte Ari und zeigte auf ihn und dann auf sich selbst. »Ich bin Ari.«

»STONEY«, sagte er.

»Stoney?«, fragte Ari und zeigte noch einmal auf ihn.

»STONEY!«, schrie er und zeigte auf seine Brust.

»Stoney, wir wollen nur mit dir reden«, sagte Ari.

»UNGESTATTET!«, schrie er. »BETRÜGER! STONEY EHRLICH, ANDERE SKRUPELLOS!«

So kommen wir doch nicht weiter, Greggdroule, sagte Aderlass flehend. Er klang verzweifelt, fast weinerlich. *Hack ihm das Bein ab. Und dann das andere! Oh, wir könnten alle seine Glieder abschneiden und daraus ein Floß bauen!*

Ari wollte gerade noch einen Versuch machen, aber es half nichts. Stoney (der ehemals als Kurzol bekannte Felstroll) war davon überzeugt, dass außer ihm alle logen. Und weil er wer weiß wie lang unter Elfen gelebt hatte, konnte ich ihm da keinen Vorwurf machen. Er bewegte sich drohend ein paar Schritte auf Ari zu.

»DEFRAUDANTEN!«, brüllte er.

---

6 Ehrlich, ich hab keine Ahnung, wieso sie ihn verstehen konnte. Der Kerl war ein wandelndes Fremdwörterbuch!

Aber dann tauchte Froggy von nirgendwoher auf und versperrte ihm den Weg. Froggy war unbewaffnet. Er trug nicht einmal mehr seinen mit Wurfäxten bestückten Kampfgürtel. Stattdessen hielt er nur einen einzigen Felsbrocken in der Hand. Er war ungefähr so groß wie ein Golfball und glänzend schwarz.

Froggy sagte nichts, er bot Stoney einfach nur den Stein an.

»OBSIDIAN!«, sagte Stoney. »STONEY OFFERIEREN?«

Froggy nickte.

Stoney trat einen weiteren Schritt vor, dann streckte er vorsichtig seine Finger aus, die so groß waren wie Froggys Beine, und nahm mit geschicktem Griff den für ihn erbsengroßen Stein von Froggys ausgestreckter Hand. Er untersuchte den Stein sorgfältig, und sein Gesicht verzog sich zu einer seltsamen Miene, die bei einem Felstroll wahrscheinlich einem Lächeln entsprach.

Dann streckte er plötzlich beide Arme aus, zog Froggy an sich und hob ihn hoch. Er drückte ihn an seine Brust und wir schrien alle besorgt auf. Wenn Froggy nicht halbzwergische Knochen gehabt hätte, wäre er zerdrückt worden wie ein Pappbecher. Trotz der Knochen lief er rot an und sein unterdrücktes Keuchen verriet uns, dass er keine Luft bekam.

Stoney war dabei, Froggy totzuquetschen.

Greggdroule, hilf ihm!, schrie Aderlass.

Meine Hand fuhr instinktiv an seinen Griff. Sowie meine Finger das kalte Metall berührten, verspürte ich den überwältigenden Drang, die Axt hervorzuziehen und Stoney in zwei Teile zu hacken. Ich stellte mir vor, wie ich die Schneide auf den Troll zuschwang und damit mühelos die Luft zerschnitt.

Glam, die sich von dem heftigen Schlag gegen ihren Oberkörper erholt hatte, zog ebenfalls ihr Schwert, um Froggy zu Hilfe zu kommen.

»BETRÄCHTLICHE DANKBARKEIT!«, rief Stoney und drückte immer weiter.

Er wollte Froggy nichts antun, er umarmte ihn einfach nur dankbar – umarmte ihn allerdings zu Tode. Ich ließ Aderlass los (was ihn sehr kränkte) und mein Blutdurst verflog. Die Axt seufzte traurig.

»Okay, okay, Stoney!«, rief ich. »Du tust ihm weh!«

Stoney legte den Kopf schräg und sah mich an, als ob er kein Wort verstanden hätte, aber seine Umarmung lockerte sich, was sich an Froggys verzweifeltem, aber jetzt deutlich hörbarem Luftschnappen zeigte.

»KONTRÄR ZU STONEYS ZIELSETZUNG!«, sagte er und klang sehr besorgt.

»Wir wissen, dass du es nicht so gemeint hast«, sagte Ari. »Er nimmt deinen Dank an.«

»Du kannst ihn jetzt runterlassen«, sagte ich. »Alles ist gut.«

»Gib den edlen Burschen spornstracks frei!«, schrie Lake. »Wofern nicht deine Dankbarkeit das verfrühte Ableben des edlen Burschen mit sich führe!«

Stoney nickte und ließ Froggy endlich los.

Der fiel röchelnd zu Boden. Glam schob das Schwert in die Scheide.

»STONEY ORTSEIGENE SÄUGETIERE UMARMT!«, sagte der Felstroll mit trauriger Stimme. »GESTIKULATION EINGESTELLT. STONEY UMARMT – LEBENSKRAFT VERRINNT. REGIONALE WALDBEVÖLKERUNG VERABSCHEUT STONEY!«

»OMG, Leute«, sagte Ari (die offenbar insgeheim auch ein wandelndes Fremdwörterbuch war). »Er hat das Reh und die anderen Tiere nicht umgebracht, weil er grausam ist. Er wollte sie nur umarmen! Er hat keine Ahnung von seiner Stärke und hat die Tiere wortwörtlich zu Tode geknuddelt!«

»Hehe, sehr komisch«, sagte Glam.

»Nein!«, sagte Ari. »Es ist so traurig! Die armen Tiere. Und armer Stoney!«

Ich half Froggy auf die Füße, während Ari auf Stoney zuging.

»Du musst schrecklich einsam sein«, sagte sie und streckte die Hand aus, um den Arm des Felstrolls zu streicheln.

»STONEY ISOLIERT«, sagte der. »STONEY SCHENKT MAGMATISCHE MINERALIEN AUTOMOBIL. ÜBERANTWORTET WALDLANDKREATUREN AUTOMOBIL. AUTOMOBIL ENTFLIEHT.«

Ari übersetzte für uns, und dann sahen wir einander total geschockt (und vielleicht auch ein bisschen belustigt) an. Wir hatten ja gehört, dass er Autos mit toten Tieren und Steinen beworfen hatte. Er hatte dadurch gar keinen Schaden anrichten wollen. Es waren Geschenke. Er hatte versucht, sich mit den Leuten in den Autos anzufreunden.

»STONEY NICHT QUALIFIZIERT GEFÄHRTEN ZU AKQUIRIEREN!«

»Wir mögen dich, Stoney«, sagte Ari. »Stimmts, Leute?«

»Aber ja, klar doch«, sagte ich.

»He, Fluffy und ich könnten Ringkampf-Partner werden«, sagte Glam.

»Selbiger Edelmann wohlmöcht schon in einer Zwiewoch zu deinem trauten Kompagnon erwachsen«, fügte Lake hinzu.

»LÜGENPRESSE!«, sagte Stoney. »PROPAGANDA!«

»Wir sind nicht wie die Elfen, die dich gefangen gehalten haben«, sagte ich. »Wir lügen nicht ... na ja, jedenfalls nicht so viel ...«

»BEHAUPTUNGEN CAMOUFLIEREN LÜGEN, UM HILFSFALSCHHEITEN ZU FABRIZIEREN!«

»Komm mit uns«, sagte Ari. »Wir können dir ein besseres Leben bieten, als sie das getan haben.«

»STONEY VERWEIGERT EINKERKERUNG«, sagte er und seine ohnehin schon dröhnende Stimme wurde wieder lauter. »STONEY LEHNT JEGLICHE REPETITION DER MISERE AB!«

»Wir werden dich nicht gefangen halten, wie die Elfen das getan haben«, sagte ich.

»VERWEIGERUNG!«

»Wir haben Gestein in Chicago«, sagte Ari. »Jede Menge seltene Felsbrocken und Edelsteine.«

»DEREN GENAUE POSITION!«

Jetzt schien sein Interesse geweckt zu sein.

»Äh, äh, äh ... im Field Museum«, sagte ich, denn mir fiel plötzlich ein Schulausflug ein, den die PISS im vergangenen Jahr dorthin unternommen hatte. »Die haben da eine ganze Ausstellung namens, äh ...«

»Grainger Hall of Gems«, fügte Froggy hinzu.

»Da gehen wir mit dir hin«, sagte ich. »Diamanten, Rubine, Smaragde. Und andere seltene Gesteinsarten. Jede Menge! Wir gehen mit dir hin!«

»FIKTION!«, sagte Stoney. Dann machte er kehrt und trottete den Hang hinauf zu seinem Felsvorsprung. Ich wollte ihm gerade hinterherrufen, dass ich nicht gelogen hatte, aber dann ging mir auf, dass ich eben doch gelogen hatte. Nie im Leben würden wir einfach so mit einem Felstroll in ein Museum gehen können, ohne dass die Hölle los wäre.

»Du hast recht, das war gelogen«, sagte ich und lief hinter ihm her. »Aber das wollte ich nicht. Ich möchte wirklich mit dir hingehen, aber das geht eben nicht.«

»WARUM?«

»Weil … na ja …«

»STONEY PRÄSENZ UNAPPETITLICH«, sagte er, ohne stehen zu bleiben.

»Warte, bitte«, sagte ich und rannte jetzt, um es mit seinen riesigen Schritten aufnehmen zu können. »Das stimmt nicht … es ist nur kompliziert. Hör mal, ich weiß, wie dir zumute ist. Ich hatte lange Zeit nur einen Freund. Das dachte ich zumindest, aber dann stellte es sich heraus, dass er gar nicht mein Freund war. Also war ich jahrelang ebenso einsam wie du.«

Er blieb stehen, drehte sich aber nicht um.

»LÜGE!«, sagte er.

»Nein!«, rief ich flehend. »Ich war wirklich … na ja, okay, ich hatte meinen Dad, aber der war nicht so oft da, wie ich mir das gewünscht hätte, und …«

Ich geriet ins Stottern, denn mir ging auf, dass er wieder recht hatte. Einsamkeit ist ein Gefühl in einem bestimmten Augenblick. Ob Edwin wirklich die ganze Zeit mein Freund gewesen war oder nicht, spielte keine Rolle. Ich hatte ihn für meinen Freund gehalten und mich deshalb niemals so einsam gefühlt, wie Stoney sich jetzt fühlen musste. Und ein Teil von mir wusste auch, dass es eine Zeit gegeben hatte, in der Edwin und ich wirklich Freunde gewesen waren – egal, wie alles zwischen uns geendet hatte. Das geriet nach allem, was passiert war, leicht in Vergessenheit, aber dann hätte ich mich nur selbst belogen – und Stoney gleich mit.

Wer war dieses Wesen eigentlich? Ein wandelnder, sprechender Gesteinsentdecker?

»Okay, aber du bist nicht einsam, wenn du mit uns zurückkommst«, sagte ich. »Das ist nicht gelogen, und das weißt du. Denn wir werden alle bei dir sein. Außerdem verspreche ich dir, dass wir jeden Tag nach draußen gehen und Steine für dich sammeln. Vielleicht sind die nicht alle selten, aber wir werden unser Bestes tun.«

Stoney zögerte. Er stand noch immer nur auf halber Höhe des Berges, aber er schaute sich auch noch immer nicht nach mir um. Dann zuckte er mit einer seiner massigen Schultern.

»STONEY BESITZT SUFFIZIENTE MENGEN GEMEINES MAGMATISCHES GESTEIN«, sagte er. »STONEY BEGEHRT EXTRAORDINÄRES MINERAL!«

»Was für ein extraordinäres Mineral?«

»EHEMALIGER ELFISCHER BEZWINGER HAT BEZÜGLICH RÜCKKEHR DISKURS GEHALTEN«, sagte er und drehte sich endlich um. »SELTENSTES MINERAL. EINZELNES GEFÄHRDETES UNIKAT. VIOLETT SCHEINENDES MINERAL. ROT SCHIMMERNDES MINERAL. GRÜN GLITZERNDES MINERAL. ORANGE FUNKELNDES MINERAL. GEWALTIGE FARBTÖNE. LEUCHTKRAFT. NUR EINS. NUR EINS.«

»Wo ist es?«, fragte ich, obwohl ich nicht einmal die Hälfte dieser Rede verstanden hatte – die Mischung aus seiner hilflosen Grammatik und seinem umfassenden Wortschatz war wie ein Code, der erst geknackt werden musste. »Wir können dir bei der Suche helfen.«

»STONEY WEISEN«, sagte er. »LOKALITÄTSDIAGRAMM!«

Er zeigte auf seinen Kopf.

»Du hast dir eine Karte eingeprägt?«

Er nickte.

»Na, dann holen wir uns das Ding.«

»DISTANZ«, sagte Stoney. »ISOLIERT. STONEY STÜRZT SALINENGRAB!«

Salinengrab? Während ich noch zu ergründen versuchte, was genau er damit sagen wollte, drehte Stoney sich um und wollte weiter den Hang hochsteigen.

»Du willst die Wahrheit, Stoney?«, schrie ich hinter ihm her.

Er fuhr so schnell herum wie ein Hund, der gerade das Wort »Leckerli« gehört hat.[7]

»WAHRHEIT!«, brüllte Stoney erregt.

»Hier ist die Wahrheit«, sagte ich mit fester Stimme und starrte in seine durch und durch schwarzen, leuchtenden Augen. »Andere wie wir werden herkommen, um dich zu vernichten. Das ist eine Tatsache. Es gefällt mir nicht und ich will es nicht, aber es wird passieren. Ich lüge dich nicht an. Komm mit uns, zurück nach Chicago, und gib uns eine Chance, dass wir wirklich deine Freunde werden. Ich werde alles tun, damit dir nichts passiert. Komm mit uns, hör dir an, was unsere Anführer zu sagen haben. Wenn du nach ein paar Tagen nicht mehr bei uns bleiben willst, dann verspreche ich dir – ich *ver-*

7 Oder auch wie derzeit ein Hund, der das Wort »Zwerg« gehört hat. Wie die vielen langsam verheilenden Bisswunden an meinen Knöcheln bewiesen, die allein aus den vergangenen Wochen stammten.

spreche dir, dass wir dich gehen lassen. Zur Not werde ich dich eigenhändig befreien. Du hast mein Wort. Das ist die Wahrheit. Die einzige Wahrheit, die ich sicher weiß, ist das, was ich selbst tun werde.«

Ganz schön schmalzig, Greggdroule, sagte Aderlass. *Das war ja mal Kitsch von höchster Qualität.*

Ich achtete nicht auf die Axt, sondern starrte weiterhin Stoney an. Er erwiderte meinen Blick einige Sekunden lang. Dann ließ er sich auf ein Knie sinken und beugte sich vor, bis seine riesige, felsige Nase (die so groß war wie mein ganze Kopf) nur noch wenige Fingerbreit von meiner entfernt war. Ich gab mir alle Mühe, standhaft zu bleiben und nicht zurückzuweichen. Sein heißer Atem traf mit einem überraschend frischen, erdigen Nadelwaldduft mein Gesicht.

Ich hatte noch nie so einen Blick wie Stoneys gesehen.

Er zuckte nicht mit der Wimper. Und ohne Iris oder Weißes in den Augen (die einfach glänzende tiefschwarze Seen waren) wusste ich nicht, was sie ansahen oder wonach sie suchten. Sein Blick öffnete mich wie das Messer eines schlechten Chirurgen und suchte nach etwas, von dem er nicht sicher wusste, ob es vorhanden war.

Nein, sagte Aderlass. *Er ist bloß ein blöder Troll. Genauso könntest du mit einem Krebs ein Wettstarren veranstalten.*

Aber ich wusste, dass das nicht stimmte. Stoney erschien mir zwar nicht gerade als jemand, mit dem man über die Feinheiten der Astrophysik diskutieren könnte. Aber er wirkte bei Weitem nicht so dumm, wie die alten Schriften von Ur-Erde behaupteten. Sein Wortschatz zum Beispiel übertraf vermutlich selbst den der intelligentesten Collegestudenten. Und dass er immer wieder auf der Frage beharrte, ob etwas die *Wahr-*

heit war, zeugte zumindest von großer emotionaler Intelligenz (wenn es vielleicht auch ein bisschen naiv war).

Endlich nickte der Felstroll und erhob sich zu seiner ganzen Größe.

»AKZEPTIERT«, sagte er. »STONEY INKLUDIERT!«

Er drängte sich an mir vorbei und ging zurück zu der Lichtung, wo meine Freunde stillschweigend feierten. Aber als ich ihm auf dem Pfad nach unten folgte, ging mir auf, dass es nur der erste Teil einer erfolgreichen MFM war, ihn zum Mitkommen zu überreden. Und vielleicht war es in diesem Fall sogar der einfachere Teil.

Wegen Regel zwei: *Kein Aufsehen erregen.*

Wie um alles in der Welt sollten wir einen vier mal drei Meter großen, tausend Pfund schweren, wandelnden, redenden Steinhaufen dreihundert Kilometer weit zurück nach Chicago bringen, mit nichts als einem kleinen Minibus und einem schwitzenden, Biskuitrollen fressenden Fahrer namens Boz – und das, ohne Aufsehen zu erregen?

11

Wir lernen, dass wir vom Kackesammeln alle reich werden könnten

Stehlen ist falsch.

Ich weiß das. Ihr wisst das. Aber etwas Falsches kann manchmal genau das Richtige sein. Ergibt das einen Sinn, oder klingt es nur wie ein verzweifelter Versuch, mein schlechtes Gewissen zu beruhigen?

Na ja, es spielt ohnehin keine Rolle, jedenfalls haben wir einen Sattelschlepper gestohlen.

Das mussten wir tun. Der Minibus reichte einfach nicht. Warum sie uns überhaupt in einem Minibus losgeschickt hatten, begreife ich noch immer nicht – obwohl es zweifellos etwas mit der typisch zwergischen Annahme zu tun hatte, dass wir es nicht schaffen würden, uns mit dem im Wald marodierenden Riesenmonster anzufreunden.

Unsere Bemühungen, einen Felstroll nach Hause zu schaffen, fingen damit an, dass Boz vorschlug, Stoney einfach wie ein Kanu oder so auf das Minibusdach zu schnallen. Wir waren skeptisch, aber Stoney hatte keine Probleme damit, also versuchten wir es. Einige Minuten später standen wir vor einem zerdrückten, rauchenden Haufen mit vier platten Reifen, der einmal ein grauer Minibus gewesen war und auf dem ein sehr schuldbewusst aussehender Felstroll lag.

Dann schlug ich vor, einen Bus voller Baseballfans zu kapern, die zum morgigen Pokalspiel nach Chicago unterwegs waren. Denn wenn wir dem Felstroll ein Brewers-Trikot überzogen und ein Fankäppi aufsetzten, würde er sich von den echten Fans im Bus kaum unterscheiden. Aber die anderen waren alle keine Baseballfans und glaubten nicht so recht an die Idee, nicht einmal, nachdem ich ihnen versichert hatte, dass es ganz bestimmt Brewers-Trikots gab, die groß genug für einen tausend Pfund schweren Felstroll waren.

Und so endete es damit, dass Boz, Glam und Ari zu einem LKW-Rastplatz einige Kilometer weiter wanderten, während Lake, Froggy und ich Stoney im Waldversteck Gesellschaft leisteten. Einige Stunden später (in denen Stoney uns alles über unterschiedliche Gesteinsarten erzählt hatte, die er besaß oder besitzen wollte) kam ein riesiger 9-achsiger Sattelzug mit lärmender Hupe die zweispurige Landstraße entlanggebrettert.

Ich hatte keine Ahnung, wie sie es geschafft hatten, den zu stehlen, und von wem, aber ehrlich gesagt wollte ich das auch nicht wissen.

Wichtig war nur: Es funktionierte. Der Sattelzug war so konstruiert, dass er eine Ladung von der Größe und dem Gewicht eines Felstrolls transportieren konnte. Wir öffneten die Hecktüren, und mit der dringend nötigen Hilfe Stoneys stapelten wir genug von der alten Ladung (riesige Getränkekisten mit einem Drink namens Spotted Cow) an den Straßenrand, um für uns alle Platz zu schaffen.

Boz lenkte das riesige Gefährt tadellos zurück nach Chicago, als ob er schon mit zehn Jahren heimlich als LKW-Fahrer gearbeitet hätte.

Auf der dreistündigen Fahrt wurde es schnell deutlich, dass Stoney seit Langem keinen Freund mehr zum Reden gehabt hatte – oder vielleicht auch noch nie. Er hatte nämlich eine Menge Geschichten angehäuft, die er nun erzählen wollte. Obwohl er Probleme mit dem Satzbau hatte und so gewichtige Wörter benutzte, dass wir manchmal eine Weile nachdenken mussten, ehe wir begriffen, was er meinte, erzählte uns Stoney ununterbrochen Gesteinsanekdoten.

Einmal hatte er einen spitzen Stein gefunden und zum Rückenkratzen genutzt.

Dann wiederum war er über einen Felsbrocken gefallen, aber er hatte ihm nicht böse sein können, denn, ihr wisst schon, es war ja ein Felsbrocken.

Und ein anderes Mal hatte er einen baseballgroßen Stein gefunden und weggeworfen, denn in seinen Augen war das ein EXKREMENT-DIAMANT. DIAMANT FÄKALMINERAL!

Und natürlich werden wir nie wieder vergessen, wie er mal einen vergrabenen Vorrat an Goldbarren entdeckt hatte. »DELIZIÖS« war dazu sein Kommentar.

Auf diese Weise stellte sich heraus, dass Stoney Steine auch deshalb so liebte, weil er sie aß. Allerdings nicht jede Sorte. Es war nicht ganz klar, welche er aß und welche er nur sammelte, aber es schien irgendwie damit zusammenzuhängen, wie weich sie waren, entweder, wie er sagte, »NACH DER MOHSSCHEN HÄRTESKALA« oder in »VICKERS-EINHEITEN«. Auf jeden Fall fanden wir heraus, dass Gold seine Lieblingsspeise war. Und dass die Steine, wenn er sie fertig verdaut hatte, äh … auf der anderen Seite als Diamanten herauskamen.

Stoney aß Steine und kackte Diamanten.

So was könnte ich mir echt nicht ausdenken.

Aber am dringendsten wollte er über den besonderen Stein sprechen, den er schon erwähnt hatte. Von dem seine elfischen Herren gesprochen hatten. Den seltensten Stein der Welt.

»STEIN EINS«, sagte er zum zehnten Mal – er war offenbar besessen von diesem Stein, den er immer nur *Stein Eins* nannte. »STONEY BESORGT STEIN EINS. DEMNÄCHST. STONEY ENTDECKT IHN. STONEY ERGRÜNDET AUFENTHALTSORT. ENTDECKUNG UNMITTELBAR BEVORSTEHEND.«

Bei diesen Geschichten musste ich die ganze Zeit die aufdringliche Stimme von Aderlass ignorieren.

Zerschlag dieses Dings doch einfach, Greggdroule. Hier und jetzt. Meine Schneide kann seine Haut durchdringen. Tu es, ehe es zu spät ist. Du kennst diese Dinger nicht so wie ich. Du hast Ur-Erde nicht erlebt, so wie ich. Du darfst ihm nicht vertrauen. Am Ende wird er nur alles zerstören.

Ich gab mir alle Mühe, ihn zu ignorieren. So zu tun, als läge er falsch. Aber Aderlass hatte nicht ganz unrecht: Er hatte in den vielen Jahrtausenden ihrer Existenz vermutlich Tonnen von Felstrollen erlebt. Natürlich wusste er mehr über sie und ihr Wesen als ich. Gleichzeitig aber kann die Sichtweise die Wirklichkeit verzerren. Wenn die Zwerge von Ur-Erde und ihre Waffen von ihrem ersten Tag an immer nur dasselbe über Felstrolle gehört hatten, wie könnten sie dann je eine andere Perspektive zulassen?

Jetzt, wo wir einen echten, lebenden Felstroll bei uns hatten, hoffte ich, dass Stoney diese vorgefassten Meinungen ändern könnte.

Als wir wieder in Chicago waren und unseren neuen Freund, den Felstroll, ungesehen in den Untergrund gebracht hatten, wollten wir allesamt nie wieder etwas von Felsen oder Gesteinsarten oder Edelsteinen oder Mineralien hören oder sehen. Aber es hatte auch irgendwie Spaß gemacht, zu erleben, wie der riesige Troll (den wir für ein mordlustiges, tobsüchtiges Biest gehalten hatten) so begeistert mit seinen neuen »KONSORTEN« über Steine plauderte.

Für den Moment hoffte ich nur, dass die anderen Zwerge im Untergrund Stoney mit den gleichen Augen sehen würden wie wir. Dass sie hinterfragten, was wir bisher über Felstrolle zu wissen geglaubt hatten. Denn ich hatte Stoney ein Versprechen gegeben: ihn zu beschützen und dafür zu sorgen, dass er glücklich war und nicht so behandelt wurde wie bei den Elfen.

Und dieses Versprechen wollte ich halten, egal, was auch passierte.

12

Ich lerne die subtile Kunst des Namedroppings

Ich hatte mir absolut zu Recht Sorgen gemacht.

Stoney wurde im Untergrund nicht gerade begeistert empfangen. Als er mit mir, Ari und zwei bewaffneten Wachen durch die Gänge zu einem großen Raum trampelte, in dem er wohnen sollte, musterte ihn fast jeder Zwerg, an dem wir vorbeikamen, voller Argwohn. Oder er wich aus, so weit weg von Stoney wie überhaupt nur möglich.

Einige machten sogar abfällige Bemerkungen:

»Uäh, ich verstehe nicht, wie der Rat das erlauben konnte.«

»Wehe, sie quartieren dieses Ding in meiner Nähe ein.«

»Blöder Felsfresser!«

Stoney verhielt sich vorbildlich, er ignorierte diese Zwerge und ließ ihre Äußerungen an sich abprallen. Er blieb einfach ruhig und höflich. Er wirkte vielleicht ein bisschen nervös, aber ich wusste, dass er Vertrauen zu mir hatte, und deshalb hörte er auf meine Bitten und beherrschte sich.

Der Raum, den sie für Stoney bereitgestellt hatten, war einmal eine Waffenkammer gewesen. Jetzt war es ein leeres Zimmer ohne jedes Möbelstück, mit hohen Wänden, an denen hier und da Wasser heruntertropfte. Es gab genug Platz, dass

Stoney sich hinlegen und ein paar Schritte machen konnte. In eine Ecke war für seine Ausscheidungen (*Diamanten,* falls ihr das vergessen haben solltet) ein Trog aufgestellt und in einer anderen Ecke war ein großer Steinhaufen zusammengetragen worden (seine Nahrung, nahm ich an).

Als ich dieses kahle, abweisende Quartier sah, musste ich schlucken.

»Das ist, äh, dein Zimmer«, sagte ich. »Es macht, äh, nicht viel her, aber …«

Stoney drängte sich an mir vorbei und sah sich in der schmucklosen Höhle mit den feuchten Wänden um. Dann schüttelte er sich einige Male und für eine Sekunde glaubte ich, er würde uns wie naive, vertrauensselige Wanzen zerquetschen (als Beweis, dass Aderlass die ganze Zeit recht gehabt hatte). Aber dann fuhr Stoney mit seinem schrägen, verlegenen Steinlächeln im Gesicht herum.

»STONEYS?«, fragte er.

Er ließ seine Hände einen Bogen beschreiben.

»Ja, Stoney«, sagte Ari. »Das ist *dein* Zimmer.«

»GRANDIOS!«, sagte er mit dröhnender Stimme. »STONEY LOGIS OHNE FIXIERUNG!«

»Fixierung?«, fragte ich.

»Fesseln oder Handschellen«, sagte Ari. »Die Elfen haben ihn offenbar angekettet schlafen lassen, wenn sie ihn nicht gerade als Waffe eingesetzt haben.«

»STONEY SCHLUMMERN UNGEHEMMT!«

Eine der Wachen trat einen Schritt zurück und machte ein nervöses Gesicht.

»Es freut mich, dass es dir gefällt, Stoney«, sagte ich.

Er nickte.

»Sagt mal, äh, Leute«, sagte die Wache. »Sagt ihr mir Bescheid, wenn ihr fertig seid, damit ich dann abschließen kann?«

»Wieso denn *abschließen?«,* fragte ich.

Die Wache schnaubte.

»Kleiner, du glaubst doch wohl nicht, dass wir dieses Ding einfach so durch den Untergrund streunen lassen?«, fragte er.

»Aber ich habe es ihm versprochen«, sagte ich und biss so fest die Zähne zusammen, dass ich das Gefühl hatte, meine Backenzähne würden in Stücke brechen.

»Mir egal«, sagte die Wache. »Das musst du mit ihm abmachen. Ich habe meine Befehle. Befehl ist Befehl.«

Stoney knurrte.

»GREG VERBALER KONTRAKT!«, brüllte er. »STONEY AUTONOM!«

»Ich weiß, ich weiß«, sagte ich zu ihm. »Das habe ich auch so gemeint. Wirklich. Ich kümmere mich darum.«

Stoney bebte vor Zorn. Er schien nur Sekunden von einem Wutanfall entfernt zu sein, und das hätte sicher die gesamte Kammer zum Einsturz gebracht.

»Ich *verspreche* es dir. Ich kümmere mich jetzt sofort darum«, sagte ich. »Du vertraust mir doch, oder?«

Stoney nickte.

»Und ich bleibe«, sagte Ari. »Ich bleibe hier bei ihm, während du mit Dunmor redest.«

Ich lächelte sie dankbar an.

»Ist das in Ordnung, Stoney?«, fragte ich.

Wieder nickte Stoney.

»Okay, schön«, sagte ich zur Wache. »Tu, was du nicht lassen kannst. Ich gehe dann mal los und regele das.«

»Klar, wie auch immer«, sagte die Wache und brachte mich zur Tür.

Der laute Knall, mit dem die Tür ins Schloss fiel, jagte mich durch den Gang.

Es war vermutlich ein bisschen naiv von mir gewesen zu glauben, ich könnte einfach ohne Vorankündigung im Büro des Ältermannes auftauchen (der ja im Grunde der Präsident aller Zwerge war) und sofort zu ihm vorgelassen werden – trotz allem, was wir schon miteinander erlebt hatten.

Es hätte mich also eigentlich nicht überraschen dürfen, dass ich mehrmals von seinen Sicherheitswachen abgewiesen wurde. Ich wollte schon aufgeben, als einer von Dunmors Assistenten die Büroräume verließ und mich mit mutloser Miene im Gang stehen sah.

»Foluda, weißt du nicht, wer der Junge ist?«, fragte er den Sicherheitschef. »Das ist der Sohn von Trevor Sturmbauch.«

»Du bist der Sohn von Trevor Sturmbauch?«, fragte Foluda geschockt. »Das tut mir leid. Ich – ich hatte doch keine Ahnung! Warum hast du das nicht einfach gesagt?«

Okay, es fiel mir schwer, mich daran zu gewöhnen, dass mein Dad berühmt war. Ich hatte die Macht des Namedroppings noch nicht richtig erfasst. Das lag zum Teil sicher an dem Zustand, in dem sich mein Dad gerade befand – ich konnte einfach nicht begreifen, dass irgendwer ihn verehrte, wo er doch im Grunde gerade vor unseren Augen den Verstand verlor. Wie auch immer, als die Wachen erst wussten, dass ich ein Sturmbauch war, wurde ich sofort in die Verwaltungsräume des Untergrunds vorgelassen. Fast eine Stunde später konnte Dunmors Sekretär, ein junger bärtiger Typ namens Whukgrek Jadehand, für mich eine kurze Besprechung mit Dunmor arrangieren.

»Höchstens zehn Minuten«, sagte Whukgrek, ehe er mich in Dunmors Büro führte.

Offenbar hatte die Rückkehr der Magie das Büro des Ältermannes ins Chaos gestürzt. Während ich darauf gewartet hatte, vorgelassen zu werden, waren Leute mit den Armen voller Schriftrollen und uralter Bücher hin und her gerannt wie Sechstklässler, die am ersten Schultag Angst hatten, zu spät zum Unterricht zu kommen.

»Greg, du kannst nicht immer einfach herkommen, wenn du etwas brauchst«, sagte Dunmor, als er sich mit hektischer Miene in seinem kleinen Holzsessel niederließ. »Ich habe im Moment so viel zu tun, und dann ist ja noch dein Vater wieder da und so weiter …«

Sein sonst so gepflegter Bart sah strähnig und verfilzt zugleich aus.

»Es ist wichtig«, sagte ich.

»Ja, schön, aber das ist das hier auch.«

Er zeigte auf die Haufen von Pergamentblättern und Schriftrollen auf seinem Schreibtisch, die so wild durcheinanderlagen, dass es eine Beleidigung für das Wort *Stapel* gewesen wäre, mit diesem Chaos auch nur in Verbindung gebracht zu werden.

»Okay, ich komme gleich zur Sache«, sagte ich.

»Bitte.«

»Es geht um Stoney.«

»Wen?«, fragte Dunmor.

»Den Felstroll, der vorhin mit uns aus Wisconsin hergekommen ist«, sagte ich.

»Ach so, der«, sagte er. »Dafür wirst du gebührend belohnt werden, mach dir da keine Sorgen. Ihr jungen Leute habt unglaublich gute Arbeit geleistet, einfach unglaublich. Allein aufgrund dieser Aktion kann ich den Rat bestimmt überreden, mehr Jugendliche als Freiwillige zu MFMs zuzulassen. Glaub mir, wir werden unsere Dankbarkeit zum Ausdruck bringen, sowie …«

»Darum geht es nicht«, fiel ich ihm ins Wort. »Es geht darum, wie Stoney untergebracht wird. Ich habe ihm versprochen, dass er kein Gefangener sein würde. Wir dürfen ihn nicht in seinem Zimmer einschließen.«

Für einen Moment starrte Dunmor mich an. Seine Augen schienen Kreise um meinen Kopf zu zeichnen, während er ein Stück getrocknetes Elchfleisch aus der Tasche zog und zerstreut darauf herumkaute. Bei diesem Anblick knurrte mir der Magen. Dann seufzte Dunmor und griff in seinen geschundenen Bart.

»Nun ja«, sagte er langsam. »Greg, du musst begreifen, dass wir einen Felstroll, noch dazu einen, der noch vor Kurzem ausgerechnet mit den Elfen verbündet war, nicht einfach nach Lust und Laune im Untergrund herumlaufen lassen können. Das wäre unverantwortlich, geradezu ignorant. Wir müssen uns zuerst ein Bild von ihm machen. Wir müssen wissen, dass wir ihm vertrauen können, ehe ihm irgendwelche Freiheiten eingeräumt werden. Ich bin sicher, du kannst verstehen, dass wir in erster Linie an die Sicherheit der Bewohner des Untergrunds denken müssen?«

»Das verstehe ich, das verstehe ich wirklich«, sagte ich.

»Aber ich würde nicht gerade behaupten, dass er mit den Elfen *verbündet* war. *Gefangener* wäre eine passendere Beschreibung. Er wird niemandem etwas tun. Das kann ich versprechen. Stoney meint es gut, das tut er wirklich.«

»Greg, bitte, versteh das nicht falsch, aber wir können die Entscheidungen in unserer Gesellschaft nicht aufgrund der Versprechungen eines Dreizehnjährigen treffen«, sagte Dunmor. »Wir müssen auf Klugheit, Intelligenz und Geschichte bauen. Außerdem kann ich das nicht allein entscheiden. Das hier ist keine Diktatur. Es ist eine Demokratie. Es gibt vorgeschriebene Herangehensweisen für alle möglichen Szenarien. Jedes Monster und jedes andere Wesen, das nach einer erfolgreichen MFM hergebracht wird, muss hinter Schloss und Riegel gehalten werden, bis es ausreichend vernommen, bewertet und als ungefährlich für die Öffentlichkeit im Untergrund eingestuft worden ist. Nur ein Beschluss des Rates kann dafür sorgen, dass seine Zimmertür aufgeschlossen wird, Greg. Es tut mir leid.«

»Wie lange wird das dauern?«, fragte ich.

Dunmor zuckte hilflos mit den Schultern.

»Das ist für uns alle eine ziemlich neue Situation«, sagte er. »Einige MFM-Wesen wurden schon nach vierundzwanzig Stunden für ungefährlich befunden. Andere sind noch immer nicht so weit. Der Rat tritt einmal am Tag zusammen, um jeden anliegenden Fall zu diskutieren und zu bewerten. Das heißt, morgen wird der Fall deines Felstrolls zusammen mit allen anderen diskutiert und bewertet werden.«

Ich nickte und meine Schultern entspannten sich ein bisschen.

»Aber ich muss dich warnen«, sagte nun Dunmor. »Er ist nun mal ein Felstroll. Und da ist es sehr, sehr unwahrscheinlich, dass er morgen freigelassen wird. Vielleicht wird er das auch nie, in Anbetracht der Tatsache, was wir mit anderen seiner Art erlebt haben.«

»Wieso denn erlebt?«, fragte ich aufgebracht. »Die meisten von euch haben doch in ihrem ganzen Leben noch keinen Felstroll gesehen, ehe wir ihn mitgebracht haben.«

»Greg, du weißt, was ich meine«, sagte Dunmor. »Ich beziehe mich auf unseren langen, gut dokumentierten Kampf mit diesen Wesen zu Zeiten von Ur-Erde.«

»Ihr wollt also Entscheidungen aufgrund von Dingen treffen, die vor hunderttausenden von Jahren passiert sind, statt aufgrund dessen, was ihr hier und jetzt mit eigenen Augen sehen und hören könnt?«, fragte ich und wollte meinen Ohren kaum trauen. »Wenn ihr ihm nicht vertraut, wird er euch auch niemals vertrauen. Ihn in seinem Zimmer einzuschließen führt zwangsläufig dazu, dass er niemals als zuverlässig erscheinen wird. Er könnte sogar …«

Ich konnte mich gerade noch bremsen, bevor ich herausplatzte, dass Stoney problemlos aus dem Zimmer ausbrechen könnte, wenn er wollte. Glaubten die wirklich, zwei verschlossene Holztüren könnten einen riesigen Felstroll beeindrucken?

»Er könnte sogar was?«, fragte Dunmor und hob die Augenbrauen.

»Nichts«, sagte ich, in dem Wissen, dass es für Stoney keine Hilfe sein würde, wenn ich damit drohte, dass er gewalttätig werden könnte.

Ich würde mir etwas anderes überlegen müssen.

»Ich fürchte, ich habe jetzt keine Zeit mehr für diese Diskussion, Greg«, sagte Dunmor kurz angebunden. »Sonst noch etwas?«

Ich seufzte und schüttelte widerstrebend den Kopf. Für Dunmor war der Fall erst mal erledigt. Für mich aber ganz sicher nicht.

Noch nicht.

13

Feenflügel sind eine köstliche Zwischenmahlzeit

Mein Dad saß am Esstisch, als ich nach Hause kam. Vor ihm war ein kleines Festmahl ausgebreitet: eine große Schüssel voll Kabeljaumousse, in Talg gebratene Rübenchips, eine Platte voll Tatar vom Rind, verschiedene Sorten Käse und ein Teller geröstetes Knochenmark mit Speck-und-Feigen-Marmelade.

»Riecht gut«, sagte ich und mein Magen knurrte laut.

Mein Dad hatte sich den Mund dermaßen mit Tatar vollgestopft, dass er nicht sprechen konnte, aber er wies auf den anderen Stuhl, vor dem bereits ein Teller auf mich wartete. Ich setzte mich und lud einen großen Löffel voll Knochenmark auf einen Rübenchip. Ich hatte seit dem Frühstück nicht mehr richtig gegessen. Na ja, wir hatten zwar auf der Rückfahrt von den Dells eine Pause eingelegt, aber drei Big Macs und zwanzig McNuggets halten nicht lange vor.

Nachdem ich genug gegessen hatte, um meinen wütenden Magen zu beruhigen, berichtete ich meinem Dad, wie die MFM verlaufen war und wie mit Stoney umgegangen wurde.

Er nickte mitfühlend.

»Das ist schon hart«, sagte er. »Aber offenbar hast du deine Sache gut gemacht.«

»Nein, hab ich eben nicht«, sagte ich. »Nicht, wenn ich das hier nicht in Ordnung bringe. Ich habe Stoney mein Wort gegeben, und das würde ich brechen, wenn wir ihn einsperren. Ich verstehe die Zwerge manchmal einfach nicht, Dad. Ich meine, wir behaupten, total aufgeklärt zu sein, ganz anders als die Elfen, die andere verurteilen und immer an ihr eigenes Wohl denken. Aber im nächsten Atemzug reden wir darüber, wie wild und dumm Felstrolle sind, obwohl kaum ein lebender Zwerg bisher jemals einem von ihnen begegnet ist. Meine Erfahrungen mit Stoney haben nicht die geringste Ähnlichkeit damit, was die alten Texte über Felstrolle sagen. Und da frag ich mich doch, wie sehr ich mich auf diese verstaubten alten Bücher aus Ur-Erde verlassen kann.«

Mein Dad schwieg für einen Moment und ich machte mich mal wieder auf einen unsinnigen Wortschwall gefasst. Aber dann nickte er langsam und biss in einen mit Kabeljaumousse beladenen Rübenchip.

»Alle werden missverstanden«, murmelte mein Dad mit vollem Mund. »Das habe ich immer schon gesagt.« Er unterbrach sich, um zu schlucken und an seinem Tee zu nippen. »Weißt du, ich glaube, wenn alle Wesen auf dieser Welt einander immer perfekt verstünden, würde so gut wie nie etwas Schlimmes passieren.«

Ich nickte. Ich hätte gern weitere Fragen gestellt. In diesen seltenen, kurzen lichten Momenten wurde mir wieder klar, wie klug mein alter Dad eigentlich war. Wie gütig und großzügig und nachdenklich. Dinge, die ich früher gar nicht richtig zu schätzen gewusst hatte. Ich sehnte mich verzweifelt nach seinem Rat, aber ich wagte nicht, ihn irgendetwas zu fragen. Seine bizarren *Körnchen der Wahrheit* waren anfangs eine witzige, wenn auch nervige Macke gewesen, aber neuerdings fand ich seine unvermittelten, sinnlosen Äußerungen eher beängstigend. Als wäre er gar nicht mehr mein Dad, wenn er so eine *Episode* durchmachte. Als wäre er keine echte Person mehr. Diese Episoden waren so unheimlich und verstörend wie das Auftauchen eines Schlafwandlers.

Aber ich musste es versuchen – vielleicht würde ihm das ja sogar helfen, gesund zu werden.

»Was soll ich denn jetzt machen, Dad?«, traute ich mich leise zu fragen.

Sofort wurden seine Augen glasig, wie neuerdings so oft, und mein Herz rutschte mir in die Hose.

»Kluge Worte der Weisheit suchst du«, sagte er düster. »Und ich werde gütigst mit diesem *Körnchen der Wahrheit* zu Diensten sein. Das Dasein ohne Freund noch Feind ist Friede. Aber was ist Friede ohne Sinn?«

Er legte eine Pause ein und schien zu warten, so als ob er wirklich eine Antwort auf diese pathetische Frage haben wollte.

»Äh, vielleicht …«

»Das ist Stierhornbrühe!« Er unterbrach mich und hob dabei dramatisch einen Finger. »Gekocht und gekocht und gekocht, bis nichts mehr übrig ist. Bis nur noch die Feenflügel bleiben. Die, nur so am Rande, eine wunderbare Zwischenmahlzeit sind. Wunderbar, wirklich! Oh! Schau nicht so entsetzt! Ich bin kein Biest, kein Barbar! Die wachsen nach. Ho-ho. Ich wette, das wusstest du nicht, was? Ha. Das wusstest du nicht. Aber es stimmt: Feen werfen alle paar Monate ihre Flügel ab. Aber wo war ich gerade? Ach ja, wie du am besten einen Barbegazi abhäuten kannst, ohne dich zu vergiften. Als Erstes brauchst du eine gelbe Lanze mit blauen Streifen und einen hölzernen Eimer, am besten aus Eiche. Dann musst du dich zu einem gefrorenen Tümpel begeben und …«

Ich schüttelte den Kopf und konnte einen Seufzer nicht unterdrücken.

Ich musste das hier in Ordnung bringen. Ich durfte nicht länger zusehen, wie sich sein Zustand immer weiter verschlechterte. Sowie ich das Stoney-Problem gelöst und sich die MFM-Situation beruhigt hatte, würde ich alles daransetzen, jeden letzten Rest Energie, um herauszufinden, was mit meinem Dad passiert war und wie ich es in Ordnung bringen könnte (wenn überhaupt). Ich konnte so nicht weitermachen. Zuzusehen, wie mein Dad zu einer leeren Hülle wurde, riss mich innerlich entzwei. Ich würde es tun, selbst wenn es bedeutete, zu den Elfen zu gehen und sie um Hilfe anzuflehen (da ihr Zaubertrank diesen Zustand ja ausgelöst hatte).

Aber das musste nun warten, für den Moment hatte ich dringlichere Probleme. Ich musste eine Möglichkeit finden, ein feierliches Versprechen zu halten, das ich einem neuen Freund gegeben hatte.

Ich stand auf, während mein Dad weiter auf niemand Bestimmtes einredete. Er sah mich nicht einmal mehr an. Er starrte durch das Zimmer auf eine leere Wand, während er Unsinn plapperte.

»Danke für das Essen, Dad«, murmelte ich.

Er achtete nicht auf mich, sondern redete einfach weiter, als ich ging. Eine Sache musste ich noch erledigen, ehe ich zu Stoneys Quartier zurückging, um Ari abzulösen. Mir war jetzt klar, dass ich das Problem an diesem Abend nicht mehr aus der Welt schaffen konnte. Dass Stoney zumindest für einen Tag ein Gefangener sein würde.

Aber ich würde ihn diesen Tag nicht allein im Kerker zubringen lassen.

Eagan öffnete in T-Shirt und Flanellhose die Tür und rieb sich die Augen.

»Greg«, sagte er verschlafen. »Ich habe gehört, es ist euch gelungen, den Felstroll ohne Zwischenfälle herzuschaffen. Ich wollte eigentlich rüberkommen und euch gratulieren, aber ich bin einfach zu müde. Man muss sehr viel lernen, wenn man dem Rat angehört.«

Er deutete hinter sich, wo Dutzende von Bänden, dick wie mein Kopf, auf seinem Schreibtisch und um sein Bett herum aufgetürmt waren.

»Was sind das alles für Bücher?«, fragte ich.

»Die Annalen des Rates«, sagte er müde. »Alle neuen Ratsangehörigen sollen innerhalb eines Monats, nachdem sie ihren Sitz eingenommen haben, die gesamte dokumentierte Geschichte des Rates lesen.«

Er seufzte.

»Oh, Mann«, sagte ich.

Ich hatte immer schon gern gelesen, aber diese Bücher waren so dick, dass sie zusammen vermutlich hundertmal mehr Seiten ergaben, als ich in meinem ganzen Leben bisher gelesen hatte. Vielleicht tausendmal mehr. (Und garantiert waren sie superlangweilig.)

»Ja«, sagte Eagan. »Aber ich schaff das schon.«

Er klang nicht gerade überzeugt.

»Jetzt hab ich ein schlechtes Gewissen, weil ich dich belästige«, sagte ich.

»Nein, nein, kein Problem«, sagte er. »Komm rein.«

Er trat zur Seite und wies auf den Tisch. Der war dermaßen mit Rats-Annalen beladen, dass ich den Stuhl gegenüber gar nicht sehen konnte. Eagan wuchtete einen großen Bücherstapel auf den Boden und schuf damit eine Art Fenster, durch das ich hindurchschauen konnte. Er setzte sich mir gegenüber, und sein erschöpftes Gesicht war eingerahmt von einem Canyon aus vergilbten Büchern.

»Also, was ist los?«, fragte Eagan.

Ich war noch immer so geschockt davon, was mit meinem Dad passiert war, dass ich fast damit angefangen hätte. Ich wollte Eagan erzählen, dass ich einfach nicht mehr konnte, und ihn vielleicht sogar um seine Hilfe bitten. Denn wenn es überhaupt einen Zwerg gab, der vielleicht erfolgreich mit Elfen verhandeln könnte, um herauszufinden, was mit meinem Dad passiert war, dann Eagan (schließlich hatte die Mondzauber-Familie immer schon die erfolgreichsten Lobbyisten in der Geschichte der Zwerge hervorgebracht). Aber deshalb war ich heute Abend nicht hergekommen. Außerdem war er vielleicht nicht der richtige Adressat für eine Klage über einen »verrückten« Dad, schließlich war seiner gestorben und für immer fort.[8]

Also erzählte ich, weshalb ich gekommen war, und schilderte meine Notlage, was Stoney betraf.

»Kannst du mir helfen?«, fragte ich schließlich.

---

8 Es war schon ein Wunder, dass ich in dieser Zeit überhaupt Schlaf fand, so schuldig, wie ich mich wegen des viel zu frühen Todes von Eagans Dad und Edwins Eltern und dazu meiner verlorenen Freundschaft zu Edwin fühlte. Aber, um ehrlich zu sein, wenn ich dann für einige Stunden einschlafen konnte, war es nicht gerade ein süßer Schlummer voller Träume von Rosinenkuchen und Regenbogen …

»Na ja, ich kann es versuchen«, sagte Eagan, klang aber nicht gerade zuversichtlich. »Ich meine, ich bin das jüngste Ratsmitglied aller Zeiten. Und das neueste, deshalb muss ich mich viel mehr beweisen als alle anderen. Schon jetzt nimmt mich mindestens der halbe Rat wegen meines Alters nicht ernst. Aber ich werde tun, was ich kann, um mich morgen bei der MFM-Sitzung für Stoney einzusetzen.«

»Danke, Eagan«, sagte ich. »Das weiß ich wirklich zu schätzen.«

Und das tat ich. In Anbetracht der Tatsache, dass ihn ein Bergtroll zur Waise gemacht hatte, könnte ich Eagan wohl kaum Vorwürfe machen, wenn er einem anderen Troll seine Hilfe verweigerte – selbst wenn es sich um eine ganz andere Unterart handelte.

Ich musste zugeben, dass es ein Trost war, wenigstens ein paar Zwerge zu kennen (Eagan und Ari natürlich, und vermutlich auch Lake, Froggy und Glam), die die Geschichten von Ur-Erde nicht so ganz glaubten, nach denen Felstrolle dumme, blutrünstige Bestien waren. Das ließ mich hoffen, noch andere zu finden, die offen für neue Vorstellungen waren und sich auf ihre Erfahrungen verließen und nicht auf unbewiesene Behauptungen, die ihnen von ihren toten Vorfahren hinterlassen worden waren.

Wie zur Bestätigung sah Eagan mich an und sagte: »Was recht ist, muss recht bleiben, Greg.«

Ich nickte.

Genau deshalb saß Eagan trotz seines Alters jetzt im Rat. Er besaß mehr Integrität als jeder Mensch, Zwerg oder Elf, ob jung oder alt, der mir jemals begegnet war. In ethischen Fragen ging er keine Kompromisse ein, nicht einmal mit seinen eigenen Gefühlen. Aderlass hatte sich geirrt, als er behauptet hatte, der Sitz im Rat hätte mir zufallen müssen. Eagan war die perfekte Wahl – er sorgte dafür, dass ich ein besserer Zwerg werden wollte, und das war genau die Art von Person, die wir als Anführer brauchten.

Warum also hatte ich trotzdem nicht viel Hoffnung, dass er am nächsten Tag irgendeine Möglichkeit finden würde, um den Rat umzustimmen? Ich zwang mich zur Zuversicht, dass es ihm gelingen könnte. Denn versprochen ist versprochen. Und bei Zwergen sind Versprechen wirklich von Bedeutung. Wenn Eagan es also nicht schaffte, den Rat zu überzeugen, konnte ich nur noch versuchen, Stoney zu befreien und irgendeinen Zufluchtsort für ihn zu finden.

Was für ihn bestimmt kein gutes Ende nehmen würde.

Und für mich auch nicht.

Und für Chicago auch nicht.

14

Ari macht mir klar, dass es fast so schlimm ist, Fleisch essen zu müssen, wie die Eltern deines Freundes umzubringen

Als ich endlich zu Stoneys Zelle zurückkehrte, saßen er und Ari einander gegenüber auf dem Boden.

Ari lachte. Ihr Gesicht war so rot, sie schien die ganzen vier Stunden, die ich unterwegs gewesen war, am Stück gelacht zu haben. Stoney fuchtelte mit den Armen, als ob er eine irrsinnige Geschichte erzählte.

»STONEY KOLLISION«, brüllte er mit seiner kehligen, lauten Stimme. »SCHUPPENFRAGMENT. STONEY IDENTIFIZIERT PUERILE AMPHIBIE UND BLAUEN GERINNENDEN KUCHEN!«

Das ergab für mich keinen Sinn, aber Ari lachte, als ob sie noch nie einen komischeren Witz gehört hätte.

»Tut mir leid, dass es so lange gedauert hat«, sagte ich.

Ari schüttelte den Kopf.

»Mir ist es gar nicht lang vorgekommen!«, sagte sie. »Stoney ist zum Brüllen komisch.«

»STONEY MUTTER COMEDY-STAR«, sagte er.

»Moment, deine Mom war eine Trollkomikerin?«, fragte ich.

Er nickte stolz.

Ari zuckte mit den Schultern.

»Stoneys Familiengeschichte ist ehrlich gesagt ziemlich komplex«, sagte sie und ihr Lächeln verflog. »Und schrecklich traurig. Felstrolle brauchen gar keine Magie, um zu existieren – sie sind also niemals richtig ausgestorben, wie wir alle angenommen haben, nachdem die Elfen die Magie verbannt hatten. Die Felstrolle sind einfach untergetaucht, um nicht weiter in den immer brutaler werdenden Krieg zwischen Elfen und Zwergen hineingezogen zu werden. Wenn ich das richtig verstanden habe, dann gibt (oder zumindest gab) es eine ganze Gemeinschaft von Felstrollen, die viele Jahrtausende lang in einem riesigen, weitgehend unerforschten Höhlensystem im vietnamesischen Dschungel lebte. Sie hatten sich da unten eine sehr gut organisierte Gesellschaft und Zivilisation aufgebaut. Viele Jahrtausende hausten sie unentdeckt in diesem weitläufigen Labyrinth aus Höhlen. Bis die Elfen sie vor einigen Jahrzehnten fanden, als Stoney noch ein Kind war. Die meisten Trolle konnten entkommen, aber viele wurden getötet oder verschleppt, wie eben auch Stoney. Er hat seine Familie seitdem nicht wiedergesehen. Er weiß nicht, ob sie noch leben oder wo sie sein könnten. Es gibt auf dieser Welt viel mehr unentdeckte Höhlen, als wir ahnen. Sie könnten überall sein.«

Stoney nickte und ließ den Kopf hängen.

»Es tut mir so leid, Stoney«, sagte ich.

»STONEY ERLEICHTERT, DASS VERWANDTSCHAFT ABWESEND«, sagte er. »SOUVERÄNITÄT UNVERSEHRT.«

Ich nickte. Er war froh darüber, dass sie verschollen waren, denn immerhin waren sie nicht so wie er in Gefangenschaft geraten.

»Also, ich habe schlechte Nachrichten«, sagte ich. »Ich kann sie nicht überreden, deine Tür unverschlossen zu lassen. Noch nicht. Aber um dir zu zeigen, dass mir ernst ist damit, was ich im Wald zu dir gesagt habe, werde ich hier bei dir bleiben, bis du wieder frei bist. Du sollst dich nicht wie ein Gefangener fühlen.«

»GREG!«, sagte Stoney feierlich.

Sein Kopf zuckte einige Male wie bei einem epileptischen Anfall.

»Was ist los, Stoney?«, fragte Ari.

»GREG!«, sagte er wieder und bohrte sich seine quaderförmigen Finger in die tiefen Augenhöhlen.

»Ich glaube, er weint, Greg«, flüsterte Ari mir zu.

»GREG MITGEFÜHL«, sagte Stoney mit gepresster Stimme. »KEINE EMOTIONALEN PRÄZEDENZFÄLLE.«

Ich atmete tief durch und mein Herz tat weh. Noch vor ein paar Monaten, als dieses Biest mich im ehemaligen Hancock-Haus angriff, um mich zu zerquetschen, hätte ich mir das hier nicht im Traum vorstellen können. Ich versuchte verzweifelt, nicht zu weinen (nicht vergessen: *Zwerge weinen nicht*), während er offen schluchzte, weil dies die ~~größte~~ einzige Freundlichkeit war, die ihm irgendwer erwiesen hatte, seit er damals seiner Familie weggenommen worden war.

»Ist schon gut, Stoney«, sagte ich. »Es ist das einzig Richtige. Ich hab dir ja schließlich ein Versprechen gegeben.«

»STONEY DANKBARKEIT!«, rief er tränenüberströmt und riss mich in eine Trollumarmung.

»Stoney, nicht!«, riefen Ari und ich beide warnend, aber es war zu spät. Ich fand mich bereits in seinen Armen und nahm seinen schmerzhaften Dank entgegen. Und hätte ich keine kräftigen Zwergenknochen, dann wäre ich jetzt nur noch ein Haufen Greg-Gelee. Aber endlich setzte er mich wieder ab und ich rang röchelnd um Atem.

»Ich hab dir aber ein Geschenk mitgebracht«, konnte ich schließlich sagen.

Aus meinem Rucksack zog ich eine große Geode, die mein Dad mir einmal von einer seiner Magie-Suchexpeditionen mitgebracht hatte. Es war eine Halbkugel von ungefähr halber Basketballgröße. Auf der gerundeten Außenseite sah sie aus wie Fels und in der Mitte, wo sie durchgeschnitten worden war, blickte man in eine Höhlung aus schwindelerregenden aquamarinblauen und violetten kristallinen Mineralien. Geoden waren ziemlich häufig und deshalb rechnete ich nicht damit, dass Stoney besonders beeindruckt sein würde. Aber vielleicht machte die Tatsache, dass es sich um das Geschenk eines neuen Freundes handelte, sie für ihn gleich viel interessanter, denn er beugte sich blitzschnell vor und riss sie mir aus der Hand.

»GREG!«, rief er und sah sich die Geode an, die in seiner Hand nur noch so groß wie ein Golfball aussah. »MULTICOLOR-ILLUMINATION! KRYPTOKRISTALLINE QUARZHÜLLE! EPIZENTRUM MIT SMITHSONIT AMALGAMIERTE MINERALIEN!«

Stoney dankte mir mit einer weiteren, diesmal barmherzig kurzen Trollumarmung, dann setzte er sich in die Ecke und vertiefte sich in die Geode wie in einen Spannungsroman, bei dem er gerade die aufregendste Stelle erreicht hatte.

Ari grinste mich an.

»Das war nett von dir«, sagte sie.

»Das habe ich vor vier Jahren nach einer seiner Reisen von meinem Dad bekommen«, sagte ich. »Er hat damals in Rumänien nach Galdervatn gesucht, und alle hielten ihn noch für einen irren Verschwörungstheoretiker, der nur seine Zeit vergeudete. Natürlich wusste ich das damals alles nicht. Ich hielt ihn für einen irren Tee- und Seifenmacher, der nach bizarren Zutaten suchte und eben damit seine Zeit vergeudete.«

»Das war er aber nicht«, sagte Ari.

»Jetzt weiß ich das«, sagte ich. »Aber damals war ich wirklich sauer auf ihn, weil er so oft weg war. Und wenn er mir Sachen wie diese Geode mitbrachte, bedankte ich mich nur halbherzig und warf das Mitbringsel hinten in meinen Schrank.«

Ich setzte mich auf den Boden, seufzte und schlug kopfschüttelnd die Hände vors Gesicht.

»Bestimmt hat er gewusst, dass du dich trotzdem über die Geschenke gefreut hast«, sagte Ari.

»Habe ich aber nicht«, sagte ich. »Das dachte ich zumindest. Vor allem war ich einfach glücklich darüber, dass er zu Hause war und ich mit ihm zusammen sein und Schach spielen konnte. Aber als er vor einigen Monaten entführt wurde und Fynric mir nur ein paar Minuten zum Packen ließ, habe ich … na ja, als Erstes hab ich mir einen Armvoll von dem Kram hinten aus meinem Schrank geschnappt, den er von seinen Reisen mitgebracht hatte.«

Ari nickte lächelnd. Dann setzte sie sich neben mich und wir lehnten uns an die feuchte Mauer.

»Du machst dir wirklich Sorgen um ihn, oder?«, fragte sie.

Ich schaute zu ihr und dann hinüber zu Stoney, der noch immer in der Ecke saß und die Geode untersuchte, als ob es außer ihm und ihr nichts anderes auf der Welt gäbe.

»Das tu ich«, gab ich zu.

Ich erzählte ihr von der neuesten Episode und dass ich jetzt mehr denn je entschlossen war, ihn zu heilen. Aber ich musste auch zugeben, dass ich keine Ahnung hatte, wo ich anfangen sollte.

»Meine einzige Verbindung zu den Elfen war Edwin«, fügte ich hinzu. »Aber selbst wenn ich wüsste, wo er jetzt ist, würde er mich wohl eher mit seinem Schwert durchbohren, als sich anzuhören, was ich zu sagen habe. Ganz zu schweigen von der lächerlichen Vorstellung, dass er mir vielleicht helfen würde.«

»Man weiß nie«, sagte Ari.

»Du hast sein Gesicht bei unserer letzten Begegnung nicht gesehen«, sagte ich. »Purer Hass.«

»Hass kommt und geht so schnell wie Gewitter in Chicago«, sagte sie. »Ich habe meinen Dad jedes Mal gehasst, wenn er mich zwingen wollte, Fleisch zu essen, und mich dann hungrig in mein Zimmer schickte, wenn ich mich weigerte. Aber sowie ich allein war und mich ein bisschen beruhigt hatte, ging mir auf, dass er nur tat, was er für das Beste für mich hielt – obwohl es noch immer nicht *richtig* war. Und dann ließ der Hass nach. Er wurde zu etwas anderem, etwas, mit dem ich besser umgehen konnte. Und selbst wenn ich glaubte, ihn wirklich zu hassen, liebte ich ihn trotzdem noch.«

Ich nickte langsam.

Ich wusste, dass sie ein schwieriges Verhältnis zu ihrem Dad hatte. Er war ein traditioneller Zwerg. Ihm gefiel die Vorstellung nicht, dass seine Tochter radikale neue Ideen hatte oder nicht so dachte, wie Zwerge eben zu denken hatten.

»Aber es ist doch wohl ein großer Unterschied, ob du Fleisch essen sollst oder ob jemand glaubt, du hättest seine Eltern umgebracht«, sagte ich.

»Stimmt«, sagte sie. »Aber vergiss nicht: Edwin hat dir gesagt, wo du das Gegengift finden könntest, oder etwa nicht? Und zwar in dem Moment, als du gedacht hast, dass er nichts als Hass für dich empfindet!«

Ich nickte.

»Und niemand hat ihn dazu gezwungen, oder?«

»Na ja ... nein«, sagte ich.

»Warum hätte er es also tun sollen?«, fragte sie. »Warum, wenn er dich im tiefsten Herzen nicht noch immer als Freund liebte?«

Ich öffnete den Mund, um zu widersprechen. Um zu sagen, dass er nie im Leben noch Sympathie für mich gehabt haben könnte, als er mich so voller Zorn und Ekel anstarrte. Aber ich sagte es nicht, weil mir aufging, dass es möglich war, wenn auch nur ganz entfernt, dass Ari recht hatte.

Und dass Edwin, wenn ich ihn nur finden könnte, mir noch immer helfen würde, meinen Dad zu retten.

15

Stoney, der Meisterlinguist

Die nächsten zwölf Stunden, die ich mit Stoney allein verbrachte, waren interessanter, als ich erwartet hatte.

Na ja, mindestens sechs von diesen Stunden verschliefen wir (länger ging auf dem harten Steinboden nicht). Aber nachdem Ari gegangen war und ehe wir einschliefen, redeten Stoney und ich schockierend lange miteinander. Und unsere Unterhaltung war alles andere als langweilig, trotz seines gestelzten und dennoch facettenreichen (ein Wort, das ich von ihm gelernt hatte) Englischs.

Zum einen war Englisch Stoneys fünfzehnte (!!!!) Sprache. Sein Vietnamesisch war deutlich flüssiger, was, wie ich zugeben musste, mit seiner tiefen, kehligen Stimme großartig und witzig zugleich klang. Er sprach zudem fließend Alt-Elfisch, Feeisch (eine alte, klangvolle Sprache namens Gaeaellicaa), Französisch, Deutsch, zwei Versionen von Mandarin/Chinesisch, fünf verschiedene Trolldialekte (Berg, Fluss, Tiefland, Wald und natürlich Fels) sowie ein wenig Orkisch und Koboldianisch. Er führte mir sogar seine heimatliche Felstrollsprache vor, die für mich klang wie scharrender Felsen und Kies. Aber dennoch war diese Sprache seltsam ausdrucksstark und komplex. Stoney behauptete, Felstrollisch sei eine der effizientesten, *emotional adaptabelsten* Sprachen (was immer das bedeuten mochte), die es überhaupt gab.

Außerdem sprach Stoney durchaus auch über andere Dinge als Steine. Manchmal jedenfalls, denn er konnte Steine ja trotzdem bei jedem Gespräch irgendwie erwähnen. Aber auch darüber hinaus hatte Stoney sehr viel zu sagen. Er wusste eine Menge. Besonders über Elfen. Was mich nach meinem Gespräch mit Ari brennend interessierte.

Ich hatte zwar noch immer keine märchenhaften Visionen, in denen ich Edwin ausfindig machte und ihn umarmte (gepaart mit heftigem Schulterklopfen), auf einer grünen Wiese mit einem Regenbogen im Hintergrund, während Schmetterlinge unsere Köpfe umflatterten, und er mir dann genau erklärte, was mit meinem Dad nicht stimmte, und mir seine Hilfe dabei anbot, die Sache in Ordnung zu bringen. Ich wusste, dass diese Aussicht bei so gut wie null lag.

Aber ich konnte nicht leugnen, dass er noch immer meine größte Hoffnung war, die Wahrheit zu ergründen. Er war der einzige Elf, der mir möglicherweise helfen würde. Und solange nicht auf magische Weise eine andere Idee auftauchte, war es der erste Schritt auf dem Weg zur Lösung von Dads Problem, Edwin zu finden. Und sowenig ich das zugeben mochte: Ich wollte Edwin auch einfach wiedersehen. Um zu wissen, dass es ihm gut ging.

Stoney fing ganz von selbst an, über die Elfen und seine Gefangenschaft zu reden. Er erzählte mir, dass er die letzten beiden Jahrzehnte größtenteils in einem Kerker verbracht hatte und wie ein Hund zum Gehorsam seinen ELFENPOTENTATEN gegenüber abgerichtet worden war. Wenn er selten mal

Tageslicht erblickte, dann fast immer, um etwas für seine Kerkermeister zu erledigen – meistens brutale Aufträge. Seine erzwungenen OBLIGATIONEN führten ihn in aller Herren Länder. Stoney hatte, wie sich nun herausstellte, von der Welt schon viel mehr gesehen als ich, sogar als Gefangener. Nicht, dass ich ihn beneidete, wenn ich an die Umstände seiner vielen Reisen dachte (bei denen er, wie er sagte, meistens in den dunklen, nassen Laderäumen großer Handelsschiffe gesteckt hatte).

Aber Stoney hatte sich nicht wirklich in die Unterwerfung prügeln lassen. Er hatte nur so getan. Er hatte all die Jahre den Gehorsamen gespielt und abgewartet, in der Hoffnung, sich weitere Foltern zu ersparen, während er auf den richtigen Moment zur Flucht wartete.

Und nun verriet mir Stoney die erste von zwei schockierenden Tatsachen:

Er hatte in jener Nacht den Elfenlord nicht aus Versehen ausgeschaltet. Er hatte es mit Absicht getan. Im Kampfgetümmel hatte er seine Chance gesehen, seinen allerärgsten Peiniger endlich unschädlich zu machen: Locien Aldaron, Elfenlord und Edwins Dad. Und obwohl man meinen könnte, Aldaron hätte es nicht besser verdient, bereute Stoney das alles sehr. Ich konnte ihn da sehr gut verstehen, ich hatte damit ja auch meine Probleme, auch wenn meine Rolle bei Aldarons Tod in Stoneys Augen viel geringer gewesen war.

»ALBTRAUM«, sagte er düster. »STONEY TRÄUMT TRAUMATISCH OHN UNTERLASS. STONEY HASST FATALE AKTIONEN.«

Ich nickte verständnisvoll.

Dann erzählte er, dass er doch nicht wie gehofft entkommen

war, als die Elfen ihren Anführer verloren hatten und Chaos ausbrach. Lociens Generäle hatten ihn sofort festgenommen und hart bestraft, weil er während des Kampfes so »unaufmerksam« gewesen war. Einige Tage darauf war er mit dem Schiff zu einem geheimen Elfenstützpunkt in New Orleans gebracht worden. Die Elfengruppe dort hatte einen neuen Anführer, und sie hatten große Pläne. Furchtbare Pläne. Stoney wiederholte immer wieder den Ausdruck LEGION DER SCHURKEN.

»UNGEBREMSTE MORTALITÄT«, sagte Stoney, als ich um nähere Erklärungen bat. »UNIVERSALE ANNIHILATION!«

»Wie bald soll das passieren?«, fragte ich.

»ZWEIMAL VIERZEHN TAGE«, sagte Stoney düster. »INSINUIERTE SPEKULATIONEN. MÖGLICHERWEISE DREI.«

Vier Wochen? Höchstens sechs? Wenn Stoney recht hatte, dann würde die Elfenfraktion in New Orleans in nur einem Monat einen Plan ausführen, der zu einer tödlichen globalen Katastrophe führen könnte. Mir drehte sich der Magen um und ich fragte immer weiter.

Aber es war schwer, weitere Einzelheiten in Erfahrung zu bringen. Stoney gab zu, auch nicht viel mehr zu wissen. Er war schließlich ein Gefangener gewesen, kein elfischer Mitverschwörer, dem sie vertrauten. Er hatte seine Tage in New Orleans vor allem mit anderen Gefangenen in einem dunklen Kerker verbracht. Vieles wusste er nur vom Hörensagen. Als er in New Orleans angekommen war, hatten er und die anderen Gefangenen zuerst fast das Gefühl gehabt, vergessen worden zu sein. Als die Wachen eines Tages einfach aufhörten, ihnen

Essen zu bringen (was am Ende zu einer ganzen Woche ohne Nahrung führte), hatten sie aus purer Verzweiflung einen Fluchtplan ersonnen, aus Angst, sonst zu verhungern.

Aber Stoney war sich vollkommen sicher, dass das, was diese neue Elfensekte vorhatte, furchtbare Konsequenzen für alle anderen haben würde – für Menschen, Zwerge, Trolle und sämtliche in letzter Zeit wiederaufgetauchten Wesen.

»Kennst du Edwin Aldaron?«, fragte ich schließlich. »Kannst du dich an ihn erinnern? Lociens Sohn?«

Stoney schüttelte energisch den Kopf.

Obwohl ich natürlich frustriert war, nichts über Edwin zu erfahren, war das auch auf seltsame Weise tröstlich. Denn es stützte Edwins Behauptung, dass er nichts von den unappetitlichen Aktivitäten seiner Eltern gewusst hatte (wie zum Beispiel meinen Dad zu entführen und ihn gefangen zu halten).

»Du weißt also nicht, ob er der Anführer dieser neuen Elfenfraktion in New Orleans ist?«

»UNBEKANNT«, sagte Stoney zustimmend. »KOMMANDANT ANONYM, SPEKULATIONEN INSINUIEREN ADOLESZENZ.«

Das verschlug mir den Atem.

Es war also immerhin möglich, dass es sich um Edwin handelte. Ein Teil von mir hoffte noch immer, dass es nicht so wäre. Ich konnte mir nur schwer vorstellen, dass Edwin irgendetwas plante, das zu *universaler Annihilation* führte, wie Stoney es ausgedrückt hatte.

Ich seufzte.

»GREG SORGEN VATERS PSYCHE?«, fragte Stoney plötzlich.

Ich riss den Kopf hoch. Stoney lugte auf mich herab, und

seine durch und durch schwarzen Augen vermittelten mir auf irgendeine Weise Mitgefühl, Verständnis und Hoffnung.

»Hast du Ari und mir vorhin zugehört?«, fragte ich.

Stoney nickte. »GREG ÄNGSTLICH.«

»Ja, das kannst du wohl sagen«, sagte ich. »Und das Problem ist, dass ich keine Ahnung habe, was ich machen soll.«

Und dann servierte Stoney mir seine zweite schockierende Tatsache.

»STONEY ERKENNT ERKRANKUNG«, sagte er ruhig. »STONEY ASSISTENZ.«

16

Und wieder gilt: Zwerg bleibt Zwerg

Ari kam am nächsten Tag gegen Mittag, um Stoney Gesellschaft zu leisten, während ich zur nachmittäglichen Ratssitzung ging.

Ich musste aus zwei Gründen dabei sein:

1. Ich musste wissen, was aus Stoneys MFM-Fall wurde. Würde Eagan die anderen auf irgendeine Weise überreden können, Stoneys Tür aufzuschließen, damit er sich nicht wie ein Gefangener fühlte und ich mein Versprechen halten konnte?
2. Ich musste den Rat überreden, mich mit einer kleinen Armee nach New Orleans zu schicken, um meinen Dad und die Welt zu retten, wenn auch nicht unbedingt in dieser Reihenfolge.

Die zwergische Öffentlichkeit hatte zwar Zutritt zu den meisten Sitzungen, aber deshalb durfte natürlich noch längst nicht jeder vor dem Rat und den Älteren das Wort ergreifen. Für diese Dinge gab es Vorschriften – man musste sich zu einer Sondersitzung anmelden, wenn man ein neues Thema zur Sprache bringen wollte. Sondersitzungen wurden alle zwei Wochen abgehalten.

Zu meinem Glück war mein Dad nicht nur ein Ratsältester, sondern auch eine sagenumwobene Berühmtheit. Und ein guter Freund von mir gehörte nun dem Rat an. Außerdem hatte ich eine persönlichere Beziehung zum Ratsältesten Dunmor als die meisten anderen Zwerge. Was ich damit sagen will: Solche Dinge sorgen für Ausnahmen von der Regel.

Und so stand ich nun vor dem Rat und den Ältesten und sagte meinen Spruch auf.

Ich schilderte eindringlich, was Stoney mir erzählt hatte: dass eine neue Elfenfraktion in New Orleans eine Armee zusammenrief und etwas Grauenhaftes plante, das für uns alle Tod und Vernichtung bedeuten würde. Ich endete mit der flehentlichen Bitte, eine kleine Abteilung zwergischer Soldaten (zu der auch ich gehörte) nach New Orleans zu schicken, um Erkundigungen einzuholen.

Ich fand, ich hatte meine Sache ziemlich gut vertreten. Und ich wartete auf panisches Gemurmel, Verzweiflungsschreie und den Aufruf zu sofortigem Handeln.

»Na und?«, fragte der Älteste Dhon Drachenbauch, nachdem ich fertig war, und brach damit das kurze, bedeutungsschwere Schweigen. »Elfen planen immer schreckliche Dinge. Warum sollte es diesmal anders sein als sonst?«

»Als sonst?«, fragte ich mit schwacher Stimme.

»Na ja, du glaubst doch wohl nicht im Ernst, wir hören so eine Geschichte zum ersten Mal, oder?«, fragte der Älteste Ooj (der einzige Leprechaun im Rat) ungläubig.

»Ich – na ja ...«, setzte ich an. Tatsache war, dass ich das irgendwie schon geglaubt hatte.

Die gesamte Versammlungshalle brach in schallendes Gelächter aus. Dunmor schlug eilig mit seinem schweren Steinhammer auf den Tisch und brachte alle zum Verstummen.

»Greg«, erklärte er geduldig. »Wir bekommen jede Woche Dutzende von Berichten über Elfenfraktionen in aller Welt, die Böses im Schilde führen. Wir geben uns wirklich alle Mühe, diesen Berichten nachzugehen, und wir nehmen sie ernst, aber es sind einfach zu viele. Die meisten Berichte stellen sich als so Zeugs heraus wie ein unethischer Hedgefonds, den sich ein paar Elfen ausgedacht haben, oder solcher Unsinn. Über so etwas können wir uns im Moment nicht den Kopf zerbrechen, angesichts der Gefahren durch die neuen Monstersichtungen.«

Natürlich hätte ich ihnen den wirklichen Grund nennen können, aus dem ich so unbedingt nach New Orleans wollte: um in Erfahrung zu bringen, was mit meinem Dad los war. Um mir dort einen Elfen zu schnappen und es aus ihm herauszuquetschen, egal, auf welche Weise (dieser Teil des Plans stammte von Aderlass).

Ich sollte euch vielleicht erzählen, was ich in der vergangenen Nacht noch von Stoney erfahren hatte (leider war es nicht so viel, wie ich mir erhofft hatte).

Er behauptete, schon einmal solche Symptome wie die meines Dad gesehen zu haben. Als er in New Orleans gefangen gehalten worden war, hatte ein anderer Insasse (überraschenderweise ein Elf, der aus irgendeinem Grund als Gegner der Fraktion galt) nach einigen Wochen Kerkerhaft fast das gleiche Krankheitsbild entwickelt. Leider wusste Stoney nicht, ob dieser Zustand reversibel war, aber er war sicher, dass die Elfen ihn ausgelöst hatten. Ehe dieser Elf den Verstand verlor, hatte er Stoney verraten, dass die Gefangenenwärter ihm eine Art Gift eingeflößt hatten – vielleicht hatten sie ihn als Versuchskaninchen benutzt. Wenn das stimmte, dann war es durchaus möglich, dass die Elfen diese Symptome auch wieder rückgängig machen könnten. Außerdem wollte ich natürlich unbedingt hinfahren, um herauszufinden, ob Edwin der Anführer dieser Gruppe war.

Aber es nützte nichts, ich musste den Rat davon überzeugen, dass es sich auch aus anderen Gründen lohnte. Sie würden »meinen Dad heilen« vermutlich nicht für dringlich genug halten, um mir einen Teil ihrer kostbaren, begrenzten Mittel (d.h. Soldaten) zuzuteilen. Also beschloss ich, sie weiter mit meinem Bericht über den großen Plan der Elfen unter Druck zu setzen – in der Hoffnung, dass sie meiner Forderung doch noch nachkommen würden.

»Aber Stoney hat gesagt, was die Elfen vorhaben, kommt ›universaler Annihilation‹ gleich«, sagte ich mit flehender Stimme zum Rat. »Das muss doch wohl schlimmer sein als alle anderen Berichte, die ihr erhalten habt. Das hier ist nicht nur ein windiges Geschäftsmodell zum Geldmachen. Wir reden hier vielleicht sogar vom totalen Krieg!«

»Hör mal, es ist doch so«, sagte der Ratsälteste Heb Loderschwert. »Deine Information stammt von einem Felstroll. Und, na ja, wie soll ich das höflich ausdrücken? Das sind Vollidioten, Greg. Riesige blöde Biester, die wohl kaum als zuverlässige Informationsquellen gelten können.«

»Das stimmt doch gar nicht«, sagte ich. »Stoney ist genauso intelligent wie du oder ich. Möglicherweise noch intelligenter.«

Diese Behauptung führte zu einem Chor aus herablassendem Kichern, beleidigtem Luftschnappen und Buhrufen von Rat und Zuhörern. Dunmor schüttelte nur mit spöttischem, aber zugleich frustriertem Grinsen den Kopf.

Ich konnte es nicht fassen. Meine schlimmsten Befürchtungen bestätigten sich. Die meisten Zwerge waren wirklich so unwissend und voller Vorurteile wie ihre Vorfahren. Vielleicht hatte das bescheidene Leben im Untergrund, so bewundernswert es auch war, sie daran gehindert, größere Offenheit zu entwickeln. Ich konnte nicht gerade behaupten, dass die Welt der Menschen in dieser Hinsicht perfekt war, ganz im Gegenteil. Aber immerhin versuchten viele Menschen, sich zu bessern. Das hier kam mir vor, als lehnten sie Stoneys Wert für die Gesellschaft einfach herzlos ab. Als weigerten sie sich starrköpfig, ihren Blick auch nur ein wenig von ihren kostbaren heiligen Texten zu heben.

»Bloß weil du dieses … diesen *Felltroll* magst …«, begann der Ratsälteste Dhon Drachenbauch.

»Nein«, fiel ich ihm ins Wort. »Er spricht *fünfzehn* Sprachen. Wie viele könnt ihr, abgesehen von vereinfachtem Altzwergenenglisch und modernem Englisch?«

Ooj schnaubte vom Ende des Tisches. »Das spielt ja wohl keine Rolle«, sagte er. »Jeder kann lernen, Wörter zu wiederholen. Das ist wohl kaum ein Beweis für Intelligenz. Schließlich können sogar Hunde Wörter lernen. Und auf Kommando ›reden‹. Ich meine, wirklich …«

Ich schüttelte den Kopf und wollte meinen Ohren nicht trauen. Saßen ihre Vorurteile gegen Felstrolle wirklich so tief? Oder dachten einige von ihnen wie ich und trauten sich nicht, das zuzugeben? Ich war total verwirrt und so frustriert, dass ich losredete, ohne nachzudenken.

»Aber dort liegt der Schlüssel zur Heilung meines Dad!«, platzte es mir heraus.

Mein Dad sprang auf und machte ein verwirrtes Gesicht, während die anderen Anwesenden in ein verlegenes und angespanntes Schweigen versanken. Obwohl die meisten von ihnen ihn noch immer verehrten als den, *der die Rückkehr der Magie vorhergesagt hat,* und/oder den, *der den Elfenlord vernichtet hat*, wussten sie natürlich von seiner bizarren neuen Krankheit – sosehr sie auch versuchten, die zu ignorieren.

»Greg, was um alles in der Welt faselst du da?«, fragte mein Dad. »Mir geht es ausgezeichnet. Sagt meinem Sohn, dass es mir ausgezeichnet geht.«

Er sah sich im Kreise der übrigen Ratsältesten um. Die schauten verlegen zur Seite. Mein Dad schien das nicht zu bemerken. Seine Augen wurden schon wieder glasig, eine weitere »Episode« stand unmittelbar bevor, vielleicht durch den Stress hervorgerufen, den meine Bemühungen für ihn bedeuteten.

Mindestens drei Ratsmitglieder stöhnten hörbar, als mein Dad abrupt den Finger hob, wie um eine wichtige Verlautbarung zu verkünden.

»Ein *Körnchen der Wahrheit* für Zeiten wie diese!«, donnerte er.

»Da siehst du, was du angerichtet hast«, sagte Dunmor traurig in meine Richtung.

»Wann immer Ignoranz ihr hässliches Haupt erhebt«, begann mein Dad und weckte kurz in mir die Hoffnung, dass diesmal vielleicht kein purer Unsinn folgen würde. »Das, wie ich vielleicht hinzufügen darf, gewaltige Ähnlichkeit mit dem Kopf eines Pandabären hat! Es heißt, Ignoranz habe kein

Gesicht, aber ich versichere euch, so wahr ich heute hier stehe, sie hat sehr große Ähnlichkeit mit einem liebenswerten Panda. Nur mit mehr grünem Gras ganz oben. Aber wo war ich? Oh ja, ich beschrieb gerade einen narzisstischen Orang-Utan mit einer scheußlichen Perücke, den ich einmal kennengelernt habe. Für einen Affen war er ein ziemlicher Aufschneider, was beachtlich ist, da Affen ja nicht sprechen können, egal, welche Clownerien sie betreiben. Der Unterschied zwischen einem Clown und einem Klon dagegen ist ein wenig nuancierter. Er beginnt mit ...«

Ich ließ mich langsam auf meinen Stuhl sinken, während mein Dad weiterplapperte.

Der gesamte Rat wusste, dass uns in diesem Moment nichts anderes übrig blieb, als ihn ausreden zu lassen. Ich saß einfach da, vollkommen abgeschmettert, und tröstete mich mit dem Wissen, dass ich es immerhin versucht hatte. Was hatte ich denn erwartet? Zwerge blieben eben Zwerge – durch ihre eigene negative Haltung in die Untätigkeit getrieben. Die bevorstehende Rückkehr der Magie hatte nichts daran ändern können. Vielleicht hätte kein Argument der Welt daran etwas ändern können.

Die offizielle Abstimmung würde erst gegen Ende der Versammlung erfolgen. Ich setzte keine große Hoffnungen mehr darauf.

Irgendwie hatte ich als Zwerg mit einer Niederlage gerechnet. Doch als besorgter Sohn, der seinem Dad schon einmal das Leben gerettet hatte, wollte ein Teil von mir trotzdem noch immer glauben, dass ich endlich unseren Fluch bezwingen könnte, indem ich mit einem Einsatzteam nach New Orleans reiste. Vielleicht würde diese neueste Episode (die übrigens fast zehn Minuten dauerte) viele im Rat doch noch davon überzeugen, dass es sich lohnen würde, meinen Dad zu heilen, ganz unabhängig vom furchtbaren Plan der Elfen.

Aber für den Moment konnte ich einfach nur abwarten.

Im späteren Verlauf der Sitzung wurden die MFMs besprochen. Eagan trat vor den Rat und die Älteren und sagte seinen Spruch auf. Er sah ziemlich beeindruckend aus in seinen neuen Ratsangehörigengewändern (die stets aus Bisonleder sind, da der Bison für Zwerge schon seit Langem das königlichste aller Tiere ist).

Eagan setzte sich leidenschaftlich dafür ein, Stoney nicht als Gefangenen zu behandeln. Er sagte, wir wären nicht besser als Elfen, wenn wir weiter so mit ihm umgingen. Und wir wären Lügner. Er setzte voll auf den Stolz der Zwerge und suggerierte, dass Stoneys Fall als Test dienen könnte, ob wir Zwerge wirklich so tugendhaft und vertrauenswürdig waren, wie wir behaupteten – oder ob wir größere Ähnlichkeit mit den Elfen hatten, als wir glaubten: voller Selbstsucht und Verstocktheit, auch wenn sich das bei uns auf andere Weisen zeigte.[9]

Nach Eagans Rede kam es kaum zu Diskussionen, denn es standen noch etliche andere MFM-Themen auf der Tagesordnung. Deshalb saßen wir beide auf unseren Stühlen (Eagan

9 Es war offensichtlich, weshalb die Mondzaubers legendär waren, was ihre Überredungskünste und Kompromissbereitschaft anging. Und weshalb Eagan von irgendjemandem für den von seinem Vater hinterlassenen Sitz im Rat nominiert worden war.

und die anderen Ratsmitglieder auf der Tribüne hinter den Ältesten, ich davor an einem Steintisch) und warteten voller Besorgnis ab, was passieren würde. Am Ende wurde über alles abgestimmt, was der Rat während dieser langen, nervenaufreibenden Sitzung besprochen hatte.

Es gab eine gute und eine schlechte Nachricht.

Welche möchtet ihr zuerst hören?

Die gute Nachricht, um die Wirkung der schlechten zu mildern? So hätte ich mich auch entschieden. Okay, hier also die gute Nachricht:

Eagan hatte es geschafft. Er hatte auf irgendeine Weise eine knappe Mehrheit des Rates (mit drei Stimmen!) überredet, zu beschließen, dass Stoneys Zimmer nicht mehr abgeschlossen werden würde. Es gab dabei jedoch Bedingungen: Rund um die Uhr würden auf dem Gang bewaffnete Wachen stehen und Stoney durfte sich niemals ohne Begleitung durch den Untergrund bewegen, jedenfalls bis auf Weiteres. Ich ging davon aus, dass Stoney damit einverstanden sein würde. Es war jedenfalls besser, als die ganze Zeit eingesperrt zu sein.

Aber nun die schlechte Nachricht:

»Nach der offiziellen Auszählung mit hundertsechsundachtzig gegen neunundzwanzig abgelehnt«, teilte Dunmor mit. »Der Rat wird in Bezug auf die aus New Orleans berichtete elfische Aktivität nichts unternehmen.«

Ich sprang sofort auf und brüllte los, ehe mir auch nur klar wurde, was ich tat.

»Nein! Das ist lächerlich!« Ich wusste, dass ich aufhören musste, aber ich war so frustriert und wütend, dass ich mich einfach nicht im Griff hatte. »Wollt ihr alle von diesen Elfen umgebracht werden? Wollt ihr das? Fühlt ihr euch so minderwertig, dass ihr im Geheimen wünscht, sie hätten mit ihrem Plan zur ›universalen Annihilation‹ Erfolg? Hä?«

In der Dosgrud-Silbermütze-Versammlungshalle kam Gemurmel auf. Ich wurde angebrüllt, ich sollte mich setzen und die Klappe halten, woraufhin Foggy Blutbräu (die beste Freundin meines Dad im Rat) aufsprang und die anderen wütend an ihre Manieren erinnerte. Das führte zu weiterem Geschrei und zu mindestens einer neuen gemeinen Beleidigung, die sich gegen meinen Dad richtete (offenbar verloren einige andere Zwerge jetzt wirklich die Geduld mit ihm, trotz seines Ruhms). Wir standen kurz vor einem Tumult, als Dunmor mit einem Steinbrocken auf den Steintisch hämmerte und die Versammlung zur Ordnung rief.

»Greg, setz dich bitte«, sagte er. »Du kannst das nicht immer machen, wenn dir ein Abstimmungsergebnis nicht zusagt. So funktioniert keine Republik.«

»Erst wenn ihr mir sagt, warum«, sagte ich. »Ich habe wichtige Informationen vorgebracht. Möglicherweise steht die Sicherheit aller, die Zukunft der ganzen Welt auf dem Spiel. Ich meine, warum – warum sollten wir das ignorieren? Das ergibt einfach keinen Sinn!«

Dunmor seufzte, er kannte sich schließlich aus mit dem Starrsinn der Sturmbauchs. Und er kannte wohl auch die Wahrheit: dass ich mir zwar Sorgen über die möglichen Pläne dieser Elfenfraktion in New Orleans machte, aber nicht nur deshalb so entsetzt war über die Untätigkeit des Rates. Er wusste, dass es vor allem um meinen Dad und das Heilmittel für ihn ging, das die Elfen in New Orleans vielleicht besaßen.

Mein Dad selbst saß währenddessen einige Stühle von Dunmor entfernt am Tisch der Ratsältesten und lächelte mich voller Stolz an. Er hatte sich immer für seine Überzeugungen eingesetzt, auch wenn alle anderen ihn deshalb für verrückt hielten (was sie jahrzehntelang getan hatten, bis sich die Wahrheit herausstellte).

»Wir sind Trevors Sohn eine Antwort schuldig«, brüllte jemand.

»Ja, er ist schließlich ein Sturmbauch!«

Diese Forderung stieß auf eine überraschend lautstarke Zustimmung, was bewies, dass für den Moment die Mehrheit der Zwerge noch immer vom Status meines Dad beeindruckt und bereit war, seine neuen störenden Macken zu übersehen.

So langsam gefiel es mir, der Sohn eines berühmten Zwergs zu sein. Ich wurde in der Arena zwar oft von anderen Jugendlichen angestarrt, aber es hatte offenbar auch seine Vorteile.

»Okay, von mir aus«, sagte Dunmor. »Bitte, ihr alle, die ihr mit Nein gestimmt habt, korrigiert mich, wenn ich mich irre. Greg, wir werden nicht *nichts* tun. Glaub mir, wir werden diese Information an die Zwerge in New Orleans weiterreichen, wie wir das mit allen Berichten über elfische Aktivitäten in anderen Gegenden machen. Aber mehr können wir nicht tun. Alle weiteren Entscheidungen müssen die lokalen Zwerge treffen. Und ehrlich gesagt, im Moment könnten wir ihnen nicht einmal dann helfen, wenn wir das wollten. Uns fehlen ganz einfach die Mittel, wie du sehr wohl weißt.«

Ich nickte langsam und setzte mich wieder.

Dunmor hatte recht. Außerdem war ich selbstsüchtig. Ich wusste ja, dass es mir mehr um meinen Dad ging als um Stoneys Behauptungen, dass die Elfen einen bösen Plan ausheckten. Es war wirklich nicht besonders vernünftig, zu erwarten, dass der Rat unschätzbare Mittel einsetzte (und Zwergenleben riskierte), um tausend Meilen entfernt Untersuchungen anzustellen, wie mein Dad wieder normal werden könnte. Schon gar angesichts unserer sonstigen Probleme: mythische Monster, die mit jedem Tag mehr wurden, mit jedem neuen Ausbruch von Galdervatn.

Aber das bedeutete nicht, dass *ich* untätig bleiben würde. Ich wusste, dass Stoney die Wahrheit sagte. Und das bedeutete, dass ich etwas unternehmen musste.

Das jedoch war das eigentliche Problem: Was konnte ich tun?

Wie sollte ich es ganz allein mit einer tausend Meilen entfernten Elfenarmee aufnehmen?

Aber dann brachte mich eine Erfahrung aus meinem neuen Leben im Untergrund zum Lächeln: Ich war nicht allein. Ich hatte bereits so eine Art ausgebildete Elfenarmee zur Seite, die mich unterstützen würde, egal, was passierte.

17

Ich stopf mir eine Handvoll Kacke in die Tasche

»STONEY BEFREIT!«, jubelte Stoney mit seiner wunderbaren, dröhnenden Stimme.

Gerade hatte ich ihm schonend beigebracht, dass seine Türen nicht mehr abgeschlossen würden. Ich hatte mich davon überzeugt, dass er die Bedingungen verstanden hatte, und er nickte aufgeregt.

»ZUTIEFST VERBUNDEN!«, sagte er und kam auf mich zu.

»Nein, nein«, rief ich rasch und trat einen Schritt zurück, denn ich wollte nicht noch eine schmerzliche Quetsch-Umarmung erleiden. »Ist schon gut, Stoney. War mir ein Vergnügen.«

Stoney zeigte sein schräges Felsgrinsen.

»Das ist umwerfend«, sagte Ari. »Wie hat Eagan das geschafft?«

»Der ist eben ein Mondzauber!«, sagte ich.

Sie lachte und nickte. »Das stimmt.«

Obwohl Stoney sich so überschäumend freute, fiel es mir schwer, in seiner Höhle zu stehen und mich auf etwas anderes zu konzentrieren als auf seinen Toilettentrog. Darin lagen zwei hohe Haufen aus glitzernden Diamanten und funkelten sogar im trüben Licht der Steinkammer. Es waren Tausende, in allen Größen von winzigen Kieselsteinen bis zu Golfbällen. Vor mir lag Trollkacke im Wert von buchstäblich Hunderten Milliarden Dollar.

Ich grinste zufrieden.

Einerseits, weil das hier zeigte, wie wenig solche Dinge noch bedeuteten. Schon vorher war Geld für mich und meinen Dad nicht besonders wichtig gewesen. Aber bald würde das neue Magische Zeitalter alles ändern, und zwar für alle. Geld und Wertgegenstände würden vollständig wertlos sein. Wenn die Magiedämmerung endlich eintrat, würde es Konzepte wie *Luxus* nicht mehr geben. Jedenfalls nicht so wie bisher.

Aber dennoch ...

Ich ging zu dem Trog und schob meine Hand in einen Diamantenhaufen.

»GREG!«, brüllte Stoney entsetzt. »DEGOUTANT!«

Klar, aus seiner Sicht war das bestimmt ganz schön ekelhaft. Ich hatte soeben in seinen Kackhaufen gegriffen. Als ich mir die Diamanten aus der Nähe ansah, fiel mir auf, dass sie anders aussahen als Diamanten auf Werbebildern der Schmuckgeschäfte.

Sie funkelten, aber sie waren rau und uneben – und absolut nicht symmetrisch. Eher wie die Steine, die man so auf dem Boden findet. Nur eben viel glitzernder. Ari hatte meinen Blick offenbar richtig gedeutet.

»Die sind nicht geschliffen«, sagte sie. »Deshalb sehen sie so aus. Diamanten kommen nicht einfach in perfekter polierter Form aus der Erde. Die Juweliere zerteilen sie und schleifen sie zurecht.«

Ich nickte und stopfte mir eine Handvoll in die Tasche.

Stoney schüttelte angewidert den Kopf, als ich mir die Taschen mit seinen Ausscheidungen füllte. Ari warf mir einen verwirrten Blick zu.

»Die können wir vielleicht noch gebrauchen«, sagte ich und schob noch eine Handvoll nach. »Ich habe große Neuigkeiten. Und große Pläne. Das erzähle ich dir nachher. Du wirst schon sehen.«

Ari lächelte vielsagend und nickte.

Sie wusste, dass ich etwas vorhatte. Und da war sie immer dabei. Obwohl ich alle meine neuen Zwergenfreunde liebte, musste ich zugeben, dass in den vergangenen Monaten meine Beziehung zu Ari die einzige war, die an meine Freundschaft zu Edwin herankam. Ich hatte zwar noch nicht das Gefühl, Ari *einfach alles auf der Welt* erzählen zu können, so wie bei Edwin, aber ich würde auch nicht viel weglassen müssen.[10]

Ich hatte volles Vertrauen zu Ari, und sie zu mir. Das wusste ich, weil sie immer zu mir hielt, wenn ich einen verrückten Plan hatte. Wie zum Beispiel, als sie mir geholfen hatte, unsere anderen Freunde zu überreden, in einen geheimen Elfenstützpunkt einzudringen, um meinen Dad zu retten. Dabei waren wir damals noch kaum trainiert gewesen und hatten keine Ahnung, auf welche Gefahren wir vielleicht stoßen würden. Oder, weniger dramatisch, vor einigen Wochen, als ich vorgeschlagen hatte, *Geschichte der zwergischen politischen Theorie* sausen zu lassen und lieber ein Eis essen zu gehen. Statt mir die Sache auszureden, hatte sie mich begeistert angestrahlt. Wir hatten jede Menge Spaß, aßen Eis und wanderten durch das

10 Vielleicht, wie sehr ich ihr Lachen liebte!

Garfield Park Conservatory (ein Paradies für Baumliebhaber). Es war die drei Tage Arbeit im Tunnelbau wirklich wert gewesen, die uns als Strafe fürs Unterrichtschwänzen aufgebrummt wurden (der Untergrund wurde einem gewaltigen Erweiterungsprojekt unterzogen – teilweise, um Platz für neue MFM-Verbündete zu schaffen).

»Okay, Stoney«, sagte ich und drehte mich zu ihm um. Der Anblick, wie ich mir die Taschen mit seiner Kacke vollstopfte, schien ihm noch immer Probleme zu machen. »Wir müssen los. Ist bei dir hier jetzt alles in Ordnung? Die Türen werden nicht mehr abgeschlossen.«

»AFFIRMATIV.«

»Alles wird gut«, sagte ich. »Ich schaue heute Abend noch mal rein. Aber danach muss ich vielleicht für ein paar Tage weg. Und du musst jeden Tag mit einem MFM-Komitee sprechen, das sich ein Bild von deiner Loyalität und so machen will. Aber mein guter Freund Eagan wird immer dabei sein. Das hat er mir versprochen.«

»EAGAN SKRUPELLOS?«

»Nein, kein bisschen«, versicherte ich ihm. »Du hast doch Vertrauen zu mir?« Stoney nickte. »Gut. Du hast Vertrauen zu mir, und ich habe Vertrauen zu Eagan, und deshalb kannst du Vertrauen zu Eagan haben.«

Stoney zögerte.

»Ist schon gut«, schaltete Ari sich ein. »Eagan ist das netteste Wesen, das ich kenne. Ich habe größeres Vertrauen zu ihm als zu irgendwem sonst, einschließlich Greg.«

Ich versuchte zu verbergen, dass ich ein bisschen verletzt war. Stoney machte ein entsetztes Gesicht, als ob ich der Schutzheilige der Vertrauenswürdigkeit wäre und es deshalb keine vertrauenswürdigeren Leute als mich geben könnte. Was natürlich nicht stimmte. Eagan war die ehrenwerteste Person, die mir jemals begegnet war.

»Ich komme heute Abend noch mal, um mich zu verabschieden«, sagte ich.

Stoney nickte, während er einen Specksteinklumpen von einem hohen Stapel in der Ecke hob. Er schlug seine Zähne hinein und riss einen riesigen, krümeligen Bissen heraus. Obwohl Speckstein als weichste Gesteinsart der Welt galt und ganz übliche Trollnahrung war, taten mir doch die Zähne weh, als ich zusah, wie Stoney ihn zerkaute wie Brot.

»Schmeckt das gut?«, fragte ich.

Stoney zuckte mit den Schultern. »SILIKATISCHER STEATIT TOLERIERBAR.«

»Na, mal sehen, ob ich ein paar von diesen Diamanten in Gold für dich eintauschen kann«, sagte ich von der Tür her.

Stoney konnte sich anscheinend nicht vorstellen, wieso irgendwer die köstlichste Gesteinsart von allen gegen eine Handvoll Trolldung eintauschen sollte. Aber er zuckte noch einmal mit den Schultern und nickte.

Ari und ich winkten ihm zum Abschied zu und gingen hinaus auf den Flur. Der bewaffnete Wachtposten zog hinter uns die Tür zu, schloss sie aber nicht ab. Er starrte mich wütend an, als wäre er ein Polizist im Einsatz und ich hätte ihm soeben seine kugelsichere Weste gestohlen.

Als wir uns ein Stück durch den Gang entfernt hatten, packte Ari mich am Arm und hielt mich an.

»Was läuft hier?«, flüsterte sie. »Was bedeutet das, dass du für ein paar Tage wegmusst? Und warum hast du diese Diamanten eingesteckt? Zwerge interessieren sich nicht für materiellen Wohlstand. Außerdem ist es nur eine Frage der Zeit, bis dieser Kram wertlos sein wird, außer zur Waffenherstellung.«

»Das sind lauter gute Fragen«, sagte ich. »Ich erkläre das später. Hol die anderen und dann treffen wir uns in genau dreißig Minuten in der Arena – wir haben keine Zeit zu verlieren.«

18

Natürlich sind die besten Teile des Truthahns ganz unten

Ich bin stolz auf dich, Greg«, sagte mein Dad, als ich mich einige Minuten nach meinem Abschied von Ari ihm gegenüber an unseren kleinen Esstisch setzte.

Ich war sofort nach Hause gegangen, und dort fand ich ein gewaltiges Festmahl auf dem Tisch vor: drei Pfund Schweinerippen, geschmorter Ochsenschwanz mit sautierten Zwiebeln und Apfel-Rindersoße, gebratene Schweineohren mit würzigem Senfdip, gegrillte Schweinebacken mit eingekochter Entensoße und eine Karotte. Und obwohl ich gleich meine Freunde treffen wollte (ich hatte eigentlich nur vorgehabt, mir schnell irgendetwas Essbares und meinen alten Rucksack zu schnappen), konnte ich einen raschen Imbiss mit meinem Dad nicht ablehnen. Zumal er offenbar gerade einen lichten Moment hatte. Außerdem hatte er sich definitiv große Mühe mit der Zubereitung dieser Mahlzeit gegeben und war noch immer ein hervorragender Koch. Wenigstens daran hatte das Elfengift samt Gegengift nichts geändert.

Ich beschloss, schnell mit ihm zu essen, ich würde sicher trotzdem nur einige Minuten zu spät in der Arena eintreffen.

»Du hast dich vor dem Rat richtig eingesetzt, für etwas, woran du glaubst«, sagte er. »Das macht einen wahren Sturmbauch aus.«

»Danke, Dad«, sagte ich. Mehr wollte ich nicht sagen, aus Angst, es könnte eine weitere bizarre endlose Episode voller seltsamer Ratschläge auslösen.

Er nickte und stopfte sich eine Handvoll knuspriger Schweineohren in den Mund. Wir aßen eine Weile schweigend weiter.

Ich hätte ihn zu gern mehr gefragt, um einen *echten* Rat gebeten. War das, was ich vorhatte, richtig oder falsch? Es würde vermutlich gefährlich werden, war schlecht geplant, und würde abermals das Leben meiner Freunde aufs Spiel setzen. War es das alles wert? In diesem Augenblick wollte ich meinen alten Dad zurück.

Na, da hast du deine Antwort, Greggdroule, sagte Aderlass unter meinem Bett. *Es gibt nur eine Möglichkeit, dir das zurückzuholen. Zusammen können wir die Elfen dazu zwingen.*

Natürlich hatte meine Axt recht. Die Antwort auf die Frage, ob das, was ich vorhatte, die Mühe wert war, saß hier vor mir: mein Dad. Ich wollte nichts auf der Welt lieber, als dass er wieder normal würde. Das war nicht nur das Risiko wert, sondern auch den Zorn des Rates, wenn ich abermals seine Wünsche ignorierte.

Wie ich da saß und meinen Dad anstarrte und mich nicht traute, mit ihm zu sprechen, fühlte ich mich gleichzeitig irgendwie schuldig und undankbar. Noch vor wenigen Monaten hatte ich geglaubt, dass ich ihn niemals wiedersehen würde. Dass er wieder da war, wenn auch in seinem seltsamen Zustand, war immer noch besser, als seinen Dad für immer zu verlieren, wie Edwin. Und egal, was alle anderen von Locien

Aldaron hielten, ich wusste, dass Edwin ihn verehrt hatte. Er hatte das Böse in ihm nicht sehen können.

Nicht ablenken lassen, Greggdroule, meldete sich Aderlass zu Wort. *Was deinem Freund passiert ist, spielt keine Rolle mehr. Ich möchte dich daran erinnern, dass Locien der Grund ist, warum dein Dad zu dieser leeren Hülle eines Mannes geworden ist. Ist es nicht fast schlimmer, diese Version von ihm um dich zu haben, als ihn für immer zu verlieren? Edwins Dad ist zwar nicht mehr da, aber immerhin sind Edwins Erinnerungen an ihn ungetrübt. Während deine davon verdorben werden, was Trevor jetzt ist. Nein, du musst deinen Plan in die Tat umsetzen. Wir müssen nach New Orleans gelangen und einen ranghohen Elfen entführen. Die Elfen müssen deinen Dad entweder heilen oder einen hohen Preis für ihre Schandtaten bezahlen.*

Ich bin noch immer nicht sicher, dachte ich. *Ich meine, vielleicht sollte ich einfach zufrieden damit sein, was ich habe? Ist es nicht elfisches Denken, immer mehr haben zu wollen?*

Dann tu es doch, frag deinen Dad, was er denkt, erwiderte die Axt. *Du wirst ja sehen, was er sagt.*

Ich wusste, das war irgendein Trick oder Test, aber ich wollte meinen Dad so dringend um Rat fragen, dass ich mich trotzdem darauf einließ.

»Ich weiß aber nicht, wie weit ich gehen soll«, sagte ich.

»Hmmm?«, fragte er mit dem Mund voller Fleisch.

»Damit, woran ich glaube«, sagte ich. »Heute habe ich vor dem Rat meine Ansicht vertreten, das schon, aber er hat trotzdem Nein gesagt. Ich habe das Gefühl, dass ich noch mehr tun müsste. Ich glaube Stoney. Ich glaube, dass in New Orleans etwas Schreckliches passiert, mal abgesehen von weiteren Gründen, dort hinzureisen. Kann ich das wirklich einfach ignorieren?«

Mein Dad ließ sich zurücksinken. Seine Augen wurden glasig und ich hätte vor Verzweiflung fast gegrunzt, denn ich wusste, was jetzt kam. Aber zu meiner Überraschung schien er sich diesmal dagegen zur Wehr zu setzen.

»Greg, du weißt, wie ich das sehe«, sagte er, als sich seine Augen in einem seltenen Augenblick der Klarheit erhellten. »Ich war immer dafür, zu tun, was man für richtig hält. Egal, was. Solange es nicht nur zu deinem eigenen Nutzen ist.«

Siehst du?, fragte Aderlass. *Er ist ganz meiner Meinung.*

Ich nickte und war erleichtert und entsetzt zugleich. Mein Dad hatte mir im Grunde soeben seinen Segen erteilt. Was bedeutete, dass vor meinen Freunden und mir vermutlich große Gefahren lagen – obwohl es dem Allgemeinwohl diente.

»Aber dann gibt es ja immer noch dieses kleine *Körnchen der Wahrheit«,* erklärte mein Dad plötzlich, gab den Versuch auf, die Episode aufzuschieben, und schaltete in den Total-weggetreten-Modus über. »Die besten Truthahnstücke sind manchmal ganz unten! Wie dieser Wels! Wie hieß er doch noch gleich? Ach richtig, General Sherman. Versuch nicht, General Sherman zu finden, wenn es dir nur um die Angelschnur geht! Ich meine, vergiss die Irren im Köderladen ...«

Noch ein Grund, dich auf den Weg zu machen, schaltete sich Aderlass ein und rieb mir damit Salz in die Wunden. *So kann das nicht weitergehen. Du musst deinen richtigen Dad zurückbekommen. Außerdem vergisst du, dass du unterwegs Edwin finden könntest. Und dass du einen unheilvollen und vernichtenden Elfenplan ruinieren kannst. Wie dein Dad schon sagte, ehe ihm wieder alle Tassen aus dem Schrank gefallen sind: Es ist richtig, und es ist zum Nutzen aller, nicht nur zu deinem eigenen.*

Aderlass hatte natürlich recht. Das hatte er meistens (wenn

er nicht gerade vorschlug, dass ich irgendwen oder irgendwas nur aus Jux in Scheiben schneiden sollte).

»Okay, Dad«, sagte ich, als er sich weiter über einen Riesenwels namens General Sherman verbreitete. »Okay.« Ich stand auf. »Ich muss jetzt zu meinen Freunden in die Arena. Danke für das Essen.«

Ich drückte seine Schulter, was er aber kaum bemerkte. Er war bereits zu guten Ratschlägen übergegangen, wie man einen gewissen Mr Gesuchtwird am besten herbeirufen könnte.

Aber er hatte die Episode gerade lange genug abgewehrt, um mir einen echten Ratschlag zu erteilen: weiter für das zu kämpfen, was ich für richtig hielt. Egal, wie verrückt und gefährlich das war. Und dem Plan der Elfen ein Ende zu setzen, Edwin zu suchen und, vor allem, ein Heilmittel für meinen Dad zu finden, war richtig.

Ich hoffte nur, dass meine Freunde das auch so sehen würden.

»Natürlich machen wir mit!«, sagte Ari.

»Ja, was hast du denn gedacht?«, fügte Glam hinzu. »Dass wir uns die Chance entgehen lassen, mit einer Bande von intriganten Elfen zu raufen?«

»Wärst gleich der ärgsten Narretei, dich zu enthalten«, sagte Lake.

Froggy nickte mir wortlos zu, aber ich sah, dass seine Augen anderswo waren.

»Ich kann natürlich nicht mitkommen«, sagte Eagan, ehe ich Froggy fragen konnte, ob etwas nicht stimmte. »Aber ich werde tun, was ich kann, um von hier aus zu helfen, und dafür sorgen, dass Stoney weiterhin gut behandelt wird. Und ich versuche, eure Spuren zu verwischen, sowie der Rat bemerkt, dass ihr verschwunden seid. Aber … ich kann sie nicht anlügen, das wisst ihr, deshalb werden sie irgendwann dahinterkommen. Was bedeutet: wenn ihr erst dort seid, wird die Zeit, die euch bleibt, um die Elfen zu finden und ihre Pläne zu durchschauen, begrenzt sein.«

Ich nickte.

Ich hatte ihnen erzählt, was ich von Stoney gehört hatte: dass die Elfen die *universale Annihilation* planten und dass der Rat das bereits als törichtes Trollgefasel abgetan hatte.

Natürlich hatte ich das mit meinem Dad größtenteils ausgelassen. Sowie die Tatsache, dass der Anführer der Elfen vielleicht Edwin war (obwohl ich noch immer hoffte, dass das nicht der Fall wäre, denn es würde bedeuten, dass er überhaupt kein Gewissen mehr hatte). Ich wusste selbst nicht genau, warum ich das in dem Bericht für meine Freunde ausließ, aber Aderlass hatte behauptet, es wäre besser so. Es wäre richtiger, mich auf das zu konzentrieren, was für die Welt wichtig war, und nicht für mich.

Setz deinen inneren Tumult nicht ein, um sie zu manipulieren, hatte er gesagt. *Konzentrier dich auf die größeren Zusammenhänge, auf das, was allen hilft: zu verhindern, dass diese verflixten Elfen ihre grausamen Pläne durchführen, wie immer die aussehen. Wenn wir erst da sind, werden du und ich allein ein Heilmittel für deinen Dad finden.*

Um ehrlich zu sein, hatte ich nie daran gezweifelt, dass meine Freunde mitmachen würden. Sie waren ja auch vor ein paar Monaten sofort bereit gewesen, ihr Leben aufs Spiel zu setzen, um meinen Dad zu retten. Damals kannten wir einander noch nicht so gut, aber trotzdem hatten sie nicht gezögert.

»Wie kommen wir dahin?«, fragte Glam. »Ist New Orleans nicht so richtig weit weg? Ich bin noch nie geflogen.«

»Ich auch nicht«, sagte Ari.

»Wir alle nicht«, sagte Eagan.

»Wir können nicht fliegen«, sagte ich.

»Wesgrundes nicht?«, fragte Lake und machte ein enttäuschtes Gesicht.

»Weil die Flughafenbehörden vermutlich nicht erlauben, dass eine allein reisende Gruppe von Jugendlichen mehrere Hockeytaschen voller Schwerter und Äxte und anderer Waffen eincheckt«, sagte ich. »Wir nehmen also den Zug. Ich bin einmal, als ich acht war, mit meinem Dad mit der Bahn nach Seattle gefahren, und da haben sie unsere Taschen nicht einmal angeschaut, geschweige denn gefragt, was wir darin hatten.«

»Bleibt die Frage des Geldes«, sage Eagan. »Ich nehme an, dass fünf Rückfahrkarten nach New Orleans eine ganze Menge kosten.«

»Mach dir da keine Sorgen«, sagte ich und grinste. »Das hab ich im Griff.«

19

Grootock Schüttelschnalles Lehren über Objektimpermanenz

Am Montag ging ich also Kacke verkaufen, um die Fahrkarten zu bezahlen.

Natürlich wusste der Typ in dem lichtscheuen Pfandhaus um die Ecke von *Cronenbergs Kuttel-Imbiss und Wählscheibentelefon-Reparaturladen* (auch bekannt als geheimer Vordereingang zum Untergrund) nicht, dass ich Trollkacke verkaufte, sondern hielt es für eine Handvoll ungeschliffener Diamanten. Als ihm klar wurde, dass sie echt waren, wurde er ungeheuer misstrauisch und stellte jede Menge Fragen, woher ich sie hatte.

Aber es gab ja einen Grund, warum ich mir einen schmuddeligen Pfandladen ausgesucht hatte. Na ja, eigentlich sogar zwei:

1. Der Laden lag wirklich um die Ecke (weniger als einen Block entfernt) vom Eingang zum Untergrund.
2. Ich hatte in meiner Kindheit in der modernen Welt eine Menge Filme gesehen, und in fast jedem Kriminalfilm, der je gedreht worden ist, kann man in einem schmuddeligen Pfandladen solche Dinge sagen, ohne dass die Bullen geholt werden:

»Hör mal, Kumpel! Kann dir doch sonst wo vorbeigehen, woher ich die habe. Die sind ungeschliffen, das bedeutet, nicht registriert. Und ich will nur zehn Riesen bar auf die Kralle. Ich kenn mich nicht aus mit Klunkern, aber ich weiß, dass diese Diamanten sehr viel mehr wert sind. Wenn du also so viele Fragen stellen willst, dass ich gehe und den Deal mitnehme, dann bitte sehr, frag nur drauflos.«

An diesem Punkt öffnete der Pfandleiher ohne ein weiteres Wort seinen Safe und legte ein sorgfältig gepacktes Bündel von Hundert-Dollar-Scheinen auf den Tresen. Ich zog die Kohle zu mir heran, während er den kleinen Haufen aus Diamanten in einen schwarzen Samtbeutel fegte.

Wir nickten einander kurz zu, und weg war ich.

Meine Freunde warteten voller Spannung in einer Gasse in der Nähe.

Glam hatte die Arme vor der Brust verschränkt (sie war davon überzeugt gewesen, dass es nicht klappen würde – dabei hatte sie nicht einmal gewusst, was ein Pfandleiher überhaupt macht). Lake sah gleichzeitig nervös und neugierig aus, und seine Füße scharrten unentwegt über das grobe Pflaster. Froggy lehnte mit Stöpseln in den Ohren an der Mauer, starrte den Boden an und bewegte lautlos die Lippen zum Text seines Liedes. Ari grinste, sowie sie mich sah – sie kannte mich schon so gut.

»Es hat wirklich geklappt?«, fragte sie.

»Natürlich hat es das«, sagte ich und versuchte, so zu tun, als wäre ich von vornherein sicher gewesen.

Ich hielt die Geldscheine in die Luft.

»Beim heiligen Gnarlagshorn, das ist ganz schön viel Zaster!«, brüllte Glam und erregte damit die Aufmerksamkeit mehrerer Fußgänger auf der anderen Straßenseite. »Was machen wir denn mit all den Penunzen?«

Ich verstaute das Geld rasch in meinem Rucksack und winkte den anderen, mir unauffällig zu folgen.

»Also, erstens sollten wir nicht alle Welt darauf aufmerksam machen, dass wir so viel Geld bei uns haben«, flüsterte ich im Gehen.

»'tschuldigung«, sagte Glam verlegen.

»Ist schon gut«, sagte ich. »Jetzt müssen wir zurück in den Untergrund und unseren Kram holen. Wir dürfen den Zug nicht verpassen.«

Wir fünf teilten uns drei nebeneinanderliegende Schlafwagenabteile im Zug nach New Orleans.

Ich könnte euch lang und breit erzählen, wie wir das gemacht haben, aber um ehrlich zu sein, ist es nicht besonders aufregend. Also fasse ich mich kurz:

1. Wir packten unsere Waffen ein.
2. Wir sagten unseren Eltern, wir wollen in die Arena und danach bei Eagan übernachten.
3. Wenn sie unser Verschwinden bemerkten, würde es zu spät sein, um uns noch einzuholen.
4. Eagan würde unseren Eltern eine Nachricht zuspielen, aus der hervorging, dass wir unversehrt waren, aber die Welt retten mussten, und dass wir uns nach unserer Rückkehr bereitwillig den Konsequenzen stellen würden.
5. Ich bezahlte am Bahnhofsschalter die Fahrkarten in bar.

Wir nahmen die Schlafwagenabteile nicht aus Bequemlichkeit (offenbar sind die so eine Art Business Class bei Bahnreisen), sondern weil wir dann unter uns waren und während der neunzehn Stunden Fahrt über Zwergen- und Magie- und Monster- und Elfendinge reden konnten, ohne allzu große Aufmerksamkeit zu erregen.

Irgendwann gegen drei Uhr morgens an der Grenze zwischen Kentucky und Tennessee schliefen Lake, Ari und Froggy in den anderen Abteilen tief und fest, während Glam und ich im dritten wach waren. Glam saß mit eingeschalteter Leselampe im oberen Bett und hatte ein uraltes Buch aufgeschlagen auf den Knien liegen. Ich saß auf einem an der Wand befestigten Stuhl neben dem unteren Bett und versuchte, nicht daran zu denken, wie hirnrissig und gefährlich dieses ganze Nach-New-Orleans-Durchbrennen-und-gegen-eine-mysteriöse-Elfenarmee-Antreten war.

Würde es eine ganze Armee sein, oder nur ein paar Elfen? Hatten sie Monster zur Unterstützung, wie wir Zwerge es durch die MFMs auch zu erreichen versuchten? Sie würden ziemlich sicher mehr Ysteriös haben als bei unserer letzten Auseinandersetzung (so nannten die Elfen das Galdervatn). Das bedeutete, dass wir keinen magischen Vorteil mehr hatten. Würden sie überhaupt da sein? Vielleicht irrte sich Stoney, oder sie waren in den Wochen seit seiner Flucht schon weitergezogen. Und selbst wenn es sich nur um eine kleine Gruppe handelte, würden wir aller Wahrscheinlichkeit nach in der Minderheit sein, und an Waffen und Magie unterlegen.

Wenn ich noch weitergrübelte, wäre ich imstande, die ganze Sache abzublasen, deshalb beschloss ich, nach einer Ablenkung Ausschau zu halten.

»Was liest du da?«, fragte ich schließlich Glam und setzte mich anders hin, um sie sehen zu können.

Ich hätte ehrlich gesagt nie gedacht, dass Glam in ihrer Freizeit las. Ich stellte mir irgendwie vor, dass sie sich lieber entspannte, indem sie antike Kleiderschränke in Stücke schlug. Oder in ihren Handflächen kleine Tierknochen zerdrückte.

Sie schaute auf und grinste. »Das wüsstest du wohl gern?«, fragte sie.

»Na ja, schon, deshalb frag ich ja.«

Glam grinste noch immer. »Das ist die zweite Auflage eines Lehrbuches für die Zwerge von Ur-Erde, das kürzlich tief in den Löwenhöhlenminen in Eswatini, dem ehemaligen Swasiland, gefunden wurde«, sagte sie. »Es heißt *Grootock Schüttelschnalles Lehren über Objektimpermanenz.*«

»Und wovon handelt es?«

»Im Grunde von unterschiedlichen Techniken, alle möglichen Arten von Gegenständen zu zerstören.«

»Warum überrascht mich das nicht?«, fragte ich.

Glam runzelte die Stirn. Für einen Moment befürchtete ich, sie beleidigt zu haben. Dann aber schüttelte sie gelassen den Kopf.

»Falls du es wissen willst, ich lese das als Vorbereitung auf unsere bevorstehende Mission, da wir keine Ahnung haben, mit welchen Schwierigkeiten wir rechnen müssen«, sagte sie. »Ich lese das nicht zum Vergnügen. Zum Vergnügen habe ich das hier mitgenommen.« Sie nickte zu dem kleinen Wandfach rechts von ihr.

Darin steckte ein weiteres altes Buch. Der Titel war in Gold in den Einband geprägt und leuchtete durch das dichte Netz hindurch, das das Buch an seinem Platz hielt.

Zehn romantische Erzählungen über Feenliebe,
in Anbetung verloren und im Traum gefunden
von Sugarfancy Schneeflocke

»Sugarfancy Schneeflocke?«, fragte ich. So einen Zwergennamen hatte ich noch nie gehört.

»Sie war eine Fee«, sagte Glam. »Und wir halten sie für eine der besten Autorinnen aus der zweiten spätromantischen Ära von Ur-Erde.«

»Du stehst auf Bücher mit Feenromantik?«, fragte ich und meine Stimme knisterte vor Staunen. »Echt?«

»Ja, wieso?«, erwiderte Glam mit abweisender Verachtung. »Kann ich nicht mit gleicher Begeisterung Gegenstände zerschlagen und wunderbare, atemberaubende Geschichten über verliebte Feen lesen?«

»Ich – äh – ich meine – natürlich!«

Glam lachte. »Wenn du verlegen bist, bist du besonders süß!«

Ich spürte, wie ich rot anlief.

»Also, äh, warum zerschlägst du eigentlich so gern Gegenstände?«, fragte ich in dem Versuch, das Thema zu wechseln. »Wo wir schon davon reden.«

»Ich weiß nicht, warum spielst du so gern Schach?«

»Weil ich Spiele mag, bei denen ich denken muss. Spiele, bei denen Glück keine Rolle spielt. Beim Schachspielen habe ich die volle Kontrolle über mein Schicksal, darüber, ob ich gewinne oder verliere. Ich würde lieber aus eigener Schuld verlieren als gewinnen, weil ich Glück hatte.«

»Oh, wow, äh, okay«, sagte Glam und wirkte verwirrt. Das sah seltsam bei ihr aus, und ich fand es irgendwie bezaubernd.

»Ich hätte nicht gedacht, dass du eine so wohlformulierte Antwort auf Lager haben würdest.«

»Ich habe nur ehrlich und aus tiefstem Herzen geantwortet«, sagte ich. »Wie immer.«

»Okay, dann tu ich das auch«, sagte Glam. »Ich zerschlage gern Gegenstände, weil ... na ja, weil ich mich dabei gut fühle. Aber nicht, weil ich sinnlose Zerstörung liebe. Etwas zu zerschlagen, erleichtert mich. Es ist schön und schlicht. Es gibt kein Herumraten. Etwas stand vor uns. Unversehrt. Dann zerschlägst du es und es ist nicht mehr unversehrt. Es liegt in Stücken auf dem Boden. Es ist nicht kompliziert. Kompliziert mag ich nicht. Und diese Schlichtheit hat einen besonderen Reiz. Die Art, wie Dinge zerbrechen und zerfallen. Und es geht auch darum, was danach kommt.«

»Wie meinst du das?«, fragte ich und meine Stimme war so heiser, dass es wie Flüstern klang.

»Ich meine, dass alles immer besser zurückkehrt, als es vorher war«, sagte Glam und lächelte. Aufgeregt. »Wenn etwas zerstört wird, wird es wieder aufgebaut, noch besser als vorher. Gebäude, ganze Städte, Gesellschaften, alles. Auf Zerstörung folgt fast immer Fortschritt. Und, na ja, du weißt ja, meine Familie steht echt auf Zerschlagen. Also war es irgendwie einfach, in ihre Fußstapfen zu treten.«

»Warum stehen sie denn so auf Zerstörung?«

Glam zuckte mit den Schultern, antwortete dann aber doch.

»Das hat mit Elfen angefangen«, sagte sie. »Mit einem Gelübde, das meine Vorfahren irgendwann abgelegt haben: dass sie jeden Tag ihres Lebens der Zerstörung von Elfen und Elfendingen widmen würden. Die Lage hat sich seither natürlich verändert, durch die Friedensverträge und alles. Jetzt können wir nicht mehr nach Lust und Laune durch die Welt rennen und Dinge zerschlagen, ohne Ärger zu bekommen.«

»Aber warum hat deine Familie überhaupt so ein Gelübde abgelegt?«

»Wegen der Dinge, die die Elfen meinen Vorfahren angetan haben«, sagte Glam. »Es ist eine lange Geschichte, die seit Zehntausenden von Jahren in der Schattenspießsippe weitererzählt wird. Es gab eine Zeit, als die Schattenspieße einfache Viehzüchter in Ur-Erde waren. Eines Tages erschien eine junge Elfe namens Alinor Dadi vor ihrem kleinen Haus und erzählte, sie sei von ihrer Familie verstoßen worden, weil sie sich die Haare zu kurz geschnitten hatte – bei solchen Kleinigkeiten drehen Elfen ja gern mal durch. Sie bat um ein Bett, nur für eine Nacht. Sie würde gern dafür arbeiten, sagte sie. Vergiss nicht, das war in den alten Zeiten, ehe die natürlichen Spannungen zum Krieg zwischen Elfen und Zwergen geführt hatten. Sie ließen das Mädchen also ins Haus, gaben ihr etwas zu essen und überließen ihr für die Nacht das Bett ihres jüngsten Kindes.

Wie so oft in solchen Geschichten blieb sie dann länger als erwartet. Sie wurde fast ein Teil der Familie. Doch einige Monate später entdeckte Alinor, dass die gewaltigen Quarzvorkommen auf dem Land der Schattenspieße von Goldadern durchzogen waren. Meine Vorfahren winkten ab. Sie sagten, sie wüssten das schon und es sei ihnen egal. Geld und Gold hatten keinen Nutzen für die Schattenspieße – sie interessierten sich nicht für Wohlstand, nur dafür, was sie brauchten, um glücklich und zufrieden zu sein. Alinor konnte das nicht verstehen. Warum wollten sie nicht mehr Geld? Es war unvorstellbar für sie. Sie sah das als Möglichkeit, endlich von ihren Eltern in Gnaden wieder aufgenommen zu werden. Sie kehrte in ihr altes Zuhause zurück und erzählte ihrer Elfenfamilie von dem Bauernhof und seinen versteckten Reichtümern.

Natürlich versuchte Alinors Familie, den Schattenspießen das Land abzukaufen, und wurde abgewiesen. Dann setzten sie ihren natürlichen Elfencharme ein, um die Schattenspieße zu überreden, ihnen das Land für eine üppige Summe zu überlassen, aber mit einem verlockenden Bonus: Die Schattenspieße könnten auf dem Land bleiben und es wie seit Jahrzehnten schon bebauen. Es würde ihnen zwar nicht mehr gehören, aber sie hätten es sozusagen gratis gepachtet. Die Elfen versprachen, die Schattenspieße so lange auf dem Land bleiben zu lassen, wie sie wollten, in einem endlosen Pachtverhältnis. Und die Schattenspieße verließen sich darauf, da sie sonst fast nur mit anderen Zwergen zu tun hatten, die meinten, was sie sagten.

Wie du dir sicher schon denken kannst, hielt Alinors Familie ihr Versprechen nicht. Drei Tage nachdem die Verträge unterschrieben worden waren, nutzten sie ein verborgenes Schlupfloch im Kleingedruckten, um die Schattenspieße fristlos ganz legal von ihrem Land zu vertreiben. Sie wurden obdachlos. Während die Elfen durch das Land und die Goldadern immer reicher wurden, mussten die Schattenspieße an einen unfruchtbaren, felsigen Hang ziehen. Um nicht zu verhungern, schufteten sie in einem nahe gelegenen Steinbruch. Nach wenigen Monaten wurden einige von ihnen krank und das jüngste Kind starb. Sie hatten alles verloren, was ihnen wichtig gewesen war, das Land und das Vieh, das ihnen ihr bescheidenes Dasein schön gemacht hatte. Und das alles nur wegen der Gastfreundschaft, die sie einer durch und durch gierigen und selbstsüchtigen jungen Elfe erwiesen hatten. Aber der echte Schlag unter die Gürtellinie kommt erst noch.«

»Oh nein«, sagte ich entsetzt, denn ich konnte mir nicht vorstellen, wie es noch schlimmer kommen sollte.

»Doch«, sagte Glam. »Ungefähr ein Jahrzehnt später wurde auch im Steinbruch Gold entdeckt, auf einem Teil des neuen Landes der Schattenspieße. Und natürlich fanden die Elfen, die jetzt in dieser Gegend von Ur-Erde das Sagen hatten, einen Weg, den neuen Goldvorkommen der Schattenspieße so hohe Steuern aufzuerlegen, dass sie auch dort nicht bleiben konnten. Die Elfen vertrieben sie von ihrem neuen Land und stahlen ihnen zum zweiten Mal alles, was sie hatten!«

Glam ballte ihre Faust so fest, dass ihre Fingerknöchel weiß wurden und zitterten. »Da ich meine ganze Kindheit hindurch diese und viele andere Geschichten gehört habe, war es schwer, die Elfen *nicht* zu hassen. Ich meine, wie können Leute finanziellen Gewinn über das Wohlergehen anderer setzen? Oder andere belügen, um sich zu bereichern? Ich kann einfach nicht verstehen, wie irgendein Lebewesen so herzlos sein kann, schon gar nicht, wenn es sich für moralisch, zivilisiert oder überlegen hält.«

Es war schwer, ihr da zu widersprechen. Andererseits war es wieder nur eine einzelne alte Geschichte. Sie bedeutete nicht, dass sich alle Elfen ebenso verhalten hätten.

»Ich könnte einwenden, dass es nicht daran lag, dass Alinor aus einer Elfenfamilie stammte, sondern dass ihre Familie einfach gierig und gemein war«, sagte ich deshalb. »Wir sollen andere nicht danach beurteilen, wie sich ihre Vorfahren verhalten haben. Wir erschaffen unser eigenes Schicksal. Was wir als Individuen tun, das zählt, nicht, was unsere Eltern und Großeltern getan haben.«

»Schön, das sehe ich ein. Aber dann beantworte mir diese

Frage: Wie vielen gierigen, selbstsüchtigen Zwergen bist du schon begegnet?«, fragte Glam herausfordernd. »Zwergen, die ihre eigenen Bedürfnisse auf so grausame Weise über das Wohlergehen von anderen stellen? Ich lebe zwar im Untergrund, aber das heißt noch lange nicht, dass ich keine Ahnung davon hätte, was moderne Elfen treiben. Die Welt ist voll von Aktionären, Aufsichtsratsangehörigen und Vorständen, die immer eine Möglichkeit finden, sich persönliche Vorteile zu sichern, selbst wenn die, die den Wohlstand erarbeitet haben, dafür büßen müssen. Reiche Leute schaffen es immer, ihren ohnehin schon absurden Reichtum auf Kosten der Armen zu vergrößern. So läuft es in der modernen Welt, die von Elfen beherrscht wird. Wie viele Zwerge kennst du, die sich so verhalten?«

Ich war verblüfft, denn ich hatte angenommen, ihr Leben im Untergrund hätte sie der Welt oben gegenüber gleichgültig gemacht. Aber sogar traditionelle separatistische Zwerge wie Glams Familie hielten sich offenbar auf dem Laufenden über die Elfen und deren Geschäfte.

»Na ja«, begann ich. »Ich meine – das ist eine schwierige Frage.«

»Nein, ist es nicht. Du kannst mit einer einstelligen Zahl antworten. Null? Einer? Vielleicht fünf, wenn es hoch kommt?«

»So habe ich das nicht gemeint«, sagte ich und dachte daran, was ich alles riskierte, indem ich hier im Zug saß, um meinen Dad zu heilen – was ja durchaus als halbwegs selbstsüchtiges Vorhaben betrachtet werden könnte. »Zum einen musst du sicher sein, dass alles, was du zu sehen glaubst, wenn du jemandem begegnest, auch wirklich zutrifft. Was so gut wie unmöglich ist. Dann musst du den Begriff *gierig* definieren.

Denn wenn du alle einbeziehst, die sich einfach ein besseres Leben wünschen, dann sind das ganz schön viele Gierige. Dann musst du untersuchen, warum die Leute die Welt so sehen, wie sie sie sehen, und das mit deinen eigenen Werten abgleichen, und …«

»Okay, okay!« Glam hob die Hände. »Vergiss die Frage. Bei Morgors Bart, Greg! Du bist wirklich nicht normal, weißt du das? Du wirkst die ganze Zeit so lässig und entspannt. Und ruhig. Aber kaum stelle ich dir eine schlichte Frage über Elfen und Zwerge, verwandelst du dich in einen verflixten Philosophen.«

Ich grinste und versuchte zu überspielen, dass ich schon wieder rot anlief.

»Okay, dann überlass ich dich jetzt wieder deinem Handbuch der Zerschlagungskunst«, sagte ich. »Ich sollte wirklich versuchen zu schlafen, ehe wir ankommen. Eagan hat Ari eine Spur genannt, die wir dort verfolgen sollen, aber sie meint, dass die nicht viel hergibt. Am Ende könnten wir einen ganzen Tag damit verbringen, ziellos durch die Stadt zu wandern. Du solltest auch eine Runde schlafen. Ich habe außerdem gelesen, dass Chicago im Vergleich zur Hitze von New Orleans fast arktisch wirkt.«

»Erzähl mir nicht, was ich zu tun habe«, sagte Glam kokett. »Das darf nur mein Schnurrbart.«

Ich lachte, stieg ins untere Bett und schaltete die Leselampe aus. Die dünne Matratze war klumpig und hart, aber immer noch besser als ein normaler Sitz. Glams Leselampe über mir wurde bald darauf ebenfalls ausgeknipst, und dann gab es nur Dunkelheit und das Rattern und Klappern des Zuges auf den Schienen.

Was die Elfen angeht, hat sie recht. Die Stimme von Aderlass füllte meinen Kopf.

Aderlass befand sich in der Gepäckablage vor dem Abteil, in Decken gewickelt und in einer Hockeytasche.

Es überrascht mich kein bisschen, dass du das sagst, dachte ich zurück.

Wenn ich es immer wieder sage, glaubst du mir vielleicht irgendwann, erwiderte Aderlass herausfordernd. *Die Elfen sind nicht gut für diese Welt. Das weiß ich, denn ich bin schon länger dabei, als du es dir überhaupt nur vorstellen kannst. Im Vergleich dazu, was ich schon gesehen habe, ist die Geschichte von eben ein Märchen mit kitschigem Ende, bei dem ein Einhorn einen Regenbogen aus Freude auf eine Bande von wohlerzogenen Kindern kotzt.*

Ja, das erzählst du mir immer wieder, dachte ich. *Aber die Welt hat sich geändert.*

Aber nicht für lange. Die Welt wird bald wieder so sein, wie sie vor langer Zeit einmal war. Die Magie kehrt jetzt schneller zurück. Das spüre ich, und du spürst es bestimmt auch. Deshalb ist der Rat ja auch dermaßen überarbeitet. Sie können damit nicht Schritt halten. Die Welt pfeift auf dem letzten Loch. Es bleibt ihr nicht mehr viel Zeit. Man könnte sogar meinen, dass die Zeit schon abgelaufen ist.

Sei still, du machst mir Angst, dachte ich, nur halb zum Spaß. *Ich krieg davon noch Albträume.*

Richtig so. Dann bist du auf das vorbereitet, was dir bevorsteht. In vieler Hinsicht wird die neue Welt nämlich ein Albtraum sein.

20

Bemooste Baumstämme, Verkehrsstaus und ein namenloser Outlaw

Als ich um kurz nach ein Uhr mittags erwachte, schnarchte Glam laut und ihr Feenromanzenbuch lag aufgeschlagen auf ihrer Brust.

Wir sollten um fünf Uhr nachmittags in New Orleans eintreffen. Die beiden anderen Schlafwagenabteile waren leer und ich ging davon aus, dass Lake, Ari und Froggy zum Mittagessen in den Speisewagen gegangen waren. Ich machte mich ebenfalls auf den Weg durch die engen, schaukelnden Gänge der halb leeren Wagen.

Aber als ich den Panoramawagen erreicht hatte, blieb ich stehen. Das war ein Wagen, der vor allem aus Fenstern bestand, sodass die Fahrgäste die vorüberjagende Landschaft bewundern konnten. Er war leer, bis auf ein junges Paar, das nebeneinander in einer Ecke saß, sich ein Sandwich teilte und über irgendetwas kicherte; einen alten Mann ziemlich in der Wagenmitte, der die vorüberhuschenden Bäume und Felder anschaute; und Froggy, der still ein paar Tische hinter ihm saß.

Er war allein und zu meiner Überraschung ganz ohne Ohrstöpsel, er starrte einfach nur das Fenster an. Nicht die Landschaft draußen, sondern das Glas selbst, als ob er sein eigenes Spiegelbild betrachtete, oder vielleicht auch gar nichts. Er hatte seine Wange in die Hand gestützt.

»Darf ich mich zu dir setzen?«, fragte ich.

Er schaute verwirrt auf. Nach einigen Sekunden, in denen ich mir schon Sorgen machte, dass ich ihn gestört hatte, nickte er endlich.

Ich nahm ihm gegenüber Platz.

»Alles in Ordnung?«, fragte ich. »Du weißt, du hättest nicht mitkommen müssen, nur weil alle anderen das getan haben. Ich hätte dir da keine Vorwürfe gemacht.«

Froggy zuckte mit den Schultern.

»Ich wollte einem Freund helfen«, sagte er. »Aber das alles macht mir schon zu schaffen.«

Ich wartete darauf, dass er weitersprach – aber bei Froggy konnte man sich darauf nie verlassen.

Nach einer langen Pause fuhr er endlich fort.

»Ich habe meine Zweifel, was diesen Einsatz angeht«, sagte er.

Ich wollte gerade wieder zu meiner Rede ansetzen, dass wir die finsteren Pläne der Elfen stoppen müssten, da hob Froggy die Hand, um mich zum Schweigen zu bringen. »Nicht am Grund dieses Einsatzes. Ob wir nun einen üblen Plan verhindern oder deinen Dad retten wollen, spielt eigentlich keine Rolle – ich bin mitgekommen, weil ich dir ganz einfach helfen wollte. Was mir Sorgen macht, sind die Umstände.«

»Ich weiß nicht … ich bin nicht ganz sicher …«, sagte ich, während mir aufging, dass ich von Froggy noch nie einen so langen Satz gehört hatte. Und unser Gespräch hatte offenbar gerade erst angefangen.

»Ich bin zur Hälfte Elf, weißt du noch?«, fragte er mit leiser Stimme. »Aber ich glaube, das ist nicht einmal der Grund dafür, dass ich so gespalten bin. Die Schlacht im Hancock Tower hat mich total fertiggemacht. Ich hatte nicht das Gefühl, gegen *Elfen* zu kämpfen und sie möglicherweise zu verletzen. Ich habe ganz einfach gegen andere Leute gekämpft. Andere Lebewesen. Und das hat mir nicht gefallen.«

»Na ja, falls dich das tröstet, ich glaube nicht, dass es irgendwem von uns anderen Spaß gemacht hat, gegen Elfen zu kämpfen – von Glam vielleicht mal abgesehen. Aber sogar bei ihr bin ich nicht sicher, ob ihr das wirklich gefallen hat, oder ob sie nur so getan hat, weil sie dazu erzogen worden ist und das von ihrer Familie erwartet wird. Ich glaube, diese Nacht war für uns alle traumatisch.«

»Ich glaube, du verstehst das nicht«, sagte Froggy. Ich nickte, aber er schüttelte energisch den Kopf. »Du glaubst das vielleicht, aber du verstehst es nicht. Für dich und für die meisten anderen Zwerge ist *Elf* ein belastetes Wort. *Kobold. Werwolf.* Und so weiter. Selbst wenn du bereit bist, jeden Elfen oder Troll oder Kobold für sich zu beurteilen, gehst du zuerst von einer bestimmten Vorstellung aus. Du siehst sie als Angehörige einer Art und nicht einfach als Angehörige einer Gesellschaft. Ich habe ein schlechtes Gefühl, wenn Zwerge die Welt so sehen. Da ich in beiden Welten aufgewachsen bin, fällt es mir schwer, etwas aus einer rein zwergischen oder rein elfischen Perspektive zu betrachten. Und ich finde es gut, dass ich mich dazu nicht verpflichtet fühle, selbst wenn ich mir dadurch die meiste Zeit nicht normal vorkomme.«

Ich nickte langsam.

Er hatte recht. Und ich wusste, dass er recht hatte, weil mir ebenso zumute war. Seitdem ich erfahren hatte, dass ich ein Zwerg war, und obwohl ich mich bei den Zwergen sofort zu Hause gefühlt hatte, war mir angesichts ihrer besonderen Sicht der Welt und besonders der Elfen nie so ganz wohl in meiner Haut gewesen. Und ich hatte mir große Mühe gegeben, mich nicht von den zwergischen Vorurteilen anstecken zu lassen. Das war schwierig gewesen, schließlich hatten die Elfen meinen Dad entführt und gefoltert und sogar versucht, uns zu töten, als wir ihn retten wollten. Ihr elfisches Verhalten hatte bisher die zwergischen Vorurteile weitgehend bestätigt.

Aber andererseits war da noch Edwin.

»Vergiss nicht, dass mein bester Freund ein Elf war«, sagte ich. »Und nachdem ich das herausgefunden hatte, wurde für mich auch alles komplizierter. Denn du hast recht: Zwerge können die Vergangenheit nicht loslassen, und das trübt ihren Blick, jetzt, wo die Magie zurückkehrt. Aber bei Elfen ist das genauso. Und bei Menschen auch. Und bei Hunden und Katzen. Bei allen, die einander nicht verstehen, von Ausnahmen mal abgesehen. Jedes Wesen auf dieser Erde neigt zu diesem Verhalten – zu überstürzten Beurteilungen, dazu, sein Denken von Stereotypen oder Instinkten beeinflussen zu lassen. Du bist einer von den seltenen Außenseitern, Froggy, die es irgendwie schaffen, sich ehrlich darüber zu erheben. Und das ist gut so, ich wünschte, mehr Zwerge dächten so.«

»Mir kommt es nicht immer so gut vor«, sagte Froggy. »Bei diesem Einsatz macht es mich zum Beispiel zu einer Gefahr. Eigentlich bei jedem Einsatz, bei dem es vorangehen soll.«

»Wie meinst du das?«

»Ich bin nicht sicher, ob ich wieder gegen Elfen kämpfen

kann, selbst wenn sie Böses im Schilde führen«, sagte Froggy, sah zu mir auf und suchte zum ersten Mal seit Beginn des Gesprächs Blickkontakt. »Aber was, wenn sie dich verletzen, oder Ari, oder irgendeinen von meinen Freunden? Oder sogar Leute, die zufällig in der Nähe sind? Ist in einem solchen Fall Gewalt gegen Elfen oder gegen irgendwen gerechtfertigt? Die einfache Antwort ist, *ja, natürlich*. Aber Gewalt gegen Lebewesen fällt mir nie leicht, niemals. Egal, unter welchen Umständen. Ich weiß die richtige Antwort auf diese Fragen nicht. Vielleicht gibt es keine? Vielleicht muss das Leben einfach so sein? Eine Serie von Rätseln, Kämpfen und Widersprüchen, die ohnehin damit endet, dass wir alle tot sind?«

Ich wusste nicht, was ich sagen sollte. Aus Froggys Sicht war die Welt ein trostloser Ort. Und lag er da so falsch? Vor allem, wenn ich daran dachte, was jetzt auf die Welt zukam. Und wohin wir gerade in diesem Moment unterwegs waren: nach New Orleans, zum Kampf gegen eine Gruppe von Elfen, die »universale Annihilation« planten. Froggy hatte Skrupel, weil wir möglicherweise etwas Schlimmes tun würden, um sie aufzuhalten. War das die Sache wirklich wert? War der Kampf gegen diese Elfen die richtige Entscheidung oder würden wir dadurch nur Öl ins Feuer gießen?

Sag ihm, wenn er das nicht schafft, dann soll er im Zug bleiben, warf Aderlass einige Wagen weiter dazwischen. *Wir brauchen seine Hilfe nicht. Aber du darfst dich von ihm nicht aufhalten lassen. Er darf uns nicht daran hindern, das zu tun, von dem wir WISSEN, dass es richtig ist.*

Ich folgte dem Rat von Aderlass, denn er hatte ja recht. Ich war der Grund, warum meine Freunde das hier taten, und ich wollte niemanden dabeihaben, der möglicherweise die Sicherheit der gesamten Gruppe aufs Spiel setzte. Jemanden, bei dem wir uns nicht darauf verlassen konnten, dass er im Notfall zurückschlagen würde.

Froggy hörte mir zu und nickte und schien einige Sekunden lang wirklich kurz davor zu sein, das Angebot anzunehmen. Aber dann schüttelte er doch den Kopf, als der Zug vor der nächsten Station langsamer wurde.

»Nein, ich habe gesagt, dass ich mithelfe, und das habe ich so gemeint«, sagte er. »Mit diesen ganzen Überlegungen kann ich mich später auseinandersetzen. Zuerst müssen wir herausfinden, ob Stoney die Wahrheit gesagt hat. Und wenn ja, dann müssen wir die Elfen mit allen Mitteln aufhalten.«

Gut. Gut, flüsterte Aderlass mir ins Ohr. *Er kann uns vielleicht doch nützlich sein.*

Dann grinste Froggy mich vielsagend an. »Und hoffentlich können wir auch ein Heilmittel für deinen Dad finden, wo wir schon mal dabei sind«, sagte er.

»Danke, Froggy«, sagte ich. »Übrigens, wie um alles in der Welt bist du zu diesem Spitznamen gekommen? Das wollte ich dich schon längst mal fragen.«

»Das«, sagte er, noch immer lächelnd, »ist eine Geschichte für ein anderes Mal, glaube ich. Jetzt habe ich mein Rede-Pensum für diese Woche aufgebraucht. Oder sogar für den ganzen Monat.«

Ich lachte.

Ach, Mist!, klagte Aderlass und hörte sich ziemlich vergrätzt an. *Das habe ich mich auch schon die ganze Zeit gefragt.*

»Aber«, sagte jetzt Froggy, »ich kann dir sagen, dass es mit bemoosten Baumstämmen, einem Verkehrsstau und einem schießwütigen Wildwest-Outlaw ohne Namen zu tun hat.«

Ich schüttelte verwirrt den Kopf und wusste, dass er sich das unmöglich ausgedacht haben konnte.

Er mag ja willensschwach sein, sagte Aderlass. *Aber eins muss ich dem Kleinen lassen: Er weiß, wie man Spannung erzeugt.*

21

Yoley springt kopfüber in einen Steinhaufen

Ehe wir's uns versahen, standen wir vor dem Union Passenger Terminal in New Orleans, mit Hockeytaschen voller Waffen zu unseren Füßen, wechselten Blicke und fragten uns, worauf wir uns hier eigentlich eingelassen hatten.

»Also, was jetzt?«, fragte Glam.

»Eagan hat gesagt, wir sollten uns sofort an die lokale Zwergensektion wenden«, sagte Ari. »Er hat mir das hier gegeben.«

Sie hielt ein kleines Stück Pergament hoch. Glam riss es an sich und überflog das Geschriebene. Dann warf sie es verächtlich in meine Richtung. »Tolle Hilfe!«

Ich schnappte ein paarmal nach dem Pergament, dann konnte ich es endlich erwischen. Das dicke Papier enthielt nur einige hingekritzelte, verwirrende Wörter in Eagans Schrift:

Flusspromenade. Unterm Fluss.

»Das sind die Hinweise, die du von ihm bekommen hast?«, fragte ich und mich überkam Hoffnungslosigkeit (alias Zwergosität).

»Genau«, sagte Ari. »Und er hat mir auch gesagt, ich sollte euch warnen.«

»Vonwannen jenes Leitmotiv den Edlen zur Gewarnung?«, fragte Lake.

»Er hat gesagt, die Gruppe hier, die sich die NOLA-Sumpfzwerge nennen, ist ziemlich ...« Ari unterbrach sich, als ob sie über ein Geheimnis nachdenken musste. »Na ja, sie sind gewissermaßen – *berüchtigt,* hat er gesagt. Sie gelten als ein wenig eigen.«

»Eigen wieso?«, fragte ich.

Ari zuckte mit den Schultern. »Mehr hat er nicht gesagt. Er musste los zu einer Ratssitzung – er war ziemlich gestresst wegen allem, was grad los ist. Ich glaube, er hat wirklich Angst davor, sich an irgendwelchen unsauberen Aktionen zu beteiligen, wo er doch jetzt das neuste und jüngste Ratsmitglied ist.«

»Na, sind wir denn nicht alle ein bisschen eigen?«, fragte Froggy aus dem Hintergrund und streckte die Hand aus, während wir das Lachen unterdrückten. »Zeig mal das Pergament, Greg.«

Ich reichte es ihm. Er warf einen Blick darauf und nickte dann.

»Ich weiß, wo wir hinmüssen«, sagte er.

»Wie denn das?«, fragte Glam. »Von diesem Zettel da? Das ist doch purer Unsinn.«

»Weil ich schon mal hier war«, sagte Froggy. »In New Orleans, meine ich.«

Ich vergaß manchmal, dass er einen großen Teil seiner Kindheit bei seiner elfischen Mutter und seinem superreichen elfischen Stiefvater verbracht hatte. Was ihm sicher eine Menge Familienfeiern an coolen Orten eingebracht hatte. Na ja, jedenfalls, bis er zu seinem echten Dad umzog, unserem Lehrer für zwergische Kampftechnik: Thufir Steinbruch Edelbart alias Buck. Nicht, dass Froggy etwas zu vermissen schien. Während Buck uns anderen gegenüber meistens eher schroff auftrat, waren er und Froggy geradezu beste Kumpel. Ich hatte in den vergangenen Monaten beobachtet, wie sie eine enge Vater-Sohn-Beziehung entwickelt hatten, die ziemlich einmalig war. Es spielte gar keine Rolle, dass beide nicht viel redeten. Wir anderen hatten den Verdacht, dass Froggy und sein Dad die meisten Abende zu Hause verbrachten und einfach in vollkommener Stille ihr Zusammensein genossen. Was bei genauem Nachdenken schon eine ziemlich besondere Beziehung ist.

»Wir müssen ins French Quarter«, sagte Froggy jetzt und zeigte auf die am Straßenrand wartenden Taxis.

Die Leute in der Radio-Talkshow, die im Minibus lief, diskutierten über Gespenster.

Und es war keine von diesen durchgedrehten Sendungen über Verschwörungstheorien und Entführungen durch Aliens. Eigentlich hätte es um Regionalsport gehen sollen. Doch statt über den Anfang der Trainingssaison zu sprechen, verbreiteten sie sich fünfzehn Minuten lang über die plötzliche Häufung von Geistersichtungen überall in der Stadt. Die allermeisten davon hatten sich auf dem St.-Louis-Friedhof Nr. 2 zugetragen, dicht beim French Quarter.

»Es war ja immer schon klar, dass es in dieser Stadt nicht mit rechten Dingen zugeht«, sagte gerade jemand im Radio.

»Wie die meisten Skeptiker unter uns habe ich das nicht ernst genommen. Aber was hier neuerdings alles so beobachtet wird – na, da kann ich nur sagen, Speegs, ich hab echt Angst, nachts allein auf die Straße zu gehen.«

Darauf folgte ein seltsam bellendes und nervöses Lachen der beiden anderen Anwesenden.

Wir wechselten besorgte Blicke, da wir ja nur zu genau wussten, dass diese neuen Geisterbeobachtungen mit ziemlicher Sicherheit echt waren. Es gab etliche fantastische Wesen aus Ur-Erde, die entweder Gespenster waren oder für solche gehalten werden konnten: Wiedergänger, Heulschrate, Nachzehrer, Aureren und Furzwolken, um nur einige wenige zu nennen.[11]

»Ja«, fuhr Speegs fort, »die Leute in der Nachbarschaft haben angeblich seit Tagen jede Nacht grauenhaftes Geschrei vom Friedhof gehört. Die Polizei ist ratlos.«

»Ach, du meinst, sie ist ausnahmsweise mal aktiv geworden?«, fragte der andere spöttisch.

»Ja, jedenfalls, bis sie gemerkt haben, dass Gespenster ihnen keine Bestechungsgelder anbieten.«

Das Taxi hielt vor einem riesigen Einkaufszentrum auf der anderen Seite der Innenstadt, während die Radiotypen vor Lachen losbrüllten.

Links neben dem Einkaufszentrum standen eine grüngraue Statue von irgendeinem Reiter und ein Torbogen mit riesigen

---

11 Genau, auch das sind Wesen aus Ur-Erde, ob ihr es glaubt oder nicht. Es sind eigentlich Dampfpartikel mit Bewusstsein, die in Kolonien leben, so ungefähr wie Ameisen. Offiziell heißen diese Biester Xeneroykwolken, aber sie werden schon seit langer Zeit von allen Furzwolken genannt, weil sie in Schwärmen auftreten, die wie grüner Rauch aussehen und entfernt nach Schwefel riechen.

blauen Buchstaben, die kundtaten, dass wir die FLUSSPROMENADE erreicht hatten. Wir stiegen aus und schnappten uns unsere mit zwergischen Rüstungsgegenständen gefüllten Hockeytaschen.[12]

»Hier kehren anscheinend eine Menge von fantastischen Wesen zurück«, sagte Ari, als der Minibus weiterfuhr.

»Echt?«, fragte Glam. »Du meinst, diese Gespenster sind Kreaturen, die von der Magie zurückgebracht werden?«

»Verwunschen Gewes' ist der Erscheinungen gewöhnlichste«, sagte Lake. »Es sind ihrer jegliche Mengen von Kreaturen, welche gen Mond heulen und unter den Verblichenen hausen.«

»Genau«, sagte Ari zustimmend zu ihrem Bruder. »Es gibt viele magische Wesen, die in der Nacht schreien und unter den Toten leben.«

Lake nickte feierlich.

»Das kann uns für den Moment egal sein«, sagte ich, um das Gespräch zum Wesentlichen zurückzubringen. »Wir haben hier unseren Einsatz zu planen. Wir müssen die regionale Zwergensekte finden, damit die uns den Weg zu den Elfen zeigen können, die Stoney damals gefangen gehalten haben.«

Die Flusspromenade war ziemlich touristisch. Wie auf der Navy Pier in Chicago wimmelte es nur so von Leuten: Familien mit Einkaufstaschen, Teenies, die vor dem Flusspanorama Selfies machten, und etlichen Stadtstreichern, die alle um Kleingeld anhauten, die auch nur in ihre Richtung blickten.

Ich gab einem dieser Typen, der sich statt einer Hose alte Zei-

---

12 Ihr hättet das Gesicht des Taxifahrers sehen sollen, als er die Taschen in den Kofferraum wuchtete und ihr Inhalt laut klapperte.

tungen um die Beine gewickelt hatte, eine Handvoll Geld, das ich noch vom Verkauf von Stoneys Kacke übrig hatte. Er starrte die Rolle aus Zwanzigern an, die ich auf seine offene Handfläche legte, und war zu verdutzt, um irgendetwas zu sagen.

Wir gingen hinter Froggy eine kleine Treppe hinauf zu einem Gehweg aus Backstein, Beton und Gras, der sich am Fluss entlangzog. Dann traten wir an die Brüstung und schauten hinunter in das grünbraune, brackige Wasser. Es sah aus, als wäre es dick genug, um darauf zu wandeln.

»Und was jetzt?«, fragte ich Froggy.

Er zuckte mit den Schultern und gab Eagans Zettel wieder an Ari zurück.

»Flusspromenade«, sagte Ari und warf einen Blick auf das Pergament. »Na, da wären wir. Darunter steht *Unter dem Fluss.«*

Unsere Blicke kehrten düster zu dem trägen »Fluss« zurück.

»Nie im Leben geh ich in diese Kloake«, sagte Glam trotzig.

»Ich meine, ich will hier ja nicht die Pixie[13] spielen, aber ...«, fing Ari an und unterdrückte einen Würgreiz. »Mir gefällt die Vorstellung auch nicht.«

»Sind wir denn sicher, dass wir den Zettel richtig verstanden haben?«, fragte ich.

»Aye, ihr west gewisslich an jenem Orte, den ihr sucht«, sagte hinter uns eine Stimme.

Es war ein Teenager, klein und mager und mit langen schwarzen Haaren und brauner Haut. Sie grinste, als sie unsere verdutzten Gesichter sah.

---

13 Das ist eine Feenart, die bekannt ist für ihren Sauberkeitsfimmel, und die sich dermaßen vor Bakterien fürchtet, dass sie nur in magischen luftundurchlässigen Blasen auf Reisen geht.

»Wofern ich mich nicht fehldeute«, fügte sie hinzu.

Ihr dicker Südstaatenakzent klang in Verbindung mit ihrer seltsamen, fast Lake-artigen Redeweise noch seltsamer.

»Beherrschest du den Sprech traditioneller Linguistik«, sagte Lake und sah verwirrt und aufgeregt zugleich aus. »Und doch deinen Dialekt nimmer erkennet.«

»Welch seltsam Gered! Denn eure Sprache deucht mich mächtig komisch, Mann«, sagte sie in ihrem halb Südstaaten-, halb Zwergenslang. »Doch zuwenigst weiß ich, dass ihr Edlen all zu meinem Volke gehört und ich nichts fälschlich unterstellt.«

»Woher hast du gewusst, dass wir Zwerge sind?«, fragte Ari.

»Sei dies ein Witz?«, fragte das seltsame Mädchen mit einem Lächeln. »Ich erkenne eine Zwergenschar, wannen sie mein Blickfeld kreuzt. Und da nehm ich doch an, ihr sucht den NOLA-Untergrund?«

Wir nickten alle dümmlich.

»Wohlan denn, und haftet mir am Gefers«, sagte sie, ohne auf unsere Zustimmung zu warten.

Sie schaute sich einige Male nach uns um, als wir hinter ihr her die Flusspromenade entlanggingen, fort aus der Innenstadt. Unterwegs nannten wir ihr unsere Namen. Sie bahnte sich mit Leichtigkeit einen Weg durch die dünner werdende Menge aus Touristen und abendlichen Joggern, sodass wir große Mühe hatten, mit ihr Schritt zu halten, mit unseren riesigen Hockeytaschen voller Waffen und unseren mit Kleidung vollgestopften Rucksäcken.

»Mein Eigennam sei Yolebena Aschenbinder übrigens«, sagte sie und zeigte beim Lächeln ihre Zähne. »Aber hier im Gewes werde ich Yoley geheißen.«

Yoley führte uns vorbei an Verkaufsständen, Läden und Märkten. Vorbei an einem riesigen, überwucherten Parkplatz neben einem Einkaufszentrum am Flussufer. Sie führte uns immer weiter den Fluss hinab, bis es keine Touristen mehr gab, nur noch ein paar Jogger in der Ferne, die in großem Bogen wieder in Richtung Innenstadt liefen. Endlich blieb sie in einer kleinen Bucht am Flussufer stehen, wo das verschlammte Wasser gegen eine Ansammlung von aufgehäuften Steinquadern schlug.

»Da unten«, sagte sie und sprang neben die Steinquader auf den schmalen Uferstreifen.

Das dreckige Wasser leckte an ihren Füßen.

Wir zögerten und starrten voller Misstrauen den verschlammten Fluss an. Aus der Nähe konnten wir im Trüben einzelne Dinge ausmachen: alte Schokoladenpapiere, einen Pappbecher aus einem Lokal namens Krystal, einen toten Fisch, einen bedenklich aussehenden Latexhandschuh (wie sie Killer im Film tragen), Zigarettenstummel und darunter eine Schicht aus undefinierbarem Abfall.

Nicht so pingelig, Greggdroule, tadelte Aderlass. *Jetzt spring endlich rein! Hätte ich schon längst getan!*

Du hast gut reden, dachte ich zurück. *Du beschwerst dich ja schon, wenn ich deine Klinge mit dem falschen Reinigungsmittel poliere. Wenn ich dich in diesen Fluss werfe, weinst du wie ein Baby.*

Wag es ja nicht, mich in irgendein Gewässer zu werfen!, sagte Aderlass nervös. *Ich kann nicht schwimmen. Ich würde versinken wie ein Klotz aus schwerem Metall.*

»So folget mir!« Yoley schaute zu uns hoch und winkte. »Ihr habt doch wohl keine Angst vor Schlamm und Dreck, oder wie vermöchte ich dies zu deuten?«

Das Wasser sah nicht nur grauenhaft aus, es roch noch dazu wie eine Mischung aus Trollfüßen und fauligen Peperoni. Klar, der Chicago River bestand auch nicht gerade aus Trinkwasser, aber irgendwie war das bizarre, leuchtende Türkis der vielen Chemikalien dort trotzdem beruhigender als dieses Wasser hier, das aussah, als ob es mindestens zu zwanzig Prozent aus menschlichen Exkrementen bestand. Trotzdem, wir waren schließlich Zwerge, oder? Keine empfindsamen Elfen, die sich zu schade für Drecksarbeit waren.

Also sprang ich neben Yoley.

»Kommt schon, Leute«, sagte ich.

Endlich fanden Froggy und Glam sich mit dem Gestank ab und kletterten zu mir herunter. Lake und Ari folgten. Als wir uns auf dem schmalen Uferstreifen neben Yoley aufgestellt hatten, drehte sie sich zu uns um und grinste uns an.

»Nicht denken«, sagte sie. »Einfach nur springen.«

Ohne auf eine Antwort zu warten, ließ sie sich kopfüber zwischen die Felsquader fallen. Mein Herz schlug mir bis zum Hals, als ich mich schnell umdrehte, um nicht mit ansehen zu müssen, wie ihr Gesicht von den Steinen zermalmt wurde. Aber anstatt eines widerlichen *TWACK* und eines Schmerzensschreis hörten wir nur ein kurzes, fast unhörbares *Kriek* und dann nur noch die Wellen, die unsere Füße umspülten, und das ferne Plaudern der Touristen am anderen Ende der Flusspromenade.

Als ich mich wieder umdrehte, lag da keine Yoley mit blutigem, zerschlagenem Gesicht zwischen den Steinen. Da lag gar nichts. Sie schien ganz einfach verschwunden zu sein. Ich war für einen Moment total verblüfft, aber dann riss Glam mich zurück in die Wirklichkeit.

»Na los, Greg!«, sagte sie. »Worauf wartest du noch?«

Ich schaute in die ungeduldigen Gesichter meiner Freunde. Natürlich – sie hatten ihr ganzes Leben in der Nähe solcher Zeugnisse zwergischer Ingenieurskunst verbracht. Für sie war es ganz alltäglich, dass ein Teenager kopfüber in einen Steinhaufen tauchte, um gleich darauf verschwunden zu sein. Doch mich warf so etwas auch nach Monaten voller ähnlicher Aktionen noch immer um. Dennoch wusste ich mittlerweile, dass ich den zwergischen Konstruktionen vertrauen konnte.

Also holte ich tief Luft – und nach einigen Fehlstarts, die meinen Freunden jedes Mal ein ungeduldiges Stöhnen entlockten, ließ ich mich endlich in den Steinhaufen am Ufer des Mississippi fallen.

22

Jazzlegenden und frittierte Alligatoren-Innereien

Ein Teil von mir erwartete trotz allem, dass mein Gesicht schmerzhaft auf die Felsen krachen würde.

Aber natürlich passierte das nicht. Als ich mich der scheinbar unvermeidlichen Körperverletzung näherte, öffnete sich unter mir an lautlosen Angeln eine geheime Falltür, die den Steinen ungeheuer ähnlich sah. Ich fiel in einen dunklen Schacht und glitt mit dem Kopf zuerst durch einen glatten Tunnel. Der machte eine scharfe Biegung, wurde steiler und es folgte eine Reihe Kurven. Während der Rutschpartie hatte ich mich umgedreht und sauste jetzt mit den Füßen zuerst weiter. Endlich flachte der Tunnel ab und setzte mich auf dem Steinboden einer spärlich beleuchteten Höhle ab, die eine gewisse Ähnlichkeit mit dem zwergischen Untergrund in Chicago hatte.

Yoley grinste mich an, als ich mich schnell aus der Hocke aufrichtete und den Schacht verließ. Ich trat neben sie in den Eingang zu einem engen Tunnel.

»Wesgrunds dies lange Verharren?«, fragte sie.

Ich zuckte mit den Schultern, als Glam aus dem Schacht geflogen kam, eine Hockeytasche voller Waffen gegen die Brust gepresst, und mühelos auf den Füßen landete.

Eigentlich hat das Spaß gemacht, sagte Aderlass aus der Tasche in Glams Armen. *Aber bei Weitem nicht so sehr wie damals, als ich einen Orklord namens Gnarg enthauptet habe. Habe ich dir das schon mal erzählt, Greggdroule? Wie ich damals Lord Gnarg enthauptet habe?*

Erst sieben oder acht Mal, dachte ich zurück.

Diesen Ton kannst du dir sparen. Ein schlichtes Ja hätte gereicht.

Als auch die anderen in der Kammer gelandet waren, führte Yoley uns in den Tunnel, der dem Schacht gegenüberlag. Dieses Tunnelsystem war wie unseres mit großer Kunstfertigkeit aus dem Felsboden ausgeschachtet und an einigen Stellen mit sorgfältig zurechtgehauenen Steinen verstärkt worden, und wie zu Hause war es von trübem Licht und deutlichem zwergischen Körpergeruch erfüllt. Aber in vielerlei Hinsicht war es hier auch anders, und das erinnerte mich daran, dass wir weit weg von Chicago waren und am Anfang eines möglicherweise gefährlichen Einsatzes standen.

Zum Beispiel waren die Wände und Decken der Gänge hier viel enger und feuchter. Eine bizarre Mischung von grünen und lila Moosen bedeckte einen guten Teil der uns umgebenden Oberflächen. Die Tunnel wiesen einen leicht säuerlichen, fast bitteren, aber seltsam angenehmen Geruch auf (der den sehr deutlichen, bereits erwähnten Zwergengeruch überlagerte).

»Wir sind also jetzt unter dem Fluss?«, fragte Ari im Weitergehen.

»Aye, Ma'am«, sagte Yoley. »Siebenunddreißig Lachter unter dem Flussbett.«

»Lachter?«, fragte ich.

»Damit pflegt uns Zwergenvolk alleweil seit urirdischer Gezeit Intervalle zu vermessen«, erklärte Lake.

Yoley nickte zustimmend.

Irgendwann verbreiterten die Tunnel sich dann schließlich und nahmen die Größe der Gänge im Untergrund von Chicago an. Die seltsame vielfarbene Moosdecke verschwand ebenfalls. Wir kamen auf dem Weg an einigen Zwergen vorbei. Sie schauten uns an, sagten aber nichts, sondern machten nur freundliche, stumme Begrüßungsgesten.

»Leben alle Zwergengruppen im Untergrund?«, fragte ich.

Da prustete Yoley dermaßen los, dass sie stehen bleiben musste, um wieder zu Atem zu kommen.

»Du liebreizender Edler«, sagte sie und streichelte meine Schulter, während sie vor Lachen fast schluchzte. »Welchselbiger wohl jüngst erst seines wahren Stammes gewahr ward?«

»Ja, vor ungefähr drei Monaten«, mischte sich Glam rasch ein, um meine offenkundige Unwissenheit zu erklären.

»Aye, aye«, sagte Yoley und grinste. »Ihr Neuerlinge könnt alleweil ein wenig komisch sein. Aber weiter jetzt.«

Sie führte uns tiefer in das Labyrinth aus Tunneln.

»War meine Frage wirklich so komisch?«, flüsterte ich Ari im Weitergehen zu.

»Nein, eigentlich nicht«, antwortete Ari und schüttelte den Kopf. »Ich glaube, das hat Eagan damit gemeint, dass diese Sekte ein bisschen seltsam ist. Aber, um ganz ehrlich zu sein, deine Frage war ungefähr so, als ob du gefragt hättest, ob Feuer heiß ist.«

»Oh. Na ja …«

»Ich weiß, Greg«, flüsterte Ari. »Du kannst das noch nicht wissen.«

»Warum ist das im Unterricht nie erwähnt worden?«

»Weil unsere Lehrer das nicht für nötig halten«, sagte Ari.

»Ich meine, würden sie im Chemieunterricht bei den Menschen den Kindern beibringen, dass Feuer heiß ist?«

Ich wollte einwenden, dass das aber nicht dasselbe sei, doch dann beschloss ich, dass es keinen Zweck hätte, noch lange darüber zu reden. Jetzt wusste ich Bescheid, und das reichte.

»Gibt es einen Grund, warum wir alle im Untergrund leben?«, fragte ich stattdessen. »Abgesehen davon, dass wir uns verkrochen haben wie Ratten, um nicht gefangen zu werden?«

Diesmal schmunzelte Ari und schüttelte den Kopf.

»Ganz im Gegenteil, Greg«, sagte sie. »Wir leben im Untergrund, weil wir das *wollen.* Es wird sogar als Ehre betrachtet. Zwerge kommen ursprünglich aus der Erde, weißt du das nicht mehr? Unsere Existenz begann schon, ehe Ur-Erde Ur-Erde war. Damals, als sie nur ein Felsbrocken im Kosmos war. So erzählt man sich zumindest ... na ja, unser ganzer Ursprungsmythos sollte vielleicht mit einer Lammkeule betrachtet werden[14]. Aber da wir aus der Erde stammen, ist es nur natürlich, dass wir uns umso wohler fühlen, je näher wir ihrem Kern kommen. Der Erdkern ist wie unser aller Herz, so kitschig sich das vielleicht anhört. Ich meine, warum lieben die Menschen den Sonnenschein so sehr? Und schwimmen so gern in Seen? Auch auf diese Fragen gibt es keine richtig logischen Antworten. Für Zwerge sind die Erde und ihre Elemente das Gleiche wie Sonne und Schwimmen für Menschen.«

Ich nickte langsam und wusste, dass sie recht hatte. Ich hatte mich im Untergrund auch immer wohler, ruhiger gefühlt, ohne

14 Das ist die alte zwergische Version der Redensart, dass man etwas mit einer Prise Salz – also nicht ganz wörtlich – nehmen sollte, wie es sie in vielen Menschensprachen gibt.

zu wissen, warum – ungefähr so, wie der Aufenthalt im Freien bei warmem, sonnigem Sommerwetter die meisten Menschen einfach glücklich machte.

»Wohin führst du uns eigentlich?«, fragte Glam, die Yoleys wortkarge Wanderung offenbar satthatte.

»Zu Kimmy«, sagte Yoley.

»Kimmy?«, fragte Glam in einem Ton, als ob sie gerade in einen faulen Apfel gebissen hätte. »Wer ist Kimmy?

»Kimmuren Bittergrat«, sagte Yoley. »Die gewählte Anführerin des NOLA-Zwergenkomitees. Es wird die Herrin ergötzen, dass der Rat in Chicago uns endlich Verstärkung schickt. Um diese Hülf bitten wir seit fast einer Zwiewoch!«

»Na ja, eigentlich sind wir hier, weil ...«, begann Ari mit der Erklärung, dass wir eigentlich nicht vom Rat geschickt worden waren, dass dies unser eigener Einsatz war und wir ihnen nicht sehr viel helfen konnten.

Aber Yoley fiel ihr ins Wort.

»Gewusst, gewusst«, sagte sie. »Ihr alle seid noch mächtig jugendfrisch. Doch wir brauchen jede Hülf, die uns zuteil. Bei den vielen Monstern, die hier durch die Gegend rennen, und überhaupt. Ich hoffe, ihr all brennet jetzt auf einen brünstigen Kampf.«

Kimmuren »Kimmy« Bittergrat war ganz anders als alle Zwerge, die mir jemals begegnet waren.

Ich gebe zu, die meisten Zwerge in meinem Leben waren eher klein und rundlich gewesen (wie auch ich). Aber nicht sehr – es hatte sich immer im auch bei Menschen üblichen

Bereich bewegt. Einige Zwerge, wie Eagan, Yoley und Froggy, waren sogar ziemlich dünn.

Kimmy dagegen füllte einen ganzen Raum. Sie quoll aus einem gewaltigen Sessel, der wie ein Thron mitten in einem Saal stand. Nur war ihr »Thron« ein riesiger Liegesessel aus Leder mit einer hochgeklappten ausfahrbaren Fußstütze.

Ich war beeindruckt von der physischen und psychischen Grandiosität ihrer Erscheinung. Bei ihrem Anblick wäre ich am liebsten vor ihr auf die Knie gesunken wie vor einem König oder einer Königin. Sie war einfach überwältigend – und auf seltsame Weise fast beneidenswert, bis hin zu ihren aufgequollenen und doch königlichen Füßen, die wie zwei riesige Marshmallows nackt über den Rand der Fußstütze baumelten.

Ein Teil ihrer Macht rührte daher, dass sie alterslos schien. Sie war eindeutig über achtzehn, aber darüber hinaus war es fast unmöglich, ihr Alter zu schätzen. Kimmy könnte neunzehn Jahre alt sein, aber genauso gut sechzig. Ihre Haut war glatt und glänzend, ein wenig wie Gold, und ihre Bewegungen waren schnell und jugendlich, trotz der beeindruckenden Größe ihrer Gliedmaßen, aber ihre Augen sahen aus, als hätte sie fast ein Jahrhundert hinter sich.

Das Beste war, wie sie uns bei unserem Eintreten empfing: mit donnerndem Lachen, das den Saal füllte wie Lachgas.

»Seid gesegnet, seid gesegnet!«, rief sie unter Freudentränen. »Was freu ich mich, euch alle zu sehen. Auch wenn ihr für Zwerge ein bisschen mickerig seid!«

Neben mir schob Glam ihre Brust vor, um mindestens so beeindruckend zu wirken wie sonst. *Mickerig* war normalerweise so ziemlich das letzte Wort, mit dem man Glam beschreiben würde. Aber ich musste zugeben, neben Kimmy war

Glamenhilda Schattenspieß ungefähr so beeindruckend wie eine einsame, im Wind schwankende Löwenzahnblüte.

»Danke für diesen freundlichen Empfang«, sagte Ari. »Aber zuerst müssen wir erklären, dass …«

»Unsinn«, erklärte Kimmy. »Hier muss gar nichts erklärt werden, Herzchen. Zuerst wollen wir eure Ankunft mit einem *Festmahl* feiern!«

»Aber wir müssen wirklich …«, versuchte Ari es noch einmal.

»Essen?«, donnerte Kimmy glücklich. »Ich weiß! Und wie ich es weiß! Du hast meine Gedanken gelesen, Süße. Das werden wir also tun. Wir werden feiern, als ob wir eines Tages alle sterben müssten!«

Uns war sofort klar, dass sie die Sorte Zwerg war, deren Befehle ausgeführt wurden, ob man wollte oder nicht. Es spielte keine Rolle, ob wir es eilig hatten, die Elfen zu finden, die meinen Dad retten könnten (und die möglicherweise vorhatten, die Welt zu zerstören). Bei Kimmy Bittergrat gab es keinen Widerspruch.

Ehe wir auch nur halbherzig protestieren konnten, wurden wir in einen Raum ein kleines Stück weiter im Tunnel gebracht. Zwei hölzerne Türen öffneten sich, sobald wir uns näherten, als würden wir schon die ganze Zeit zum Essen erwartet.

Der Raum dahinter war weniger ein Raum als vielmehr einer der beeindruckendsten Speisesäle, die ich je gesehen hatte, im Untergrund oder anderswo. Jedenfalls was die Größe anbetraf – denn ich würde den Saal nicht gerade als *elegant* bezeichnen. Das ist kein Zwergenstil. Der Raum war fast so groß wie ein Footballplatz und überall standen Tische und Kochgelegenheiten. Bei uns im Untergrund hatten wir eine Cafeteria für

Verwaltungsangestellte, aber die meisten aßen allein in ihren Wohnungen. Die NOLA-Zwerge dagegen nahmen fast jede Mahlzeit in einer riesigen Gruppe zu sich.

Die kleineren Tische im Speisesaal umringten eine riesige Tafel aus poliertem Ahorn für locker vierzig Gäste. Der ganze Saal fasste vermutlich an die drei- oder vierhundert Gäste, aber im Moment war nur die riesige Tafel in der Mitte gedeckt. Irgendwie hatte es Kimmy bereits geschafft, sich mitten an eine der Längsseiten des langen Rechtecks zu setzen. Der Tisch war mit Tellern und Besteck eingedeckt und es standen gewaltige Schüsseln voller Essen bereit.

Ganz plötzlich ließ die Dringlichkeit nach, die Elfen *jetzt sofort* zu finden, da sich nun unsere ewig hungrigen Zwergenmägen zu Wort meldeten. Wir ließen uns eilig Kimmy gegenüber auf fünf leere Stühle fallen und hauten rein.[15]

Wir füllten uns den Bauch mit allen Arten von lokalen Delikatessen, die in Schüsseln auf geschmiedeten Eisentabletts dargereicht wurden: frittierte Alligatoren-Innereien, gedämpfte Krabben, Würstchen-Gumbo, mindestens zwanzig Pfund Krebsfleisch, Stapel von Hähnchenmägen, ein Kessel Jambalaya, der nicht weniger als sechs verschiedene Proteine enthielt, haufenweise frische Austern – so viele, dass die leeren Schalen zwei Fässer gefüllt hätten –, mindestens sechs Backofenladungen Maisbrot und mehrere knallbunte Königskuchen, um nur ein paar Beispiele zu nennen.

---

15 Ich weiß, was ihr jetzt denkt: Ihr habt einfach zugelangt? Das ist aber nicht besonders höflich. Und noch vor einigen Monaten hätte ich euch da zugestimmt. Aber in der Zwergenkultur gilt es als unhöflich, sich nicht sofort über das Essen herzumachen, egal, wer ihr seid oder wer für euch auftischt.

Kimmy gestattete bei Tisch keine *geschäftlichen* Gespräche. Nachdem ich zwei Tellerladungen in mich hineingestopft hatte, holte ich Luft, um den Zweck unseres Besuches zu erklären, aber sie brachte mich mit einer Handbewegung zum Schweigen, ehe ich auch nur ein Wort herausgebracht hatte.

»Ich weiß, was du sagen willst, Herzchen«, sagte sie. »Aber lass das lieber. Beim Essen reden wir nicht über die Arbeit. Das wäre eine Missachtung unserer Köche – wir konzentrieren uns lieber auf die Gerichte, die sie uns vorsetzen. Wir können natürlich ein wenig plaudern, aber nur über amüsante und belanglose Dinge, die nicht wichtiger sind als diese Auswahl an Köstlichkeiten.«

Ich wollte widersprechen, vor allem jetzt, wo mein Magen von *am Verhungern* zu *ein bisschen hungrig* umgeschaltet hatte. Aber ich wusste, dass wir Kimmy brauchten, um die Elfen zu finden, und ich wollte sie nicht beleidigen, schon gar nicht angesichts ihrer umwerfenden Gastfreundschaft. Außerdem waren Zwerge bekannt dafür, dass sie sehr schnell aßen, und bei unserem Tempo würde dieses ganze Festmahl von Anfang bis Ende nicht mehr als dreißig Minuten dauern.

»Jawohl, Ma'am«, sagte ich stattdessen und stopfte mir noch eine geräucherte Schweinewurst in den Mund.

Statt über geschäftliche Dinge zu reden, unterhielten uns die NOLA-Zwerge mit allen möglichen abenteuerlichen Anekdoten aus der hiesigen Zwergengeschichte. Zum Beispiel war einer von Kimmys engsten Beratern, ein junger Zwerg namens Doddgogg Hornherz, nach seinem Ururgroßvater Johnny Dodds benannt – und der war angeblich einer der legendären Erfinder des amerikanischen Jazz (sein wahrer Zwergenname lautete Jonkdodd Hornherz).

Weniger als eine Stunde später waren wir wieder im, äh, Thronsaal, wenn man das so nennen konnte. Wir konnten uns kaum auf den Beinen halten und pressten uns die Hände auf den Bauch. Zwergen fiel es normalerweise schwer, sich zu überfressen. Unsere beiden natürlichen Zustände waren *am Verhungern* und *ein bisschen hungrig*. Aber nachdem wir fast eine Dreiviertelstunde mit Kimmy und ihrem engsten Beraterkreis getafelt hatten (was, wie gesagt, für Zwerge ganz schön lang ist), war uns weich in den Knien und wir standen kurz vorm Platzen.

Aber nun war Kimmy endlich bereit, über wichtige Angelegenheiten zu sprechen.

»Ich muss schon sagen, was mich am meisten überrascht, ist, dass der Rat uns Leute schickt, ohne uns zu informieren«, fing sie an, während sie sich in ihren Ruhesessel zurücksinken ließ, jetzt etwas zurückhaltender, aber noch immer so lebhaft wie eine Zeichentrickfigur. »Das ist fast so niederträchtig wie ein Schlangenbauch in einer Reifenspur!«

»Genau das wollten wir dir doch die ganze Zeit sagen«, erwiderte Ari. »Wir sind nicht ...«

»Was wolltet ihr mir sagen? Dass ihr hergekommen seid, um uns zu helfen? Das weiß ich, mein Liebes, das weiß ich«, sagte Kimmy und schüttelte den Kopf. »Und das ist echt wie Dill in meinem Salat. Aber ihr seid nur zu fünft. Wir brauchen viel mehr Leute. Mindestens dreißig! Ihr könntet nicht zufällig euren Rat um Verstärkung bitten? Vielleicht ein paar, die auch ganz legal einen trinken dürfen? Ich meine, seht euch doch an, ihr seid ja allesamt kaum älter als mein Sohn Kichi.«

»Das können wir nicht«, sagte Ari ganz schnell. »Denn der Rat hat uns gar nicht geschickt, um euch zu helfen.«

»Das hat er nicht?«, fragte Kimmy. »Aber warum um alles in der Wüste hat er euch dann geschickt?«

»Er hat uns überhaupt nicht geschickt«, sagte Ari. »Wir sind auf eigene Faust hergekommen, aus einem ganz anderen Grund.«

»Ha! Da streicht mich doch rot an und nennt mich Scheune!«, sagte Kimmy überraschend gut gelaunt. »Warum habt ihr das denn nicht gleich gesagt?«

Sie füllte den Saal mit ihrem explosiven Lachen. Ari sah eine Sekunde lang aus, als ob sie gleich den Verstand verlieren würde. Aber dann warf sie mir und Glam einen Blick zu und zuckte nur mit den Schultern.

»Na, dann schießt los«, rief Kimmy und schaltete in Sekundenschnelle von Lachen auf Frustration um. Aber selbst ihr Zorn hatte eine Art von ansteckend optimistischer Energie. »Verflixt. Verflixt! Verflixt, Donnerschock und Schlachtersohn! Schießt los. Ich meine, großer Geist in der Einkaufstasche! Ich krieg gleich einen Anfall wie eine sterbende Ente, die eine Klette verschluckt hat. Entschuldigt, Leute. Ich wollte nicht so unflätig fluchen. Aber ich bin ziemlich außer mir. Wir haben hier ein ganz schön großes Problem und sind am Rotieren wie eine einbeinige Katze in einem Sandkasten. Und ich dachte, ihr wärt gekommen, um uns zu helfen. Und jetzt, na ja, bin ich ganz schön enttäuscht, so ist das nämlich.«

Wir tauschten betretene Blicke. Es war kein gutes Gefühl, als Retter willkommen geheißen zu werden und unsere Gastgeberin dann so schwer zu enttäuschen. Ich war schon fast selbst enttäuscht von mir, dabei hatte ich doch streng genommen gar nichts falsch gemacht.

»Tatsache ist«, fuhr Kimmy nun fort, so leise wie nie zuvor

seit unserem Eintreffen, »wir haben ein Problem. Versteht ihr, niemand außer dem legendären Gelehrten namens Trevorthunn Sturmbauch hat je mit der Rückkehr der Magie gerechnet! Und deshalb haben wir – na ja, wenn ich ganz ehrlich sein darf, wir haben unseren Standard für urirdisches Kampftraining sozusagen in den Straßengraben fallen lassen. Wie viele andere zwergische Gemeinden in aller Welt. Offenbar ist die zwergische Hauptstadt Chicago einer der wenigen Orte überhaupt, wo es noch eine aktive Zwergenwachttruppe gibt.

Und es fehlt der weltweiten Zwergengemeinschaft dramatisch an Ausbildern und Waffen für das richtige Training! Wir sind im Moment jämmerlich schlecht auf den Kontakt mit diesen vielen Monstern vorbereitet. Ganz zu schweigen von der Nutzung der Magie! Immerhin hat Fenmir Nebelmoosmann sich ein paar Hilfslehrer herangezogen, aber wir haben trotzdem nur ein Dutzend für die ganze globale Gemeinschaft. Und NOLA steht offenbar nicht gerade hoch oben in der Prioritätenliste, denn von diesen Magielehrern hat sich hier noch keiner blicken lassen. Immer wenn es hier in der Nähe einen Ausbruch von natürlich auftretendem Galdervatn gibt, schicken wir einen unserer Zwerge mit der Fähigkeit, allerlei komischen magischen Kram auszuführen, den sie selbst nicht ganz durchschauen. Wie auch immer, es tut mir leid, euch die Ohren mit unseren Problemen vollzututen. Was ist denn nun mit euch? Wenn euch nicht der Rat hergeschickt hat, was wollt ihr dann hier? Was ist dieser andere Grund, den ihr erwähnt habt?«

Ari und ich erzählten Kimmy und ihren Beratern, wie wir uns mit Stoney angefreundet hatten und was er als Gefangener in New Orleans gesehen und gehört hatte.

»Ja«, sagte Kimmy, als wir fertig waren. »Oh ja. Ja, wir haben hier Elfen. Klar haben wir hier Elfen. Und bei Georgs großem Ganter, die hecken eindeutig irgendwas aus. Natürlich wissen wir nicht genau, was. Wir haben ehrlich gesagt größere Probleme. Wie die Monster und was weiß ich nicht noch alles.«

»Moment!«, rief Glam. »Du meinst, ihr habt gewusst, dass die Elfen hier in der Gegend irgendeinen Scheiß ausbrüten, und ihr habt nichts unternommen?«

Kimmy sah Glam einige Sekunden lang an, aber in dieser seltsamen Stille kam es mir vor wie Minuten.

»Mädchen, für dein zartes Alter hast du einen mächtig feinen Schnäuzer«, sagte Kimmy dann endlich. »Was vielleicht erklärt, warum du dir einbildest, dass alles, was du sagst, korrekt und richtig ist. Ich wette, dein ganzes Leben lang sind alle vor dir gekrochen.«

»Also Moment mal …«, fing ich an.

Aber Kimmy hob eine fleischige Pranke und brachte mich wortlos zum Verstummen.

»Wenn du die Fähigkeit entwickelt hättest, anderen zuzuhören«, erklärte Kimmy Glam, »dann hättest du verstanden, was ich hier die ganze Zeit rede. Wir haben etwas unternommen. Wir haben den Rat in Chicago viele Male über diese Elfen informiert. Wir haben um Hilfe gebeten, um der Sache nachzugehen. Wir wurden einfach abgewiesen. Genauso war es, als wir um Hilfe bei den MFMs gebeten haben. ›Keine ausreichenden Mittel‹, hieß es. ›Seht selber zu, wie ihr fertigwerdet‹, hieß es. Und das angesichts der Tatsache, dass wir hier nicht einen einzigen Zwerg haben, der auf irgendeine Weise darin trainiert ist, zwergische Magie zu beherrschen oder Zauber zu legen oder so.«

Glam machte ihrer Frustration in einem langen, langsamen Seufzer Luft. Dann nickte sie. Was hätte sie auch sonst tun sollen? Wir hatten zwei MFMs unternommen, und ohne unser Training hätten wir dabei keine Chance gehabt. Und MFMs waren vermutlich ein Kinderspiel verglichen mit einer Aktion gegen eine ganze Elfenarmee.

»Versteht ihr jetzt, in welcher Notlage wir uns befinden?«, fragte Kimmy.

Wieder nickte Glam. Aber sie hatte noch immer die Fäuste geballt.

»Kannst du uns wenigstens sagen, wo die Elfen sind?«, fragte Glam dann. »Wenn ihr sie nicht aufhalten könnt, dann werden wir das machen. Oder bei dem Versuch sterben.«

Kimmy seufzte. Dann lachte sie. Dann schüttelte sie traurig den Kopf. Es war, wie ein sich drehendes Rad aus Empfindungen zu beobachten.

»Das kann ich«, sagte sie endlich. »Aber, liebe Kinder, es tut mir wirklich weh, euch gehen zu lassen. Ich habe wirklich und wahrhaftig geglaubt, ihr wolltet uns helfen. Die Höchsten wissen, dass wir das brauchen. Dass wir das ungeheuer brauchen. Aber wenn ihr müsst …«

»Moment«, unterbrach ich, noch ehe ich mir richtig überlegt hatte, was ich sagen wollte.

Schweigen füllte den Saal und aller Augen waren auf mich gerichtet.

Jetzt gab es kein Zurück mehr. Zwerge, oder auch andere Leute, die etwas taugten, kniffen nicht.

»Ich möchte einen Vorschlag machen«, sagte ich. »Wir helfen euch bei einer oder zwei MFMs. Wir nehmen einige eurer verheißungsvollsten Kämpfer mit und bringen ihnen auf den

Missionen bei, was wir können – über Magie und den Kampf gegen Monster und die Verwendung von uralten zwergischen Waffen. Dann zeigt ihr uns, wo die Elfen sind. Und wenn uns dann irgendwelche von euren frisch ausgebildeten Kämpfern helfen wollen, und hoffentlich auch das eine oder andere neu verbündete Monster, so ist uns das sehr willkommen. Und wenn wir nach Chicago zurückkehren, werden wir uns alle Mühe geben, um den Rat davon zu überzeugen, dass sie euch Verstärkung schicken müssen. Aber das können wir nicht versprechen. Ihr wisst ja, wie Zwerge sind, wenn sie aktiv werden sollen …«

Kimmy prustete los und nickte.

»Ja, guter Mann, das weiß ich«, dröhnte sie. »Du gefällst mir. Du hast Feuer im Gedärm. Und du bist schnuckelig.« Sie wandte sich an einen ihrer Berater. »Er ist schnuckelig.« Dann sprach sie mich wieder an. »Das ist ein mächtig großzügiges Angebot. Und wir nehmen es mit Freuden an. Allein in der vergangenen Woche sind hier Dutzende von Monstern gesichtet worden. Aber eins macht uns besondere Kopfschmerzen. Ein Mondspuk terrorisiert seit einer Woche die Leute auf dem Friedhof St. Louis Nr. 2.«

»Ach herrje«, sagte Ari leise.

Lake stieß plötzlich die Luft aus, als ob jemand ihm einen Schlag in die Lunge verpasst hätte.

Ich konnte mich nicht erinnern, ob wir im Unterricht schon etwas über diese Sorte Gespenster gelernt hatten, aber ich hatte den Eindruck, dass alle anderen Bescheid wussten. Selbst die normalerweise überoptimistische Glam schüttelte unglücklich den Kopf. Aderlass, der im Nebenraum verstaut war, bestätigte sofort, wie ernst die Lage war.

Oh Mann, das ist übel, Greggdroule, sagte er. *So ein Mondspuk ist ein untotes Spektralwesen. Es ist nur teilweise in der Welt der Lebenden anwesend.*

Ach was?, dachte ich zurück. *Und was bedeutet das?*

Das bedeutet, dass alle zwergischen Schwerter und Äxte und Waffen ihm gegenüber ziemlich nutzlos sein werden. Ich übrigens auch.

23

Ich entdecke meine wahre Sprache, nämlich ζϕλξφιδϑψω

Während wir im Untergrund herumhingen, planten und auf Mitternacht warteten (wie wir erfahren hatten, tauchte dann der Mondspuk auf), lernten wir unsere neuen NOLA-Gefährten ein bisschen kennen.

Es fiel mir schwer, herumzusitzen und Small Talk zu machen, in dem Wissen, dass irgendwo in dieser Stadt die Antwort auf die Frage wartete, wie ich meinen Dad retten konnte. Vielleicht war sie ja nur ein paar Straßen weiter zu finden. Und auch Edwin, mein ehemaliger bester Freund, konnte hier in New Orleans sein, ganz in der Nähe. Aber ich wusste, ich könnte all das nur in Erfahrung bringen, wenn ich zuerst den NOLA-Zwergen bei einigen von ihren regionalen Monsterbeobachtungen und MFMs half.

Auch hier gab es eine Arena, die große Ähnlichkeit mit unserer Arena zu Hause hatte: ein Ort, wo die Kids abhingen und Spaß hatten und ihren Zwergenkram machten. Aber die Arena hier war viel kleiner und weniger traditionell. Dort gab es jede Menge Ausrüstung für modernere Aktivitäten, wie Baseballhandschuhe, Fußbälle, alte Videospiele und Brettspiele.

Das seltsam vertraute *Neue* hier half mir, meinen Dad und Edwin und den Kampf gegen die Elfenarmee zu verdrängen. Jedenfalls so weit, dass ich mich darauf konzentrieren konnte, die Leute kennenzulernen, die mit uns auf Mondspukjagd gehen würden.

Yoley Aschenbinder: Als eine der wenigen NOLA-Zwerginnen, die sich wirklich für alte Zwergenkultur interessierten, wollte sie auf keinen Fall ausgeschlossen werden. Sie und Lake amüsierten sich den ganzen Abend damit, über verschiedene Zwergendialekte von Ur-Erde zu diskutieren, die sie studiert hatten, und dabei spielten sie ein altes Videospiel namens *Goldene Axt III.* Ich bekam von ihrem Gespräch nicht viel mit, aber offenbar sind viele der »modernen« Sprachen der Welt (auch Englisch) von einem uralten Zwergendialekt namens ζϕλξφιδϑψω abgeleitet. Ich versuche lieber nicht, das auszusprechen, sonst könnte es passieren, dass ich an meiner eigenen Zunge ersticke.

Kichi Bittergrat: Kimmys Sohn kicherte eigentlich gar nicht viel. Er sagte überhaupt kaum etwas. Weshalb es vielleicht seltsam klingt, dass er und Froggy sofort dicke Freunde waren. Wie können zwei Leute, die so gut wie nie etwas sagen, Freunde werden? Kichi war das genaue Gegenteil seiner Mutter: klein und mager und sehr still. Statt den Raum mit seiner Anwesenheit zu füllen, schien er dauernd zu versuchen, mit den Rissen im Steinboden zu verschmelzen. Er und Froggy waren in ein altes zwergisches Kartenspiel vertieft und wechselten mehr Blicke als Wörter.

Boozy Biermaul: Mit einundzwanzig war er der Älteste der Gruppe. Boozy kam aus einer legendären Familie von Leuten, die sich einfach nur amüsieren wollten. Das erklärte auch, warum er in einer für ihre Partys berühmten Stadt lebte. Er lachte sehr viel, während wir unser Wissen über Mondspuke austauschten, und es schien ihm keine Sorgen zu machen, dass wir bald einem gegenüberstehen würden. Diese Haltung schien mir desto beunruhigender, als uns klar wurde, dass wir alle keine Ahnung hatten, wie man einen Mondspuk besiegt. Als Ältester der Gruppe hätte er dieses Problem schon ein bisschen ernst nehmen müssen. Aber trotzdem hatten sein immerwährendes Lächeln und seine Sorglosigkeit etwas sehr Sympathisches.

Tiki Holzkiefer: Mit elf war sie die Jüngste der Gruppe, und sie hätte problemlos auch für acht durchgehen können. Aber davon durfte man sich nicht täuschen lassen. Dieses temperamentvolle kleine Mädchen mit den glatten schwarzen Haaren, die ihr Gesicht bedeckten, fluchte mehr als alle, die mir je begegnet waren. Obwohl mir die meisten ihrer Verwünschungen noch nie zu Ohren gekommen waren. *Hankelbump*, je gehört? Sie nannte Boozy einen *plorpenden Kunk mit einer smitschigen Oppo als Mutter*. Ich wusste nicht, ob das rein zwergische Verwünschungen waren, auf jeden Fall entlockten sie den anderen NOLA-Zwergen, die in der Nähe mit ihren Spielen beschäftigt waren, immer wieder ein entsetztes Aufkeuchen. Aber wenn man nicht allzu empfindlich war, konnte man mit Tiki viel Spaß haben.

Insgesamt fand ich sie alle nett und lustig. Aber sie waren auch entschlossen, so viel über MFMs und Magie zu lernen, wie sie nur konnten (mal abgesehen von Boozys sorglosem Auftreten). Sie wollten uns unbedingt zeigen, dass sie helfen konnten – und mit etwas Training konnten aus ihnen wirklich Zwergenkämpfer werden.

Sie stellten viele Fragen: nach unseren früheren MFMs, wie viel Galdervatn uns im Untergrund von Chicago zur Verfügung stand und was es für ein Gefühl war, wirklich gegen Elfen zu kämpfen.

»Das ist umwerfend!«, sagte Glam, ehe jemand anderes antworten konnte. »Genau wie in den Geschichten, die euch als Kinder erzählt worden sind.«

»Na ja, um ehrlich zu sein«, sagte Tiki, »wenn ich nach den Geschichten gehe, die ich gelesen habe, kommt es mir überhaupt nicht witzig vor. Ich finde, es klingt ganz schön purbogginisch unheimlich.«

»Ist es auch«, sagte Ari. »Es ist weder umwerfend noch witzig. Es ist schrecklich.«

»Na ja, von mir aus«, sagte Glam verlegen. »Vielleicht habe ich ein bisschen übertrieben. Aber die Elfen, mit denen wir zu tun hatten, wollten uns umbringen. Und es war ein ganz schön tolles Gefühl, dass ich meine Freunde retten konnte, indem ich Dinge zerschlug. Elfendinge.«

»Das stimmt auch wieder«, gab Ari widerstrebend zu.

Und ich sah das auch so.

Nach all der harten Vorbereitung und dem stundenlangen Training war es wirklich befriedigend, die neuen Fähigkeiten nutzen zu können, um Freunde und Verwandte aus einer Gefahr zu retten. Selbst wenn die anderen Teile des Kampfes beängstigend und gedärmverknotend und albtraumhaft waren.

»Möchtwesen es wird uns hindrüben kund«, sagte Yoley.

»Allerdings, und zwar bald«, sagte Boozy und erhob sich. »Es ist schon elf, was bedeutet, dass wir uns auf den Weg machen sollten, um dem Mondspuk endlich das Handwerk zu legen.«

24

Das normalste Team von Gespensterjägern, das es je gab

Da waren wir nun, eine ganz normale Gruppe von Jugendlichen auf Gespensterjagd, mit schlichten alten Namen wie Thoggus »Froggy« Steinbruch, Lakeland »Lake« Lichtbrecher, Ariyina »Ari« Lichtbrecher, Glamenhilda »Glam« Schattenspieß, Yolebena »Yoley« Aschenbinder, Kiggulir »Kichi« Bittergrat, Boozzoid »Boozy« Biermaul, Masticha »Tiki« Holzkiefer und ich, Greggdroule »Greg« Sturmbauch.

Einfach so eine Feld-Wald-und-Wiesen-Zwergenclique, die um Mitternacht auf einem verwunschenen Friedhof Ärger suchte.

Na ja, eigentlich suchten wir natürlich keinen Ärger. Aber wenn man auszieht, um

1. ein gewalttätiges und gefährliches Spukwesen zu finden und
2. mit besagtem Wesen Streit anzufangen,

na ja, dann sollte man sich vermutlich auf Ärger gefasst machen. Ich wünschte in diesem Moment, wir hätten einen besseren Plan. Aber wir hatten allesamt noch nie mit einem

Mondspuk zu tun gehabt (wir hatten ja nicht einmal einen gesehen!), also wussten wir ehrlich gesagt nicht, worauf wir uns gefasst machen sollten, abgesehen von dem begrenzten Wissen, das wir aus unseren Büchern über antike Geschichte hatten. Also kamen wir mit dem vagen Plan auf dem Friedhof an, so lange umherzuwandern, bis wir das Monster gefunden hätten. Dann würden wir schon sehen, wie es weiterging, so machten wir es ja eigentlich immer.

Der St.-Louis-Friedhof Nr. 2 war um Mitternacht wie ausgestorben. Nachdem wir ein verschlossenes Tor aufgebrochen hatten, gingen wir durch das Labyrinth aus dichtgedrängten, beeindruckenden Mausoleen und hielten dabei krampfhaft die Augen offen. Es war wie ein Spaziergang durch eine kleine Stadt aus winzigen graubraunen Gebäuden, ab und zu unterbrochen durch eine Palme.

Wenn ich sterbe, Greggdroule, sagte Aderlass, während wir über den stillen Friedhof wanderten, *kannst du mich dann in einem von diesen coolen Gräbern bestatten?*

Als ob ich mir so eins leisten könnte.

Muss ich dich an den Trog voller Trollkacke erinnern, die in der modernen Welt vermutlich Milliarden von Dollars wert ist?

Schon, aber wie lange noch?, dachte ich. *Wenn erst einmal der Beginn eines neuen Magischen Zeitalters die Welt ins Chaos stürzt, werden Diamanten nur noch ein Mineral unter vielen sein.*

Diamanten können bei der Herstellung von Waffen sehr nützlich sein – sie werden ihren Wert niemals ganz verlieren.

Na gut, von mir aus, dachte ich. *Aber das spielt alles keine Rolle, denn ich nehme doch an, dass du gar nicht sterben kannst, oder? Und deshalb auch nie einen Grabstein brauchen wirst?*

Aderlass würdigte mich keiner Antwort.

Auf die Mausoleen vor uns fiel ein seltsamer blauer Schein. Wir erstarrten, dann gingen wir instinktiv in die Hocke und kauerten uns hinter ein riesiges Marmorgrab. Glam reichte ihren Flachmann mit Galdervatn herum. Obwohl Tiki und Kichi beide über die Fähigkeit zur Magie verfügten, hielten wir es für keine gute Idee, sie an dem wirbelnden magischen Trunk nippen zu lassen. Ohne Training würde ihnen das vermutlich mehr schaden als nützen.

»Und was jetzt?«, fragte Boozy und sah nun doch ein bisschen nervös aus.

»Jetzt, wo wir alle high von Magie sind, finde ich, wir gehen da einfach hin und zerstören das Dings«, sagte Glam.

»Weißt du denn überhaupt, wie man das macht?«, fragte Ari schnippisch.

»Na, ich gehe davon aus, dass ein Mondspuk genauso zerschmettert werden kann wie alles andere«, sagte Glam und klang für einen Moment jünger als ihre vierzehn Jahre.

»Die jüngstgetanen Diskurse rieten wider solche Kampfespfade«, sagte Lake.

»Lake hat recht, darüber haben wir doch gesprochen«, sagte ich. »Und wir haben beschlossen, dass reine Gewaltanwendung nichts bringt.«

Wir hatten im Untergrund zur Vorbereitung unseres Einsatzes über dieses Spukwesen gesprochen und hatten unser kollektives Wissen über diese geheimnisvollen, lange verschollenen Wesen zusammengeworfen.

Was wir wussten: Mondspuke waren wie Gespenster, aber sie waren in dieser Welt deutlicher anwesend, sie steckten irgendwo zwischen der jetzigen, physischen Realität und der geistigen Ebene der Toten fest. Sie waren Verstorbene, deren spirituelles

Wesen schrecklich litt – es war unbekannt, ob sie von etwas gequält wurden, das zu ihren Lebzeiten geschehen war, oder von etwas, das jetzt in ihrer anderweltlichen Existenz vor sich ging. Mondspuke ließen sich offenbar nur bei zunehmendem Mond blicken, und sie erreichten den Höhepunkt ihrer Kraft in der ersten Vollmondnacht – also heute. Außerdem wurde vermutet, dass diese Spuke vor allem aus einem Grund existierten: um dem Rest der Welt zu zeigen, welche Schmerzen sie mit sich herumschleppten. Um alle anderen ihre Qualen spüren zu lassen. Natürlich konnte Aderlass es sich nicht verkneifen, mitten in der Diskussion in meinem Kopf einen blöden Witz zu reißen: *Willst du spüren, wie ich leide? Stell dir vor, du lehnst in einer Zimmerecke und musst zusehen, wie sich dein alter Besitzer eine halbe Stunde lang mit einem behaarten Gnarlaak verlustiert.*

Was wir nicht wussten: sehr viel. Offenbar hatten die alten zwergischen Texte zum Thema Spuk nicht viel zu sagen. Ihr müsst wissen, Zwerge halten nichts davon, ihre Toten zu begraben (was zugegebenermaßen seltsam ist, so sehr, wie wir die Erde verehren). Das bedeutete, dass Zwerge im Laufe ihrer Geschichte nicht viel Zeit auf Friedhöfen verbracht hatten. Und da Mondspuke immer nur auf Friedhöfen oder an Grabstätten auftraten, hatten sie Zwerge nie besonders interessiert, nicht einmal damals in Ur-Erde, als sie noch ziemlich häufig in Erscheinung getreten waren. Was wir allesamt *nicht* über Spuke wussten, könnte ein ganzes Buch füllen. Oder zwei. Oder ein paar Dutzend. Und das Wichtigste war: Wir hatten noch immer keine Ahnung, wie wir einen Mondspuk umbringen sollten. Oder ob sie überhaupt umgebracht werden konnten. Vielleicht konnte man sie einfach zurück auf die spektrale Ebene verbannen (was immer das sein mochte)? Wir hatten wirklich keine Ahnung, und ich brauche wohl nicht zu sagen, dass das ein gewaltiges Problem war.

»Na ja, vielleicht fangen wir so an wie immer«, schlug Ari vor. »Wir gehen hin und versuchen, das Teil zur Vernunft zu bringen.«

Wir wechselten unschlüssige Blicke. Das klang nicht gerade wie ein grundsolider Plan, der sicher zu einem guten Ende führen würde. Aber vermutlich war es die beste Lösung, bis wir mehr über diesen besonderen Spuk und seine Wünsche in Erfahrung gebracht hätten.

»Nach dir«, sagte Glam.

Ari verdrehte die Augen, aber sie kroch voraus, auf das leuchtende blaue Licht zu.

Plötzlich zerfetzte ein entsetzlicher, gequälter Schrei die Nacht. Die pure Qual, die dahintersteckte, war fast so erschütternd wie die ätherischen, unmenschlichen Schwingungen, die mein Rückgrat hochjagten. Alle griffen instinktiv zu den Waffen.

Ich schnappte Aderlass und riss ihn aus der Scheide auf meinem Rücken.

Ich hab dir doch schon gesagt, dass ich gegen einen Mondspuk nichts ausrichten kann, sagte er. *Und die Waffen deiner Gefährten sind ebenfalls machtlos. Da könnt ihr uns auch gleich hier liegen lassen. Wir behindern euch nur.*

Ich gab diese Mitteilung an die anderen weiter.

»Moment, dein *was* hat dir gerade *was* gesagt?«, fragte Kichi und machte ein verwirrtes Gesicht.

»Seine Axt spricht mit ihm«, sagte Glam voller Stolz.

Die ängstlichen Mienen der NOLA-Zwerge leuchteten plötzlich auf vor Ehrfurcht und Bewunderung.

»Bei den Göttern«, flüsterte Yoley. »Du bist mit Trevorthunn Sturmbauch verwandt? Du bist der legendäre *Greggdroule Sturmbauch?«*

»Bin ich das?«, fragte ich, geschockt, weil sie offenbar von mir gehört hatten.

»Wir haben Geschichten über dich gehört«, sagte Tiki. »Darüber, wie die großartigste jemals geschmiedete bloggurgische Waffe dich auserwählt hat, damit du uns zu unserer alten Größe führst.«

Da hat sie ganz schön bloggurgisch recht!, sagte Aderlass prahlerisch zu mir. *Jedenfalls damit, dass ich die großartigste Waffe bin. Es muss sich noch herausstellen, ob du genug Plorbie hast, um deine Bestimmung zu erfüllen und die Vorherrschaft der Zwerge wieder zu sichern.*

»Und wie du und dein Vater ganz allein den Elfenlord und seine ganze Familie besiegt habt!«, fügte Boozy hinzu.

»Na ja, meine Freunde waren auch dabei«, sagte ich und zeigte auf Lake, Ari, Glam und Froggy. »Und wir haben sie nicht direkt besiegt. Das war ... na ja, es war etwas komplizierter als das.«

»Ach, er ist so bescheiden, genau wie die Sage berichtet!«, rief der sonst so schweigsame Kichi.

Plötzlich wirkten sie längst nicht mehr so nervös. Das Wissen, dass ich der *legendäre* Greggdroule Sturmbauch war, schien ihnen ein ganz neues Selbstvertrauen gegeben zu haben. Als ob das hier ein Sport wäre und sie hätten gerade erfahren, dass sie den besten Spieler im Team hatten – sie würden also sowieso gewinnen, egal, wie mies alle anderen spielten.

Aber sie kannten die Wahrheit nicht.

Nämlich dass ich allein nie und nimmer etwas Großes

erreicht hätte. Man könnte sogar behaupten, dass ich bisher alles immer nur schlimmer gemacht und nur durch pures Glück überlebt hatte. Alles Gute, was ich erreicht hatte, war vor allem durch die Hilfe meiner Freunde zustande gekommen.

Ich machte den Mund auf, um ihnen das zu sagen, aber ihr aufgeregtes Gequassel, dass sie den echten Aderlass sahen, hier in meinen Händen, hielt mich zurück. Ich hatte vergessen, dass diese Waffe von Leuten, die mit zwergischer Kultur aufgewachsen waren, förmlich verehrt wurde. Aderlass war für die Zwerge das mythische Äquivalent zu Excalibur, nur noch bedeutender, da die meisten Zwerge niemals daran gezweifelt hätten, dass Aderlass wirklich existierte.

»Leute, das ist ja alles gut und schön«, sagte nun Ari. »Aber darf ich euch an den Mondspuk hinter diesen Mausoleen erinnern? So ungefähr sieben Meter entfernt?«

»Sie hat recht, Leute«, sagte Yoley und starrte weiterhin ehrfürchtig meine Axt an. »Die Kriegerschar deinige muss noch ihrer Mission obliegen.«

»Aderlass hat dir also wirklich erzählt, dass unsere Waffen nutzlos sind?«, fragte Glam.

Ich nickte.

Alle schauten misstrauisch ihre eigenen Waffen an. Obwohl sie an die Sage von Aderlass glaubten, konnten sie doch nicht leugnen, dass es ihnen einen gewissen, wenn auch falschen Trost brachte, ihre eigenen Schwerter und Äxte und Keulen in der Hand zu halten. Niemand ließ seine Waffe zurück, wie Aderlass vorgeschlagen hatte.

»Na gut, dann weiter«, sagte Ari, ihre Kampfaxt fest in der rechten Hand.

Wir näherten uns mit gezückten Waffen dem blauen Schein – und dem grauenhaften Geschrei, das meine Kniegelenke klappern ließ wie Zähne bei Frost. Die Mausoleen um uns herum waren jetzt so hoch, dass ich mir vorkam wie in einem Viehschacht auf dem Weg zur Schlachthalle.

Der Schein kam von einem kleinen freien Platz ungefähr in der Mitte des Friedhofs. Wir traten ins Licht hinaus.

Und da war er. Der Mondspuk.

Er war ein schimmernder, weiblicher blauer Geist, der über dem Boden schwebte. Die Spukfrau umkreiste ein schlichtes Mausoleum, das nicht größer war als ein einfacher Schuppen. Das Mausoleum war bedeckt von Hunderten, vielleicht Tausenden XXX-Zeichen in allerlei Formen, Größen und Farben, aufgemalt und aufgesprüht und an einigen Stellen in den Beton gekerbt. Das leuchtende Phantom heulte und schrie vor Qual und Wut, während es vor dem besudelten Grabmal hin und her schwebte. Wir bildeten einen Halbkreis um sie herum.

Endlich bemerkte sie unsere Anwesenheit, verharrte in der Luft und drehte sich zu uns um. Ich konnte sie aus der Nähe anschauen, und dieses Bild wird jetzt leider für immer in mein Gehirn eingeätzt sein.

Ich schwöre, ich hörte sogar Aderlass bei ihrem Anblick nach Luft schnappen (telepathisch natürlich, denn, ihr wisst ja, eine Axt kann eigentlich nicht nach Luft schnappen).

Die Spukfrau war eine Art durchsichtiges Skelett, gehüllt in verwesendes Fleisch und bedeckt von einer dünnen Schicht aus verwelkender Haut sowie Fetzen eines grünlich grauen Nachthemdes, das vermutlich irgendwann weiß wie frisch gefallener Schnee gewesen war. Ihre schwarz-grauen Locken wirbelten wie die winzigen Schlangen einer Medusa um ihren Kopf.

Ihr Gesicht war ausgemergelt und ihre Zähne überraschend weiß unter dem verwesenden Fleisch. Ihre Augen waren nicht mehr da, in den leeren Augenhöhlen leuchteten blau-orange Flammen und blau-oranger Nebel waberte durch den ganzen Schädel. Sie öffnete den Mund zu einem weiteren Schrei, und eine grüne Schlange mit roten Streifen lugte heraus und ließ ihre Zunge hin und her schnellen.

»Oh, meine Götter«, sagte Boozey feierlich. »Ich glaube, das ist Marie Laveau.«

»Wer?«, fragte Ari.

»Die Voodoo-Königin von New Orleans«, flüsterte Tiki ehrfürchtig.

»Hat sie einen furchtbaren, tragischen Tod erlitten?«, fragte ich, während der Mondspuk einen weiteren grauenhaften Schrei ausstieß.

»Nicht doch«, sagte Yoley. »Sie verschied in eitel Frieden mittenmangst des Schlummers, mit knapp mehr als achtzig Jahren.«

»Aber irgendwas quält ihre Seele so sehr, dass sie hier umgehen muss«, sagte Ari. »Wir müssen herausfinden, was das sein …«

Weiter kam sie nicht. Denn nun kam der Mondspuk angeschossen und griff Ari mit den Flammen an, die aus den Augenhöhlen loderten. Ari konnte gerade noch ausweichen, und blaues Licht und Rauchwirbel strichen über uns hinweg

Lake sprang auf und schwang ein kurzes Schwert, als der Mondspuk vorüberschwebte. Seine Klinge durchbohrte die leuchtende Erscheinung ohne Mühe.

Verstehst du jetzt?, fragte Aderlass. *Nutzlos.*

Ari rollte sich zusammen, legte die Hand auf den Boden und

schloss die Augen. Ich wusste, dass sie versuchte, einen Zauber herbeizurufen. Der Boden grollte und bebte und direkt unter dem Mondspuk barst die Erde. Schlingpflanzen und Wurzeln quollen aus dem frisch gebildeten Riss und rankten sich zu Marie Laveaus Erscheinung hoch. Der Spuk warf nur einen kurzen Blick auf die magischen Schlingpflanzen und Wurzeln, woraufhin sie sofort zu Asche zerfielen und nichts als säuerlich riechende graue Rauchfäden hinterließen.

Wir stürzten davon, als der Mondspuk wieder schrie.

»Wie können wir dieses Ding erledigen?«, brüllte Glam.

Niemand hatte eine Antwort. Der Mondspuk wütete um uns herum und wir kauerten hinter den Mausoleen und starrten einander stumm und hilflos über den ätherisch leuchtenden Friedhof hinweg an. Da ging mir etwas auf: Die anderen starrten sich gar nicht gegenseitig voller Panik an. Sie alle starrten *mich* voller Panik an.

Vor allem die NOLA-Zwerge schienen zu glauben, ich könnte eine Lösung aus dem Ärmel schütteln, um dieses Ding zu besiegen. Und plötzlich hasste ich es, ein berühmter Zwerg zu sein. Ich hatte das Gefühl, dass mir das Herz in der Brust zermalmt würde – und dass ich gar keine magische sprechende Axt oder fantastische Freunde zur Hilfe hätte, sondern ganz und gar allein war. Auf mir lastete der erstickende Druck der Erwartung, dass ich mich erheben und zu einem großen Kämpfer werden würde, einem großen Anführer, wie mein Familienname es offenbar voraussagte.

Ich dachte daran, was meine Freunde mir vor vielen Monaten über *Schicksal* erzählt hatten, in der Nacht, in der ich sie kennengelernt und erfahren hatte, dass ich ein Zwerg war. *Du stammst aus einer der mutigsten Familien, die es jemals gegeben hat*, hatten sie gesagt. Und dann hatten sie mir die Geschichte erzählt, wie grandios mein Vorfahre Maddog Sturmbauch seine Truppen in die Schlacht geführt hatte, obwohl sie haushoch in der Minderheit waren.

Ich wünschte, ich könnte behaupten, dass mir diese Erinnerung die Kraft für meinen nächsten Schritt gegeben hätte. Dass ich die Stärke meiner Vorfahren in mir spürte, mit der ich mein Schicksal erfüllen und zum Helden werden würde. Dass ich dachte, ich könnte uns alle retten und der große Kämpfer werden, für den sie mich ja ohnehin schon hielten.

Aber in Wirklichkeit handelte ich aus purer Angst. Angst um meine Freunde, die ich hierhergeführt und in diese Lage gebracht hatte, nur weil ich meinem Dad helfen wollte. Und jetzt würde ich zusehen müssen, wie sie deshalb litten. Die Vorstellung, dass meine Freunde verletzt werden könnten (oder Schlimmeres), weil sie versuchten, mir zu helfen, war beängstigender als alles, was der Spuk mir antun könnte.

Ich steckte Aderlass wieder in die Scheide, richtete mich auf und trat vor das Mausoleum des Mondspuks auf die Lichtung.

Was machst du denn da, Greggdroule?, fragte Aderlass.

Die Besorgnis in seiner Stimme war ein bisschen rührend.

»Marie Laveau?«, brüllte ich den Spuk an.

Sie hörte auf herumzuwirbeln und sah mich an.

»Lass uns dabei helfen, das in Ordnung zu bringen, was dir solchen Schmerz bereitet!«, rief ich und zwang mich dazu, mich nicht vor Ekel oder Angst wegzudrehen, als sie jetzt auf mich zukam und ihr grauenhaftes Gesicht zu einem wütenden Fauchen verzog. »Wir können helfen! Wir können alles in Ordnung bringen!«

Sie hielt vor mir inne und ihr leuchtendes Gesicht war nur

wenige Zentimeter von meinem entfernt. Spuk hin oder her, sie stank wie ein verwesender Leichnam in Griffweite.

Hitze strahlte aus ihren lodernden Augenhöhlen und meine eigenen Augen fingen an zu brennen.

Der Spuk öffnete den Mund. Die Schlange, die ich zuvor gesehen hatte, war verschwunden. Stattdessen sonderte ihr Gesicht einen seltsamen grünen Nebel ab, der über mich hinwegzog, auf seltsame Weise süß und betäubend. Ich keuchte und atmete unfreiwillig eine ganze Ladung des seltsamen Spuknebels ein.

Und dann fiel ich auf die Knie und schrie – die Qual war so unvorstellbar, dass Worte ihr niemals gerecht werden könnten.

25

Meine Streitaxt taugt auch als Therapeut

Es war kein rein physischer Schmerz.

Es war viel schlimmer. Klar, es tat auch auf normale Weise weh. Meine Lunge brannte, als ob ich Feuer eingeatmet hätte, und meine Knochen zuckten in mir, als ob sie aus mir herausbrechen wollten. Ich wand mich vor körperlichen Schmerzen. Aber das Schlimmste war, wie ich mich in der Tiefe meines Herzens fühlte.

In mir gab es nur Trauer und Kummer, als ob alles – essen, atmen, *leben!* – sinnlos wäre. Als Zwerg war ich es gewohnt, pessimistisch zu sein – aber wir Zwerge hatten gelernt, diese Weltsicht in Glücksgefühle umzuwandeln, sie zu nutzen, um das Gute in allem zu sehen, sogar in Ereignissen, die den meisten anderen negativ erscheinen würden. Dieses neue Gefühl, mit dem der Spuk mich erfüllte, war etwas ganz anderes. Es war, als ob ich zum ersten Mal in meinem ganzen Leben wirklich spürte, was *Hoffnungslosigkeit* war. Was es für ein Gefühl war, einfach nur sterben zu wollen – ein Gefühl, das ihr hoffentlich niemals erleben werdet.

Zuerst sah ich meinen Dad und mich vor mir, als ich noch jünger war und wir nach Chinatown fuhren, weil er dort schwer erhältliche Teezutaten kaufen wollte. Dann sah ich ihn jetzt, wie er schwadronierte, wie er unsinnige Ratschläge an niemand Bestimmtes erteilte. Als Nächstes sah ich mich, wie ich ihn in unserem alten Laden anbrüllte, unmittelbar ehe der Bergtroll alles zerstört und das Haus dem Erdboden gleichgemacht hatte. Dann sah ich Edwin, damals, als er mir sein altes Fahrrad schenkte, nachdem jemand meins ausgeschlachtet und nur den Rahmen übrig gelassen hatte. Ich sah uns, wie wir Schach gespielt und über Weltraumforschung gesprochen hatten. Wie wir über die Reaktionen der anderen an der PISS gelacht hatten, als ich einmal mit den Taschen voller Speck in die Schule gekommen war.

Dann traf mich dieser Schmerz, und es war schlimmer als alles, was ich mir vorstellen konnte. Ich fühlte den Verrat, den er empfunden hatte, als ich nicht auf ihn gehört und das Bürogebäude seiner Eltern angegriffen hatte. Den Schmerz, den er empfunden hatte, als er feststellen musste, dass seine Eltern in dem von mir angezettelten Kampf ums Leben gekommen waren. Edwin hielt das noch immer für allein meine Schuld, und als ich seine Qual spürte, krümmte ich mich schreiend auf dem St.-Louis-Friedhof Nr. 2 zusammen, während mich ein Jahrzehnt meines vergangenen Elends in pure Hoffnungslosigkeit stürzte.

Am Ende zeigte mir der Nebel des Mondspuks eine Vision, wie meine Freunde hier in New Orleans starben. Alle. Der Reihe nach. Ich musste zusehen, wie sie ums Leben kamen, und ich wusste, dass es meine Schuld war. Dass sie meinetwegen hier waren. Und die Bilder in meinem Kopf waren so realistisch, dass ich schon fast glaubte, sie seien echt und meine Freunde lägen wirklich sterbend vor mir, während ich mich in meiner selbstsüchtigen Qual auf dem Boden herumwälzte und nicht einmal versuchte, ihnen zu helfen.

Es war dieser letzte Gedanke, der mich dann endlich wieder auf die Füße brachte.

Der mich ins Jetzt zurückzwang.

Zurück in die Wirklichkeit.

Und ich sah, dass um mich herum tatsächlich ein Kampf tobte. Meine Freunde warfen Zauber und griffen die Spukfrau immer wieder an, wenn sie völlig unbeeindruckt vorüberschwebte und in Gestalt dieses entsetzlichen grünen Nebels noch mehr von ihrem Schmerz auf sie spie.

Reiß dich mal zusammen, Greggdroule. Die Stimme von Aderlass durchschnitt das Chaos in meinem Kopf. *Das alles ist aus und vorbei. Dass du die Schmerzen fühlst, ändert nichts daran, was geschehen ist. Du musst deinen Freunden helfen, sonst wird deine letzte Vision zur Wirklichkeit.*

Ich schüttelte den Kopf und richtete mich auf. Meine Axt hatte recht. Egal, mit welchem Zauber der Spuk mich belegt hatte, ich musste ihn vertreiben. Und zwar sofort. Ich hatte keine Zeit, mich in meiner Vergangenheit zu suhlen. Ich hob Aderlass. Der Mondspuk kehrte mir den Rücken zu und senkte sich gerade auf Ari hinab, hüllte sie in diesen seltsamen Schmerzensnebel.

Und dann fing Aderlass an, leuchtend blau zu strahlen. Ich spürte, wie das Galdervatn, das ich getrunken hatte, in die Axt strömte. Ich wusste nicht genau, was hier vor sich ging, aber plötzlich wurde mir klar, dass ich alles schaffen könnte. Dass ich sogar der Welt ein Ende setzen könnte, wenn ich wollte.

Beflügelt von meiner neu gefundenen Kraft hob ich die leuchtende Schneide der Axt und griff die Spukfrau an.

Doch ehe ich sie erreicht hatte, knallte etwas mit einer solchen Wucht gegen Aderlass, dass er mir aus der Hand geschlagen wurde. Aderlass schlitterte über den unebenen Beton, während hinter mir ein Pfeil klirrend neben einem riesigen Marmormausoleum auf den Boden aufschlug.

TWACK!

Ein weiterer Pfeil sauste mit einem leisen *Wusch* vorbei, wobei er mein Gesicht nur um wenige Zentimeter verfehlte, und blieb hinter mir im Stamm einer Kanarischen Dattelpalme stecken. Seine Befiederung bestand aus goldgrünen Federn und der Schaft war aus luftgetrocknetem Holz der Lawson-Scheinzypresse. Ich wusste sofort, dass es sich um ein elfisches Produkt handelte.

Auf einmal strömten mindestens ein Dutzend Elfen auf den Friedhof, und sie waren bis an die Zähne mit Schwertern und Bogen bewaffnet.

»Beschützt den Mondspuk!«, rief einer von ihnen. »Bildet einen Kreis und bringt mir den Drudenkristall! Darin können wir ihren Geist fangen!«

»Was ist mit den Zwergen?«, fragte eine Elfenstimme.

»Bringt sie alle um.«

Der andere Elf erteilte den Befehl so lässig, als würde er einen Kaffee bestellen.

Ich fuhr herum, um zu sehen, wer da gerade so locker den Tod von neun Jugendlichen befohlen hatte, als ob er darum gebeten hätte, keine Gewürzgurke auf seinen Cheeseburger zu packen. Ich war jetzt zwar unbewaffnet, hatte aber eine sehr krasse Beschimpfung für ihn parat.

Doch als ich mich umdrehte, sah ich als Erstes eine Klinge, die auf mein Gesicht zugeflogen kam.

Ich ließ mich gerade noch rechtzeitig zu Boden fallen und spürte, wie die scharfe Schwertschneide meine Haare streifte. Dann rollte ich mich zur Seite, als ein weiteres Schwert von oben kam und genau dort auf den Boden knallte, wo sich eine halbe Sekunde zuvor noch mein Hals befunden hatte.

Der über mir aufragende Elf hatte zwei kleine Schwerter, die er wie ein Akrobat herumwirbeln ließ. Mir war klar, dass es mir nicht gelingen würde, seinem nächsten Angriff auszuweichen, und deshalb rief ich Magie herbei, um den grundlegendsten zwergischen Abwehrzauber auszuüben.

Als die Schwerter mich erreichten, prallten sie mit harmlosem Klirren an meiner jetzt steinernen Mittelpartie ab.

Greggdroule, du brauchst mich!

Ich verwandelte mich rasch zurück in Fleisch und Blut und raste zu Aderlass, der etwa zehn Meter entfernt vor einem kleinen Grabmal lag. Der Elf folgte mir und ließ seine Schwerter wirbeln wie Windmühlenflügel. Sie klirrten hinter meinen Fersen auf dem Beton und ließen Funken aufstieben.

Auf dem Weg zu Aderlass kam ich an einer Elfe vorbei, die in ein wildes Schwertgefecht mit Tiki Holzkiefer verwickelt war. Bei einem Schritt nach hinten stolperte Tiki über meine schwere Axt, verlor das Gleichgewicht und landete mit einem dumpfen Geräusch auf dem Rücken. Ihr zwergisches Kurzschwert fiel ihr aus der Hand und sie rang, jetzt vollkommen wehrlos, um Atem.

Fast hätte ich mir Aderlass schnappen können, aber die Zeit reichte nicht. Ich warf mich gegen die Elfe, die über Tiki stand und gerade ihr Schwert im Bogen abwärtsschwang. Meine Schulter knallte gegen die Rippen der Elfe und sie wurde grunzend gegen das Mausoleum geschleudert.

Ich kam auf die Füße und suchte mit Blicken den Boden nach Aderlass ab. Er war nicht mehr zu sehen. Tiki kam wieder zu Atem und streckte sich verzweifelt nach ihrer Waffe, als der doppelschwertige Elf, der mich verfolgt hatte, nun seine Klingen auf sie richtete. Hinter ihnen sah ich drei Elfen mit dem Mondspuk kämpfen. Einer von ihnen hielt einen seltsamen orangen Kristall hoch wie eine Opfergabe.

Die Mondspuk-Frau schrie auf und versuchte auszuweichen.

Aber über den Spuk konnte ich mir jetzt nicht den Kopf zerbrechen – Tiki war noch immer in Gefahr. Ich sprang vor, zog meinen Dolch Blackout aus der Scheide und konnte ihn gerade noch zwischen Tiki und die Schwerter stoßen. Die Wucht des Aufpralls schlug mir Blackout aus der Hand, gab Tiki aber genug Zeit, um sich ihr Schwert zu schnappen und wieder auf die Füße zu kommen.

Greggdroule, wo steckst du?, rief Aderlass.

Ich konnte nicht antworten, da Tiki sich jetzt gegen den doppelschwertigen Elfen wehren musste. Als sie verzweifelt versuchte, die raschen und geübten Angriffe des Elfen zu parieren, wurde schnell klar, dass ihr jedes Training fehlte. Ich bückte mich schnell und griff nach Blackout, um ihr zu helfen.

Der Elf überraschte Tiki mit einer Attacke und warf sie zu Boden. Ich ging abermals dazwischen und konnte mit Blackout das eine Schwert des Elfen abwehren. Schmerzstöße schossen durch meine Hand. Das andere Schwert des Elfen verfing sich plötzlich in den Schlingpflanzen, die ich mit einem Zauberspruch aus einem in der Nähe stehenden Mausoleum herbeigerufen hatte.

Doch der Elf ließ das Schwert einfach los und war wieder

frei. Er packte sein verbliebenes Schwert mit beiden Händen und grinste mich an. Nun sah er noch kälter und herzloser aus als der Mondspuk vorhin.

Er wich meinem Gegenangriff ohne Mühe aus, sprang hoch und landete lautlos hinter mir, als ob er aus Luft bestünde. Dann senkte er in einem blitzschnellen Bogen sein Schwert, und nun loderten aus der Klinge Flammen aus elfischer Magie.

Aber ich überraschte ihn, indem ich vorwärtssprang, mich in den Angriff warf, statt zurückzuweichen. Meine Schulter knallte gegen ihn, er wurde rückwärtsgeschleudert und landete mit einem *UUUMPF!* auf dem Boden. Er stöhnte und drehte sich benommen auf die Seite.

Ich half Tiki beim Aufstehen und machte mir dann ein Bild vom restlichen Kampf.

Es war der glatte Wahnsinn.

Auf der einen Seite des Friedhofes versuchten Ari, Boozy und Lake, fünf angreifende Elfen abzuwehren. Auf der anderen kämpfte Glam allein gegen drei Elfen. Aus ihrem Rücken und ihren Oberschenkeln ragten Pfeile hervor, aber sie kämpfte wütend weiter, als ob es sich nur um Mückenstiche handelte.

Dieser kurze Blick offenbarte, wie hoffnungslos wir in der Minderheit waren.

»Weg!«, rief ich meinen Freunden zu. »Wir müssen weg hier, wir können sie nicht besiegen!«

Tiki rannte zu Yoley, um ihr zu helfen, und ich stürzte zu Froggy, der hilflos versuchte, einen Elfen und ein riesiges grünes Monster in einer aus Knochen hergestellten Rüstung abzuwehren. Das Monster hatte muskelbepackte Arme und einen Buckel: ein Ork, der sich offenbar mit den Elfen verbündet hatte. Froggy hielt zwei kleine Äxte in der Hand und harrte tapfer vor dem bewusstlosen Kichi aus, in dem Versuch, ihn zu beschützen.

Aber ehe ich Froggy zu Hilfe kommen konnte, fiel mir etwas anderes ins Auge. Etwas Schockierendes und Verwirrendes, das ich nicht so ganz begriff. Hinter Froggy, unter einer riesigen Palme, fand noch ein Kampf statt. Und es sah aus, als ob dort Elfen gegen andere Elfen kämpften.

Ich hielt eine Sekunde inne und versuchte zu begreifen, was ich dort sah.

Aber dann knallte etwas gegen meinen Hinterkopf und alles wurde schwarz.

26

Ein alter Freund bezeichnet mich als Kakerlake

Als ich meine Augen wieder öffnete und Edwins Gesicht sah, ging ich davon aus, dass ich träumte.

Also schloss ich sie wieder und versuchte, in einen Schlaf zu versinken, der keine Träume mit sich brachte. Und auch keine hämmernden Kopfschmerzen. Aber dann merkte ich, dass ich auf einem harten, klumpigen Bett lag. Ich nahm einen muffigen, unangenehmen Geruch wahr. Und Edwins Gesicht hatte sich hinter rostigen Gitterstäben befunden.

Saß er in einer Gefängniszelle? Hatten wir ihn gefangen genommen? Was war auf dem Friedhof passiert? Ging es meinen Freunden gut?

Ich wollte meine Augen nicht wieder öffnen – ich war noch immer zu benommen, um meiner Wahrnehmung zu trauen.

Wo bist du?, rief ich Aderlass in Gedanken. *Was ist passiert?*

Meine magische Axt gab keine Antwort. Na super, wenn ich meine Axt, die sonst nie die Klappe hielt, ausnahmsweise einmal brauchte, dann blieb sie stumm. In meinem Kopf gab es nur Stille und in der wirklichen Welt ein leises Schlurfen von Füßen über Beton.

Ich schlief nicht, und ich konnte mir auch nicht mehr einreden, dass das der Fall wäre.

Also machte ich die Augen schließlich doch wieder auf.

Und da war Edwins lächelndes Gesicht, noch immer hinter Gitterstäben.

»Hallo, Greg«, sagte er. »Es ist richtig schön, dich wiederzusehen.«

Wären nicht diese Kopfschmerzen gewesen, dann hätte ich mir eine Ohrfeige verpasst, um herauszufinden, ob das ein Traum war. War es wirklich möglich, dass ich jetzt hier war und meinen ehemals besten Freund ansah? Und hatte er wirklich gerade gesagt, es sei *schön*, mich zu sehen? Es hatte ehrlich geklungen. Aber wie konnte er in einem Gefängnis so guter Laune sein? Ich setzte mich langsam auf und schaute mich um, und dann ging mir auf, dass nicht Edwin im Gefängnis saß.

Sondern ich.

Meine Zelle war winzig und hatte verdreckte Wände, von denen schon vor langer Zeit der cremefarbene und grüne Anstrich abgeblättert war. Die Einrichtung bestand nur aus einer schmalen harten Pritsche, auf der ich lag, einem an der Wand befestigten Tischchen gleich daneben und einer alten Toilette in der Ecke. Irgendwo in der Nähe fielen träge Wassertropfen zu Boden.

Sonnenschein bemalte den Boden in dem breiten Gang hinter Edwins lächelndem Gesicht.

Irgendwo in der Nähe krächzten riesige Vögel.

Ich war also nicht im Untergrund.

Meine Gedanken wirbelten wild durcheinander. Bedeutete das, dass Edwin doch der Anführer dieser Elfengruppe in New Orleans war? So musste es sein – mein Gehirn konnte keine andere vernünftige Erklärung finden. Aber mein dröhnender Schädel und meine nebligen Erinnerungen deuteten darauf hin, dass mein Gehirn derzeit nicht so richtig funktionierte.

»Willst du gar nichts sagen?«, fragte Edwin. »Vielleicht bist du noch total durcheinander von diesem Schlag, der dich am Hinterkopf getroffen hat. Der war ganz schön hart, habe ich gehört. Ein Mensch hätte den nicht überlebt. Aber ihr Zwerge habt stabile Knochen. Ihr seid wie Kakerlaken mit hartem Panzer.«

»Wo sind meine Freunde?«, fragte ich endlich mit heiserer Stimme.

Edwin zeigte auf ein Glas Wasser auf dem kleinen Tisch neben der quietschenden Pritsche. »Du hast sicher Hunger. Und bist total erschöpft. Ich lass dir etwas zu essen bringen, und wenn du dann wieder bei Verstand bist, können wir reden, Greg. Es überrascht dich vielleicht, aber du hast mir wirklich gefehlt. Du warst einmal mein bester Freund, ob du es glaubst oder nicht. Wie auch immer ...«

Er drehte sich um und lief davon, als wäre es gefährlich, noch länger bei mir zu bleiben.

»Warte ...«, versuchte ich zu rufen, denn ich hatte so viele Fragen, aber meine Stimme war nur ein heiseres Krächzen und kaum lauter als ein Flüstern.

Er war schon verschwunden.

Ich schloss die Augen und ließ mich wieder auf die Pritsche sinken. Mein Kopf dröhnte vor Schmerz. Der Hinterkopf fühlte sich an, als hätte ich dort eine Wunde. Ich fuhr mir mit den Fingerspitzen über den Schädel. Meine Haare waren verklebt von getrocknetem Blut.

Aderlass?, fragte ich noch einmal. *Carl? Wo steckst du?*

Schweigen.

Entfernung war bei unserem telepathischen Kontakt noch nie ein Thema gewesen. Aber ich hatte mich seit unserer ersten Begegnung auch nie weiter als fünf oder sechs Meilen von meiner Axt entfernt. Wie weit entfernt war ich also jetzt? Wo war ich? Wo war die Axt? War mit Aderlass alles in Ordnung? Es kam mir absurd vor, mir um das Wohlergehen einer Axt Sorgen zu machen. Vor allem, da ich noch immer nicht wusste, was mit meinen Freunden passiert war. Was überhaupt passiert war.

Carl, sag mir, dass es allen gut geht. Was ist passiert? Warum antwortest du nicht?

Da lag ich nun in meiner Zelle und wartete auf eine Antwort.

Aber es gab nur Stille.

27

Al Capone und ich haben noch eine Gemeinsamkeit

Ich weiß nicht genau, wann ich wieder eingeschlafen bin, aber sicher war es nur wenige Sekunden später.

Denn sonst wären meine vielen wirbelnden Gedanken und Fragen außer Kontrolle geraten, trotz meiner wahrscheinlichen Gehirnerschütterung, und hätten Schlaf unmöglich gemacht. Einige Zeit später erwachte ich wieder, und Panik und Sorgen und Fragen brachen über mich herein, als ob ein mentaler Damm gebrochen wäre. Ich weiß nicht, wie viel Zeit vergangen war. Es konnten zwei Stunden oder genauso gut zwei Tage sein. Aber darüber machte ich mir erst mal keine Gedanken. Als ich mich aufsetzte, kamen mir einige Erkenntnisse (manche waren überraschend, andere lagen auf der Hand).

1. Ich befand mich mitten in einer so schweren Panikattacke, dass ich kaum Luft bekam, weil ich mir solche Sorgen um das Schicksal meiner Freunde machte. Schließlich hatte Mondspuk mir bei diesem Einsatz schon gezeigt, was es für ein Gefühl wäre, sie zu verlieren.
2. Nicht zu wissen, wo ich war oder was hier vor sich ging,

war fast so quälend wie der körperliche Schmerz, der noch immer in meinem Schädel wütete.

3. Ein Teil von mir war erleichtert, geradezu glücklich, da ich nun wusste, dass Edwin noch lebte und dass es ihm offenbar gut ging.
4. Aber die Erleichterung wurde überlagert von der Besorgnis, dass Edwin wirklich der geheimnisvolle Anführer der Elfen sein könnte, die Stoney gefangen genommen und seine Mitgefangenen gefoltert hatten und die jetzt angeblich etwas Furchtbares und Vernichtendes planten. Dieser besorgte Teil von mir fand es leichter, mit der Nachricht umzugehen, dass er als guter Elf gestorben war, als feststellen zu müssen, dass er noch gemeiner war, als ich es jemals für möglich gehalten hätte.

Eines wusste ich immerhin: Ich wurde überwacht. Denn kaum war ich wach geworden, da brachte mir ein Elf in mittleren Jahren, der Jeans und einen Kapuzenpulli trug, etwas zu essen, wie von Edwin versprochen. Er stellte das Tablett auf den Boden und schob es durch den schmalen Spalt unter der Zellentür.

Er verzog bei meinem Anblick angeekelt den Mund, als ob ich ein Haufen Schlamm wäre. Dann machte er kehrt und ging ohne ein Wort davon, und seine Schritte hallten in dem gewaltigen Gang wider.

Andere Stimmen oder Geräusche waren nicht zu hören. Was immer das hier für ein Gefängnis sein mochte, ich schien der einzige Insasse zu sein.

Auf dem Plastiktablett fand ich eine lauwarme Portion Spaghetti aus der Dose, ein paar Scheiben Weißbrot und ein Snickers vor. Ich verzehrte alles hastig und sah großzügig darüber hinweg, dass die Mahlzeit kein Fleisch enthielt. Ohne Fleisch war es für mich natürlich gar keine richtige Mahlzeit, aber Not kennt kein Gebot. Schon gar nicht in Gefangenschaft.

Nach dem Essen nutzte ich meine stille Isolation, um meinem knurrenden Magen zu lauschen und mir immer größere Sorgen um meine Freunde und meine Axt zu machen. Was, wenn sie den Friedhof nicht lebend verlassen hatten? Vielleicht hatte Edwin sie ebenfalls gefangen genommen, ihr Leben dann aber nicht geschont? Oder vielleicht hatte ich alles falsch verstanden und die Lage war gar nicht so hoffnungslos, wie sie aussah? Vielleicht war das alles ein Traum und ich lag noch immer auf dem Friedhof, bewusstlos oder Schlimmeres?

Dieses viele Vielleicht trieb mich fast in den Wahnsinn.

Endlich kam Edwin zurück, wie er angekündigt hatte.

Es konnte zwanzig Minuten oder zwei Stunden nach dem Essen sein, ich wusste es nicht. Ich hatte inzwischen festgestellt, dass der einsame Aufenthalt in einer kleinen Zelle das Zeitgefühl ruiniert.

Edwin wurde flankiert von bewaffneten Wachen.

»Wenn ich dich rauslasse und wir einen Spaziergang machen, darf ich davon ausgehen, dass du keine Dummheiten machst?«, fragte er. »Oder muss ich die Ketten holen?«

Seine blauen Augen glichen funkelnden Edelsteinen, als er mich anstarrte.

Überraschenderweise irritierte es mich nicht besonders, dass mein Freund soeben vorgeschlagen hatte, mich wie einen gewalttätigen Verbrecher in Ketten zu legen. Ich konnte ihm da eigentlich auch keinen Vorwurf machen. Für ihn war ich vermutlich noch immer der durchgeknallte Zwerg, der vor nichts zurückschreckte, um seinen Freunden und seiner Familie zu helfen – sogar, wenn es andere verletzte (oder, wie im Fall seiner Eltern, das Leben kostete).

Ich an seiner Stelle hätte mir auch gut überlegt, ob ich die Ketten wirklich weglassen konnte.

Ich schüttelte den Kopf, um zu bestätigen, dass ich keine Dummheiten machen würde, und es war auch so gemeint. Ich wusste ja noch immer nicht, wo ich überhaupt war. Außerdem war ich unbewaffnet und durcheinander, hatte furchtbare Kopfschmerzen und seit mindestens vierundzwanzig Stunden kein Fleisch mehr gegessen. Ich war absolut nicht in der Lage, es mit vier elfischen Wachen aufzunehmen (so als Minimum).

Edwin spürte wohl, dass ich es ehrlich meinte, denn er nickte und gab den Wachen einen Wink, die Zelle zu öffnen. In der Ferne hallte ein elektronisches Summen wider, und das Schloss sprang mit einem metallischen *Klonk* auf. Die Zellentür krächzte in ihren alten Metallangeln.

»Na, dann los«, sagte Edwin.

Ich folgte ihm durch einen mindestens hundert Jahre alten Gefängnistrakt voller leerer Zellen. Wir stiegen eine Metalltreppe hoch und Edwin sagte noch immer nichts. Die Wachen blieben gut drei Meter hinter uns, aber sie ließen mich nicht aus den Augen.

Endlich traten wir auf eine Art Hof aus Beton, der im hellen Sonnenlicht lag. Ich nahm sofort den würzigen Salzwassergeruch eines Meeres wahr, während sich meine Augen an das Licht gewöhnten. Auf dem anderen Ufer eines weiten, glitzernden Gewässers ragte die Silhouette einer Stadt auf, die sich über weit verstreute Hügeln erstreckte, mit einer modernen erleuchteten Innenstadt an der Spitze einer Halbinsel. Der Anblick kam mir vage bekannt vor, aber ich konnte ihn nicht sofort zuordnen. Ich schaute mich zu dem Gefängniskomplex um, der von außen genauso uralt aussah wie von innen. Unter uns schlugen schäumende Wellen gegen ein felsiges Ufer. Zu meiner Rechten ragte vor dem Hintergrund eines endlosen Ozeans eine gewaltige rotorange Brücke auf. Die erkannte ich sofort von Fotos her.

Die Golden Gate Bridge.

Was bedeutete, dass es sich bei der Stadt auf dem gegenüberliegenden Ufer um San Francisco handelte.

Und dass ich mich auf der Insel Alcatraz befand.

Ich war noch nie hier gewesen, aber dies war vermutlich Amerikas bekanntestes Gefängnis. Es war in mehreren Actionfilmen aufgetaucht, die ich allein in unserem Wohnzimmer gesehen hatte, an den vielen Wochenenden, wenn mein Vater auf Magie-Expedition ausgezogen war. Ich wusste nicht sehr viel über dieses Gefängnis, nur dass es alt war, mindestens hundert Jahre, und dass es seit langer Zeit nicht mehr als Gefängnis genutzt wurde – vermutlich seit den Achtzigerjahren des 20. Jahrhunderts, oder noch länger. Soweit ich wusste, war es jetzt eher ein Museum, eine Touristenattraktion. Edwin hatte mir in der sechsten Klasse einmal davon erzählt, nachdem er dort mit seinen Eltern bei einer elitären, nur für geladene Gäste zugänglichen Kunstausstellung gewesen war.

»Gefällt dir meine neue Festung?«, fragte Edwin grinsend.

»Wie hast du das geschafft?«, fragte ich und meine Gedanken wirbelten wieder durcheinander.

Wie schaffte man es, noch dazu als Jugendlicher, ein riesiges Gefängnis und eine der bekanntesten historischen Stätten des Landes unter seine Kontrolle zu bringen?

»Wie du weißt, war ich der einzige Erbe des gewaltigen Vermögens meiner Eltern«, sagte Edwin. »Und buchstäblich *alles* ist käuflich. Vor allem jetzt, wo die Welt langsam im Chaos versinkt. Die Gesellschaft ächzt in allen Fugen, Greg. Es ist wirklich beängstigend.«

Ich nickte. In dem Punkt waren wir immer noch einer Meinung.

Aber die eigentliche Frage war noch immer: War Edwin zum Teil dafür verantwortlich? Plante er wirklich etwas, das die Vernichtung der modernen Welt beschleunigen würde? Oder bestand noch Hoffnung, dass wir uns zusammentun könnten (wie wir das früher gemacht hätten), um zu versuchen, die Sache wieder in Ordnung zu bringen? Ich hätte ihm verzweifelt gern diese Fragen gestellt, aber wahrscheinlich konnte ich mehr in Erfahrung bringen, wenn ich ihn nicht sofort verhörte. Schließlich war ich sein Gefangener, also hatte er mich in der Hand. Wenn er wirklich so grausam war, dann hatte ich vielleicht Glück, dass ich überhaupt noch lebte. Vor allem, wenn er noch immer so verbittert und rachsüchtig war wie bei unserer letzten Begegnung.

Wir lehnten uns beide an ein Geländer und schauten über die Bucht hinüber auf die ausgedehnte Stadt, die das Herz des modernen technologischen Zeitalters darstellte. Ein Herz, das sehr bald zu schlagen aufhören würde – sobald die Magie vollständig zurückgekehrt war. Die in aller Welt immer häufiger auftretenden Stromausfälle hatten bereits bewiesen, dass eine der Zwergentheorien korrekt war: Die Magie würde der Technik, so, wie wir sie kannten, ein Ende setzen. Jegliche elektronischen Geräte, alle Maschinen, alles mit beweglichen Teilen, die von einer Batterie oder einem Treibstoff angetrieben wurden, würde im neuen Magischen Zeitalter nicht mehr funktionieren.

»Du scheinst ...«, fing ich an, aber dann verstummte ich. Edwin musterte mich aus dem Augenwinkel heraus. »Es wundert mich, dass du nicht mehr wütend auf mich bist.«

Ich dachte daran, wie er mich einige Monate zuvor auf der Navy Pier angesehen hatte. Dieser ätzende Blick voller Hass. Verrat. Aus seiner Sicht hatte ich sein gesamtes Leben ruiniert. Und in gewisser Hinsicht hatte ich das wohl auch. Immer wenn ich an die Ereignisse von damals dachte, brannte mein Magen, als ob er in Flammen stünde.

»Zeit hilft«, sagte Edwin. »Wenn etwas droht, deine Welt zu zerstören, kannst du es entweder zulassen, oder du kannst aufstehen und dir die Welt neu aufbauen. Nach einer Tragödie müssen wir weitergehen, statt uns darin zu suhlen.«

»Du hattest schon immer das Herz eines Dichters«, scherzte ich.

»Halt die Klappe, du Gwint«, sagte Edwin, aber er grinste dabei. »Aber ich sollte dich wohl besser nicht mehr so nennen, was? Zumindest, wenn wir höflich bleiben wollen. Was ich natürlich möchte. Schließlich wusste ich gar nicht, dass dieses Wort eine solche Beleidigung ist.«

Und in diesem Moment glaubte ich ihm. Als ich sein Grinsen sah, kam ich mir fast wieder vor wie in alten Zeiten. Als ob wir noch immer beste Freunde wären. Aber dann verschwand sein Lächeln, und als ich nun in seine ausdruckslose Miene sah, fragte ich mich, ob es überhaupt jemals vorhanden gewesen war.

»Ich bin aber noch immer verdammt sauer, Greg«, gab er nun zu. »Wir sind noch längst nicht quitt. Immerhin ist mir jetzt klar, dass du das alles nicht gewollt hast. Du wolltest nicht, dass meine Eltern sterben. Das ändert natürlich nichts an der Tatsache, dass sie gestorben sind. Aber trotzdem bin ich nicht so gemein, dass ich dir etwas antun würde, wie viele Zwerge glauben. Tatsächlich ist das genaue Gegenteil der Fall. Elfen werden immerzu missverstanden. Die meisten von uns jedenfalls. Und ich möchte, dass du dir das klarmachst, dass du die Wahrheit erkennst, ehe ich mit meinem Plan zur Rettung der Welt weitermache. Denn es wird so aussehen, als ob wir Elfen die Bösen sind. Aber das stimmt nicht. Und es ist leichter für dich, wenn du das hier und jetzt begreifst, ehe das Chaos wirklich losbricht.«

»Worüber redest du eigentlich?«, fragte ich, während der Sonnenschein meinen dröhnenden Schädel malträtierte. »Welchen Plan zur Rettung der Welt?«

Edwin lächelte und schüttelte den Kopf.

»Ich habe schon zu viel gesagt«, antwortete er. »Für den Moment. Ich wollte dir nur klarmachen, dass ich dir nichts tun will. Deine ... *Haft* soll eher deiner Sicherheit dienen als dir Unannehmlichkeiten bereiten. Nicht, dass du das nicht verdient hättest. Aber ich bin nicht rachsüchtig, Greg. Das weißt du.«

Ich seufzte und schaute hinab auf die grünblauen Wellen, die sich unter mir an den Felsen brachen. Er hatte recht, er war nicht rachsüchtig. Edwin war auch noch nie nachtragend gewesen. Er war eigentlich die versöhnungsbereiteste Person gewesen, die ich je getroffen hatte, ehe alles schiefgegangen war.

»Kannst du mir sagen, was in New Orleans passiert ist?«, fragte ich. »Wie bin ich hierhergekommen? Geht es meinen Freunden gut? Warum wollten die Elfen den Mondspuk einfangen? Was hattest du dort zu suchen?«

Ich hatte so viele Fragen.

Abgesehen von der Sorge um meine Freunde und der Frage, warum ich Elfen gesehen hatte, die gegeneinander kämpften, machte ich mir noch immer Gedanken wegen meines Dad. Und jetzt, wo ich Edwin gefunden hatte, hoffte ich, dass er mir wirklich helfen könnte. Doch ich beschloss, das erst einmal für mich zu behalten. Ich sollte Edwin wohl lieber erst zeigen, dass auf mich Verlass war, ehe ich ihn um einen Gefallen bat. Außerdem war ich ja immer noch ein Gefangener, also konnte ich im Moment ohnehin kaum etwas unternehmen, um meinem Dad zu helfen.

»Lauter gute Fragen«, gab Edwin zu und sah mir ins Gesicht. »Einige sind nicht so leicht zu beantworten. Und ich habe nicht für alle befriedigende Antworten. Jedenfalls noch nicht. Ich weiß leider auch nicht, was aus deinen Freunden geworden ist, ich war nämlich selbst gar nicht in New Orleans. Aber mein ranghöchster Offizier war dort, und er hat mir einen vollständigen Bericht erstattet. Ich kann dir nur mitteilen, was er gesehen hat: Deine zwergischen Gefährten versuchten zuerst, den Rückzug anzutreten, blieben dann aber, um nach dir zu suchen. Als er sie zuletzt gesehen hat, kämpften sie noch immer. Aber jetzt muss ich los – wir besprechen den Rest ein andermal. Ich nehme an, du findest selbst zurück in die Zelle?«

Sein Blick wanderte zu den bewaffneten Wachen zu beiden Seiten der Metalltreppe. Ich sah sie an, sie und ihre zu allem bereiten Schwerter.

»Willst du wirklich einfach gehen?«, fragte ich mit wachsendem Frust. »Und du kannst mir nicht sagen, wo du gewesen bist oder warum ich dein Gefangener bin? Du hast gerade Besseres vor?«

»Ja, allerdings«, sagte Edwin kühl. »Ich glaube aber nicht, dass du das im Moment verstehen würdest. Wenn ich dir erst mehr erzählt habe, wirst du begreifen, in was für einer dramatischen Lage wir uns gerade alle befinden. Und begreifst du auch, warum ich gerade sehr viel anderes zu tun habe, als mich mit meinem *ehemals* besten Freund auszutauschen. Jetzt frage ich doch noch einmal: Findest du allein zurück in die Zelle? Oder muss ich dich schreiend und um dich tretend hinschleifen lassen?«

Ich war irgendwas zwischen zornig und frustriert und schüttelte langsam den Kopf. Ich konnte nicht dagegen an, ein kleiner Teil von mir hätte zu gern noch mehr Zeit mit ihm verbracht, einfach, um wie in den alten Zeiten zusammen abzuhängen. Damals, als ich noch nicht gewusst hatte, dass wir von Natur aus Feinde waren.

»Gut«, sagte Edwin und schlug mir auf die Schulter. »Das alles ist ziemlich kompliziert für mich, aber ich bin überrascht, wie schön es ist, dich wiederzusehen. Ich freue mich darauf, bald mehr mit dir zu reden.«

Er machte auf dem Absatz kehrt und lief geräuschvoll die Metalltreppe hinunter, ehe ich noch etwas sagen konnte. Die Wachen sahen mich geduldig wartend an, offenbar hatten sie nichts dagegen, mich noch einige Minuten an der frischen Seeluft zu lassen. So hatte ich mir das Dasein als Gefangener der Elfen wirklich nicht vorgestellt.

Als ich noch einmal über die Bucht zur Stadt hinüberschaute, ertappte ich mich dabei, dass ich mich seltsam … glücklich fühlte. Trotz allem, was hier vor sich ging. Und dafür gab es eigentlich nur eine Erklärung: Edwin hatte recht – es war zwar total kompliziert, aber auch sehr schön, einander wiederzusehen. Ich hatte das Gefühl, plötzlich von einer gewaltigen Last befreit worden zu sein. Als ob ich zum ersten Mal seit Monaten wieder richtig durchatmen könnte.

Ich fand es schrecklich, dass ich dieses Gefühl hatte.

Ich wollte wütender auf ihn sein. Nach allem, was in Chicago und hier passiert war, gab es dafür auch reichlich Gründe. Aber keiner davon änderte etwas daran, wie schön es war, ihn in Fleisch und Blut wiederzusehen – und nicht nur in meinen Albträumen, wo ich immer wieder zusah, wie er ertrank oder starb, verraten und im Stich gelassen, und voller Hass auf seinen ehemals besten Freund.

Und obwohl ich als Zwerg sozusagen allergisch gegen Optimismus war, schenkte mir dieses wiederstrebende Glücksgefühl Hoffnung.

28

Ach, wäre das hier doch bloß ein typischer Superheldenfilm!

Am nächsten Tag überraschte Edwin mich damit, dass er mit Mittagessen und Schachbrett in meiner Zelle auftauchte.

»Zur Erinnerung an alte Zeiten?«, fragte er.

Die Wachen brachten einen kleinen Klapptisch und zwei Stühle herein. Während Edwin die Figuren aufstellte, verzehrte ich meine Mahlzeit: drei fettige Hamburger aus einer lokalen Imbisskette namens In-N-Out. Es waren keine Chicago-Burger (Chicago war einfach die beste Burgerstadt, auch wenn man das nicht laut sagen durfte), aber ich musste zugeben, dass sie trotzdem ganz schön gut waren. Obwohl, die einzigen Hamburger, die mir nicht gut schmeckten, waren welche mit Fleischersatz.

»Ist schon eine Weile her«, sagte ich, schaute das Brett an und überlegte mir meinen ersten Zug, »dass ich mit jemand Gutem gespielt habe.«

Ich hatte Schwarz und sein erster Zug hatte mich kalt erwischt. Es war eine Eröffnung, die er noch nie gewählt hatte, und es war keine von den vier Standarderöffnungen, zu denen fast alle guten Spieler griffen, wenn sie Weiß hatten.

»Geht mir auch so«, sagte Edwin. »Seit unserer letzten Partie hab ich überhaupt nicht mehr gespielt. Ich hatte echt keine Zeit für Schach. Es ist nicht so einfach, eine ganze Elfengesellschaft neu aufzubauen.«

Ich nickte und machte schweigend meinen ersten Zug. Ich wollte vergessen, was passiert war, und so tun, als wären wir noch immer einfach nur Freunde, aber alles, was wir sagten, schien sich auf irgendeine Weise auf den Tod seiner Eltern zu beziehen. Es war auch keine Hilfe, dass er das Thema nach einigen Zügen direkt ansprach.

»Sie haben ihre Leichen nie gefunden, weißt du«, sagte er. »Meine Eltern. Wir haben ihre Leichen in den Trümmern nicht finden können.«

Mein Herz setzte einige Schläge aus. Ihm war garantiert klar, dass ich nicht über seine Eltern sprechen wollte, und er erwähnte sie nur, damit ich mich unwohl fühlte. Damit ich auch etwas von seinem Schmerz verspürte. Dabei tat ich das doch bereits. Unser Wiedersehen am Vortag hatte mir nur bestätigt, dass ich noch immer ein ungeheuer schlechtes Gewissen hatte. Ich hatte Edwin niemals etwas Böses antun wollen. Nicht einmal jetzt.

»Wie kannst du dann sicher sein, dass sie tot sind?«, fragte ich.

»Du meinst, sie würden einfach aus freien Stücken verschwinden und ihr ganzes Reich, alles, wofür sie ihr Leben lang gearbeitet haben, dem Chaos überlassen?«, fragte Edwin. »Dafür kennst du sie zu gut. Meine Eltern haben nichts mehr geliebt als ihr Elfen- und Geschäftsimperium. Vielleicht nicht einmal mich, so schwer es mir auch fällt, das zuzugeben.«

Ich nickte.

Edwin hatte recht. Seinen Eltern waren Geld und Macht wichtiger als alles andere. Wegzulaufen und alles aufzugeben sah ihnen nicht ähnlich.

»Ich habe die Suche irgendwann abgeblasen«, gab Edwin zu. »Zum einen war zu viel zu tun, um so viel Energie in die Suche zu investieren. Es war ohnehin schwer genug, das alles vor der menschlichen Öffentlichkeit zu verbergen. Aber im tiefsten Herzen glaube ich auch, dass ein Teil von mir sie gar nicht finden wollte. Denn das hätte mich dazu gezwungen, mich der Wahrheit zu stellen.«

Ich merkte plötzlich, dass Edwin mir jetzt viel älter vorkam als vierzehn. Er schien in den drei Monaten seit unserer letzten Begegnung um ein Jahrzehnt gealtert zu sein, obwohl seitdem nur ein Geburtstag verstrichen war. Vielleicht wird man schneller erwachsen, wenn man seine Eltern verliert und plötzlich ein ganzes Volk regieren muss (und zwar nicht irgendein Volk, sondern ein reiches, wichtiges und einflussreiches). Bei uns war das ja ähnlich: Meine Freunde und ich verbrachten unsere Freizeit noch immer gern mit allerlei Spielen und Späßen, aber nach den ersten Einsätzen, auf denen wir uns mit Monstern herumschlagen mussten, hatten wir einen Teil dieser unbeschwerten Vergnügungen für immer hinter uns gelassen.

Ich hatte zu Edwins Mitteilungen über seine Eltern nichts zu sagen, und deshalb spielten wir einfach eine Weile lang schweigend Schach. Er spielte eindeutig anders als je zuvor, machte kühle, scheinbar unlogische Züge, die überhaupt nicht den Konventionen entsprachen. Zum Beispiel hatte Edwin beim zehnten Zug seinen König mitten auf dem Brett positioniert (nicht direkt Selbstmord, aber ziemlich unerhört – sogar unter totalen Amateuren). Aber trotz dieses offenkundigen Patzers blieben mir irgendwann nur noch zwei Bauern, während er seinen König hinter einem Turm in Sicherheit gebracht hatte und ein Läufer auf der anderen Seite des Brettes bereitstand.

»Was hast du eigentlich vor, Edwin?«, fragte ich.

»He, bloß, weil ich eine Weile nicht mehr gespielt habe, muss ich dir doch nicht meine Strategie verraten!«

»Nein, ich meine, hier draußen, in Alcatraz«, sagte ich. »Wir Zwerge ... wir verbringen jede wache Minute mit dem Versuch, Menschen und Erde vor dem kommenden Chaos zu beschützen, vor den Monstern, die bereits zurückgekehrt sind. Aber was machst du hier? Gestern hast du gesagt, du wolltest die Welt retten, aber ...«

»Das will ich«, fiel er mir ins Wort. »Und das werde ich auch.«

»Dann hilf uns«, bat ich, endlich zuversichtlich genug, um ihm meine Version eines Ölzweigs anzubieten. »Lass uns unsere Kräfte bündeln und zusammenarbeiten, um die zurückkehrenden magischen Wesen zu bezwingen. Damit sie nicht zu viel Schaden anrichten.«

Edwin schüttelte abweisend den Kopf.

»Nein, das würde nie im Leben funktionieren«, sagte er voller Überzeugung. »Der natürliche Konflikt, der auflodern würde, während wir versuchten zusammenzuarbeiten, würde uns alle von unserem eigentlichen Ziel ablenken. Außerdem sind diese sogenannten Monster-Friedens-Missionen, die ihr da unternehmt, nur kurzfristige Lösungen eines viel größeren Problems. Das ist so, wie unter ein undichtes Dach einen Eimer zu stellen. Natürlich bleibt der Boden erst einmal trocken, aber das Loch, durch das das Wasser hereintropft, wird dadurch nicht behoben – ein Loch, das mit der Zeit immer größer werden wird. Wenn die Magie endlich mit voller Kraft losbricht, werden auch noch so viele trainierte Zwergen und Elfen die Monster nicht daran hindern können, großes Unheil anzurichten. Monster jetzt zu befrieden ist in kleinen Dosen gut und schön, aber an dem größeren Problem ändert man dadurch auf die Dauer nichts. Ich will das Dach reparieren. Oder es ersetzen – durch ein noch besseres.«

»Du hast also einen genialen Plan, der alles perfekt machen wird?«, fragte ich.

»Ja, eigentlich schon«, sagte Edwin. »Und daran arbeite ich hier draußen. Ich bin kurz davor. Sehr kurz. Es gibt nur ein paar ... na ja, ein paar Komplikationen, die wir vorher noch in den Griff bekommen müssen.«

»Und wie sieht dieser Plan aus?«, fragte ich.

»Ganz einfach: Ich werde die Welt noch einmal von aller Magie befreien«, sagte Edwin. »Wie vor langer Zeit die Feen. Und dann wird alles wieder so sein, wie es war, ehe dein Dad das durchsickernde Ysteriös gefunden hat – oder Galdervatn, wie ihr es nennt.«

»Aber das ist doch gar nicht möglich!« Ich brüllte fast vor Ungläubigkeit. »Es kehrt zurück, wir sehen das jeden Tag deutlicher. Es sickert durch die Risse in der Erde, wie Erdgas oder so was. Es lässt sich nicht aufhalten.«

»Wieso bist du da so sicher?«, fragte er herausfordernd.

»Na ja, weil ... ich meine, einen Dampf, ein Gas weltweit an der Rückkehr zu hindern, ist ... na ja, das ist unmöglich.«

»Genauso unmöglich, wie dass jemand sich in einen Bergtroll verwandelt – zumindest dachtest du das, bis du es mit eigenen Augen gesehen hast, stimmts?«

Ich schüttelte den Kopf. Er konnte unmöglich recht haben.

»Das hier ist etwas anderes«, sagte ich. »Dunmor hat mir ja erzählt, wie die Feen die Magie vertrieben haben.«

»Ach, hat er das?«

»Tu nicht so herablassend, Mann.«

»Na gut, dann erzähl es mir«, sagte Edwin. »Was hat Dunmor gesagt?«

»Er hat gesagt, dass sie ein besonderes Amulett oder so was benutzt haben«, sagte ich. »Aber das ist verschwunden, die Feen haben es entweder zerstört oder in einem magischen Wald versteckt, der erst wieder zugänglich sein wird, wenn die Magie zurückgekehrt ist, und dann ist es logischerweise zu spät, sie aufzuhalten.«

Edwin schien darüber nachzudenken und seine Miene war nur schwer zu deuten. Aber dann lächelte er, machte einen weiteren Zug und setzte mich auf eine Weise ins Schach, mit der ich nicht gerechnet hatte. Seine Aufstellung war so chaotisch, es war mir schwergefallen, alle Züge im Auge zu behalten. Und genau das hatte er vermutlich die ganze Zeit vorgehabt: mich mit ungewöhnlich riskanten Zügen abzulenken, während er direkt vor meiner Nase seine eigentliche Angriffsstrategie umsetzte.

»Na gut, von mir aus«, sagte ich und machte irgendeinen Zug – das Spiel schien mir jetzt kaum mehr von Bedeutung. »Nehmen wir mal an, rein theoretisch, dass es eine andere Möglichkeit gibt, die Welt wieder von Magie zu befreien, und dass außer dir niemand davon weiß. Wie soll das gehen? Ich meine, ein so absurder Plan schreit nach einer Erklärung.«

»Das ist hier kein kitschiger Superheldenfilm«, sagte Edwin grinsend. »Ich verrate dir doch jetzt nicht alles, ehe ich es in die

Tat umsetze, und gebe dir damit die Chance, mich aufzuhalten. Du musst mir einfach vertrauen: Ich weiß eine Möglichkeit. Und ich vertraue dir nicht genug, um dir zu sagen, worin die besteht.«

Ich wollte eigentlich verletzt und beleidigt sein. Aber im tiefsten Herzen konnte ich ihm keinen Vorwurf machen. Warum sollte er mir vertrauen? Ich an seiner Stelle würde das auch nicht tun. Angenommen, Edwin schilderte mir seinen Plan und ich könnte auf irgendeine Weise entkommen. Würde ich dann wirklich zurück nach Chicago gehen und niemandem erzählen, was Edwin vorhatte, weder dem Rat noch sonst irgendwem?

Natürlich würde ich es ihnen sagen, vor allem, wenn es derselbe Plan war, von dem Stoney gesprochen hatte. Denn auch ich hatte kein volles Vertrauen mehr zu Edwin – jedenfalls nicht so wie früher. Er behauptete, die Welt retten zu wollen, aber konnte ich mich wirklich darauf verlassen, dass das der Fall war? Und selbst wenn er aus den reinsten Motiven handelte: War es wirklich richtig, die Magie ein weiteres Mal zu vertreiben? Oder könnte das die Sache auf irgendeine Weise noch schlimmer machen, jetzt, wo es schon so weit gekommen war?

»Weißt du, Edwin«, sagte ich, »mein Dad hat mir erzählt, dass nur eine Rückkehr der Magie den Frieden in die Welt bringen kann. Sagen wir, du kannst ihre Rückkehr wirklich verhindern. Wie kannst du so sicher sein, dass es das Richtige ist? Bitte vergiss nicht, mein Dad war einer der wenigen, die ihre Wiederkehr überhaupt korrekt vorhergesagt haben. Bist du sicher, dass er sich irrt mit seiner Theorie, dass sie Frieden bringen wird und keine Zerstörung?«

»Definitiv«, sagte Edwin mit solcher Zuversicht, dass ich ihm fast geglaubt hätte.

Er machte seinen nächsten Zug und nun wusste ich, dass ich bei dieser Partie keine Chance mehr hatte. Als Zeichen der Kapitulation legte ich meinen König hin. Edwin grinste, aber Sekunden später wurde er wieder ernst.

»Was hat uns denn die Rückkehr der Magie bisher gebracht?«, fragte er.

»Na ja, klar, zuerst ist es schwierig, bis wir herausgefunden haben, wie wir sie zum Allgemeinwohl nutzen können.« Meine Antwort klang nicht gerade überzeugend, nicht einmal für mich selbst.

»Jetzt redest du wie ein Elf, Greg«, sagte Edwin mit scharfer Stimme. »Wie meine Eltern. Immer bereit, *kleines Elend* im Dienste einer größeren Sache zu ignorieren. Aber ich will dir sagen, was die Magie wirklich mit sich bringt: Tod und Zerstörung. Schon jetzt hat ihre Rückkehr zu vielen Toden geführt. In zufälliger Reihenfolge: dem meiner Eltern, unserer Freundschaft, eines uralten Friedensvertrags und wer weiß wie vieler ahnungsloser Menschen, die, ohne es zu wissen, einem gefährlichen fantastischen Wesen über den Weg gelaufen sind. Und sie verwandelt die Welt in eine brutale, postapokalyptische Höllenlandschaft, die von noch mehr magischen Monstern bevölkert ist.«

Es fiel mir schwer, zu widersprechen. Deshalb tat ich es nicht.

»Die Magie muss weg«, erklärte Edwin. »Zum Besten aller lebenden Wesen. Sie noch einmal zu vertreiben wird die Welt retten, ob du das nun zugibst oder nicht. Dein Dad ist eine hochbegabte, sympathische und umwerfende Persönlichkeit,

Greg. Ich habe ihn immer gemocht, auch wenn er ein Zwerg ist. Oder vielleicht gerade deshalb. Aber das heißt nicht, dass er sich nicht auch irren kann. Er ist nicht perfekt. Das ist niemand.«

Ich nickte.

Edwin hatte abermals recht. Aber ich glaubte noch immer an die Vision meines Dad. Dass Magie die Welt vereinen und Frieden schaffen könnte. Doch die Tatsache, dass ich an ihn glaubte, bedeutete nicht, dass er *wirklich* recht hatte. Er konnte sich durchaus irren. Dann wäre mein fast blindes Vertrauen zu meinem Dad entlarvt als naive Bewunderung eines Sohnes für seinen Vater.

Dass ich meinen Dad nicht danach fragen konnte, machte es noch schlimmer. Ich hatte es nicht weniger als ein Dutzend Mal versucht, aber das hatte nur zu immer absurderen *Körnchen der Wahrheit* geführt, das letzte war: *Frieden ist wie Erbsen. Sie sind klein und grün und können im Handumdrehen zu Matsch werden. Aber ich esse sie am liebsten mit Käse überbacken. Und wenn ich Stiefel mit roten Schnürsenkeln trage. Cowboystiefel mit Schnürsenkeln.*

»Wo wir schon von meinem Dad sprechen«, sagte ich, denn jetzt schien mir eine gute Gelegenheit für die Frage zu sein, die mich überhaupt erst hergebracht hatte. »Er ist … na ja, ich habe das Gegenmittel für dieses Gift gefunden. Da, wo du gesagt hattest.«

»Ich habe gemerkt, dass nichts mehr da war, als ich wieder im Haus meiner Eltern war«, sagte Edwin. »Es sei dir gegönnt.«

Ich wusste nicht, ob das Sarkasmus war oder nicht, und vermutlich war das auch egal.

»Jedenfalls, das Gegenmittel oder das Gift oder irgendwas hatte eine Nebenwirkung«, sagte ich. »Er ist nicht mehr derselbe. Er ist ein bisschen verrückt geworden. Diesmal wirklich. Und ich hoffte, dass ... na ja ...«

»Ich soll dir helfen?«, erbarmte sich Edwin und vollendete meinen Satz. »Dir Zugang zu uralten Elfenbüchern über Zaubertränke und Gift und so was gewähren? Dir helfen herauszufinden, was mit ihm los ist? Meinst du das?«

Ich nickte.

»Es könnte der Schlüssel zur Wahrheit hinter der Magie sein«, sagte ich. »Wenn er wirklich wieder zu Verstand käme, könnte er uns erzählen, warum Magie seiner Meinung nach Frieden bringt und nicht Zerstörung, wie du behauptest.«

»Warum sollte ich dir helfen?«, fragte er. »Du hast deinen Dad noch. Meinst du nicht, ein verrückter Dad ist immer noch besser als gar keiner?«

Die offenkundige Antwort war Ja. Aber er würde mir sicher nicht zuhören, wenn ich zu erklären versuchte, dass die Heilung meines Dad nichts mehr mit seinen Eltern zu tun hatte – und dass das also kein Grund sein dürfte, seine Hilfe zu verweigern.

»Wenn du es nicht für mich tust, tu es für ihn«, sagte ich endlich.

Edwin zuckte mit den Schultern. »Ich glaube nicht, dass ich da etwas tun kann«, sagte er. »Ich habe wichtigere Probleme. Ich habe wirklich keine Zeit, alte Bücher über noch ältere Elixiere zu lesen.«

»Du weißt also nicht, was mit ihm los ist?«, fragte ich.

»Nein, warum sollte ich?«, erwiderte Edwin. »Ich habe mich nie mit dem Kram meiner Eltern beschäftigt. Und ich interessiere mich nicht für uralte Gifte, die anderen schaden sollen.«

Er erhob sich und winkte den Wachen, Tisch und Schachspiel wegzubringen. Dann ging er zur offenen Zellentür.

»Vielleicht gibt es hier oder in New Orleans einen Elfendoktor oder einen Alchemisten, der weiß …«, fing ich an, aber er fuhr in der Zellentür herum und brachte mich mit einer Handbewegung zum Schweigen.

»Ich werde keinerlei Ressourcen von meinem eigentlichen Ziel abzweigen, Greg, es tut mir leid«, sagte er. »Hör mal, unser Plausch hat mir gefallen, aber ich werde jetzt erst mal ein paar Tage unterwegs sein. Vielleicht auch länger. Ich sorge dafür, dass du zu essen und zu trinken bekommst. Und ich werde jemanden schicken, der ab und zu mit dir rausgeht, damit du frische Luft schnappen kannst und mal die Sonne zu Gesicht kriegst. Behaupte also nicht, ich hätte dich nicht gut behandelt.«

Er drehte sich um und ging, während die Wachen Tisch und Schachspiel wegtrugen. Ich saß niedergeschlagen da – hin- und hergerissen zwischen verschiedenen Gefühlen. Einerseits schien jegliche Hoffnung, mit Edwin zusammen die Welt zu retten, in weitere Ferne gerückt denn je. Vor allem, da sein Plan aller Wahrscheinlichkeit nach unmöglich war und allem direkt widersprach, worauf mein Dad hingearbeitet hatte (solange er noch bei Verstand gewesen war). Aber zugleich hatte ich einen Funken des alten Edwin gesehen, den ich an der PISS gekannt hatte. Obwohl er gesagt hatte, er könne mir bei der Heilung meines Dad nicht helfen, so hatte ich doch unter seinem neuen, bitteren und zynischen Äußeren noch immer Mitgefühl und Güte erkannt. Er war seit dem Tod seiner Eltern zweifellos anders geworden, düsterer, aber er hatte noch immer ein gutes Herz. Ich glaubte nicht, dass er sein Bestreben, die Welt vor dem Absturz in das magische Chaos zu bewahren, vortäuschen könnte oder wollte.

Und zum ersten Mal, vielleicht jemals, wuchs hier der Optimismus eines Zwergs.

29

Wie man einen Zwerg noch schlimmer stinken lässt

Fast zwei Tage lang waren meine Gedanken meine einzige Gesellschaft.

Die Wachen brachten mir jeden Tag die Mahlzeiten, stellten sie mir aber einfach nur hin und holten das leere Tablett dann ohne ein einziges Wort wieder ab. Ich war nicht sicher, was aus Edwins Versprechen geworden war, mich ab und zu an die frische Luft führen zu lassen, aber an diesen beiden Tagen lag ich ohne Lichtblick in meiner Zelle. Zwerge waren ja ohnehin für ihren ziemlich kräftigen Körpergeruch bekannt, und nach fast vier Tagen auf der Pritsche, ohne Dusche oder Kleidung zum Wechseln, erstickte ich langsam an meinem eigenen Gestank.

Zwei Tage sind eine lange Zeit, wenn man mit niemandem sprechen kann. Da ich nicht einmal ein Buch hatte, schlief ich, soviel ich konnte. Aber das hatte seine Grenzen, vor allem auf der kleinen, unbequemen Pritsche, die extra dafür konstruiert war, Verbrechern das Liegen zur Hölle zu machen.

Ich versuchte immer wieder, Aderlass zu rufen. Aber es gab nur mentale Funkstille. Da ich mittlerweile wusste, wie weit ich wirklich von Chicago und New Orleans entfernt war, überraschte mich das nicht mehr so sehr. Ich war nicht sicher, wie unsere telepathische Verbindung funktionierte, aber die Entfernung war vermutlich nicht ganz unwichtig.

An die Alternative wollte ich lieber gar nicht erst denken.

Meine Axt fehlte mir, fast so sehr wie meine echten zwergischen Freunde. Mir war gar nicht klar gewesen, wie sehr ich mich an Aderlass und sein ewiges Geplapper gewöhnt hatte. Aber zugleich hatte seine Abwesenheit auch etwas Befreiendes. Immer wieder daran erinnert zu werden, dass in meiner Zukunft ein letztes Gefecht wartete, dass es mein Schicksal war, meine Feinde im Kampf zu besiegen, war gelinde gesagt anstrengend. Eine Stimme im Kopf zu haben, die im Namen von Gerechtigkeit und Rache Gewalttaten verlangte, war eine düstere Bürde. Natürlich wusste ich, dass mir irgendeine Auseinandersetzung bevorstand, aber wenn Aderlass mich nicht jeden Tag mehrmals daran erinnerte, konnten meine Gedanken für seltene, flüchtige Augenblicke so tun, als wäre das nicht der Fall.

Es war ein schönes Gefühl, auf Frieden zu hoffen, statt mich auf Konflikte vorzubereiten – selbst wenn sie aller Wahrscheinlichkeit nach am Ende doch auf mich zukamen.

Aber die meisten meiner wachen Stunden sorgte ich mich um meine Freunde. Waren sie lebend aus New Orleans herausgekommen? Waren sie wieder in Chicago? Waren sie in Gefangenschaft geraten, oder waren sie verletzt worden oder Schlimmeres, weil sie dort geblieben waren und mich gesucht hatten? War ich am Ende vielleicht auch noch für ihren Tod verantwortlich (wie Mondspuks grüner Nebel es mir gezeigt hatte)? Sollte ich mich offiziell in Sensenmann, Herr des Todes, umbenennen?

In helleren Momenten lenkte ich mich von meinem Kummer ab, indem ich daran dachte, was Edwin gesagt hatte.

Ich grübelte, ob er recht haben könnte. Vielleicht wäre es besser für uns alle, wenn alles wieder so würde, wie es vor der Entdeckung von Galdervatn gewesen war. Die Zwerge waren zwar zu relativer Armut verurteilt gewesen (nicht, dass uns das etwas ausgemacht hätte), während die Elfen ihre Überredungs- und Manipulationskünste genutzt hatten, um einen Großteil des Reichtums auf der Welt an sich zu reißen. Aber wenigstens war der Planet nicht von Monstern und magischen Kriegen bedroht gewesen, die wer weiß wie vielen den Tod bringen würden.

Vielleicht hatte mich die magische Kraft von Aderlass und seiner Rachsucht für die Realität blind gemacht? Ohne die Axt an meiner Seite kam mir alles viel komplexer und unklarer vor. Ich war nicht mehr sicher, was richtig war und was falsch. Bisher hatte Aderlass mich meistens davon überzeugt, dass er recht hatte, egal, wie. Das machte vieles in gewisser Weise leichter, aber vielleicht nicht immer *richtig*. Zum Beispiel hatte Aderlass mir eingeredet, dass die Rückkehr der Magie etwas Gutes wäre. Dass sie den Zwergen helfen würde, die Elfen endlich in ihre Schranken zu weisen. Oder so ähnlich. Was sich nicht so sehr davon unterschied, was mein Dad gepredigt hatte, ehe er den Verstand verlor. Aber in der Version meines Dad würde Magie alle vereinen und der Welt Frieden bringen, zum ersten Mal seit … na ja, so ungefähr zum allerersten Mal.

Wie ich es auch betrachtete, ich war davon überzeugt gewesen, dass die Rückkehr der Magie im Grunde etwas Gutes war.

Jetzt musste ich mich fragen, ob das wirklich stimmte. War die Rückkehr der Magie, die ja auch Monster und vielleicht einen neuen magischen Krieg mit sich brachte, diesen Preis wirklich wert? War das für die Welt wirklich gut?

Trevor Sturmbauch war nicht mehr der Trevor Sturmbauch von früher, deshalb konnte er auch niemandem sagen, wie Magie möglicherweise Frieden schaffen konnte, statt ihn zu gefährden. Immer wenn ich versucht hatte, ihn danach zu fragen, hatte das einen weiteren Anfall von Irrsinn ausgelöst. Als wäre die Frage ein Trigger.

Aber im tiefsten Herzen hatte ich noch immer Vertrauen zu meinem alten Dad und seiner Vision für die Welt. Aber wenn ich dafür kämpfte (unter der Voraussetzung, dass ich hier jemals wieder herauskam), würde sich vielleicht herausstellen, dass er sich geirrt hatte. Wenn *Friede durch Magie* unmöglich war, wie Edwin behauptete, dann kämpfte ich für eine Zukunft, in der wir uns bis zum Ende aller Zeiten gegen entsetzliche Monster verteidigen müssten (oder zumindest so lange, bis die Magie allem Leben auf Erden ein Ende setzte, wie die Feen einst vorhergesagt hatten).

Konnte ich dieses Risiko wirklich eingehen?

30

Ich werde wie ein Hund Gassi geführt (allerdings ohne Leine)

Irgendwann an meinem dritten oder vierten Tag in Gefangenschaft tauchte vor meiner Zellentür eine Elfe in ungefähr meinem Alter auf.

»Ich soll mit dir ... na ja, mal an die Luft gehen oder so«, sagte sie verlegen. »Nicht, dass du ein Haustier wärst oder so ...«

Ich musste tatsächlich lachen. Weniger, weil es witzig war, dass sie mich mit einem Hund verglich, den sie Gassi führen sollte, sondern eher vor lauter Erleichterung, dass zum ersten Mal seit Tagen ein anderes Lebewesen mit mir redete.

»Bitte«, sagte ich, stand von der Pritsche auf und ging auf die Gitterstäbe zu. »Ich möchte so gern mal hier raus. Von mir aus an der Leine, ist mir egal.«

Sie lachte nicht über meinen Witz, sondern trat einige Schritte zurück und hielt sich den Ärmel vors Gesicht.

»Äh, vielleicht lass ich dich zuerst von den Wachen in den Duschraum bringen«, sagte sie durch ihren Hemdärmel.

Nachdem ich geduscht hatte (in einem antiken und unheimlichen Gefängniswaschraum), wurden mir saubere Kleider gebracht. Ich zog Jeans und ein lila *Star Wars*-Sweatshirt mit einem Aufdruck an, der aussah wie aus den Siebzigerjahren.

Bald darauf kam die junge Elfe zurück. Sie hatte ihre langen dunklen Haare zu einem unordentlichen Knoten gebunden, aus dem etliche wilde Strähnen wie Tentakel herunterhingen, hatte hellbraune Haut und war groß, jedenfalls größer als ich. Sie trug eine enge grüne Hose und ein überdimensionales grünes Sweatshirt, das sie umhüllte wie ein Kleid. Irgendwie kam sie mir bekannt vor, aber ich wusste nicht so recht, wieso.

»Fertig?«, fragte sie.

»Rieche ich jetzt besser?«, fragte ich.

»Ein bisschen.«

Ich lachte, obwohl ich unsicher war, ob das wirklich ein Witz gewesen war. Die Zellentür sprang auf und die Elfe winkte mich zu sich heraus. Mir war fast schwindelig vor Aufregung, weil ich endlich meine Zelle verlassen konnte. Vielleicht hüpfte ich sogar etwas, als ich ihr durch die leeren Gänge des Gefängnisses folgte.

»Keine Wachen?«, fragte ich, als mir aufging, dass wir allein waren.

»Meinst du nicht, ich kann auf mich selbst aufpassen?«

»Das habe ich nicht gesagt …«

»Aber angedeutet«, sagte sie mit vielsagendem Grinsen. »Außerdem, sagen wir, du greifst mich an und kannst mich besiegen und abhauen. Wohin fliehst du dann? Wir sind hier auf einer Insel.«

Ich zuckte mit den Schultern. Sie hatte nicht ganz unrecht.

Wir gingen weiter und kamen durch einen Raum, in dem einige Elfen ihre Bogensehnen spannten. Sie schauten kurz auf und wirkten bei meinem Anblick eher überrascht als abgestoßen oder wütend.

Endlich waren wir draußen auf der Gefängnisinsel. An den Wanderwegen aus Beton gab es Sockel mit historischen Informationstafeln für die Touristen, die zu der berühmten Insel anscheinend keinen Zutritt mehr hatten.

»Und wohin jetzt?«, fragte ich.

»Entscheide du«, sagte die Elfe. »Das hier ist dein Freigang.«

Ich schaute mich um. Auf dem alten Gefängnisdach waren mehrere Elfenwachen postiert. Andere liefen zielstrebig durch das Gelände, auf dem Weg von oder zu einer Besprechung, als ob sie alle mit etwas Wichtigem beschäftigt wären. Und nach allem, was Edwin gesagt hatte, waren sie auch mit etwas Wichtigem beschäftigt: die Magie von der Erde zu vertreiben.

Einige der vorübergehenden Elfen starrten mich an. Manche verzogen das Gesicht oder schnitten Grimassen. Aber die meisten beschränkten sich auf einen neugierigen Blick.

»Wie heißt du eigentlich?«, fragte ich schließlich. »Oder darf ich das nicht fragen?«

Sie lachte. Es klang melodisch, fast wie von einem seltsamen Instrument, das noch erfunden werden musste.

»Warum solltest du das nicht dürfen?«, fragte sie zurück.

»Na ja, ich dachte, weil ich ein Gefangener bin oder so.«

»Das heißt ja nicht, dass Höflichkeit und Anstand aufhören«, sagte sie. »Lixiss Lurora.«

»Hä?«

»So heiße ich«, sagte sie. »Meine Freunde nennen mich Lixi. Aber du kannst mich Eure Elfische Hoheit die große und strahlende Prinzessin Lurora nennen. Bis auf Weiteres.«

Alles, was sie sagte, hatte einen ironischen Unterton – als ob sie sich die ganze Zeit über sich selbst lustig machte (und über mich). Als ob ich nichts wörtlich nehmen dürfte. Es war vollkommen ungewohnt, nachdem ich in den vergangenen Monaten fast nur mit Zwergen zusammen gewesen war – Zwergen, die kaum zu irgendwelchen Untertönen fähig waren, im Guten wie im Bösen.

»Äh, na gut. Weißt du meinen Namen?«

»Wieso, glaubst du, du bist berühmt oder so?«, fragte sie. Wieder machte sie sich mit einem Grinsen über mich lustig, statt beleidigt zu sein.

»Na ja, irgendwie schon«, sagte ich. Schließlich hatte ich kürzlich entdeckt, dass ich wirklich berühmt war (in Zwergenkreisen jedenfalls). »Als einziger Gefangener in diesem riesigen Gefängnis bin ich doch eindeutig etwas Besonderes!«

»Komm schon, Greg«, sagte Lixi trocken. »Du hast nur eine Stunde, also setz dich lieber in Bewegung, wenn du dir die Füße vertreten willst.«

Ich befolgte ihren Rat und ging drauflos. Da ich noch nie auf Alcatraz gewesen war (oder überhaupt an der Westküste), wusste ich nicht, wohin. Deshalb wanderte ich ziellos am Rand des Gefängnisgeländes entlang und sog die Sonne, den Anblick der Bucht und die frische Meeresbrise in mich auf. Ich genoss es einfach, mich durch einen Raum bewegen zu können, der größer war als eine Besenkammer.

Lixi ließ mich den ersten Teil meines Ausgangs schweigend genießen, abgesehen von den Geräuschen der Vögel und Wellen.

»Also, Eure Elfische Hoheit die große und strahlende Prinzessin Lurora«, sagte ich, als wir auf den alten Exerzierhof des Gefängnisses kamen, und drehte mich zu ihr um. Sie lachte, weil ich ihren »vollständigen Namen« benutzte, aber korrigierte mich auch nicht. »Wieso bist du zum Babysitten abkommandiert worden?«

»Was, wenn ich mich freiwillig gemeldet habe?«, fragte sie.

Meine Wangen wurden heiß und ich wandte mich ab.

»Natürlich habe ich das nicht«, sagte sie nun und sofort kam ich mir blöd vor, weil ich mich kurz geschmeichelt gefühlt hatte. »Edwin hat mich um einen Gefallen gebeten. Hat gesagt, ich wäre am besten geeignet, weil wir uns schon kennen.«

»Was soll das heißen?«, fragte ich.

»Du erinnerst dich noch immer nicht, oder?«, fragte Lixi und schüttelte den Kopf. »Du bist wirklich so begriffsstutzig, wie Edwin behauptet hat.«

»Ich kapier das nicht, kenne ich dich?«, fragte ich. »Ich meine, du kommst mir irgendwie bekannt vor, aber …«

»Edwin hat immer gesagt, es würde dich total fertigmachen, dass niemand an der PISS dich leiden kann«, sagte sie. »Er hat erzählt, du hast dich deshalb nie beklagt, das sei nicht deine Art, aber er wusste, dass es dir zu schaffen machte. Und er hat immer gesagt, dass du viel mehr Freunde haben könntest, wenn du dir ein bisschen Mühe gäbst. Statt davon auszugehen, dass wir dich alle hassten, hättest du mal mit Leuten aus der Klasse sprechen können, die dich angelächelt haben, oder zumindest nicht wegschauten, wenn es zu Blickkontakt kam … Ohne deine zwergischen Minderwertigkeitskomplexe hättest du fast so beliebt sein können wie Edwin.«

Ich starrte sie stumm vor Verblüffung an. Es stimmte, Edwin hatte mir das die ganze Zeit auf die eine oder andere Weise gesagt. Aber er hatte doch sicher gesehen, was passiert war, wenn ich einen seltenen Versuch unternommen hatte. Ich war einfach von Natur aus nicht so liebenswert wie Edwin – und damit konnte ich sehr gut leben. Wir können nicht alle so charismatisch sein; dann wäre die Welt unerträglich. Ich hatte immer angenommen, dass er mir das alles nur sagte, um nett zu sein und mich zu unterstützen, und nicht, weil er es wirklich ernst meinte.

»Greg, du hast mich ein ganzes Schuljahr lang jeden Tag gesehen«, erklärte Lixi endlich. »Ich war in der sechsten Klasse an der PISS in deinem Englischkurs. Scharfe Soße war unser Lehrer, weißt du noch? Er konnte dich und deine witzigen Sprüche nicht ausstehen. Aber ich habe über all deine lahmen Witze gelacht. Und zwar als Einzige.«

Und nun ging es mir auf.

»Oh Mann«, sagte ich. »Da liefst du unter dem Namen Alexis, oder?«

Lixi lächelte sarkastisch und rahmte ihr Gesicht mit ihren Händen ein.

»Ich dachte immer, du lachst über mich«, sagte ich. »Und nicht über meine Witze. Ich dachte, du hasst mich. Und hältst mich für einen fetten, albernen Nerd, der sich in den Vordergrund spielen will.«

»Das warst du ja auch«, sagte Lixi. »Aber das hat mir gefallen. Es war witzig. Deine tiefsitzende Unfähigkeit, auch nur annähernd cool zu wirken, war irgendwie ... süß. Und das haben mehr Leute so gesehen, als dir wahrscheinlich bewusst ist.«

Ich seufzte.

Stimmte das wirklich? Oder war das ein elfischer Manipulationstrick? Jemandem das Gefühl zu geben, er wird gemocht, um dann zum Todesstoß anzusetzen, wenn er sich öffnet?

Lixi schien mir ehrlich zu sein, aber das würde bedeuten, dass alles, was meiner Meinung nach meine Existenz an der PISS ausgemacht hatte, falsch war. Es würde bedeuten, dass meine gesamten zweieinhalb Jahre vielleicht ganz anders waren. Es würde meine Erinnerungen infrage stellen.

Und sie könnte tatsächlich recht haben.

Meine Erinnerungen an die PISS könnten durchaus irreführend sein. Wenn ich meine Erfahrungen damals anders gedeutet hätte, weniger zynisch, wie jemand, der hofft, Freunde zu finden, und nicht wie jemand, der ohnehin sicher ist, dass alle ihn hassen (oder ihn jedenfalls für einen Obertrottel halten), hätte ich dann eine andere Realität sehen können? Vielleicht hätte ich die ganze Zeit viel mehr Freunde haben können?

Ich hatte mit der Einstellung eines echten Zwergs an der PISS angefangen.

Wenn ich mehr so gedacht hätte wie Edwin oder wie mein Dad …

»Mann«, sagte ich.

»Das musst du jetzt erst mal verdauen, was?«, fragte Lixi mit einem Lächeln, das gleichermaßen Mitgefühl und Triumph zeigte. »Ich kenne eine Menge Leute, die gern mit dir und Edwin abgehangen hätten. Und mit euch den komischen Kram gemacht hätten, den ihr so gemacht habt. Sogar mit euch Schach gespielt. Einer hat mal versucht, einen Schachclub zu gründen, in der Hoffnung, dass ihr dann eintretet.«

»Echt? Davon hatte ich keine Ahnung.«

Lixi nickte. »Weil sie zu viel Schiss hatten, um euch direkt zu fragen. Sie dachten, ihr findet sie zu … normal oder so. Zu normal für euch zwei geniale Nerds. Und dass du irgendwie etwas Besseres wärst als sie, weil du clever genug warst, um ein

Stipendium für die PISS zu ergattern. Weil sie ihre Leistungen nicht erarbeitet haben, sondern nur durch das Geld ihrer Eltern dort sind.«

»Ich …« Ich war sprachlos. Hatte ich an der PISS wirklich einen solchen Eindruck gemacht? Hatten mein Frust durch ein paar Mobbing-Erfahrungen und meine zwergischen Tendenzen mich wirklich hochnäsig und überlegen wirken lassen? War ich verbittert gewesen, weil ich die anderen nur als verwöhnte reiche Gören sah, und hatte mich das blind gemacht dafür, wie sie wirklich waren? Edwin hatte immer versucht, mich mehr mit seinen anderen Freunden zusammenzubringen. Und ich hatte fast jedes Mal abgelehnt. Die wenigen Male, wenn ich etwas mit ihnen unternommen hatte, war ich sofort ausgestiegen, sowie jemand über mich zu lachen schien. Aber was, wenn sie mich *angelacht* hatten, so wie Edwin das ja auch machte?

Wenn ich schon bei einer so einfachen Angelegenheit wie meiner Rolle in der Schule unsicher war, wie sollte ich mich dann noch auf irgendetwas verlassen, was ich glaubte? Ich hatte noch nie dermaßen an mir gezweifelt, und es war beängstigend. Wenn wirklich stimmte, was Lixi über mich an der PISS sagte, dann eröffnete das eine überaus erschreckende Möglichkeit:

Was, wenn ich mich in jeder Hinsicht irrte?

31

Berühr nie eine Kiwi, wenn du nicht bereit bist, den Regenbogen zu kosten

Am nächsten Morgen, ehe auch nur der kleinste Sonnenstrahl seinen Weg ins Gefängnis gefunden hatte, schlug eine Wache mit einem Eisenschwert an meine Gitterstäbe.

Ich setzte mich auf und starrte benommen hinaus auf den dunklen Flur. Vor meinem »Zimmer« stand eine Frau in mittleren Jahren, die einen sehr geschäftsmäßigen Hosenanzug trug.

»Tut mir leid, dass ich so früh komme«, sagte sie. »Aber das war die einzige Lücke in meinem Terminkalender.«

Ich murmelte etwas Unzusammenhängendes – ich wusste selbst nicht mal genau, was ich zu sagen versuchte.

»Machen wir es kurz«, erklärte sie und ignorierte mein verschlafenes Gefasel. »Ich habe eine Menge zu tun.«

»Was kurz machen?«, brachte ich heraus, während ich noch immer versuchte, den Nebel eines überraschend tiefen Schlafs abzuschütteln.

»Der Elfenlord Aldaron hat gesagt, du hast ein dringendes Anliegen.«

Der Elfenlord Aldaron? Aber der war doch tot, oder? Was

war hier los? Doch als ich mich dann aufgesetzt hatte und meine Füße auf den kalten Betonboden stellte, fiel plötzlich der Groschen. Sie redete von Edwin Aldaron und nicht von seinem Vater Locien.

»Wer sind Sie?«, fragte ich.

Die Frau seufzte, als fehlte nur noch eine blöde Frage und sie wäre raus aus dem Auftrag.

»Ich bin Dr. Zaleria Yelwarin«, sagte sie steif. »In der Welt der Menschen Leiterin der Inneren Medizin an der Universität von San Francisco und Lehrbeauftragte an der Tulane University School of Medicine. Aber ich bin auch die leitende Alchemie-Beraterin des Elfenlords.«

Einige Sekunden lang war ich total verwirrt. Aber dann begriff ich, warum Edwin sie hergeschickt hatte. Ich verspürte in der Brust einen Stich von schlechtem Gewissen. Schlechtes Gewissen und etwas wie Erleichterung. Wenn Edwin Dr. Yelwarin geschickt hatte, damit sie mir half herauszufinden, was meinem Dad fehlte, dann war er im tiefsten Herzen vielleicht doch immer noch derselbe. Und warum sollte er das tun, wenn er nicht vorhätte, mich irgendwann freizulassen? Wenn er nicht wirklich wollte, dass mein Dad eines Tages wieder gesund wäre?

»Mein Dad hat sich in letzter Zeit komisch verhalten«, fing ich an. »Nicht komisch-lustig, sondern komisch-seltsam. Und beängstigend.«

Sie wandte sich ab und verdrehte die Augen.

»Warten Sie!«, sagte ich und unterdrückte den Drang aufzuspringen. »Das lag an einem Elfengift. Oder an dem Gegengift. Wir wissen nicht, was diesen Zustand verursacht hat oder wie wir meinen Dad heilen können.«

Sie sah mich wieder an, diesmal abwartend. »Und jetzt erwartest du, dass ich einem Zwerg helfe, nach allem, was du unserem ehemaligen Elfenlord und seiner Königin angetan hast?«

»Na ja, ich meine …« Ich hielt inne und überlegte, wie schwierig es war, mit allen Feinheiten zu erklären, was geschehen war. Eine so ausführliche Darstellung würde ihre sichtlich begrenzte Geduld überstrapazieren. Also versuchte ich es mit einer anderen Herangehensweise.

»Haben Sie nicht so eine Art Eid abgelegt?«, fragte ich. »Als Ärztin? Niemanden sterben zu lassen, wenn Sie ihm helfen können?«

»Ein *seltsames und beängstigendes Verhalten* klingt nicht gerade lebensgefährlich«, sagte sie kalt.

»Und warum hat Edwin Sie hergeschickt, wenn nicht, um mir zu helfen?«

Dr. Yelwarin starrte mich an und ihre durchdringenden blauen Augen blinzelten kein einziges Mal. Wirklich kein Mal. Sie brannten wie weiße Flammen, und endlich deutete sie ein Nicken an. Fast, als wäre ihr Hals nur für eine Sekunde müde geworden.

»Was ist mit ihm passiert?«, fragte sie.

Ich fing an zu erklären, wie er vergiftet worden war und wie ich dann zwei mögliche Gegengifte gefunden hatte. Und dass unsere eigene Ärztin kaum Ahnung von Elfenmitteln hatte, weshalb wir ihm beide gegeben hatten. Und jetzt wussten wir nicht, welches Mittel diesen Zustand verursacht hatte, aber …

Die Ärztin fiel mir mitten in meinem Geplapper ins Wort.

»Was sind die genauen Symptome?«, fragte sie.

Ich schilderte, was in letzter Zeit passiert war: die plötzlichen Ausbrüche von irrwitzigen Ratschlägen (wie dieses Kleinod: *Berühr nie eine Kiwi, wenn du nicht bereit bist, den Regenbogen zu kosten*), die unheimlichen inhaltsleeren Träumereien und alles andere. Und ich rechnete damit, dass sie auf diese bizarren Dinge mit einem verächtlichen Schnauben reagieren und dann endgültig wieder gehen würde.

Aber sie nickte.

»Ja, ich weiß, was diesen Zustand verursacht hat«, sagte sie.

»Wirklich?«

»Das war ein seltenes elfisches Elixir, das ich vor einiger Zeit persönlich für den Elfenlord gebraut habe«, sagte sie. »Obwohl ich nur eine sehr kleine Menge hergestellt habe, da ich nicht sicher war, ob es auch ohne ein paar gewisse magische Kräuter und Zutaten gelingen würde. Nur er und ich hatten dieses Mittel. Es ist eine Variation eines uralten Elfentranks von Ur-Erde, der *Shawara Marar Yarda* genannt wird. Diese Mixtur enthält ein Nervengift, das in verschiedene Teile des Gehirns eindringt und dort für immer verbleibt. Es ändert das Verhalten einer Person so oder ähnlich, wie du das von deinem Vater beschreibst.«

»Für immer?«, fragte ich und mein Herz stürzte in einen finsteren Ozean aus Angst.

»Ja«, sagte sie. »Zumindest ohne Behandlung.«

Ich hielt den Atem an, weil ich mir nicht schon wieder ohne Grund Hoffnungen machen wollte. Sie schien das zu verstehen und redete eilig und ohne Nachfragen meinerseits weiter.

»Der Zustand ist, theoretisch, mit der richtigen Behandlung

heilbar. Man müsste dafür aber einige Zutaten finden, die seit den Zeiten von Ur-Erde nicht mehr gesichtet worden sind.«

»Und welche sind das?«

»Sie sind sehr selten. Du wirst sie nicht finden können«, sagte Dr. Yelwarin. »Vor allem dann nicht, wenn wir die Rückkehr der Magie ungeschehen machen, wie der Elfenlord das vorhat …«

»Na, dann kann es doch nichts schaden, sie mir trotzdem zu nennen«, argumentierte ich.

Dr. Yelwarin zögerte, gab dann aber nach.

»Der Trank erfordert viele Zutaten, und die meisten davon sind heute noch zu erhalten«, sagte sie. »Aber drei davon sind kaum zu finden, da sie seit Zehntausenden von Jahren nicht mehr gesehen wurden: drei Fingerlängen der *Tafroogmash*-Wurzel, ein einzelner Flügel einer Asrai-Fee und sieben Blütenblätter einer ausgestorbenen giftigen Blume namens *Nidiocory*.«

»Ein Feenflügel?«

»Die wachsen nach«, sagte Dr. Yelwarin. »Aber die Feen haben sich selbst ins Exil begeben, um uns diese vielen Jahre des Friedens zu bringen. Ich glaube, nicht einmal dieses neue Magische Zeitalter könnte sie zurückholen. Es tut mir leid.«

Sie klang nicht so, als ob es ihr leidtäte, aber ich glaubte ihr trotzdem. Wenigstens ein bisschen. Kein Wesen, das nicht ein totales Ungeheuer war, würde einem Kind (ob Zwerg oder nicht) gern erzählen, dass sein Dad für immer verrückt sein würde. Und wie um das zu bestätigen, erzählte sie mir, ehe sie ging, von einem Buch, das ich in den meisten elfischen Bibliotheken finden könnte und in dem das vollständige Rezept für das Gegengift stand.

Als sie über den dunklen Gang davonschritt, ließ ich mich auf meine Pritsche zurücksinken. Obwohl ich jetzt bestimmt nicht wieder einschlafen würde. Jedenfalls nicht ohne Albträume.

Es war seltsam. Nun hatte ich endlich das erreicht, weshalb ich nach New Orleans gegangen war: Ich wusste, was mit meinem Dad los war und wie ich ihn heilen könnte.

Warum freute ich mich nicht?

Dafür hatte ich schließlich mein Leben (und das meiner Freunde) aufs Spiel gesetzt. Aber anstelle von Erleichterung schien der Knoten der Verzweiflung in meinem Magen nur zu wachsen. Und das lag nicht nur daran, dass sie gesagt hatte, es würde so gut wie unmöglich sein, ihn zu heilen. Obwohl das natürlich ein Problem war. Denn wenn Edwin Erfolg hatte und die Magie wieder verschwand, hatte die Ärztin auf jeden Fall recht: Es würde unmöglich sein, diese seltenen, verzauberten Zutaten zu finden.

Aber das war nicht der Hauptgrund, warum ich mich so elend fühlte.

Der Grund war, dass ich noch immer nicht wusste, wie es meinen Freunden ging. Jetzt, wo ich die Information erhalten hatte, die ich die ganze Zeit gesucht hatte, begriff ich endlich: Wenn meine Freunde nicht unversehrt waren, *dann hatte sich das alles nicht gelohnt.* Ich würde lieber mein Leben lang einen verrückten Dad und lebendige Freunde haben, als ihn heilen zu können und auch nur einen Freund zu verlieren. Jetzt schien mir das sonnenklar – warum war ich vorher so begriffsstutzig gewesen? Warum war ich noch vor wenigen Tagen so überzeugt davon gewesen, dass sich das Risiko lohnte, während mir jetzt allein der bloße Gedanke schrecklich und selbstsüchtig vorkam? Was war in diesen wenigen Tagen geschehen, dass sich meine Sichtweise so dramatisch verändert hatte?

Und dann fiel mir plötzlich die Antwort wie Schuppen von den Augen:

Aderlass.

32

Ich sage einer Elfe, dass ich ein Schleckstiel-Typ bin

Ich gebe nur sehr ungern zu, dass ich die nächsten vier Tage meiner Gefangenschaft gar nicht so schlecht fand.

Und der Hauptgrund dafür war Lixi.

Es fing an dem Tag an, an dem die Ärztin mich aufgesucht und das vernichtende Urteil über meinen Dad abgegeben hatte. Als sie gegangen war, lag ich eigentlich nur da, starrte die Decke an und versuchte, nicht zu weinen (obwohl die Regel, *Zwerge weinen nicht,* jetzt kaum mehr eine Rolle zu spielen schien). Ich gab mir alle Mühe, meine Freunde, meinen Dad und unsere Zukunft zu verdrängen, und versuchte, mich auf mein Frühstück zu konzentrieren, in dem ich ohne großen Erfolg herumstocherte.

Und dann, unmittelbar vor dem Mittagessen, tauchte Lixi wieder für den täglichen Hofgang auf.

Ihre Anwesenheit konnte mich zunächst nicht aus meiner düsteren Stimmung reißen, aber sobald wir losgegangen waren, dauerte es nicht lange, bis ich wieder lächelte. Lixi war echt witzig. Fand ich jedenfalls. Unser Spaziergang ging so los:

»Greg, darf ich dir eine ernste Frage stellen?«, fragte sie, nachdem wir uns gerade mal ein paar Meter von meiner Zelle entfernt hatten.

»Äh, okay?«, antwortete ich. Ich war mit meinen Gedanken noch immer ganz woanders (außer über meinen Dad und meine Freunde zerbrach ich mir jetzt auch noch den Kopf über den zerstörerischen Einfluss von Aderlass).

»Ich wollte jetzt eigentlich nicht sofort die deprimierenden Themen anschneiden«, sagte sie. »Aber ich muss einfach die Wahrheit wissen.«

»Uhhh …«, brachte ich heraus. Ich war nicht sicher, ob ich gerade noch mehr deprimierende Dinge ertragen könnte.

»Wenn du früher Fun Dips gegessen hast, warst du so einer, der das Schleckpulver gegessen und den Stiel zum Dippen weggeworfen hat?«, fragte sie mit so düsterer Miene, als ginge es um meine Wünsche für meine Beerdigung. »Oder hast du das Fruchtpulver weggeworfen und nur den Stiel gelutscht?«

Diese hirnrissige Frage und Lixis trockener Tonfall hauten mich dermaßen um, dass ich sie erst einmal einige Sekunden lang anstarrte und wirr herumstammelte. Aber dann prustete ich los. Was mich wirklich schockte, denn ich hatte gedacht, dass ich in meiner derzeitigen Stimmung überhaupt nicht mehr lachen könnte, ganz zu schweigen von einem Kicheranfall, als ob ich wieder acht wäre.

Und das war Lixis Superkraft, wie ich nun herausfand.

Egal, wie niedergeschlagen oder deprimiert ich auch war, sie fand immer eine Möglichkeit, mich zum Lachen zu bringen. Sogar, wenn mein Leben davon abgehangen hätte, dass ich übellaunig die Stirn runzelte – Lixi hätte mich vermutlich in weniger als einer Minute schwach machen können.

»Danke«, sagte ich, als ich mich endlich beruhigt hatte. »Das habe ich echt gebraucht.«

»Greg«, sagte Lixi und verzog noch immer keine Miene. »Du hast meine Frage noch nicht beantwortet.«

Ich prustete ein letztes Mal los und dachte dann über ihre Frage nach, egal, ob die nun albern war oder nicht.

»Ich glaube, ich war so ein Schleckstiel-Typ«, sagte ich. »Das Fruchtpulver habe ich nur ganz selten gegessen, außer es war das mit Traubengeschmack. Meistens habe ich nur den Stick gelutscht und die Pulverpäckchen verschenkt. Die waren einfach zu süß.«

»Das hatte ich mir schon gedacht«, sagte Lixi und klang enttäuscht. »Dann können wir wohl doch keine Freunde werden, ich bin nämlich auch ein Schleckstiel-Typ. Wir würden uns dauernd streiten, wer den Stick kriegt. Weißt du, eine überaus berühmte Psychiaterin namens Dr. Maeve Shula hat mal eine Untersuchung über Schleckstiel-Psychologie gemacht. Sie konnte präzise diagnostizieren, welche Psychosen und Geisteskrankheiten ihre Patienten hatten, je nachdem, ob sie Fruchtpulver- oder Schleckstiel-Typen waren.«

»Echt?«, fragte ich und überlegte für einen Moment, ob sie sich über mich lustig machte.

Lixi starrte mich einige Sekunden lang mit ausdruckslosem Gesicht an. Dann prustete sie los.

»Nein, natürlich nicht!«, sagte sie und verstummte für einen Moment. »Ich meine, es stimmt alles, außer, dass ich ein Schleckstiel-Typ bin. Ich steh doch mehr auf das Fruchtpulver.«

Ich lachte wieder, und wir traten in eine kühle nachmittägliche Meeresbrise hinaus.

Das soll jetzt aber nicht heißen, dass wir nur blöde Sprüche und Witze austauschten, obwohl ich sie genauso oft zum Lachen brachte – sie hielt mich aus irgendeinem unerklärlichen Grund wirklich für witzig, wie angeblich schon damals in der sechsten Klasse. Aber wir sprachen auch über andere Dinge.

Nachdem wir noch einige Minuten lang Witze über Fun Dips und die Möglichkeit, damit Serienmörder zu identifizieren, gemacht hatten, brachte Lixi ein ernsteres Thema zur Sprache.

»Ich weiß, ihr glaubt, dass Elfen in der modernen Welt ein wunderbares Leben haben«, sagte sie. »Dass wir überhaupt keine Sorgen haben, weil die meisten von uns reich sind. Aber reiche Eltern zu haben ist nicht immer so toll, wie es sich anhört.«

Es war ein abrupter Themenwechsel, aber ich hatte das Gefühl, dass sie das von Anfang an ansprechen wollte. Und ich konnte das sogar verstehen. Ich meine, niemand fühlt sich gern missverstanden oder wird gern für etwas gehalten, das er nicht ist. In vieler Hinsicht ist es das schlimmste Gefühl auf der Welt. Deshalb beschloss ich, mich voll auf das Gespräch einzulassen, egal, wie skeptisch ich angesichts ihrer Behauptung war.

»Ach ja?«, sagte ich. »Und wieso?«

»Zum einen gibt es eine Menge Druck«, sagte sie. »Druck, *etwas zu werden.* Die anderen zu übertreffen, nicht nur in der Schule, sondern immer. Und dann ist da noch diese angeborene Schuld. Die verfolgt dich wie ein Schatten. Vielleicht geht es nicht allen reichen Kindern so, aber mir schon.«

»Wie meinst du das?«

»Das ist schwer zu erklären«, sagte Lixi und setzte sich auf eine alte Bank auf dem Dach eines Wachtturms. Der Blick auf die Skyline von San Francisco war wunderschön.

»Versuch es«, sagte ich. »Ich hab ja eh nichts Besseres zu tun, als in einer alten Gefängniszelle zu sitzen und mir kreative Verwendungsmöglichkeiten für meine Zehennägel zu überlegen.«

»Voll eklig!«, sagte Lixi, aber sie lachte. Dann verflog ihr Lächeln und sie hob die Augenbrauen. »Du weißt, dass wir hier alle in alten Gefängniszellen schlafen, oder? Sogar ich.«

»Wirklich?«, fragte ich durch das Rauschen der Wellen, die sich unten an den Felsen brachen – ein Klang, der mich in den vergangenen Tagen irgendwie getröstet hatte.

»Ja«, sagte sie. »Na ja, unsere Türen werden nicht jede Nacht abgeschlossen, aber wir schlafen fast alle in Zellen, die nicht so viel anders sind als deine. Wir sind allerdings in dem neueren Flügel, deshalb sind die Betten bequemer und wir können kommen und gehen, wie wir wollen. Aber trotzdem ...«

»Voll verwöhnt«, sagte ich.

Lixi lachte wieder ihr melodisches Lachen.

Jedes Mal, wenn ich es hörte, versetzte mir mein Schuldgefühl einen Stich. Mit ihr zu sprechen erinnerte mich an Ari – sie waren in vieler Hinsicht verschieden, aber ich fand ihr Lachen wunderbar, und mit beiden konnte ich mich so gut entspannen. Es war schwer, kein schlechtes Gewissen wegen Ari zu haben – immerhin lachte ich hier mit einer neuen Freundin, ohne überhaupt zu wissen, ob Ari unversehrt war.

»Um deine Frage nach den Schuldgefühlen reicher Kinder zu beantworten«, sagte Lixi, »die meldeten sich jedes Mal, wenn ich etwas Teures bekam. Oder Dinge tun durfte, die für die meisten anderen unerreichbar waren. Jedes Mal. Wie damals, als wir ins Stadion gefahren sind, um bei den Spielen der Blackhawks und der Bulls in Dads Luxusloge zu sitzen. Da hatte ich mehr Schuldgefühle als Spaß. Ich hatte nicht um diese Dinge gebeten. Und ich hatte auch nichts getan, um sie zu *verdienen.* Ich war einfach in eine reiche Familie hineingeboren worden. Warum durfte ich ein so behütetes Leben führen, während Zehntausende von Kindern in unserer Stadt nicht einmal drei Mahlzeiten am Tag bekamen? Ich konnte mich einfach nicht damit abfinden, wie unfair das alles war. Wie wenig Sinn es ergab.«

»Ich bin nie auch nur auf die Idee gekommen, dass ihr das so sehen könntet«, sagte ich.

»Auf die Idee kommt niemand«, sagte sie. »Und du kannst es auch niemandem sagen, denn dann sehen sie in dir nur eine verwöhnte Göre, die jammert, weil sie es zu gut hat. Wenn du dich nicht damit abfinden kannst, dass du zu den glücklichen Auserwählten gehörst, und dich nicht einfach zurücklehnen und die Sache genießen kannst, ist das keine schöne Situation. Mir ist das nie gelungen. Nicht, dass ich mich beschweren wollte. Klar, ich hätte trotzdem nicht getauscht. Und ich glaube, deshalb schäme ich mich noch viel mehr. Ich habe versucht, meine Eltern zu überreden, mehr für wohltätige Zwecke zu spenden, großzügiger zu sein und weniger verschwenderisch mit unserem Reichtum umzugehen. Und sie haben wirklich viel gespendet, aber bei Weitem nicht genug, es war immer nur ein Bruchteil ihrer Einkünfte. Sie waren davon besessen, etwas aufzubauen, das sie *generationenüberdauernden Wohlstand* nannten. Für mich. Sie horteten Geld für mich und meine Kinder und deren Kinder, die alle noch gar nicht existieren und das vielleicht auch niemals tun werden.«

Sie verstummte und atmete einige Male tief durch. Es schien mir, als ob sie schon lange darauf gewartet hätte, das alles endlich mal an jemanden außerhalb ihrer Kreise loswerden zu können, an jemanden, der kein Elf war – ohne verurteilt zu werden. Und ohne ermahnt zu werden, sie solle nicht undankbar sein.

»Ich verstehe«, sagte ich. »Das klingt wirklich nicht so toll.«

Und das meinte ich auch so. Eine eher arme Kindheit war auch nicht gerade der Bringer – schon mit elf im Laden meines Dad fast Vollzeit arbeiten zu müssen und trotzdem zur Schule zu gehen, war nicht gerade das Leben, von dem Kinder träumten. Aber immerhin hatte ich das Gefühl gehabt, das meiste von dem, was ich hatte, verdient zu haben. Und ich hatte es genossen, obwohl es bei uns keine Luxusplätze bei Sportveranstaltungen und Konzerten oder Ausflüge auf coole Karibikinseln mit allem Drum und Dran gab. Ich war nicht sicher, ob ich mit ihr getauscht hätte, wenn ich mir das alles genau überlegte.

»Es ist komisch«, sagte Lixi mit einem bitteren Lachen. »Irgendwie hat es mir ein seltsam leeres Gefühl gegeben, immer alles zu bekommen, was ich wollte. Mein Therapeut hat mir einmal gesagt, ich sei depressiv. Man sollte meinen, das hätte meinen Eltern Sorgen gemacht, aber es hat sie nur enttäuscht.«

»Wirklich?«, fragte ich. Das konnte ich mir kaum vorstellen. Obwohl mein Dad manchmal ganz schön neben der Spur war, war er trotzdem immer so freundlich und fürsorglich – sogar jetzt, trotz seiner »Episoden«.

»Ja, die sind nicht gerade liebevolle Kuscheltypen«, sagte sie. »Was bei Elfen aber normal ist. Sehr wenige von uns an der PISS werden jemals von ihren Eltern gelobt, ich auch nicht. Die meisten von uns haben früher mehr Zeit mit ihren Kindermädchen verbracht als mit ihren Eltern. Mein Dad hat mich nie umarmt und kein einziges Mal *ich hab dich lieb* gesagt.«

»Umarmung gefällig?«

Ich öffnete die Arme und hoffte, mich dadurch nicht über ihre offenbar unglückliche Kindheit lustig zu machen. Zu meiner Erleichterung hellte ihr Gesicht sich auf und dann lachte sie wieder.

»Es ist ein bisschen früh am Morgen, um mich von Zwergen umarmen zu lassen«, sagte sie.

»Na, dann ziehe ich das Angebot zurück«, sagte ich und spielte den Beleidigten.

»Übrigens war auch nicht alles finster und traurig«, erklärte Lixi. »Als Elfe aufzuwachsen hat auch viele gute Seiten.«

»Zum Beispiel?«, scherzte ich.

»Elfen lieben Musik«, sagte sie und ich fragte mich sofort, ob Froggy deshalb so besessen davon war. »Schließlich haben wir die moderne Popmusik mehr oder weniger erfunden. Drei der vier Beatles waren Elfen. Und fast die Hälfte von allen, die im Moment die Charts anführen. Elfen haben über 75 Prozent der jemals verliehenen Grammys erhalten.«

»Okay, okay, protz hier nicht so rum«, sagte ich. »Elvis war ein Zwerg, was sagst du jetzt?«

»Kennst du überhaupt ein einziges von seinen Liedern?«

»Na ja, äh, nein«, gab ich zu – ich wusste nur, dass er ein Zwerg gewesen war, weil ich das mal von Ari und Froggy gehört hatte. »Aber das heißt nicht, dass er nicht gut war! Vor langer Zeit, du weißt schon.«

»Und was war das für eine Zeit?«, fragte sie mit diesem listigen Grinsen.

»Äh ... so um 1940?«

Lixi lachte nur und ließ nicht durchblicken, ob ich richtig geraten hatte oder nicht.

»Wir lieben auch unsere alte Musik«, sagte sie nun. »Bei allen traditionellen Elfenfestivals, wie zum Beispiel Quitris, spielt eine Folkgruppe berühmte elfische Volkslieder von einer Band aus Ur-Erde, die *Method of Valor* hieß. Es gibt sogar eine ziemlich gute Coverband namens *Modus Virtuti*. Die Bands spielen die ganze Nacht und wir tanzen, bis uns die Füße und Beine wehtun. Spiele lieben wir auch – eigentlich alles, wobei man lachen und einfach Spaß haben kann.«

Für mich klang das zuerst seltsam, aber dann ging mir etwas auf.

»Weißt du, Zwerge lachen eigentlich nicht besonders viel«, sagte ich. »Und wenn wir Spaß haben, dann bei eher ernsteren Dingen, wie Glasblasen, Waffenschmieden, Bergwerksarbeit, Essen und Geschichten aus Ur-Erde erzählen. Und nicht mal witzige Geschichten.«

»Während Elfen Spiele so sehr lieben, dass wir Baseball erfunden haben«, sagte Lixi theatralisch. »Es ist eine Variante eines uralten elfischen Spiels namens Scheiterhaufenwurf. Das beste Team damals, und noch immer das beliebteste unter Elfen, auch wenn es sie seit mehr als 100 000 Jahren nicht mehr gibt, waren die *Felselian United Krakens*. Sie waren so eine Art *New York Yankees* des Scheiterhaufenwurfs.«

Wir blieben noch eine Weile auf der Bank sitzen und redeten

über Sport, obwohl es vor allem darum ging, dass wir uns beide nicht besonders dafür interessierten. Dann machten wir uns auf den Weg zurück zu meiner Zelle.

Unterwegs kam das Thema Magie auf. Lixi wirkte ehrlich beeindruckt, als ich sagte, dass ich die Fähigkeit besaß.

»Wird dir die Magie nicht fehlen?«, fragte ich.

»Wie meinst du das?«

»Also, wenn es Edwin gelingt, sie für immer zu vertreiben«, sagte ich. »Wird sie nicht einem Teil von dir fehlen? Denk an die vielen coolen Dinge, die damit möglich sind. Selbst wenn du die Fähigkeit selbst nicht besitzt, ist es doch großartig zu sehen, wie deine Freunde Magie wirken.«

Lixi runzelte heftig die Stirn und starrte im Gehen ihre Füße an, fast, als wollte sie etwas sagen, verkniff es sich aber, weil es mir nicht gefallen würde. Sie schwieg länger, als dass ich das als normale Pause werten könnte.

»Was ist los?«, fragte ich. »Hast du die Fähigkeit nicht?«

»Nein«, gab sie zu. »Aber das ist es nicht ... Es ist, ach, auch egal. Ich finde es schwierig, über Magie zu sprechen, Greg.«

»Okay ...«, sagte ich und wartete auf weitere Erklärungen.

Es kamen aber keine, und wir gingen eine Weile schweigend weiter. Es war das erste Mal an diesem Tag, dass es ein winziges Anzeichen von Spannung gegeben hatte, und sicher brachte sie das zu ihrer nächsten Frage.

»Was ist dein Lieblings-Marvel-Film?«, fragte sie plötzlich. »Meiner war *Thor*. Oder gehörst du zu den Zwergen, die alles Moderne ablehnen?«

»Ähhh«, fing ich an, denn ich wollte nur ungern zugeben, dass ich das einzige lebende Wesen war, das nicht auf Marvel-

Filme stand. »Ich finde den am besten, wo, äh, wo das große Schiff explodiert.«

»Welchen meinst du?«, fragte Lixi mit schadenfrohem Grinsen. »Das passiert in einundzwanzig von vierundzwanzig Filmen.«

»Äh, hab den Namen vergessen, aber es ist der, du weißt schon, in dem sich zwei von den Guten streiten und dann gegeneinander kämpfen und nicht gegen die Bösen.«

Diesmal lachte Lixi auf.

»Greg, da bleiben immer noch so ungefähr dreizehn Filme zur Auswahl«, sagte sie, als wir meine Zelle erreichten. »Ist schon okay, wenn du ein DC-Nerd bist. Ist doch keine Schande.«

Ich brachte es nicht übers Herz, ihr zu sagen, dass ich gar nicht auf Superheldenfilme stand, egal ob DC oder Marvel. Deshalb grinste ich nur und zuckte hilflos mit den Schultern.

»Du bist echt witzig, Greg«, sagte sie, als ich in meine Zelle trat. »Zumindest das hat sich nicht geändert.«

Ich lächelte noch immer, als die Gittertür meiner Gefängniszelle krachend zwischen uns ins Schloss fiel.

33

Ich esse den Wachtelvorrat

In der nächsten Zeit fing ich wirklich an, mich auf den Spaziergang mit Lixi zu freuen.

Die folgenden drei Tage tauchte Lixi nicht nur einmal, sondern zwei- oder dreimal auf, um eine Runde durch das alte Gefängnisgelände zu drehen. Und mal ehrlich, so, wie sich die Sache entwickelte, fiel es mir immer schwerer, Elfen als meine natürlichen Feinde zu betrachten. Vor allem, als sie mich noch einigen anderen Elfen vorstellte, die an diesem Stützpunkt arbeiteten. Wenn ich nicht in der Zelle eingeschlossen gewesen wäre, hätte ich mich eher wie ein Gast gefühlt als wie ein Gefangener.

Da war zum Beispiel der Tag, an dem sie mich mit elfischer Kochkunst bekannt machte.

Es stellte sich heraus, dass Elfen gutes Essen ebenso liebten wie Zwerge, auch wenn ihre Vorstellung von einer kompletten Mahlzeit eher dem entsprach, was ich als leichten Imbiss bezeichnen würde. Ihnen war *Qualität* wichtiger als *Quantität*. Was für mich verrückt klang – warum nicht einfach beides? Zu den alten Elfenleibspeisen gehörten Gerichte wie Erbsenranken mit knusprigem Reis und eingelegte Gurken mit Lavendelsenf. Oder Rübenblätter mit geräucherten Pistazien und schwarzem Knoblauchschaum. Und ich musste zugeben, dass das alles ganz schön gut schmeckte, auch wenn die Portionen winzig waren und kein Fleisch enthielten.

Es hatte alles damit angefangen, dass wir eines Tages in der Küche vorbeischauten und ich die Küchenchefin und ihre beiden Gehilfen kennenlernte, die den gesamten Gefängniskomplex bekochten.

»Merethyl Umelar«, stellte sie sich vor. »Und das sind meine Hilfsköche, Tolthe und Tlannatar.«

Die beiden waren noch sehr jung, vermutlich frisch vom College, und hatten tonnenweise Tattoos. Wir blieben fast eine Stunde dort und es war offensichtlich, dass sie einen Riesenspaß daran hatten, den ganzen Tag zu kochen. Sie lachten und rissen jede Menge Witze, und es kam mir überhaupt nicht so vor, als ob sie »arbeiteten«.

Küchenchefin Umelar zeigte mir sogar, wie man richtig eine Zwiebel schneidet. Wenn mein Dad mich gelegentlich mal gebeten hatte, ihm beim Kochen zu helfen, hatte ich einfach darauf eingehackt, bis nur noch kleine Stücke übrig waren. Schließlich sagte mein Dad immer: »Greg, Größe und Form der Dinge haben keinen Einfluss auf den Geschmack.«

Aber offenbar stimmte das nicht so ganz.

»Schneide sie zuerst in zwei Hälften«, sagte Küchenchefin Umelar und zeigte es mir – was unter anderem bedeutete, dass sie mir ein extrem scharfes Elfenküchenmesser in die Hand drückte.

Während ich die Zwiebel schnitt, ging mir auf, dass ich zum ersten Mal, seit ich Aderlass verloren hatte, irgendeine Art Waffe in der Hand hielt. Sofort fehlte Aderlass mir wieder, obwohl mir ja inzwischen aufgegangen war, wie sehr er mich dazu gedrängt hatte, meine Freunde in Gefahr zu bringen – für eine Sache, die es vielleicht gar nicht wert war.

Was mich aber wirklich schockte, war, dass die Elfen einem Gefangenen eine Waffe anvertrauten. Einem Gefangenen, der, je nachdem, wie viel Galdervatn an dieser Stelle hier aus der Erde sickerte, möglicherweise Magie wirken konnte. Was mich in gewisser Weise genau genommen zu einem Gefangenen machte, der mit etwas Glück und Anstrengung fliehen könnte.

Aber ehrlich gesagt kam das für mich nicht infrage. Sie hatten so viel Vertrauen zu mir, dass sie mir ein Messer gaben und mir aus purer Nettigkeit (oder aus Langeweile?) etwas beibrachten. Und Zwerge enttäuschen das Vertrauen anderer nicht. Unter keinen Umständen. Manche würden das als Schwäche bezeichnen, aber ich war eigentlich eher stolz darauf. Weshalb ich mit dem Messer die Zwiebel schnitt und sonst gar nichts.

»Gut«, sagte die Küchenchefin. »Und jetzt schneide die eine Hälfte in Streifen, bis zur Mitte, aber nicht ganz durch.«

Sie machte es an der einen Hälfte vor und gab mir dann das Messer zurück. Die anwesenden Elfen zuckten nicht einmal mit der Wimper, als hier ein gefangener Zwerg eine Waffe in die Hand gedrückt bekam. Ich fühlte mich fast schuldig, weil ich überhaupt nur darüber nachgedacht hatte.

Küchenchefin Umelar legte bemerkenswerte Geduld an den Tag, während sie mir nun noch den Rest meiner Aufgabe zeigte – bis vor mir ein kleiner Haufen aus ordentlichen Zwiebelstücken lag.

»Gleiche Zutatengröße führt dazu, dass alles gleichermaßen gewürzt und im gleichen Tempo gar wird«, sagte sie.

Später erfuhr ich, dass sie Küchenchefin in einem sehr

angesagten Restaurant namens *Wachtelvorrat* in San Francisco gewesen war. Bis Edwin mit seinen großen Plänen auftauchte.

An einem anderen Tag stellte Lixi mir den Pförtner der Festung vor, einen älteren Elfen namens Ivlisar Torwraek.

»Aber alle hier nennen mich einfach Abrissbirne«, sagte er.

»Weil du ungeschickt bist und alles zerbrichst?«, scherzte ich.

Er sah mich von der Seite her an und lachte.

»Nicht ganz«, sagte er. »Ich habe diese Art Krankheit, und eines der Symptome ist, dass alles um mich herum von perfekter Sauberkeit sein muss. Sauber und ordentlich und rein wie Quellwasser. Der Name ist ironisch, verstehst du?«

Ich lachte nervös und hatte Angst, ich könnte ihn beleidigt oder mich über seinen Zustand lustig gemacht haben. Aber Abrissbirne grinste nur über meine Verlegenheit und stimmte in mein Lachen ein.

»Damit ist das hier der perfekte Job für mich«, fügte er hinzu und zupfte einen winzigen Fussel von seiner tadellos gebügelten grauen Uniform. »Ich würde sowieso die ganze Zeit rumlaufen und alles sauber machen. Da kann ich genauso gut damit zu unserer Sache beitragen.«[16]

Mein Lieblingself von allen (abgesehen von Lixi) war jedoch Fuchsflamme Farro (so hieß er wirklich!), der festungseigene Spirituelle Führer zum Uralten Elfischen Mystizismus. Er war im Grunde eine Art Priester. Seine Religion nannte sich

16 Das hörte ich immer wieder von den Elfen auf Alcatraz. Alle schienen sich total für Edwins Sache zu engagieren: der Rückkehr der Magie endgültig ein Ende zu setzen.

Alaflusy Celority, was grob übersetzt *Kommunion von vier Göttern* bedeutet. Obwohl diese Religion mittlerweile fast ausgestorben war, praktizierten die meisten Elfen sie doch noch so ein bisschen, einfach aus Respekt und Gewohnheit. Aber nur sehr wenige glaubten an einen der Ursprungsmythen.

Fuchsflamme war groß und schlaksig und sehr witzig. Er sprudelte nur so über vor Glück, war albern und charmant. Was natürlich nicht gerade dem entsprach, wie Zwerge sich Elfen vorstellten. Eigentlich stellten die meisten Elfen, die mir bisher begegnet waren, eher das Gegenteil vom zwergischen Vorurteil dar.

Fuchsflamme jagte immerzu auf einem Skateboard durch die Gänge von Alcatraz und führte unterwegs oft coole Tricks vor. Manchmal, wenn ich abends allein in meiner Zelle saß, konnte ich das Echo seiner Räder aus einem fernen Gang oder Zellentrakt hören. Der Wachtposten vor meiner Zelle verdrehte dann immer die Augen und seufzte. Und ich grinste in mich hinein.

Fuchsflamme und ich sprachen viel über den Unterschied zwischen Zwergen und Elfen. Er fand die zwergische Kultur fast ebenso faszinierend wie ich die der Elfen. Wie es sich herausstellte, hatten auch die Elfen reichlich total falsche (und einige total richtige) Vorurteile gegen uns. Sie glaubten zum Beispiel, dass Zwerge auf Steinen schliefen, nicht in Betten (zum Brüllen!). Und dass wir uns weigerten, irgendetwas zu essen, das kein Fleisch enthielt (was ja nicht so ganz weit weg von der Wahrheit war). Er hätte sich vor Verblüffung fast an seiner Zunge verschluckt, als ich ihm erzählte, dass eine meiner zwergischen Freundinnen sogar Vegetarierin war.

Bei einer dieser Diskussionen, in der alten Gefängniskapelle, sprach er über die Glaubenssätze der Religion, der er sein Leben gewidmet hatte.

Wir hatten schon über menschliche Religionen gesprochen, und darüber, wie komisch wir es beide fanden, dass viele Menschen tatsächlich an Dinge glaubten, die erst vor drei- oder viertausend Jahren aufgeschrieben worden waren – was doch nur ein winziger Bruchteil der Menschheitsgeschichte ist.

»Weißt du, Greg«, sagte Fuchsflamme, »Elfen und Zwerge unterscheiden sich in ihren ursprünglichen Glaubenssätzen gar nicht so sehr voneinander.«

»Echt? Aber wir sind doch auch sonst in fast jeder Hinsicht total unterschiedlich ...«

»Sind wir das?«, fragte er und lachte. »Ich würde behaupten, dass Dinge wie die Tatsache, dass Elfen lieber Gemüse essen als Fleisch, oder dass sie im Durchschnitt dünner und etwas größer sind oder dass sie insgesamt andere Werte vertreten, allesamt bestenfalls oberflächliche Eigenschaften sind. Das sind nicht die Dinge, die uns zu denen machen, die wir sind. Selbst größere Unterschiede in Glaubenssystemen sind unbedeutend – da liegen die Menschen zum Beispiel falsch. Sieh dir doch nur meine alte Religion an, Alaflusy Celority: Die deckt sich fast vollständig mit der ursprünglichen Religion der Zwerge.«

»Ich wusste nicht mal, dass wir eine Religion gehabt haben«, sagte ich.

»Na ja, in unseren beiden Kulturen sind viele der alten Vorstellungen im Laufe der Zeit verloren gegangen«, sagte er. »Der Grundgedanke von Alaflusy Celority ist, dass das Universum ausgehend von einem einzigen Lichtpunkt erschaffen wurde, und zwar von vier Gottheiten: Bitrix, Hüterin des Todes, Onja,

Hüterin der Hoffnung, Igmir, Hüter der Liebe, und Kymtos, Hüter des Lebens. Das sind die vier Leitprinzipien des Seins – die einzigen Dinge, die jeglicher Art von Existenz zugrunde liegen. Diese Gottheiten lenkten die Physik des Kosmos, schufen Leben als Teil einer Kettenreaktion, als eine Art Virus, das von einem eigenständigen Stück Energie zum nächsten wanderte, sich dauernd weiterentwickelte und bei jeder Station auf neue Weisen veränderte. Das Leben war nie dazu bestimmt, ein höheres Wesen zu verehren, sondern seine eigene Existenz zu feiern und die Freude und das Glück, die Bewusstsein hervorbringen kann, wenn man es mit reinem Geist erlebt. Beim Leben geht es um eine niemals endende Suche nach Harmonie.

Eure ursprüngliche, uralte Religion nennt sich Vapigar drung Struzen. Was bedeutet *Die Anhänger der Eventualität*. Der grundlegende Glaube war, dass alles Leben mit der Erde selbst angefangen hat. In ihrem Kern befand sich ein einzelner Punkt aus Energie. Die ursprünglichen zwergischen Götter, Woohr, Gott der Elemente, Ereus, Gott des Lichtes, und Xuntar, Gott der Finsternis, haben gemeinsam das Leben dort eingepflanzt wie ein Samenkorn. Und daraus erblühte dann der Planet, Schicht um Schicht aus Stein und Erde und geothermalen Kräften, die einst als mythisch galten. Von dort aus breitete das Leben sich durch das Universum aus, wie eine Blume, deren Pollen vom Wind über eine Wiese getragen werden, und das Leben mit ihnen. Auch bei eurer Religion ging es nie darum, Götter anzubeten, sondern die Elemente, das Licht und die Dunkelheit, und alles, was diese drei zum Leben erwecken. Siehst du jetzt die Ähnlichkeiten? Natürlich schenken beide Völker dieser Art von fantastischen Geschichten nicht mehr viel Beachtung.«

»Glaubst du denn daran?«

»Irgendwie schon«, sagte er. »Wobei es keine Rolle spielt, ob es genauso passiert ist. Ich bewundere ihren Geist. Und ich wünschte, wir würden alle noch daran glauben. Aber ich habe einen neuen wahren Gott ... Eiscreme! Beim lieben Gott Univar dem Allmächtigen, wie sehr liebe ich Eiscreme!«

Er sah mich mit seinen dunklen, jungenhaften Augen ganz ernst an. Und dann prusteten wir beide los. Lixi schaute von einer Bank in der Nähe zu uns herüber, wo sie gelesen hatte, und verdrehte grinsend die Augen.

»Die Hauptsache ist, Greg«, sagte nun Fuchsflamme, »du musst einfach lieben, sosehr du kannst. Selbst wenn es um Dinge geht wie Eiscreme. Wenn wir nur das Gute feiern würden, statt uns auf das Schlechte zu konzentrieren, dann wäre alles anders. Es klingt banal, aber wenn es eine universale Eigenschaft wäre, die wir alle gemeinsam hätten, würde es funktionieren.«

»Seh ich auch so«, sagte ich. »Aber du kannst den Leuten nicht sagen, was sie zu tun haben ...«

»Natürlich nicht«, sagte er und lachte. »Das sind keine realistischen Hoffnungen, nur Visionen einer Welt voller Regenbogen mit Zuckerguss und Wolken aus Zuckerwatte. Aber Träumen wird ja wohl noch erlaubt sein. Wie auch immer, willst du mal einen richtig krassen *Plasma Spin* mit kombiniertem *Salad Grind* da hinten am Geländer sehen?«

Er hob sein Skateboard hoch, sein übliches Grinsen im Gesicht.

Ich nickte und musste lächeln.

Trotz all meiner neuen Bekanntschaften mit Elfen, mit denen ich mich zum Teil sogar anfreundete, vergaß ich nie meine zwergischen Gefährten. Nachts quälte mich die Frage, wie es ihnen ging. Schließlich hatte ich sie zu einem unerlaubten Einsatz nach New Orleans geführt. Wenn sie verletzt waren oder Schlimmeres, war ich schuld daran, das war eine unleugbare Tatsache. Aber in den Augenblicken, in denen ich fest daran glaubte, dass sie noch am Leben waren, dachte ich viel darüber nach, wie großartig es für meine Freunde und andere Zwerge wäre, eine Zeit lang hier zu leben. Sie würden sich selbst davon überzeugen können, dass die meisten Elfen gar nicht von Natur aus böse waren. Dass sie in den meisten Dingen waren wie wir. In den Dingen, die wirklich wichtig waren: sich um Freunde und Familie zu kümmern und einander beim Überleben zu helfen.

Aber ich wusste, dass das nicht möglich war. Man konnte nach und nach das Denken einzelner Zwerge oder Elfen ändern. Vielleicht. Aber es würde nicht schnell genug gehen, und es würde immer einige Elfen geben (wie Locien Aldaron oder Dr. Yelwarin), und gewisse Zwerge (wie der Leprechaun Ooj), die sich niemals wirklich ändern würden. Die es sich niemals erlauben würden, die Wahrheit zu sehen.

Und das brach mir das Herz. Zu wissen, dass der Krieg vermutlich immer noch unvermeidlich war, egal, ob ich das wollte oder nicht. Egal, ob ich mich verändert hatte oder nicht.

Und dass meine neuen elfischen Freunde eines Tages (vermutlich früher, als wir alle glaubten) wieder meine Feinde sein würden.

34

Dads magische Utopie rückt in noch weitere Ferne

Irgendwann kam Edwin dann zurück.

Ich glaube, es war so ungefähr elf oder zwölf Tage nach unserer ersten Schachpartie – aber wie gesagt, es war schwierig, als Gefangener in einer alten Betonzelle das Zeitgefühl zu behalten. Schon bald verschwammen die Tage miteinander, vor allem, seit ich angefangen hatte, das Zusammensein mit Lixi und Fuchsflamme und den anderen Elfen zu genießen.

Es war jedenfalls Morgen, als er nun wieder in meiner Zelle stand. Das wusste ich, weil er mich dadurch weckte, dass er meine Schulter schüttelte und einen unserer lahmen Lieblingswitze wiederholte (einer, der so schwach und unsinnig war, dass wir loslachen mussten, wann immer wir ihn hörten), aus den guten alten Zeiten, als unsere Freundschaft noch einfacher gewesen war (und intakt).

»Guten Morgen, liebe Sorgen, euer Greg ist auch schon da!«, sagte er.

Seine Augen strahlten vor guter Laune. Und für einen Moment glaubte ich fast, dass dies wirklich die guten alten Zeiten waren, dass ich in seinem Zimmer übernachtet hatte und dass die vergangenen vier Monate nur ein böser Traum gewesen waren. Aber natürlich war es nicht so. Und die Gitterstäbe hinter seinem grinsenden Gesicht riefen mir das auch gleich in Erinnerung.

»Nicht mal ein mitleidiges Lächeln?«, fragte er.

Ich rang mir ein Grinsen ab.

»Okay, das reicht«, sagte er. »Komm, holen wir uns Frühstück.«

Ich folgte ihm in die Gefängniskantine, die leer war, entweder weil so früh sonst noch niemand Appetit hatte oder weil er es so angeordnet hatte. Dort standen zwei Teller mit einem amerikanischen Standardfrühstück aus Speck, Eiern, Toast und kleinen Frikadellen bereit.

Er wirkte nicht gerade überschwänglich, aber er behandelte mich definitiv anders als bei unserer letzten Begegnung. Vielleicht hoffte er, dass mein Aufenthalt hier bei den Elfen mir die Wahrheit klargemacht hätte: dass sie nicht von Natur aus schlecht waren – genau wie er immer gesagt hatte, von dem Augenblick an, als ich festgestellt hatte, dass ich ein Zwerg war. Und jetzt, wo ich zur Erleuchtung gekommen war, dachte er vielleicht, wir könnten alles wiederaufbauen, was wir einmal gehabt hatten.

Beim Essen fiel mir eine Veränderung an Edwin auf. Unter der freundlichen Oberfläche kam er mir besorgt vor. Gestresst. Vielleicht sogar ängstlich – weshalb, wusste ich nicht. Ich hatte noch immer keine Ahnung, wo er gewesen war oder was er in den fast zwei Wochen seiner Abwesenheit gemacht hatte, aber er wirkte weniger zuversichtlich als zuvor, als er mir zum ersten Mal erklärt hatte, dass wir *die Welt retten könnten.*

Ich erkannte das daran, wie er zwischen den Bissen die Hände knetete. Und daran, wie er die Stirn runzelte, wenn er mich nicht gerade ansah. Und vor allem daran, dass er nach ein paar stummen Bissen zu mir sagte: »Ich glaube, irgendjemand versucht, mich zu hintergehen.«

Dann lächelte er rasch und schüttelte den Kopf. »Nein, nicht du. Bei allem, was du angerichtet hast – ich weiß, dass es nicht so gemeint war. Das bedeutet nicht, dass ich mich damit abgefunden habe, aber ich weiß, dass du mir oder meiner Familie nicht schaden wolltest.«

»Oh ...«, sagte ich und hatte keine Ahnung, wie ich reagieren sollte.

Zu meiner Überraschung musste Edwin jetzt lachen, aber das Lachen erstarb schnell und er runzelte abermals besorgt die Stirn. In diesem kurzen Moment des Schweigens bemerkte ich zum ersten Mal, dass kein einziger Wachtposten zu sehen war – er und ich waren allein in der Kantine. Das konnte kein Zufall sein.

»Ich glaube, wir haben hier einen Maulwurf, einen Doppelagenten«, sagte er. »Und er versucht, meinen Plan zu vereiteln. Das ist typisch für Elfen, Greg. Wir sind nicht ganz so schlimm, wie die Zwerge glauben, aber in einer Sache habt ihr recht: Wir sind gute Lügner. Wir sind Meister der Irreführung. Ich weiß einfach nicht, wem ich noch vertrauen kann. Außer dir, komischerweise, so seltsam das unter diesen Umständen klingen mag. Zwerge meinen wenigstens immer, was sie sagen, im Guten wie im Schlechten.«

Ich war sprachlos.

Ich wollte so viel sagen und ihm so viele Fragen stellen, aber ich schwieg. Einerseits, weil ich den Zauber des Moments nicht brechen wollte. Seit im ehemaligen Hancock-Haus alles zum Teufel gegangen war, war ich nie wieder näher an das Gefühl herangekommen, wir könnten wieder Freunde sein. Außerdem verriet mir sein langes, müdes Seufzen, dass er darüber eigentlich nicht mehr reden wollte.

Das bestätigte er gleich.

»Ich brauche einfach mal einen halben Tag zur Entspannung, wie in den alten Zeiten«, sagte er mit gepresster Stimme. »Es ist schwer, Anführer zu sein, Greg – und das ist noch die Untertreibung des Jahrzehnts. Ich möchte ein paar Stunden lang einfach nur Schach spielen und Spaß haben. Kannst du mir dabei helfen? Auch wenn du nur so tust, als ob?«

Ich nickte langsam und suchte noch immer hilflos nach Worten. »Natürlich«, brachte ich endlich heraus. »Das wäre super.«

Während wir fertig frühstückten, erzählte ich ihm, dass ich in seiner Abwesenheit sehr gut behandelt worden war. Irgendwann lachten wir zusammen darüber, was Fuchsflamme für ein irrer Typ war und wie witzig Lixi sein konnte – manchmal auf so raffinierte Weise, dass man es erst Stunden später kapierte. Edwin nannte sie *undercover-witzig*.

Nach dem Frühstück führte er mich in einen tief im Gefängnisinneren gelegenen Büroraum. Auf dem kleinen Schreibtisch war bereits das Schachbrett aufgestellt, und zwei Stühle standen einander gegenüber. Wir setzten uns und begannen wortlos die Partie.

Ich hatte diesmal Weiß, wir wechselten immer ab. Beim letzten Mal hatte er Weiß gehabt und mich fertiggemacht, obwohl er eine bizarre neue Strategie angewandt hatte, von der ich mir niemals hätte vorstellen können, dass sie funktionierte, egal, bei wem.

Diesmal spielte er viel mehr so wie sonst. Er hielt sich an

die Konventionen und machte logische, wenn auch nicht unbedingt konservative Züge. Aber Edwin spielte ohnehin nie zweimal auf dieselbe Weise. Mein Schachmotto hatte ich von meinem Dad übernommen: Perfektioniere eine bestimmte Eröffnung und gehe dann erst zu weiteren über. Aber Edwin hatte immer schon eine andere Perspektive gehabt: Lass den Gegner im Ungewissen und probiere alle möglichen Wege zum Sieg aus – man weiß ja nie, worüber man unterwegs stolpert.

Während des Spiels plauderten wir einfach ein bisschen, wie Edwin es sich gewünscht hatte. Wir sprachen über die alten Zeiten, über Dinge, die wir früher gemacht und die uns zum Lachen gebracht hatten.

Wie damals, als wir die ganze Nacht eine schräge, aber seltsam fesselnde koreanische Serie auf Netflix gesehen hatten, über eine Pastaköchin und ihren sexistischen Boss, in den sie zufällig auch verliebt war. Es hatte als Witz angefangen: Wir wollten uns nur aus Neugier mal eine Folge anschauen. Aber ehe wir wussten, wie uns geschah, waren wir die ganze Nacht aufgeblieben und hatten uns die komplette erste Staffel reingezogen. Nach der vierten Folge machten wir uns kaum mehr über die miese Produktion und die Melodramatik lustig, sondern genossen einfach die Story.

Oder wie damals, als wir am 5. Mai mit dem Fahrrad durch die Stadt gefahren waren, in Nikolauskostümen, die Edwin gekauft hatte. Wir hatten riesige rote Samtsäcke dabei, vollgestopft mit Hamburgern, die wir an alle verteilten, die einen annehmen mochten – und das waren überraschenderweise so gut wie alle, die wir fragten. Unser Säcke waren so schnell leer gewesen, dass wir im nächstbesten McDonald's Nachschub geholt hatten, und dann noch eine dritte Ladung aus einem Laden namens Fatso's Last Stand.

Das war dann zu einer Art Tradition geworden – wir machten es auch in den nächsten beiden Jahren am 5. Mai. Nur verkleideten wir uns jedes Jahr anders. Im zweiten Jahr gingen wir als Personen aus *Mario Kart,* wir hatten sogar nachgebaute kleine Rennwagen. Und im dritten Jahr trug Edwin ein riesiges Burrito-Kostüm aus Schaumgummi und ich einen großen Pandabärenanzug.

Leider war wenige Wochen vor unserem vierten Jahrestag unsere Freundschaft implodiert. Wir hatten bereits über mögliche Kostüme gesprochen, zum Beispiel die der beiden Einbrecher aus »Kevin – Allein zu Haus« oder Jason aus »Freitag der 13.« oder Michael Myers aus »Halloween«.

Aber während dieser Schachpartie sprachen wir nicht ausschließlich über die Vergangenheit. Wir redeten auch über die komischen Theorien der Menschen, die wir gehört oder gelesen hatten, mit denen sie die seltsamen magischen Ereignisse der letzten Zeit zu erklären versuchten. Unsere Lieblingstheorie rankte sich um eine Alien-Art namens Reptiloide, die zufällig (Überraschung!) aussahen wie riesige Eidechsen. Oder die Theorie, nach der das alles eine Verschwörung der australischen Regierung war, die die Welt auf die Koalakrise aufmerksam machen wollte.

Edwin brachte mich auch über die PISS auf den neuesten Stand. Viele hatten nach dem Tod seiner Eltern die Schule verlassen – was verständlich war, da die PISS vor allem eine Elfenschule war und viele der Familien in Panik geraten waren und sich noch immer nicht wieder beruhigt hatten.

Nach etwa dreißig Minuten sah ich, dass der Ausgang auf

dem Schachbrett noch immer offen war. Das irritierte mich, denn ich besiegte ihn nur selten, und bei den sechs oder sieben Malen, die das vorgekommen war, hatte er mich ziemlich sicher gewinnen lassen. Seit dem Ende der sechsten Klasse konnte ich mich nicht erinnern, ihn je besiegt oder auch nur die Chance dazu gehabt zu haben, und das lag Hunderte von Partien zurück. Doch hier saß ich nun, näherte mich dem Endspiel und noch immer war nichts entschieden.

Offenbar war ihm das auch gerade bewusst geworden, denn zu diesem Zeitpunkt endete fast jegliche Konversation und wir konzentrierten uns nur noch auf die Partie. Im Endspiel glaubte ich zunächst, wenigstens Aussichten auf ein Remis zu haben (es standen sein König, drei Bauern und ein Läufer gegen meinen König, drei Bauern und ein Pferd), aber dann schob er einen Bauern an meinen Figuren vorbei und holte sich eine neue Königin.

Nun gab ich auf, denn jetzt war selbst ein Remis nicht mehr möglich.

»Ich bin beeindruckt«, sagte Edwin danach und wirkte fast ein bisschen geschockt, dass ich überhaupt Chancen auf ein Remis gehabt hatte. »Hast du nicht gesagt, dass du nicht viel gespielt hast?«

»Hab ich auch nicht«, sagte ich. »Na ja, ich hab gegen meinen Freund Lake gespielt, aber der ist ehrlich gesagt eine Katastrophe. Und mein Dad wäre noch immer gut, aber er hält kein ganzes Spiel ohne *Episode* durch.«

»Du hast jedenfalls richtig gut gespielt«, sagte er. »Und es hat großen Spaß gemacht. Genau das hab ich gebraucht. Danke, Greg. Und das meine ich ehrlich.«

Ich nickte.

Und dann ruinierte ich alles.

Zu meiner Verteidigung kann ich anführen, dass ich das gar nicht wollte. Es fing ganz unschuldig an. Ich meine, da saßen wir, spielten Schach und rissen Witze wie in alten Zeiten. Und das gab mir Hoffnung, dass unsere Freundschaft zu retten wäre. Aus irgendeinem hirnrissigen Grund fasste ich den Mut, noch einmal die Magie zur Sprache zu bringen.

Ich berichtete von meinem letzten Gespräch mit Fuchsflamme und dessen Überzeugung, dass wir gar nicht so unterschiedlich waren, und wie das mit seiner Vision für eine bessere Welt zusammenpasste. Und dass sich das ja gar nicht so sehr davon unterschied, was mein Dad über Magie gesagt hatte.

»Ich meine, mein Dad könnte eben doch recht haben«, sagte ich. »Vielleicht können wir durch Magie andere Elfen und Zwerge und von mir aus auch Menschen und andere Wesen dazu bringen, die Wahrheit zu erkennen. Sich klarzumachen, dass wir uns mehr ähneln, als wir glauben. Dass die Unterschiede belanglos sind im Vergleich dazu, worauf es wirklich ankommt.«

»Da sind wir uns ja auch einig«, sagte Edwin. »Nur eben nicht in der Methode, wie wir das erreichen wollen.«

»Ich glaube, mit Magie wäre es möglich«, sagte ich. »Magie könnte doch die totale Trumpfkarte sein, oder? Wir wissen das nur nicht, weil wir nie eine richtig magische Welt kennengelernt haben.«

»Vergiss es«, sagte Edwin. »Wie gesagt: Magie hat bisher nur Tod und Zerstörung gebracht. Und wenn sie vollständig zurückkehrt, wird alles nur noch schlimmer. Im Moment ist sie nur stark genug, um für einen kurzen Zeitraum ein kleines Gebiet zu beeinflussen. Aber hast du dir mal überlegt, was passiert, wenn genug Magie zurückgekehrt ist, um Flugzeugmotoren versagen zu lassen und diese zum Absturz zu bringen?«

Ich schüttelte den Kopf.

Das war ein gutes Argument. Aber ich hielt es weiterhin für eine kurzsichtige Herangehensweise. Schließlich ging Edwin aus dem Blickwinkel der modernen Welt an die Sache heran. Die Rückkehr der Magie würde jedoch alles verändern. Es würde schon bald keine Flugzeuge mehr geben, die abstürzen könnten. Vor allem dann nicht, wenn wir allen rechtzeitig erklärten, was passieren würde. Wenn wir die Flugzeuge vom Himmel holten, ehe sie abstürzten.

Das alles setzte ich Edwin auseinander. Und dann ging ich noch einen Schritt weiter.

»Die Welt, so wie sie jetzt ist, ohne Magie, hat tonnenweise Probleme«, sagte ich. »Die Elfen mögen ja als superreiche Elite ein gutes Leben haben, aber trotzdem sterben jedes Jahr Hunderttausende an Krieg, Terrorismus, Hungersnöten, Seuchen, Armut und so weiter. Du hast vielleicht in einer Art Wunderland gelebt, aber was ist mit allen anderen? Willst du einfach akzeptieren, dass es dir gut geht und anderen nicht und damit hat sichs? Solange bei dir alles in Ordnung ist, Pech gehabt?«

»Tja, so sieht die Welt leider aus«, sagte Edwin. »Es gefällt mir nicht besonders, aber so war es immer schon. Sogar damals in Ur-Erde. Du kannst nicht alle glücklich machen – bei dem Versuch würdest du dich selbst in den Wahnsinn treiben.«

»Aber vielleicht geht das doch!«, sagte ich. »Das will ich doch gerade sagen. Was ist die einzige Sache, die in der gesamten

Geschichte noch nie ausprobiert worden ist, um die Probleme der Welt zu lösen? Weil Kriege und Religionen und Industrie keine Lösung waren, zumindest nicht für alle?«

»Meine Güte, ich seh schon, worauf das hinausläuft«, sagte Edwin und verdrehte die Augen.

»Richtig«, sagte ich. »*Magie.* Vielleicht ist Magie das Einzige, was wirklich funktionieren würde. Wer kann schon sagen, ob das neue Magische Zeitalter für die meisten Leute Verschlechterungen mit sich bringen würde? In den vielen Jahrtausenden vor uns hat es schließlich auch ganz ohne Magie grauenhafte Kriege und Gewalttaten gegeben. Also können wir bei einem Versuch nicht allzu viel verlieren. Na gut, ihr habt eure Villen und Luxusautos und Privatjets, ihr habt schon was zu verlieren, aber was ist mit den Milliarden Leuten, die in Armut oder mit täglicher Gewalt leben müssen?«

Edwin seufzte. Er starrte über meine Schulter hinweg die nackte Mauer des kleinen Büroraums an.

»Es gibt eine Antwort auf diese Fragen«, sagte er. »Aber sie wird dir nicht gefallen. Ich habe ... na ja, ich habe dir nicht alles gesagt. Du wirst entsetzt sein, aber du kannst mir glauben, es geht wirklich nur darum, all das in Ordnung zu bringen, was du gerade aufgezählt hast. Sicherzustellen, dass es für alle besser wird.«

»Will ich das überhaupt wissen?« Ich seufzte.

»Du hast ja selbst gesagt, wie sympathisch du Fuchsflamme und Lixi und Abrissbirne und die anderen findest«, begann er. »Hoffentlich siehst du ein, dass wir genauso gute Wesen sind wie Zwerge oder Menschen oder sonst wer. Das sage ich deshalb, Greg, weil nicht *alle* Magie verschwinden wird, wenn wir mit unserem Plan Erfolg haben.«

»Wie meinst du das?«, fragte ich.

»Wenn alles nach Plan verläuft, werden die Elfen noch immer Magie besitzen«, sagte er. »Ich meine, nicht alle Elfen, was die Sache noch komplizierter macht. Nur wir. Ich und meine getreuen Anhänger. Wir alle, die wir uns dem Frieden verpflichtet haben.«

»Das verstehe ich nicht«, sagte ich und schüttelte den Kopf.

Es klang irgendwie noch schlimmer als die Probleme der modernen Welt. Eine Elite würde also nicht nur fast allen Wohlstand besitzen, sie würde auch noch über Magie verfügen? Das hörte sich wahnsinnig ungerecht an. Selbstsüchtig. Vielleicht war dieser Edwin im tiefsten Herzen doch nicht der alte Edwin, wie ich mir doch zu glauben erlaubt hatte. Selbst wenn er es gut meinte, wovon ich ziemlich überzeugt war, bewies dieser Plan, wie schräg seine Gedankengänge mittlerweile waren.

»Lass mich ausreden«, sagte Edwin.

Ich nickte, denn was hätte ich sonst tun können? Ich wollte seine Erklärung ja hören. Ich wollte von ihm überzeugt werden, dass sein Plan nicht so schlecht war, wie er sich anhörte. Denn er hörte sich ziemlich schlecht an. Er hörte sich an, als wollte Edwin die Macht der Magie – und seinen exklusiven Zugang dazu – einsetzen, um die Weltherrschaft an sich zu reißen. Falls es nicht irgendeinen Aspekt gab, der mir entgangen war.

»Wir werden die Magie nur behalten, um diesem ganzen Unsinn, den du erwähnt hast, ein Ende zu setzen, Kriegen und Armut und so«, sagte Edwin leidenschaftlich, und seine Augen brannten geradezu vor Aufrichtigkeit. »Wir wollen Magie einsetzen, um alle anderen hinter diesem Plan zu vereinen. Ich sehe die Elfen als natürliche Kandidaten für die Leitung der neuen Welt, da wir am klarsten denken und historisch gesehen immer den größten Erfolg dabei hatten, gesellschaftliche Strukturen durchzusetzen. Wir können so eine Art Weltpolizei bilden und für alle sorgen. Ohne Magie kann sich uns niemand widersetzen. Auf diese Weise können wir sichergehen, dass es keine Kriege, keine Gewalttätigkeiten, kein Blutvergießen, keine Armut geben wird. Nie wieder.«

»Du redest von einer Diktatur«, sagte ich und wollte meinen Ohren noch immer nicht trauen. »Mit Zwang zu Gehorsam. Ohne Freiheiten. Hat Freiheit denn nicht auch einen Wert?«

»So ist das nicht gemeint, Greg«, Edwin seufzte. »Es wird nur anfangs Gehorsam erforderlich sein, und den können wir gewaltlos durch Magie sicherstellen. Und auf Dauer wird das alles mit freiem Willen und Harmonie laufen. Glaub mir, wenn erst alle sehen, wie friedlich diese neue Welt sein kann und sein wird, dann wird niemand mehr Widerstand leisten *wollen.* Das würde nur zu sinnloser Gewalt führen. In der neuen Welt werde ich ein Befreier sein, ein Friedensmakler. Mein Plan ist der einzige, der nicht zu Toten führt. In gewisser Weise hatte dein Dad vielleicht doch die ganze Zeit recht: Vielleicht kann Magie *durch Elfen* dauerhaften Frieden bringen?«

Ich fand die Vorstellung schrecklich, dass er Dads Vision verzerrte. Ich wusste, dass mein Dad mit seinem *magischen Utopia* etwas anderes gemeint hatte. Etwas ganz anderes. In der magischen Welt, die sich mein Dad vorstellte, brauchte man keine *Weltpolizei* oder *Friedensmakler*.

»Du meinst also wirklich, dass du nur Elfen Magie anvertrauen kannst?«, fragte ich und die Wut in meiner Stimme überraschte sogar mich selbst. »Wo du mir erst vor einigen

Stunden erzählt hast, dass dich möglicherweise ein Elf hintergeht? Und dass man Elfen nicht vertrauen kann? Wie kannst du jetzt hier sitzen und behaupten, die wären die Einzigen, denen man trauen kann?«

»Na ja, das ist etwas anderes«, sagte Edwin, aber ich konnte sehen, dass er fieberhaft nachdachte. »Es würden ja nicht alle Elfen Zugang zu Magie haben. Nur die, denen ich *am meisten* vertraue.«

»Ah, alles klar, dann ist es ja nur gut, dass du ein perfekter Leutekenner bist und nie Fehler machst«, sagte ich. »Wie unter Umständen einen Maulwurf hier in deinem Stützpunkt zu dulden. Schön, dass wir davon ausgehen können, dass das kein zweites Mal passiert.«

»Spar dir deinen Sarkasmus«, sagte er ruhig, aber ich konnte ihm ansehen, dass er wusste, dass ich recht hatte. Dann seufzte er und schüttelte den Kopf. »Ich weiß, dass der Plan noch nicht perfekt ist. Aber ich werde eine Lösung finden. Zur Not bin ich eben der Einzige, der über Magie verfügt, wenn das Leben retten kann.«

Ob sich sein Plan nun als richtig oder als falsch erweisen würde – eins stand fest: Er hielt ihn wirklich für die beste Lösung für alle. Wenn er mich hier nicht mit seinen berühmten elfischen Überredungskünsten austrickste, diente dieser Plan nicht seinen egoistischen Interessen. Aber über die elfische Vormachtstellung und das Elitäre an der ganzen Sache konnte ich trotzdem nicht hinwegsehen.

»Dir ist doch klar, dass dein Plan darauf beruht, dass du Zwerge im Grunde für minderwertig hältst, oder?«, fragte ich. »Wenn manchen Elfen Magie anvertraut werden kann, Zwergen aber nicht?«

»Das ist nicht ... jetzt verdrehst du mir das Wort im Mund«, sagte Edwin.

»Wirklich?«, fragte ich.

»Okay, ich weiß, es klingt ziemlich übel«, gab Edwin widerwillig zu. »Aber immerhin werden sich die Leute dann nicht mehr gegenseitig umbringen.«

Ich nickte.

In dem Punkt konnte ich nicht widersprechen. Wenn nur Elfen Magie hätten, wäre es durchaus möglich, dass sie der ganzen Welt eine Art unfreiwilligen Frieden aufzwingen konnten. Aber würde der ohne freien Willen wirklich so harmonisch sein? Der Plan ging außerdem davon aus, dass alle Elfen auf derselben Seite stehen würden.

Was nicht stimmte, wie ich wusste.

Wegen des Eingeständnisses, das er vor weniger als einer Stunde gemacht hatte, und auch wegen der Beobachtungen, die ich auf dem St.-Louis-Friedhof Nr. 2 in New Orleans gemacht hatte. Deshalb überlegte ich, ob dies nicht ein passender Moment war, ihn danach zu fragen – schließlich konnte unser Gespräch kaum mehr eine schlimmere Wendung nehmen.

»An dem Tag in New Orleans«, fing ich an, »ehe ich das Bewusstsein verloren habe, da habe ich etwas Seltsames gesehen. Und zwar Elfen, die gegen Elfen kämpften, Edwin. Da bin ich mir ganz sicher. Was hatte das zu bedeuten?«

Edwin beugte sich in seinem Sessel vor und runzelte besorgt die Stirn. Zum ersten Mal, seit ich in Alcatraz war, sah er so jung aus, wie er war. Er sah wieder aus wie ein Junge, der gerade vierzehn geworden war und noch eine Menge zu lernen hatte. Seine Miene verdüsterte sich, während er überlegte, was er mir erzählen wollte.

»Über die Einzelheiten kann ich noch nicht reden«, sagte er. »Aber wir kümmern uns darum. Und wo wir schon beim Thema sind, ich sollte wohl wieder an die Arbeit gehen. Genug gespielt.«

Er erhob sich so abrupt, dass die Schachfiguren auf dem Tisch wackelten, und ich wusste, dass unser Gespräch zu Ende war.

35

Während der Apokalypse ist hoffentlich immer noch Zeit für Radtouren und Brettspiele

Mein allerletzter Spaziergang mit Lixi fand am nächsten Tag statt.

Sie holte mich vor dem Mittagessen ab und lächelte so strahlend wie immer. Sie hatte mir sogar ein Geschenk mitgebracht, das in einen alten Lederlappen gewickelt war. Ich knotete die Riemen auf und darin war ein grünes Amulett an einer goldenen Kette. Es war oval, aber ungleichmäßig, einige Zoll lang, und aus Stein, mit einem in der Mitte eingelassenen grünen Edelstein und eingeritzten kleinen Silberrunen.

Es war ganz schön cool, aber ich wusste nicht so recht, was ich genau vor mir hatte.

»Ist das so ein magisches Elfenzauberdings mit besonderen Kräften?«, fragte ich.

»Nö, das wurde vor dem letzten Superheldenfilm, den ich mir angesehen habe, im Kino als Werbung verteilt«, sagte Lixi. »Ich fand nur, dass es gut aussieht.«

»Oh …«

Sie prustete los. Ich wog den schweren Anhänger in der Hand und hatte keine Ahnung, ob ich mitlachen sollte.

»War doch nur ein Witz«, sagte sie dann endlich. »Du hattest schon recht. Das ist ein Talisman für Barrieren. Der elfischen Überlieferung nach verhilft er dir nach dem Tod zum sicheren Übergang zwischen den Welten. Manche behaupten auch, dass er Glück bringt. Die meisten halten ihn bloß für ein cooles Schmuckstück. Aber wer weiß? Nach altem Brauch bekommt jedes Elfenkind, das unter einem *blauen Mond*, also beim zweiten Vollmond im selben Monat, geboren wird, zum ersten Geburtstag so einen. Und ich möchte dir meinen geben.«

»Das kann ich nicht annehmen.«

Ich versuchte, ihr den Anhänger zurückzugeben, aber sie schüttelte den Kopf und versteckte die Hände hinter dem Rücken.

»Nix da, der gehört dir«, sagte Lixi und lächelte. »Du sollst ihn haben, Greg. Er wird dir mehr Glück bringen als mir – es klingt so, als ob du ihn brauchen könntest, mit deinem Donnerstagsfluch und so. Außerdem hat er nur in einer Schublade gelegen, seit ich ein Baby war. Ich glaube wirklich nicht, dass er irgendwelche Kräfte hat, nicht einmal jetzt, wo die Magie zurückkehrt. Aber ich möchte, dass du immer an mich denkst, wenn du ihn ansiehst. Als eine Art Erinnerung daran, dass wir gar nicht so schlimm sind. Wir Elfen, meine ich.«

Ich steckte den Anhänger in die Tasche und wünschte, ich könnte ihr auch etwas schenken.

»Danke«, sagte ich. »Das ist wirklich nett von dir. Aber warum redest du, als ob wir uns nie wiedersehen würden? Ich meine, lässt Edwin mich frei oder was?«

»Das weiß ich nicht«, gab Lixi zu. »Aber ich weiß, dass ich bald weggehe. Wahrscheinlich morgen oder übermorgen. Er hat einen anderen Auftrag für mich.«

Wir wanderten jetzt los, den vertrauten Weg hinaus auf den alten Gefängnishof.

»Was ist das für ein Auftrag? Ist das gefährlich?«

»Das kann ich nicht sagen«, sagte sie.

»Kannst du das nicht sagen oder weißt du es nicht?«

»Greg, ich will wirklich nicht darüber reden«, sagte Lixi und verriet damit alles, was ich wissen wollte: Vermutlich war es sehr gefährlich. »Können wir nicht wie sonst über den üblichen Kram reden? Über die tollen Theaterstücke, die an der PISS aufgeführt worden sind? Oder all die witzigen magischen Zwischenfälle, die wir in letzter Zeit beobachtet haben?«[17]

Ich lachte, versank dann aber in schweigsamer Melancholie. Tatsache war doch, dass wir beide eigentlich gar nicht über den üblichen Kram reden wollten, schließlich wussten wir doch, dass wir uns für lange Zeit zum letzten Mal sahen. Oder für immer, je nachdem, wie die Dinge sich weiterentwickelten.

»Weißt du, was Edwin wirklich vorhat, Lixi?«, fragte ich und brach damit das traurige Schweigen. »Dass er nicht die *ganze* Welt von Magie befreien will?«

»Dann hat er es dir also gesagt?«, fragte sie.

Ich nickte. »Na ja, zum Teil«, sagte ich dann. »Den Teil, dass die Elfen die ganze Magie für sich behalten.«

»Ich höre an deiner Stimme, dass du mit dem Plan nicht einverstanden bist«, sagte sie. »Und das ist dein gutes Recht.

---

17 Vor wenigen Tagen erst war ein Elf, der, ohne es zu wissen, Magie besaß, offenbar in eine Ausflussstelle von Galdervatn geraten, denn von einem Moment auf den anderen schoss grünes Licht wie Laserstrahlen aus seinen Ohren, seinen Nasenlöchern, seinem Mund und seinen Augen. Das machte ihn so fertig, dass er wild gestikulierend gegen eine Backsteinmauer knallte. Er hatte danach eine fiese Beule an der Stirn, ansonsten ging es ihm aber gut.

Mir würde es an deiner Stelle wohl genauso gehen. Aber glaub mir, Greg, es ist zu unserem Besten.«

»Wie will er das denn überhaupt durchziehen?«, fragte ich. »Ich meine, was, wenn er sich irrt? Wenn er dazu gar nicht in der Lage ist?«

»Selbst wenn ich mehr über seinen Plan wüsste und es dir erklären könnte«, sagte sie, »würde ich das nicht tun.«

»Was?«, fragte ich mit halbwegs gespielter Entrüstung. »Vertraust du mir etwa nicht?«

Lixi lachte, aber es war nicht ihr übliches melodisches Lachen. Dieses Lachen klang hohl und freudlos.

»Es geht weniger um Vertrauen zu dir als um Loyalität«, erklärte sie. »Wenn der Elfenlord uns befiehlt, nicht darüber zu reden, dann gehorche ich diesem Befehl.«

Ich nickte und beschloss, das Thema zu wechseln. Wenn das hier wirklich eine unserer letzten Begegnungen war, dann sollte sie nicht daraus bestehen, dass ich versuchte, Lixi Informationen zu entlocken.

»Danke«, sagte ich. »Dafür, dass du so nett zu mir bist. Und hier für mich eine echte Freundin warst. So gut ist vermutlich noch kein Gefangener auf Alcatraz behandelt worden. Nicht einmal Al Capone, der ja angeblich Sonderbehandlung hatte, als er hier gesessen hat.«

»Der war ein Zwerg, weißt du das?«, sagte sie.

Ich lachte und nickte. »Ja, das habe ich vor ein paar Monaten herausgefunden«, sagte ich. »Und irgendwie ist das überraschend, so sehr, wie er Geld geliebt hat.«

»Es schockiert dich, dass nicht alle Zwerge selbstlose Heilige sind, die nur das Gute, Edle und Wahre zu schätzen wissen?«

Ich schwieg lange, dann prusteten wir beide los.

»Okay, schon verstanden«, sagte ich. »Ich schätze, Zwerge sind manchmal ein bisschen selbstgerecht.«

»Nur ein bisschen«, sagte sie zustimmend.

Wir blieben auf dem Gefängnishof stehen und genossen für einen Moment einfach so das Sonnenlicht. Ich lauschte den Vögeln und dem tröstlichen Rauschen der Wellen an den nahe gelegenen Ufern.

»Glaubst du, es gibt eine Möglichkeit, dass wir Freunde bleiben können?«, unterbrach Lixi den stillen Augenblick. »Ich meine, egal, wie Edwins Plan ausgeht?«

Ich atmete langsam aus, denn die Richtungen, die meine Gedanken einschlugen, gefielen mir überhaupt nicht.

»Vermutlich nicht«, sagte ich. »Jedenfalls nicht auf die übliche Weise. Ich werde mich immer daran erinnern, wie witzig und nett du bist. Wie gern ich mit dir hier zusammen war, sogar als Gefangener. Aber ich bezweifele sehr, dass es eine Zukunft gibt, in der wir zum Beispiel auf eine Radtour gehen oder ein Brettspiel spielen oder so.«

Lixi kratzte mit dem Zeh im Boden herum und malte einen schiefen Kreis.

»Da hast du wahrscheinlich recht«, sagte sie. »Aber du musst zugeben, wenn Edwins Plan gelingt, wie er sich das vorstellt, dann ist es sehr wohl möglich. Ich meine, so, wie er das darstellt, werden eigentlich alle Freunde sein … mehr oder weniger.«

»Und du hältst das wirklich für möglich?«

»Du sagst immer wieder, dass Edwins Plan nicht funktionieren wird«, sagte Lixi. »Und vielleicht hast du recht. Aber ich frage dich: Welche Lösung haben die Zwerge? Habt ihr irgendeinen Plan, um die Katastrophe zu verhindern? Wenn überall magische Monster herumhängen, keine moderne Technologie mehr funktioniert und die Menschen allesamt verwirrt und verängstigt sind? Was wollt *ihr* unternehmen, um die Welt vor dem totalen Wahnsinn zu retten?«

Ich öffnete den Mund und wollte schon ein rasches defensives Argument bringen. Aber dann machte ich ihn wieder zu. Denn was konnte ich dazu schon sagen? Sie hatte recht. Falls die Zwerge wirklich einen Masterplan hatten, dann hatten sie nicht gerade viel darüber gesprochen. Sie waren zu sehr damit beschäftigt zu diskutieren, wie sehr wir bei jeglicher Art von Strategie versagen würden. Im Moment zogen wir zwar die MFMs durch, aber das war kein langfristiger Plan. Es war, wie nach einer schweren Operation ein Pflaster auf die Wunde zu kleben.

Lixi verstand mein Schweigen genau richtig.

»Also?«, fragte sie mit einem Lächeln. »Was kann es schaden, wenn wir es versuchen? Irgendwer muss doch irgendwas unternehmen.«

Ich nickte widerstrebend. Ob ich mit Edwins Plan einverstanden war oder nicht, er war immerhin besser als das, was die Zwerge vorhatten. Denn soviel ich wusste, hatten wir gar nichts vor. Falls mein Dad nicht plötzlich zu Verstand käme und uns endlich erzählte, auf welche Weise die Magie seiner Ansicht nach Frieden bringen könnte.

Wir blieben eine ganze Weile auf dem Gefängnishof und redeten vor allem über Belanglosigkeiten. Ich glaube, wir wollten beide nicht weiter über das Ende der Welt sprechen. Oder über Lixis neuen gefährlichen Auftrag. Oder irgendetwas Wichtigeres als die Frage, welche Netflix-Serien uns in der neuen Magischen Welt vor allem fehlen würden.

Als wir zu meiner Zelle zurückgingen, versuchte ich, mir ein paar von Herzen kommende Abschiedsworte abzuringen, aber Lixi unterbrach mich schon, als ich noch gar nicht richtig angefangen hatte.

»Das ist noch kein richtiger Abschied«, sagte sie. »Ich bin ja noch mindestens einen Tag hier. Also sehen wir uns morgen noch, Greg.«

Ich nickte und ging in meine Zelle. Der Wärter schloss die Tür und das elektronische Schloss schnappte ein.

Lixi lächelte mich noch einmal an und dann ging sie fort.

Es war nicht unsere letzte Begegnung, aber ein Teil von mir wünschte manchmal, es wäre so gewesen.

36

Wenn ein Zwerg die Stimme des Optimismus verkörpert, dann ist die Lage echt mies

Nach dem Abendessen schaute Edwin noch einmal vorbei.

»Was macht denn mein Lieblingsgefangener?«, fragte er, als meine Zellentür sich summend öffnete.

»Ha, ha«, sagte ich.

»Über so was muss man lachen«, sagte Edwin, lächelte aber nicht.

Eigentlich sah er eher aus, als ob er geweint hätte. Seine Augen waren rot, fast lila. Und er sah nicht mehr aus wie der glückliche Vierzehnjährige, den ich kannte, sondern eher wie ein hundert Jahre alter Mann, dem soeben befohlen worden ist, mal kurz die Chinesische Mauer Stein für Stein auseinanderzunehmen und zehn Meter weiter westlich wieder aufzubauen.

»Was ist los?«, fragte ich.

»Einfach alles, Mann«, sagte er mit solcher Entschiedenheit, dass ich nicht wagte, ihm zu erzählen, dass ja wohl nicht alles hoffnungslos war.

Und das brachte mich dann doch fast zum Lachen. Stellt euch das vor: ein Zwerg, der einem Elfen erzählt, es sei alles nicht so schlimm und er solle mal das Positive sehen.

»Muss ich mir Sorgen machen?«, fragte ich.

»Das müssen wir alle«, sagte er. »Ich nehme an, da du hier weder Fernsehen noch Internet hast, weißt du nicht, was los ist.«

Ich schüttelte den Kopf. »Woher denn?«

»Magie«, sagte er. »Sie kehrt schneller zurück, als wir erwartet haben. Ganz Hawaii hat seit drei Tagen keinen Strom mehr. Und nicht alle können die Monstersichtungen noch als Einbildung abtun. Zu allem Übel hatten wir gerade Vollmond. Nach unserer Schätzung haben Werwölfe aus Versehen weltweit Tausende von Todesfällen verursacht. Die gesamte moderne Zivilisation gerät aus den Fugen. Verstehst du jetzt, warum ich meinen Plan in die Tat umsetzen muss?«

Es fiel mir schwer, zu behaupten, dass er sich irrte, nach allem, was er mir gerade erzählt hatte. Also tat ich das nicht. Ich war ja nicht einmal mehr sicher, dass er sich irrte. Wenn allein durch Werwolfangriffe Tausende zu Tode gekommen waren, dann würde es schwer sein, irgendwen zu überzeugen, dass die Rückkehr der Magie gut wäre für die Welt. Und dass sie Frieden bringen würde. Selbst wenn Edwin mit seiner Vision falschlag, könnten auf diese Weise vermutlich viele Unschuldige vor Unheil bewahrt werden.

»Worauf wartest du denn noch, wenn die Lage so schlimm ist?«, fragte ich.

»Das kann ich dir nicht sagen«, sagte er. »Ich kann nicht riskieren, dass du versuchst, mich aufzuhalten. Du glaubst sicher, das wäre richtig, aber das stimmt nicht. Doch es wird bald so weit sein. Ich muss nur erst noch meinen Doppelagenten auffliegen lassen.«

»Dann sag mir wenigstens, warum ich in New Orleans

gesehen habe, wie Elfen gegen Elfen kämpften!«, bat ich. »Versuchen andere Elfen, deine Bemühungen zu sabotieren?«

»Ich kann nicht, Greg ...«

»Du kannst und solltest«, sagte ich. »Ich nehme an, ich komme hier irgendwann wieder raus, oder? Warum sollte ich sonst so gut behandelt werden? Warum solltest du mich sonst davon zu überzeugen versuchen, dass ihr nicht die Bösen seid? Meinst du nicht, es wäre gut für mich, Bescheid zu wissen? Dann kann ich dem Rat der Zwerge erklären, was vor sich geht. Auf welcher Seite sie kämpfen sollen ... wenn es so weit kommt!«

Edwin bedeckte sein Gesicht mit den Händen und rieb sich die Augen. Dann seufzte er. »Ich kann nicht garantieren, dass ich dich jemals hier rauslassen kann, Greg. Klar, ich hoffe, dass es möglich sein wird, aber noch kann ich das nicht riskieren. Nicht, bevor ich meinen Plan umgesetzt habe. Aber ich erzähle dir trotzdem etwas mehr, weil ich möchte, dass du wieder mein Freund bist. Und ich will, dass du mir wieder vertraust. – Wie du weißt, ist das Elfenkönigreich zerbrochen, als meine Eltern getötet wurden. Viele der ranghöchsten Ratgeber meines Vaters in aller Welt griffen nach der Macht. Es kam zu einer Spaltung, da einige Elfen fanden, ich sei zu jung und den Zwergen gegenüber zu weichherzig, um mein rechtmäßiges Erbe anzutreten. Es gab überhaupt eine Menge von Differenzen aus einer Menge von Gründen. All das hat zu Chaos und internen Kämpfen und vielen kleineren Gruppen ohne echte Macht geführt.

Zum Glück haben sich viele Elfen unseren Gesetzen gegenüber als loyal erwiesen und sind mir trotz meiner Jugend gefolgt. Zuerst war das eine kleine Gruppe, aber in den vergangenen Monaten ist sie stetig gewachsen. Wie zu erwarten war, haben die anderen Fraktionen die Sache irgendwann ausgefochten und sind zu einer Art Lösung gelangt. Eine dieser Gruppen hat sich als die mächtigste erwiesen und alle anderen geschluckt, die mich noch immer nicht als Elfenlord anerkennen wollen. Diese besagte Fraktion ist aus der radikalen nationalistischen Abweichlertruppe hervorgegangen, die meiner Vermutung nach damals deinen Vater entführt hat: Verumque Genus.«

»Wer ist ihr Anführer?«, fragte ich.

Edwin schüttelte den Kopf.

»Ich bin nicht sicher«, sagte er. »Ich tippe auf einen der alten Vertrauten meines Vaters. Ich wüsste einige mögliche Kandidaten, aber erst muss ich dahinterkommen, welcher von meinen Vertrauten ihnen Informationen zukommen lässt.«

»Einige Zeit lang habe ich geglaubt, dass du diese Gruppe anführst, um ehrlich zu sein«, sagte ich.

»Was?«, fragte er. »Und warum? Und woher wusstest du überhaupt von ihrer Existenz?«

»Na ja, ich wusste nicht viel über sie«, gab ich zu. »Bis ich mich mit dem ehemaligen Felstrollsklaven deiner Eltern angefreundet habe, Kurzol, der in Wirklichkeit übrigens Stoney heißt. Nachdem deine Eltern ... äh ... also, einer ihrer treuen Anhänger hat Stoney nach New Orleans mitgenommen. Dort hat er in der Gefangenschaft einige Gerüchte gehört. Über eine neue Elfenfraktion, die etwas Grauenhaftes und Vernichtendes plant, das zur *universalen Annihilation* führen würde, wie er sich ausdrückt. Und er hat auch gehört, dass der Anführer dieser Fraktion noch sehr jung sei. Ich wollte zwar nicht glauben, dass du etwas so Entsetzliches vorhast, aber ich hielt es immerhin für möglich, wenn ich an deinen Zustand bei unserer letzten Begegnung dachte ...«

Edwin zuckte mit den Schultern, um mir zu zeigen, dass er nicht beleidigt war.

»Das ist interessant«, sagte er. »Ich bin nie auf die Idee gekommen, dass ihr Anführer so jung sein könnte wie ich. Ich frage mich, ob es ein ehemaliger PISSer sein könnte. Jedenfalls hat dein Felstroll in einem Punkt recht: Was sie vorhaben, ist wirklich nicht gut. Und es würde zu weltweiter Zerstörung führen.«

»Du weißt also, worum es geht?«

Edwin nickte langsam und sah aus, als ob er sich stattdessen selige Unwissenheit wünschte.

»Sie wollen eine Armee aus Monstern zusammenstellen und mit deren Hilfe die Weltherrschaft an sich reißen«, sagte er. »Mit Gewalt. Sie wollen sichergehen, dass sie ganz oben in der sozioökonomischen Nahrungskette bleiben, um das mal so zu sagen. Und in einem neuen Magischen Zeitalter erscheint ihnen eine Monsterarmee als die leichteste Möglichkeit, das zu tun. Mit denen hat meine Einheit auf dem Friedhof gekämpft. Und deshalb wollten Verumque Genus den Mondspuk fangen, statt ihn wieder auf Dauer ins Reich des Todes zu verbannen. Mein kleines Team war dort, um sie aufzuhalten, und eure Anwesenheit kam ... na ja, unerwartet. Die Sache wurde kompliziert. Am Ende des Kampfes haben meine Leute dich bewusstlos aufgefunden und hergebracht.«

»Wer hat gewonnen?«, fragte ich und dachte wieder an meine Freunde und alles, was passiert sein konnte.

»Sie«, sagte Edwin. »Jedenfalls haben sie den Mondspuk an sich gebracht und sind mit ihm entkommen. Wir hatten zwar nicht viele Tote zu beklagen, konnten sie aber nicht an ihrem Vorhaben hindern. Deshalb ist es für mich wichtiger denn je, den Verräter zu finden. Ich muss die Magie vertreiben, ehe die Elfen von Verumque Genus Erfolg haben. Ehe ihre Monsterarmee so groß geworden ist, dass sie niemand mehr aufhalten kann. Ich will Magie einsetzen, um Frieden zu schaffen, Greg. Sie wollen durch Magie herrschen.«

»Gibt es keine andere Möglichkeit, sie aufzuhalten?«

Edwin schüttelte den Kopf. »Keine, die nicht zu einem gewaltigen Krieg führen würde. Deshalb sage ich doch schon die ganze Zeit: Ich muss die Magie aus der Welt vertreiben, oder alles, was wir kennen, wird untergehen. Aber zuerst muss ich herausfinden, wer hier Informationen durchsickern lässt.«

Wir schwiegen einige Sekunden lang und ließen seine unheilvolle Vision erst einmal sacken. Meine Gedanken wanderten zurück nach New Orleans. Ich hatte irgendwo im Hinterkopf das bohrende Gefühl, etwas übersehen zu haben.

»Also … du warst wirklich nie mit den Elfen in New Orleans verbündet?«, fragte ich.

»Nein, niemals«, sagte Edwin. »Wir haben überhaupt erst vor kurzer Zeit erfahren, dass sie dort sind – unmittelbar vor dem Kampf auf dem Friedhof. Ein von ihnen gefangener Elf war entkommen und hat uns informiert.«

Ich nickte und überlegte, dass dieser Elf beim gemeinsamen Ausbruch mit Stoney geflohen sein musste. Fast fragte ich mich, ob es der Elf sein könnte, der nach Stoneys Bericht mit demselben Mittel vergiftet worden war wie mein Dad. Ein Mittel, von dem ich jetzt wusste, dass …

Plötzlich hämmerte mein Herz wie besessen los und ich riss die Augen auf.

»Greg?«, fragte Edwin erschrocken. »Was ist los? Gehts dir nicht gut?«

»Edwin, ich weiß, wer der Maulwurf ist«, sagte ich.

Seine Besorgnis schlug in Verwirrung und schließlich in verärgerte Skepsis um.

»Woher willst du das denn wissen?«

»Das Mittel, mit dem mein Dad vergiftet worden ist, war eine Variation eines uralten Elfentranks aus Ur-Erde, der *Shawara Marar Yarda* genannt wurde«, sagte ich. »Er wurde speziell für deinen Dad gebraut. Und nur dein Dad und die Person, die den Trank angerührt hat, hatten jemals einen Vorrat davon.«

»Und?«

»Und«, sagte ich, »da ich den Anteil an mich genommen habe, der deinem Dad ausgehändigt worden war, dann ist nur der Anteil dieser anderen Person übrig.«

Edwin schüttelte frustriert den Kopf. »Greg, ich begreife noch immer nicht, was das alles mit meinem Maulwurf zu tun haben soll.«

»Der eigentliche Grund, warum ich überhaupt nach New Orleans gereist bin, war, um herauszufinden, was mit meinem Dad los ist und wie ich ihn heilen könnte«, sagte ich. »Stoney hat mir erzählt, dass ein anderer Gefangener in New Orleans mit demselben Mittel vergiftet worden ist wie mein Dad. Und wir wissen, dass außer deinem Vater nur eine einzige andere Person dieses Mittel besessen hat.«

»Woher weißt du das alles überhaupt?«

»Weil diese Person – die Person, die das Gift hergestellt hat – mir alles erzählt hat, hier auf Alcatraz«, sagte ich. »Dr. Yelwarin.«

Edwin riss für einen Moment die Augen auf, dann schüttelte er den Kopf. »Nie im Leben«, sagte er. »Sie war für meine Operation bisher viel zu wichtig. Sie würde niemals ...«

»Na, warum sollte sie dir nicht helfen, wo sie doch weiß, dass sie all dem jederzeit ein Ende setzen kann?«, fragte ich. »Das ist die einzige Möglichkeit, wenn Stoney sich nicht geirrt hat ...«

»Du verlässt dich also auf das Wort eines Felstrolls, Greg«, sagte Edwin.

»Allerdings«, sagte ich. »Ist dir je ein Felstroll begegnet?«

Edwin legte den Kopf schräg und grinste, weil er wusste, dass ich diese Auseinandersetzung gewinnen würde. »Nein.«

»Hab ich mir gedacht«, sagte ich. »Wie kannst du also unterstellen, dass man ihnen nicht vertrauen darf? Oder dass sie unzuverlässig sind? Nur weil es in deinen alten Elfenbüchern steht?«

Edwin zuckte mit den Schultern und grinste noch immer – aber es war alles andere als ein gut gelauntes Grinsen. Es war eher resigniert und bitter.

»Stoney ist mein Freund, Edwin«, sagte ich. »Und ich vertraue ihm. Zwerge schenken niemandem leichtfertig ihr Vertrauen, denn wir stellen sehr hohe Ansprüche an Zuverlässigkeit. Das weißt du. Aber ich vertraue Stoney. Und wenn das, was du neulich gesagt hast, stimmt und du mir auch noch immer vertraust, dann musst du mir glauben.«

Edwin blieb eine gefühlte Ewigkeit so sitzen, aber vielleicht waren es auch nur Sekunden. Seine eisblauen Augen bohrten sich in meine, und dann nickte er endlich.

»Da werde ich wohl mal meine gute Frau Doktor aufsuchen müssen«, sagte er und sprang auf. »Und zwar sofort.«

37

Greggdroule Sturmbauch, Herr der Blitze

Am nächsten Morgen wurde ich von entsetzlich vertraut klingendem Kampfgetöse geweckt.

Es war nicht irgendein Kampf, sondern eine erderschütternde Schlacht, mit Schwertern, die gegen Schwerter klirrten, entsetzlichem Geschrei, Geheul unbekannter Wesen und dem unverkennbaren Zischen und Blitzen der magischen Energie von elfischen Zaubern.[18]

Es hörte sich an wie das Ende der Welt.

Und es wurde noch lauter, als ein riesiges Ungeheuer meiner Zelle gegenüber gegen die Gefängnismauer knallte und ein Loch hineinriss, durch das ein Auto gepasst hätte. Dahinter bot sich mir ein grauenhafter, seltsam schöner Anblick.

Der Himmel hing voller dunkler Regenwolken, Blitze zuckten und beleuchteten die Regentropfen wie fallende Edelsteine. Hinter der eingestürzten Mauer sah ich Wesen aller Art, die

---

18 In den Wochen meiner Gefangenschaft hatte ich (vor allem durch zufällige magische Vorführungen) festgestellt, dass elfische Zauber sich von zwergischen ein wenig unterschieden. Bei unseren waren Elemente der Erde mit im Spiel, wie Wind und Pflanzen und Steine, die der Elfen waren eher wie psychedelische Lightshows oder futuristische Lasernummern.

vorüberrannten und mit den Elfen kämpften. Rote, gelbe und grüne Energiestöße der elfischen Zauber erhellten den Vordergrund. Schreie und Schwerterklirren füllten die Luft, während Elfen mit anderen Elfen kämpften. Hunderte von fliegenden Geschöpfen verdeckten den Himmel, und nur während eines Blitzschlags konnte ich sie erkennen: Schwärme von Harpyien und Flugdrachen. Im hektischen Lodern der Blitze und der elfischen Magie sah ich auch Kobolde, Orks, Gespenster, Wiedergänger, Nachzehrer und etliche Monsterarten, die ich nicht einordnen konnte.

Ich wusste sofort, dass ich Verumque Genus (auch bekannt als VG) mit der dazugehörigen Monsterarmee vor mir hatte.

Ich wusste zudem, dass sie Edwin vernichten wollten, ehe er ihnen ihre Magie (und damit auch ihre gesamte Legion aus verzauberten Wesen) nehmen konnte. Aber eine dunkle Gestalt versperrte mir den Blick, ehe ich noch mehr sehen konnte. Ich trat einen Schritt von meiner Zellentür zurück.

Es war ein Oger, der durch die Mauer gebrochen war.

Er leckte sich hungrig die dicken Lippen und grinste auf mich herab, wobei sich eine dampfende Schleimpfütze aus Speichel um seine Füße sammelte. Diese Art von Ungeheuern sah aus wie eine Mischung aus Waldtroll, Ork und furchtbar hässlichem Mensch. Dieses Exemplar war mindestens drei Meter groß und hatte zottige schwarze Haare, in denen vertrocknetes Blut und Fleischreste von seiner letzten Mahlzeit klebten (vermutlich irgendein glückloser Mensch). Unter seinem Kittel aus Tierfellen prangte ein Schmerbauch und seine schwabbeligen Glieder schlackerten, als er die Gitterstäbe auseinanderriss, die ihn von seiner nächsten Zwischenmahlzeit trennten: *von mir*.

Ich wich in die Zellenecke zurück.

»Wir können über alles reden«, sagte ich und hoffte, dass meine Zeit hier bei den Elfen vielleicht eine charmantere, überzeugendere Person aus mir gemacht hatte. »Du kannst dich doch wenigstens mit mir bekannt machen, ehe du mich verzehrst. Das macht die Mahlzeit noch viel befriedigender, ganz sicher. Hast du je davon gehört, dass man seinem Essen Namen geben kann? Ich hatte mal einen Onkel, der allen seinen Ochsen Namen gegeben hat, sogar denen, die dann irgendwann zu Grillsteaks wurden.«

Der Oger lachte und sein Bauch wippte dabei auf und ab. Dann streckte er seine rechte Hand aus, die mich nur knapp verfehlte, als sein Kopf gegen die Zellendecke krachte. Beton rieselte um ihn herum. Aber er erholte sich rasch, und da jetzt ein Teil des Eingangs eingestürzt war, konnte ihn nichts mehr aufhalten.

Er trat zurück und grinste, und noch immer tropfte schleimiger Speichel auf den Boden.

Und dann spürte ich es.

Ich war nicht sicher, ob ich in einer magischen Zone stand, oder ob es nun endlich so weit war und die Magie mit voller Kraft zurückkehrte. Auf jeden Fall konnte ich spüren, wie mich Galdervatn durchströmte. Je mehr Magie ich in den vergangenen Monaten gewirkt hatte, umso leichter konnte ich feststellen, wann sie anwesend war und ich die Fähigkeit besaß, einen Zauber zu legen. Es fühlte sich an wie eine Art Selbstvertrauen, aber der Unterschied war deutlich, denn das Wesen der Magie zu besitzen, war um vieles weniger logisch. Und Selbstvertrauen war weniger mächtig. Selbstvertrauen konnte euch nicht dazu bringen, über den Grand Canyon zu springen. Bei Magie dagegen war die Zuversicht, die man verspürte, grenzenlos. Man hatte wirklich das Gefühl, alles zu können, egal, wie verrückt oder unlogisch oder gefährlich es sich anhörte.

Der Oger hob eine Faust und senkte sie, um mich wie eine Wanze zu zerquetschen. Aber als seine Hand sich näherte, rief ich einen Zauber herbei, von dem ich nicht einmal gewusst hatte, dass ich ihn beherrschte: Ein Blitzstrahl jagte durch das Loch in der Gefängnismauer herein und traf den Hinterkopf des Ogers mit einem so lauten *Krack,* dass es klang, als wäre ein australischer Bulokebaum in zwei Teile gebrochen.

Der Oger kippte vorwärts, seine Haare brannten und das tierische Fett darin zischte und knisterte.

Ich konnte gerade noch ausweichen, als er gegen meine Toilette knallte und sie in tausend Stücke schlug. Wasser spritzte aus den zerbrochenen Leitungen und löschte seinen lodernden Schopf. Es zischte und dampfte, als der Oger bewegungslos liegen blieb.

Ich rannte aus der Zelle und zu dem gezackten Loch in der Gefängnismauer. Draußen tobte noch immer der Kampf. Tote lagen auf dem Weg, aber ich schaute nicht genauer hin, um nicht zu sehen, wer sie waren und zu welcher Seite sie gehörten. Ich floh zurück in den Zellentrakt und ging meine Möglichkeiten durch:

1. Ich könnte das hier als meine Chance zur Flucht nutzen, einen Weg zurück nach Chicago finden und den Rat über alles informieren, was hier passierte (oder bald passieren würde).
2. Ich könnte bleiben, mich ins Gefecht stürzen und versuchen,

Edwin beim Sieg über VG und ihre widerliche Monsterarmee zu helfen.
3. Ich könnte mich zusammenrollen und ängstlich wimmern, bis alles vorbei war.

So verlockend sich die dritte Möglichkeit auch anhörte, ich strich sie sofort von der Liste. Ein Teil von mir wollte unbedingt fliehen, mich retten, diese Chance zur Flucht nutzen. Aber zugleich hatte ich das Gefühl, dass Edwin und ich fast wieder Freunde waren. Jedenfalls waren wir keine erbitterten Feinde mehr. Außerdem hatte ich hier in Alcatraz viele wirklich sympathische Elfen kennengelernt, Elfen, die jetzt in Gefahr waren. Und zu guter Letzt, und das war vielleicht das Wichtigste von allem: Egal, was ich von Edwins Plan zur Rettung der Welt hielt, es ließ sich nicht leugnen, dass er vermutlich immer noch besser war als das, was die VG-Elfen vorhatten. Denen das Handwerk zu legen, erschien mir also für den Moment die dringlichste Aufgabe zu sein.

Damit war die Sache entschieden: Möglichkeit 2.

Ich würde bleiben und Edwin helfen.

Selbst wenn das ziemlich sicher mit einer dieser Möglichkeiten enden würde:

1. Wir würden siegen und sofort wäre ich wieder ein Gefangener.
2. Wir würden verlieren und ich würde im Kampf fallen.

38

Ein alter Freund geht zum Ork-Bowling

Mein erstes Problem, als ich mich ins Kampfgetümmel stürzte: Ich hatte keine Waffe.

Mein zweites Problem, kaum dass ich in den Regen hinausgerannt war: Ich war von sieben wütenden grünen Orks umringt, die bewaffnet waren mit scheußlich aussehenden dicken Krummschwertern, mit blutverklebten Kampfäxten, die mit Kerben übersät waren (vermutlich vom vielen Knochenbrechen), und mit gemeinen Keulen mit angespitzten tierischen Stoßzähnen an den Enden.

Orks waren breiter als Menschen, aber nur wenig größer (die meisten waren um die zwei Meter zehn). Doch sie waren viel dicker, wie haarlose Gorillas auf Steroiden. Ihre Haut schillerte in allen möglichen schmierigen Grüntönen und war mit Warzen bedeckt. Ihre Mäuler standen permanent offen und sie bleckten die Zähne wie riesige Hunde. Nun hackten sie sofort los, ohne mir auch nur Zeit zu lassen, die Lage zu peilen, einen Plan zu machen oder mit ihnen zu diskutieren.

Dem ersten Hieb konnte ich ausweichen.

Zugleich rief ich magische Schlingpflanzen herbei, die einen Ork vom Gehweg nach unten in die Bucht zogen. Aber die Waffen von drei anderen Orks trafen mich und mein Körper wurde nur den Bruchteil einer Sekunde vor dem Treffer zu Stein. Sonst hatte ich nie etwas gespürt, wenn ich diesen steinernen Abwehrzauber benutzt hatte, aber diesmal tat es richtig weh.

Die Schwerter der Orks prallten an meiner Steingestalt ab, aber sie brachten meine Zähne zum Klappern und warfen mich zu Boden, und ich fragte mich benommen, ob sie mir vielleicht doch ein Glied abgehackt hatten, obwohl ich zu Stein geworden war. Mein Rücken und mein Arm pochten vor Schmerz, aber ich war noch immer unversehrt. Als ich mich umschaute, zielten bereits drei andere Orks mit zwei riesigen Äxten und einer riesigen, mit Zacken besetzten Keule auf meinen Kopf.

Ich wusste, damit war die Sache gelaufen – ich hatte keine Kraft mehr für einen weiteren Zauber. Das spürte ich. Und selbst wenn, dann wäre das nicht genug gewesen. Im Kampf gegen Orks hatte zwergische Energie offenbar ihre Grenzen. Aber unmittelbar ehe die Waffen mich trafen und sich Dunkelheit über mich senkte, kam ein Felsbrocken von der Größe eines kleinen Hauses aus dem Nirgendwo geflogen und warf alle drei Orks um wie Bowlingkegel. Der Felsbrocken rollte hinab in die Bucht und hinterließ eine Schmierspur aus grünem Blut und Orkteilen.

Erst als die drei verbliebenen Orks von einer felsigen Schulter, die zu einem gewaltigen, wütenden grauen Wesen gehörte, gegen die Mauer geklatscht wurden, ging mir auf, wer mich gerettet hatte.

»Stoney!«, schrie ich.

»STONEY PROTEKTOR VON GREG!«, brüllte der riesige

Felstroll, als er mit leichter Hand einen Ork mehrere Hundert Meter in die Luft schleuderte wie ein Stück Abfall.

Dann waren plötzlich auch meine übrigen Freunde da. Alle meine Freunde: Ari, Lake, Eagan, Glam und Froggy. Und vier von den Zwergen, die ich in New Orleans kennengelernt hatte, waren ebenfalls mit von der Partie: Kichi, Yoley, Tiki und Boozy.

Ari riss mich an sich und es war die beste Umarmung, die ich jemals erlebt hatte.

»Ihr lebt noch!«, sagte ich mit gepresster Stimme, während ich verzweifelt versuchte, nicht gegen die zwergische Grundregel zu verstoßen: *Zwerge weinen nicht.*

»Bitte entschuldige, dass es so lange gedauert hat«, sagte Ari und ignorierte die Regel, denn ihr liefen die Tränen über die Wangen.

»Kommt jetzt, hier lang«, sage Eagan und führte uns zurück ins relativ ruhige Gefängnis, weg vom Kampfgewühl.

Das Hauptgefecht schien sich für den Moment vor allem auf den Bereich außerhalb der Mauern zu konzentrieren. Was vom VG vermutlich so beabsichtigt war, da so viele Angehörige ihrer Armee entweder fliegen konnten oder zu groß waren, um in den engen Gefängnisgängen etwas auszurichten.

Wir kauerten uns in einen Zellentrakt, der an meinen eigenen angrenzte. Es brannte kein Licht und alles war stockdunkel. Ich wollte den anderen gerade erklären, was hier vor sich ging, aber ehe es so weit kam, hörte ich in meinem Kopf eine vertraute Stimme:

Ach, was hat mir deine hässliche Visage gefehlt, Greggdroule!

Froggy warf mir Aderlass zu, während die Axt weiterplapperte.

Diese angeschrägten drecksschlammfarbenen Augen! Diese gelben und wild durcheinanderstehenden Zähne! Deine strähnigen Haare! Der Geruch, oh, der Geruch! Niemals zuvor hat ein Geruch mir dermaßen gefehlt!

Bei seinem Anblick machte mein Herz einen Sprung.

Als der Griff meine Handfläche traf, durchfuhr mich ein Strom von Kraft. Alle Schmerzen waren verschwunden. Seltsamerweise wollte ich jetzt unbedingt wieder nach draußen rennen und alle und alles niedermetzeln. Und zwar bei beiden kämpfenden Armeen. Weil sie mich und meine Freunde in Gefahr gebracht hatten.

Jawoll, fügte Aderlass hinzu. *Und außerdem haben sie dich gefangen gehalten. Ich meine, wer tut denn so was? Sie haben dich mit einem Lächeln im Gesicht gefangen gehalten! Als ob sie dir damit einen Gefallen täten!*

Die Axt hatte recht: Weshalb hatte ich es einfach so hingenommen, gefangen zu sein? Ich hätte die ganze Zeit toben müssen. Dass sie mich einigermaßen gut behandelt hatten, spielte keine Rolle. Ich war ihr Gefangener gewesen – sie hatten mir meine Freiheit genommen. Und diese Verumque-Genus-Leute, na, die hatten die Vernichtung ja wohl sowieso verdient. Alles, was noch zählte, war Rache und Wut.

Ich knirschte so fest mit den Zähnen, dass ich schon glaubte, einen zerbissen zu haben. Wie hatte ich so blind für meine Lage sein können? Das musste an der elfischen Manipulation und Überredungskunst gelegen haben.

Wenn wir hier fertig sind, wird kein Elf mehr aufrecht stehen, sagte Aderlass.

Na, da bin ich mir nicht so sicher, dachte ich zurück.

Du bist nur deshalb so gelassen, weil sie dich mit ihrem elfischen

Charme eingewickelt haben, Greggdroule, sagte Aderlass. *Aber jetzt, wo wir wieder zusammen sind, wird nichts uns daran hindern, die Welt vor den Elfen zu retten. Vor ihnen allen.*

Okay, dann ans Werk, dachte ich zurück. *Wir vernichten sie!*

Ja, verdammt. Rock and Roll!

Ich wollte schon aufspringen und nach draußen stürzen, um Aderlass auf beide Elfengruppen loszulassen. Aber Eagan legte mir die Hand auf die Schulter und hielt mich zurück.

»He, Moment mal«, sagte er. »Was ist hier überhaupt los?«

In der Hitze des Augenblicks hatte ich vergessen, dass die anderen ja keine Ahnung hatten. Also erzählte ich ihnen in aller Eile, wer die Verumque-Genus-Fraktion war, warum sie gegen Edwin kämpfte und was der plante.

»Wir müssen sie aufhalten«, sagte ich. »Sie allesamt. Edwin will der Welt alle Magie nehmen und VG will mit Magie eine Armee von Monstern befehligen, um alles zu verwüsten. Und das können wir natürlich beides nicht zulassen.«

»Das leuchtet zwar ein«, sagte Eagan. »Aber ich frage mich, was der Rat ...«

Sag ihm, dass der stumpfsinnige Rat sich einen drungigen Burrlanger sonst wohin stecken kann, kommentierte Aderlass. *Das hier erledigen wir auf purboggingischste Weise selbst.*

»Vergiss den Rat«, fiel ich Eagan ins Wort, drückte mich aber nicht ganz so drastisch aus, wie Carl vorgeschlagen hatte. »Woher habt ihr eigentlich gewusst, dass ich hier bin? Und warum seid ihr erst jetzt gekommen?«

»Eigentlich hat Aderlass uns hergeführt«, sagte Eagan.

»Echt?«

»Aye«, erklärte Lake. »Ihmseinige Kräfte seien hinfort nie mehr gering zu wähnen.«

Richtig so, ich bin ein Boss, prahlte die Axt. *Macht mich oder meinen Zwerg nicht an!*

»Wir wollten viel schneller hier sein«, sagte Ari, und ich wusste, dass sie es ehrlich meinte. »Nachdem die Axt uns hergeführt hatte, was an sich schon lange genug gedauert hat – sie hat wie ein Kompass in allerlei Blau- und Lilatönen geleuchtet –, mussten wir den Rat informieren. Die sagten, wir sollen abwarten und die Lage beobachten und nur dann eingreifen, wenn wir glauben, dass du in unmittelbarer Lebensgefahr schwebst. Sie wollten das Risiko nicht eingehen, jetzt schon Krieg mit den Elfen anzufangen.«

Ich nickte, dann stand ich auf.

»Okay, so oder so, genug geredet, machen wir der Sache ein Ende«, sagte ich.

»Endlich wirst du vernünftig«, sagte Glam aufgeregt. »Auf gehts zum Elfenklatschen!«

»Moment, Leute«, befahl Eagan. »Greg, hast du überhaupt gesehen, wie groß die Armeen da draußen sind? Ich glaube nicht, dass wir es mit ihnen aufnehmen können. Wir sind nur zehn, wenn wir Stoney mitzählen, und die sind insgesamt sicher an die tausend. Ich glaube, wir sollten lieber versuchen, ungesehen zu entkommen. Wir können den Rat über die neue Lage informieren und ihn entscheiden lassen, was mit diesem Verumque Genus passieren soll. Wir müssen nicht alles ganz allein schaffen.«

»Leute, ich unterbreche euch ja nur ungern«, sagte Ari. »Aber so, wie es aussieht, haben wir keine Wahl mehr.«

Wir sprangen auf und schauten uns um. Auf beiden Seiten unseres Zellentrakts standen Massen von Elfen und Monstern und versperrten alle Fluchtwege. Auf der einen Seite wartete eine Legion aus Kobolden, bewaffnet mit winzigen Kriegsbeilen und Schwertern. Kobolde waren höchstens neunzig Zentimeter groß, glichen das aber durch Schnelligkeit, Magie und wütende Rücksichtslosigkeit aus. Es waren an die hundert, ihre leuchtenden grünen Köpfe wogten hektisch auf und ab wie Wellen, und es war kein großer Trost, dass ihre Waffen relativ klein waren.

Auf der anderen Seite standen mindestens fünfundzwanzig riesige, gemein aussehende Biester, die ich sofort als Mantikoren erkannte. Durch ihr besonderes Aussehen waren sie leicht zu identifizieren, genauso waren sie im Monsterologie-Unterricht beschrieben worden. Sie hatten einen massigen Rumpf, ähnlich wie Löwen (aber stachelig, und ich hatte gelesen, dass die Stachel giftig waren), mit dunklen, ledrigen Flügeln, die sie wie Drachen über ihre Schultern gefaltet hatten, und einem langen dünnen Schwanz mit giftiger Spitze, wie ein Skorpion.

Aber das Schlimmste war der Kopf. Ein Mantikor hatte einen fast menschlichen Kopf. Wenn es einfach ein Menschengesicht auf dem Körper irgendeines Ungeheuers gewesen wäre, wäre es vielleicht nicht so beängstigend gewesen. Aber es war dieses *fast,* das es auf unnatürliche Weise besonders gespenstisch machte. Sie hatten ein Gesicht wie ein Mensch, mit Zähnen, die für so eine wilde Bestie überraschend rund und glatt waren, und eine spitze Nase mit zwei Nasenlöchern. Nur war das Gesicht irgendwie in die Breite gezogen, verzerrt und wächsern, wie misslungene Sondereffekte in einem alten Film, umgeben von einer wilden Löwenmähne. Und der Mund war ständig zu einem gemeinen Lächeln verzogen.

Die giftigen Mantikoren waren flankiert von ungefähr einem Dutzend Elfen in schwarzer verzauberter Rüstung mit leuchtenden grüngoldenen Runen: VG-Soldaten, bis an die Zähne bewaffnet mit Schwertern, Bogen, Pfeilen und einer tückischen Sorte Speere, die Hellebarden genannt wurden. Die VG-Elfen lächelten, denn sie wussten so gut wie wir, dass wir eingekesselt, zahlenmäßig unterlegen und aller Wahrscheinlichkeit nach zum Untergang verdammt waren. Und dann sagte einer von ihnen mit einer vertrauten Stimme, die mich bis ins Mark frösteln ließ: »Na sieh mal einer an, wenn das nicht Roly-McBowly Soßenkloß ist!«

Perry Sharpe.

Perry, der mit Abstand gemeinste Mobber an der PISS, hatte so ungefähr alle gequält, vor allem aber Leute wie mich und Froggy. Ich sah sofort, dass sich seine Rüstung von der der anderen VG-Elfen unterschied. Sie war eleganter. Also nahm ich an, dass er der »jugendliche« Anführer war, von dem Stoney gehört hatte.

Eine Sekunde später wurde das von Perry selbst bestätigt.

»Gefällt dir meine neue Armee?«, fragte er feixend. »Eigentlich hätte ich mir ja denken können, dass du weiterhin mit Edwin zusammenarbeitest! Der Kleine war schon immer eine Schande für die Elfen, mit seiner Schwäche für Zwerge. Als Dr. Yelwarin mir berichtet hat, dass du hier bist, wollte ich ihr erst gar nicht glauben! Oh, du meine Güte, da ist ja auch der kleine Froggy! Das Halbblut! Zwei für den Preis von einem!«

Froggy runzelte die Stirn und hob seine Wurfäxte.

»Na, was bin ich froh, dass wir nicht mehr in der PISS sind«, sagte Perry. »Da kann ich endlich tun, was ich immer schon tun wollte!«

Ein kurzer Moment der Stille folgte, während wir uns gegenseitig anstarrten. Die Kobolde auf der anderen Seite traten unruhig von einem Fuß auf den anderen. Nach einer Weile wurde die Stille unbehaglich.

»Äh, und jetzt?«, fragte einer der VG-Elfen, die neben Perry standen.

»Was soll das heißen, *und jetzt?«,* kreischte Perry ihn an. »Attacke! Attacke! War das nicht klar genug? Attacke und alle umbringen!«

Also mussten wir uns wohl doch in den Kampf stürzen, wenn wir irgendeine Chance haben wollten, diese Insel lebend zu verlassen.

39

Endlich ist Carl in seinem Element

Wir zogen unsere Waffen und bildeten einen engen Kreis, während die beiden Armeen von beiden Seiten vorrückten.

Glams Fäuste verwandelten sich in Felsblöcke, Stoney brüllte und einige Kobolde traten unsicher einen Schritt zurück. Ihre Knopfaugen zeigten echte Angst.

»Na los, Leute!«, brüllte Glam mit breitem Grinsen. »Dann wollen wir uns mal amüsieren! GLAM-SMASH!«

Sie stürzte sich in das Meer aus Kobolden und schwenkte ihre Steinfäuste wild hin und her, sodass lauter kleine grüne Wesen auf die zweite Ebene der Gefängniszellen hochflogen. Irgendwie war der Anblick seltsam berauschend: kleine grüne Glieder, die wild zappelten, als die Kobolde durch die Luft schossen. Aber vielleicht empfand ich das auch nur so, weil Aderlass in meinen Gedanken ekstatisch schrie: *WOOOOHOOO-HOOO! Komm schon, Greg, jetzt wirds lustig!*

Er hatte recht, ich hatte keine Zeit, mir den Koboldregen anzuschauen.

Die VG-Elfen und Mantikoren griffen uns bereits von der anderen Seite an. Ich hob Aderlass, der vor Kampfeslust vibrierte.

Endlich! Auf diesen Moment warte ich schon so lange, Greggdroule!

Seine Worte ließen meinen Adrenalinspiegel hochschnellen. Magie durchschoss mich. Ich fühlte mich plötzlich wie das mächtigste Wesen im ganzen Universum.

Mit Leichtigkeit erledigte ich dann gleich einen Mantikor – das hier war ja schließlich keine MFM, sondern eine echte Schlacht. Und ich hatte auch keine Zeit, mir die Sache zu überlegen – Aderlass bewegte sich fast von selbst, während ich herumwirbelte und einen giftigen Schwanz abhackte, der gerade auf Froggys Rücken zuschwenkte. Dann setzte ich auf Autopilot einen Zwergenzauber ein, um drei Pfeile von meinen Freunden abzulenken.

Die Pfeile fielen klappernd und ohne Schaden anzurichten, zu Boden.

In gewisser Weise hatte ich das Gefühl, dass Aderlass die Hauptarbeit leistete, während ich herumwirbelte und die Axt schwenkte. Sie schien mir noch leichter als schwerelos – als ob sie mich mit sich zog. Als ob Aderlass und ich ein Wesen wären und mein Gehirn ausgeschaltet wäre. Es brauchten keine Entscheidungen gefällt zu werden – in dieser Schlacht waren sie einfach fehl am Platze.

Jedes Glied bewegte sich wie von selbst.

Als ich drei Kobolde ausschaltete, die Kichi Bittergrat einkreisten, der durch einen Schwertkampf mit zwei weiteren Kobolden abgelenkt war.

Als ich zwei VG-Elfen abwehrte, die mit leuchtenden Schwertern auf mich losgingen.

Als ich einen Mantikor zu Boden schlug, ehe er auf Yoley eintreten konnte.

Es schien mir nur eine Frage der Zeit, bis ein unbemerkter Pfeil meinen Rücken durchbohrte oder eine Klinge sich an meinen vielen Abwehr-Steinzaubern vorbeistehlen könnte. Aber das war mir egal – ich sah nur noch meine Feinde und Aderlass.

Such Perry, stachelte Aderlass mich auf. *Der soll an seinem Gerede ersticken. Wir zahlen ihm die vielen Male heim, als er deinen Kopf in die Superbowl gedrückt hat.*

Woher weißt du das überhaupt?

Ich weiß das, weil wir jetzt ein und derselbe sind, sagte er. *Als du mich zu Beginn des Kampfes endgültig als mein Besitzer akzeptiert hast, als du meine Macht anerkannt hast, sind wir eins geworden. Na ja, jedenfalls auf magisch-symbolische Weise. Du bist noch immer ein Zwerg aus Fleisch und Blut und ich bin noch immer kaltes, erbarmungsloses Metall.*

Ich wirbelte herum und hielt Ausschau nach Perry, wie Aderlass vorgeschlagen hatte.

Aber während ich im Chaos nach ihm suchte, kam mir eine andere Erkenntnis: Trotz der Magie, die Aderlass besaß, müssten wir eigentlich verlieren. Wir waren in diesem Zellentrakt über zwanzigfach in der Minderheit. Dann begriff ich, warum wir immer noch standhielten: Stoney.

Er war ein Wüterich.

Der Felstroll trampelte durch die Mantikorenschar und machte alles platt, was ihm in den Weg kam. Er hob zwei von ihnen hoch, obwohl sie fast so groß waren wie er selbst, und nutzte sie als lebende Rammböcke, um in wenigen Sekunden noch ein weiteres Dutzend auszuschalten. Die VG-Elfen schleuderten wütend Zauber auf Stoney, aber die schienen kaum eine Wirkung zu haben.

Anfangs jedenfalls nicht.

Ich sah zu, wie ihre Blitzstrahlen und bunten Energiekugeln mit schwachem Zischen auf Stoneys felsiger Haut verdampften. Aber nach mehreren Dutzend Zaubern, Tausenden von Hieben mit winzigen Koboldäxten und -schwertern und Dutzenden Stichen mit den giftigen Stacheln und Schwanzspitzen der Mantikoren geriet Stoney endlich doch ins Stolpern. Er sah schwach und erschöpft aus.

Schließlich taumelte Stoney rückwärts, krachte durch eine Reihe von Gefängniszellen und fiel durch die Außenmauer des Gefängnisses. Ich stand hilflos daneben, als ein gewaltiger Teil des alten Gebäudes über Stoney (und der halben Koboldarmee) zusammenbrach und sie allesamt unter Schutt begrub.

Ich stieß einen Schrei der Wut und der Panik aus, während Aderlass zwei weitere Kobolde erledigte, rannte auf den Schutthaufen zu und versuchte, alle denkbaren Zauber herbeizurufen, mit denen ich meinen Freund befreien könnte. Aber die eingestürzte Mauer hatte unseren Zellentrakt für die restlichen Kämpfer geöffnet. Schon kamen zwei Flugdrachen auf mich zu, kreischten wie Lindwürmer (obwohl sie viel kleiner waren) und bleckten die Zähne. Anders als viele Drachenarten, über die wir gelesen hatten, spien Flugdrachen kein Feuer, aber ich wusste, dass ihr Biss hochgiftig war – er war von sofortiger, wenn auch vorübergehender lähmender Wirkung.

Ich wich dem ersten Flugdrachen aus und schlug mit Aderlass nach seinem Bauch.

Der zweite streifte meine Schulter mit einer Kralle und Blut spritzte auf das Pflaster, aber ich konnte mir jetzt nicht über eine schnöde Fleischwunde den Kopf zerbrechen. Ich sprang wieder auf und rief einen weiteren Blitzstrahl herbei. Der jagte über den Himmel und traf mit hellem Lodern den Flugdrachen.

Das geflügelte Wesen fiel lautlos zu Boden.

Ich fuhr herum und starrte wieder den Schutthaufen an, aber es war zu spät. Jetzt waren all die Armeen von draußen hereingeströmt, und mein Weg war versperrt von einem Dutzend von Edwins Elfen, die gegen Monster und VG-Elfen kämpften. Es wäre schwer gewesen, die beiden Seiten auseinanderzuhalten, wenn nicht alle VG-Elfen die gleiche Rüstung getragen hätten. Edwins Armee sah dagegen eher zerlumpt aus und die meisten trugen nicht einmal Rüstung – das war nur logisch, da es sich ja um einen Überraschungsangriff handelte.

Und dann sah ich mitten im Chaos zwei Dinge plötzlich sehr deutlich:

1. Lixi war unter den kämpfenden Elfen und versuchte, drei Orks abzuwehren. Sie war gegen diese Übermacht chancenlos, und ihre elfische Klinge wurde ihr von einem Ork mit einer riesigen Keule aus Eisen und Knochen aus der Hand geschlagen. Die Wucht des Schlages schleuderte sie rückwärts und sie knallte gegen einen Haufen von Backsteinen. Die drei Orks sprangen auf sie zu, als sie versuchte, sich aufzusetzen.
2. Ich hörte Eagans verzweifelten Hilferuf. Mein Kopf fuhr herum und ich sah, wie er von zwei Harpyien durch die Luft davongeschleppt wurde (hässliche Wesen, halb Frau und halb Vogel, und sehr grausam – sie tragen ihre Opfer oft davon, um ihnen später einen langsamen und qualvollen

Tod zu bescheren). Offenbar stritten sich die beiden, welche diese Kriegsbeute bekommen (und später verzehren) würde.

Und ich wusste, dass ich sie nicht alle beide würde retten können.

40

Ausnahmsweise ist Gier mal eine Zier (gewissermaßen)

Die blinde Rachsucht, mit der Aderlass mich angesteckt hatte, sowie ich seinen kalten Griff angefasst hatte, war sofort verflogen.

Zu Beginn der Schlacht wäre die Entscheidung leicht gewesen: Eagan retten, die Elfe sterben lassen. Aber jetzt dachte ich daran, wie nett Lixi während meiner Gefangenschaft zu mir gewesen war. Wie viel Spaß es gemacht hatte, mit ihr zusammen zu sein und mit ihr zu reden, obwohl ich streng genommen ein Gefangener war. Und vor allem wusste ich ja, dass sie im tiefsten Herzen gut war, egal, was irgendein Zwerg mir weismachte.

Wie sollte ich eine solche Entscheidung treffen?

Ganz einfach!, hetzte Aderlass. *Rette deinen echten, wahren Freund. Nicht die verlogene Pointerin, die geholfen hat, dich in Geiselhaft zu halten. Eagan wäre doch gar nicht hier, wenn sie dich nicht zum Gefangenen gemacht hätten. Lass die Elfe sterben, sie hat nichts Besseres verdient.*

Es zerriss mich vor Verzweiflung.

Die beiden Harpyien stritten sich noch immer gierig um

Eagan, während sie höher und höher flogen und seine Hilferufe langsam verhallten. Lixi dagegen trat wütend nach den Orks, die ihre Glieder packten und sie vermutlich in der nächsten Sekunde in Stücke reißen würden.

Ich wusste jetzt, dass ich keine echte Wahl hatte – die Umstände ersparten mir diese Qual. Lixi würde als Erste umkommen, und damit war klar, was ich zu tun hatte. In diesem Moment war es mir egal, dass ich Elfen eigentlich in alle Ewigkeit hassen müsste und laut Prophezeiung die Zwerge zum Ruhm führen würde (als der »Auserwählte«, wie Aderlass gesagt hatte). Nichts davon spielte mehr eine Rolle. Das einzig Wichtige war, dass eine Freundin in Not war und ich nicht tatenlos zusehen durfte.

Und ganz am Rande bemerkt: Genauso hätte sich auch Eagan verhalten.

Ich stürzte auf Lixi zu.

Greggdroule, nein!, heulte der empörte Aderlass in meinem Gehirn.

Unterwegs wich ich zwei Pfeilen und einem schwertschwingenden Kobold aus. Ich versuchte, einen Zauber herbeizurufen, der Lixi helfen könnte, aber nichts geschah. War sie zu weit weg, oder ging das Galdervatn zur Neige? Vielleicht war das hier doch noch nicht seine endgültige Rückkehr. Oder war meine Magie aufgebraucht? Hatte sie Grenzen?

Auf jeden Fall bedeutete es, dass nun harte Knochenarbeit angesagt war.

Lixi hatte sich gerade aus dem Zugriff des einen Orks befreien können, als ein anderer sie am Hals packte und hochhob. Ihr blieben nur noch Sekunden, und ich war noch immer fast zehn Meter entfernt.

Ehe ich wusste, was ich tat, hatte ich einen Schuh in der Hand (ausgerechnet!). Und den Bruchteil einer Sekunde später schoss er durch die Luft und traf den Hinterkopf des Orks. Der grunzte verdutzt und wirbelte herum, während er Lixi noch immer am Hals festhielt. Die beiden anderen Orks drehten sich ebenfalls um und ihre Augen glühten.

Mein Schuh war zwar nicht von tödlicher Wirkung, aber er erkaufte mir die Sekunde, die ich brauchte.

Ich hatte Lixi jetzt fast erreicht, ich sprang in die Luft, ließ meine Axt herumwirbeln und beschrieb damit vor meiner Brust einen perfekten Halbkreis. Aderlass übernahm den Rest und die drei Orks sanken zu Boden, eine halbe Sekunde nachdem ich in ihrer Mitte gelandet war.

Ich kann es nicht fassen, dass du mich gezwungen hast, eine Elfe zu retten, jammerte Aderlass.

Lixi landete auf einem Ork und rollte sich angeekelt herunter. Sie versetzte seiner leblosen Wade einen Tritt und drehte sich zu mir um. Ihre tränenerfüllten Augen waren voller Zuneigung und Dankbarkeit. Aber ich hatte keine Zeit, um darauf zu reagieren.

Ich fuhr herum und schleuderte Aderlass in einem tiefen Bogen von mir – wie ein Uppercut mit einem Baseballschläger.

Und jetzt wirst du Eagan retten, dachte ich, als ich den Griff losließ.

Aderlass wirbelte mit leuchtend blauer Schneide in die Luft.

Wenn ihr mir erzählt hättet, dass ich eine Axt fast hundert Meter weit in die Luft werfen könnte, ich hätte euch ins Gesicht gelacht, bis meine Wangen leuchtend pink und tränenüberströmt gewesen wären. Ich hätte so laut gelacht, es wäre mir vor jedem, der es sah, peinlich gewesen. Ich hätte mich wie ein Irrer vor Lachen ausgeschüttet. Und hättet ihr hinzugefügt, dass ich zwei Objekte in einer Entfernung von über fünfzig Metern treffen könnte, ohne ein genau zwischen ihnen befindliches drittes Objekt zu verletzen, hätte ich euch auf die Zehen getreten, weil ihr euch anscheinend über mich lustig macht.

Aber auf irgendeine Weise wusste ich, dass Magie (wie viel auch immer von mir und Aderlass übrig sein mochte) die Axt auf den richtigen Weg führen würde.

Das wirbelnde blaue Leuchten verschwand am dunklen Gewitterhimmel. Noch immer zuckten Blitze, während weiterhin Regen fiel. Eine Sekunde darauf erklangen zwei furchtbare Schmerzensschreie. Die Harpyien tauchten aus den Wolken auf und stürzten in Stücke gehackt zu Boden.

Kurz darauf folgte ein mit den Armen fuchtelnder Zwerg.

Ich rannte in Richtung der Stelle, wo Eagan nach meiner Einschätzung landen würde, und rief den kräftigsten Windzauber herbei, den ich kannte, um seinen Sturz zu mildern. Aber ich war zu weit weg und der ohnehin schon starke Sturm war keine Hilfe. Eagan knallte mit einem lauten, dumpfen *TUMP* auf den Boden auf.

Ein Mensch oder ein Elf wäre sofort tot gewesen.

Aber wie ihr wisst, bestehen Zwergenknochen teilweise aus Granit und Diamanten. Statt also selbst Brüche davonzutragen, schlug Eagan in den Betonweg am Anleger einen kleinen Krater.

Ich rannte hinunter und fiel neben ihm auf die Knie. Er blutete, war zweifellos verletzt und ohne Bewusstsein. Aber er atmete noch. Wenn ich ihn zuerst gerettet und Lixi ihrem Schicksal überlassen hätte, wäre er aller Wahrscheinlichkeit nach fast unversehrt gewesen. Die Harpyien hatten ihn in den dreißig Sekunden, in denen ich meine elfische Freundin gerettet hatte, in große Höhe verschleppt (aber, wie ich mir einschärfte, diese dreißig Sekunden hatte Lixi eindeutig nicht gehabt).

Da siehst du, was du angerichtet hast, Greg, rief Aderlass irgendwo in der Nähe. *Und so was nennt sich Freund!*

Ich widersprach nicht, während ich Eagans blutenden Kopf wiegte.

Denn Aderlass hatte recht: Das hier hatte ich angerichtet.

41

Es ist irgendwie peinlich, eine Freundin zu bitten, dir beim Ertränken eines anderen Freundes zu helfen

Eagan lag schwer verletzt (und vielleicht sterbend) an einem seichten Hang ein Stück entfernt von den eigentlichen Kampfhandlungen und den Gefängnisgebäuden.

Ich hockte bei ihm und wartete, während meine Freunde auf uns zugerannt kamen. Mein Herz machte einen Sprung, als ich hinter ihnen Stoney sah, der ein paar letzte Kobolde beiseitewarf wie tote Blätter. Er war unversehrt! Als ich ihn zuletzt gesehen hatte, war er unter einer eingestürzten Gefängnismauer lebendig begraben worden.

Aber ein rascher Blick zurück zu Eagan machte jegliche Erleichterung zunichte. Ari sah ebenfalls sofort, wie ernst die Lage war. Sie blutete selbst aus mehreren Wunden, die ziemlich schwerwiegend aussahen, aber darauf achtete sie nicht.

»Wir müssen ihn hier rausschaffen und zu einem Arzt bringen«, sagte sie. »Unser Boot liegt da unten.«

Ich nickte.

»Stoney, kannst du ihn tragen?« Ich zeigte auf Eagan.

Der Felstroll, der aus einer Kopfwunde blutete, nickte feierlich. Sein Blut war dick und grau wie klumpige Wandfarbe.

»Vorsichtig«, sagte Glam, als Stoney sich hinkniete, um Eagan aufzuheben, und ihr schmutziges, zerschrammtes Gesicht war vor Sorge verzerrt.

»STONEY ERKENNT GRAVIERENDE TRAUMATA«, donnerte der Felstroll und hob unseren bewegungslosen Freund mit einer Hand hoch, als ob er manierlich eine Tasse Tee zum Mund führte.

Ein Teil von mir wollte noch immer weiterkämpfen, wollte Edwin und seine Leute den Kampf gegen VG und die Monsterarmee nicht allein ausfechten lassen. Aber ich wusste auch, dass ich hier wegmusste. Und wenn wir blieben, um zu helfen, was würde dann am Ende passieren? Egal, wer den Sieg davontrug, wir würden in einer ziemlich verzwickten Lage ein. Außerdem musste der Rat auf den neuesten Stand gebracht werden – ich hatte schließlich so einiges darüber herausgefunden, was die Zukunft mit sich bringen würde.

Also schwieg ich und folgte Ari, Lake, Glam, Froggy, den vier NOLA-Zwergen und Stoney (der Eagan trug) hinab zu einer versteckten Stelle unter den riesigen Anlegern, wo ein großer Schlepper vertäut war. Zwei kräftige Paddel von Baumgröße lehnten an der Kajütenwand. Stoney legte Eagan im Heck auf eine Plane. Dann packte er die Paddel und ließ sich mitten auf dem Schlepper nieder, bereit, uns wegzubringen.

Wir konnten den Motor nicht benutzen; offenbar war eine riesige Welle aus Magie über diese Gegend hereingebrochen und hatte ihn lahmgelegt.

Ehe wir das Tau kappten, rief mir eine Stimme zu:

Äh, hast du nicht irgendwas vergessen, du Abweichler?

Ich schaute am Ufer hoch. Ein blaues Leuchten auf den Felsen über uns fing meinen Blick ein.

Aderlass.

Ein Teil von mir wollte ihn einfach dort liegen lassen. Aber das wäre verantwortungslos gewesen. Er war zu mächtig, um ihn einfach auf einer von Elfen besetzten Insel zu vergessen. Ich sprang aus dem Boot, rannte zu den Felsen und packte ihn, und meine Hand schloss sich um den Griff, als ob sie dorthin gehörte. Es war fast, als ob mir ein Glied gefehlt hätte und ich das erst jetzt merkte. Was alles noch enttäuschender und herzzerreißender machte, denn ich wusste, was ich zu tun hatte.

Eine Sekunde lang hab ich tatsächlich geglaubt, du würdest mich zurücklassen, Greggdroule! Und das nach allem, was ich für dich getan habe!

Ich antwortete nicht, als ich zum Boot zurückrannte, das Tau löste und den anderen half, uns vom Ufer abzustoßen. Der große Schlepper war mit zehn Zwergen und einem riesigen Felstroll fast schon überladen. Das Wasser stand nur einige Fingerbreit unter dem Seitendeck.

Stoney nahm den meisten Raum ein, wie er da in der Mitte saß und die riesigen, improvisierten Ruder betätigte, die offenbar aus einer Werbetafel für etwas namens *Trick Dog* fabriziert worden waren.

Als wir uns schweigend von der Insel entfernten, hatten wir einen guten Blick auf den noch immer anhaltenden Kampf. Vom Wasser aus, vor dem düsteren Hintergrund des stürmischen Himmels, sah er – ähm – *magisch* aus. Es wäre atemberaubend schön gewesen, wenn ich nicht gewusst hätte, was für entsetzliche Dinge sich dort oben abspielten.

Und so war es einfach nur atemberaubend.

Hunderte von Harpyien und Flugdrachen jagten wie schwarze Schatten über den Himmel und ihre Glieder und

Flügel waren nur dann zu erkennen, wenn in den Wolken hinter ihnen Blitze zuckten. Vom Gefängnisgelände wurde gelbe, grüne und blaue magische Energie auf sie abgeschossen und illuminierte den Himmel wie ein teures Feuerwerk.

Unten auf der Insel leuchteten weitere Blitze aus Magie und Feuer, und auch im Inneren der Gebäude waren durch die wenigen Fenster welche zu sehen. Eine Explosion erschütterte die Insel und ich fragte mich, wie lange es noch dauern würde, bis die Polizei der modernen Welt eintraf. Hätte die nicht schon längst hier sein müssen? Der Kampf tobte nun seit mindestens einer Stunde. Warum reagierten die Menschen nicht?

War es mit der modernen Welt wirklich schon so weit gekommen?

Ich war seit Wochen von allem abgeschnitten gewesen, deshalb hatte ich einfach keine Ahnung.

Aber für den Moment spielte das für mich keine Rolle. Während Stoney uns immer weiter von der Insel und von der gewaltigen Schlacht wegruderte, die vielleicht das Ende meines ehemals besten Freundes bedeuten würde, dachte ich nur daran, was ich nun tun musste, hier und jetzt. Es war nichts, was ich gern tat. Doch es musste einfach sein. Um meinetwillen. Und vielleicht auch für die ganze Welt.

Tu es nicht, Greggdroule, bettelte Aderlass. *Das darfst du nicht!*

Ich muss, dachte ich zurück. *Das weiß ich jetzt.*

Aber wir sind so ein gutes Team, vorhin hast du das doch gesehen. Im Kampf waren wir zwei nicht aufzuhalten. Wir sind eine mächtige Kraft, die alles ändern könnte. Die den Krieg gewinnen könnte. Die Legenden sagen das doch voraus. Du und ich, wir sind die Legende. Die Legende von Greg und Carl. Du erfüllst mein Schicksal. UNSER Schicksal.

Du irrst dich, dachte ich zurück. *Es ist nicht mein Schicksal, die Elfen zu besiegen. Das weiß ich jetzt. Ich habe überhaupt kein Schicksal. Zusammen bringen wir nur Gewalttätigkeit und Finsternis hervor. Du bist eher wie ein Fluch.*

Und was hast du vor? Hä? Sie zum Tee einladen? Diese Armee aus VG-Elfen und Monstern zu einer Abendgesellschaft in den Untergrund bitten, bei der dann Avocadoschnittchen serviert werden und ihr höflich über eure unterschiedlichen Ansichten diskutiert und Scherze macht? Ohne mich werden sie euch in Stücke reißen, Greggdroule. Euch alle. Ich bin zum Retter der Zwerge in ihrer finstersten Stunde bestimmt. Und das hier kommt mir vor, als wäre diese Stunde gekommen, oder etwa nicht?

Ich hatte keine Antwort. Aderlass hatte gute Argumente, brachte aber auch eine Menge Probleme zur Sprache, ohne Lösungen vorzuschlagen. Diese Lösungen würde ich allein finden müssen.

Ohne meine Axt.

»Ari, du musst etwas für mich tun«, sagte ich endlich, um das düstere Schweigen zu brechen. Ari sah mich an, müde und misstrauisch. »Nimm mir Aderlass aus der Hand und wirf ihn in die Bucht.«

42

Ein Junge nimmt Abschied von seiner magischen sprechenden Axt

Zu meinem Glück war ich der Einzige an Bord, der die verzweifelten Wutschreie der Axt hören konnte.

Und vielleicht auch Schreckensschreie, was mich fast dazu gebracht hätte, meine Meinung zu ändern.

Wenn Ari die Schreie gehört hätte, hätte sie sich wohl nicht erhoben. Aber als sie dann neben mir stand, zögerte sie noch immer.

»Greg ... bist du ...«

»Ich bin sicher«, sagte ich. »Es muss sein. Die Axt ... sie beeinflusst mich zu sehr. Sie macht aus mir etwas, das ich nicht bin.«

»Aber du hättest dich vorhin beim Kampf sehen sollen«, sagte Glam und sah mich auf eine Weise an, wie ich es noch nie bei ihr erlebt hatte.

Ich schaute mich im Boot um, schaute in alle Gesichter. Respekt und Bewunderung sprach aus den nervösen Blicken der anderen, trotz meiner Entscheidung, zunächst einer Elfe zu helfen und dann erst Eagan. Oder wussten sie davon gar nichts? Im Kampfgetümmel hatten sie wahrscheinlich gar nicht bemerkt, dass ich ihn zuerst hätte retten können. Sie konnten es nicht bemerkt haben, sonst würden sie mich jetzt nicht so ansehen.

Wie einen *Helden.*

»Ein stolzer Bild ward nie erschaut denn du und Axt deinige«, sagte Lake voller Bewunderung.

»Es war unglaublich«, sagte Boozy Biermaul. »So was habe ich noch nie gesehen. Einen Moment lang kam es mir so vor, als ob du es allein mit der ganzen Monsterarmee aufnehmen könntest.«

»Die Kraft, die du hattest, war …«, fügte Froggy hinzu und verstummte dann voller Verwunderung.

»Ihr wart wie eine Superwaffe«, meinte Kichi Bittergrat.

»Diese Monsterarmee war schrecklich«, sagte Ari. »Wenn das unser neuer Feind ist, unsere Zukunft, dann brauchen wir dich. Wir brauchen die Version von dir, die wir vorhin zusammen mit Aderlass gesehen haben.«

Ergebenheit, Respekt, Bewunderung: Das waren Dinge, die ich sonst in den Gesichtern der Leute, die mit mir redeten, nie sah. Für den Bruchteil einer Sekunde war ich fast berauscht davon. Von der Kraft und dem Selbstvertrauen, die mich jetzt durchströmten.

Aber das alles war nicht echt.

»Seid ihr euch da sicher?«, fragte ich. »Denn es kam mir nicht gerade hilfreich vor, andere Wesen so einfach umzubringen, auch wenn sie gefährlich und brutal sind. Ich habe jede Sekunde davon gehasst, auch wenn mich für einen Moment die Begeisterung von Aderlass überwältigt hat. Das ist das Problem. Der Greg von vorhin, das war nicht ich.«

Da irrst du dich, Greggdroule, sagte Aderlass. *Du solltest auf deine*

Freunde hören. Seit wann hast du mehr Vertrauen zu dir selbst als zu ihnen?

»Er hat recht«, sagte Froggy. »Ich kenne Greg länger als ihr. So mächtig er auch war, so bemerkenswert als Kämpfer ... er hatte nicht mehr denselben Blick wie der sympathische Junge, der sich mit einem seltsamen Einzelgänger angefreundet hat, ohne es zu müssen.«

Ari nickte langsam, als ihr aufging, wie recht Froggy hatte. Aderlass schien eine solche berauschende Kraft auszustrahlen, dass er nicht nur meine Wahrnehmung verzerrte, sondern auch die meiner Freunde.

Die Axt in meinen Händen pulsierte vor Energie, wie in einem verzweifelten letzten Versuch, mich umzustimmen. Sie schien so perfekt für meine Hände geschaffen zu sein, dass ich nicht einmal sicher war, dass Ari sie mir entreißen könnte.

»Die Axt beeinflusst mein Denken«, sagte ich. »Sie gibt mir zwar Kraft, doch ich bin dann nicht ich.«

»Aber die Sturmbauchs sind dazu bestimmt, unsere größten, wildesten Anführer im Kampf zu sein«, sagte Glam fast flehend, als ob sie die Wahrheit erkannt hätte, sie aber nicht akzeptieren wollte. »Du solltest doch unser strahlendster Held werden!«

»Nimm es mir nicht übel«, sagte ich. »Aber es ist mir egal, was ich werden *sollte*. Ich habe es satt, von meinen Namensvettern und meinem *Schicksal* zu hören. Mein Leben ist nicht dadurch vorausbestimmt, was meine Vorfahren vor tausend und abertausend Jahren getan haben. Ich bin ich, Greg Sturmbauch, mehr nicht. Ich werde mein Bestes tun, um den Zwergen zu helfen, um Leben zu retten, um Menschen und sogar Elfen vor Schlimmem zu bewahren. Ich will die Welt besser machen. Aber nicht durch Gewalt. Die Elfen sind nicht von Natur aus schlecht, so wenig, wie ich von Natur aus ein großer Kämpfer bin. Nur die verfluchte Magie von Aderlass hat mich dazu gemacht. Aderlass füllt meinen Kopf mit blinder Rachsucht statt mit Verständnis und Mitgefühl. Edwin ist noch immer kein schlechter Kerl, sein Denken ist nur durch die Tragödie verändert. Er meint es gut, auch wenn sein Plan schlimme Fehler hat. Wenn wir das Wesen der Magie und uns selbst verstehen, können wir Frieden schaffen, durch Krieg können wir das nicht. Frieden erreicht man nicht, indem man andere besiegt. Davon bin ich im tiefsten Herzen immer noch überzeugt. Mein Dad hatte recht. Die Macht, die Aderlass über mich hat, kann nur im Unglück enden. Für mich und für alle in meiner Nähe. Aderlass hat euer Leben durch mich schon zu oft aufs Spiel gesetzt. Bitte, nimm ihn mir weg, Ari, und wirf ihn in die Bucht.«

Sie sah mich an, noch immer ein kleines Stück von mir entfernt. Sie sah die Tränen, die mir über das Gesicht liefen. Dann sprang sie vor und riss mir die Axt aus den Händen.

Lass das nicht zu, Greggdroule. Es ist noch nicht zu spät! Du machst einen Fehler!

Ich will das nicht tun, dachte ich zurück. *Aber es muss sein.*

Ich musste mich abwenden, als Ari die Axt über Bord warf. Sie durchschlug spritzend die Wasseroberfläche und versank rasch in der trüben, grünen Tiefe der Bucht. Ihre verzweifelte Stimme stieg zu mir auf, während wir uns von dem feuchten Grab entfernten.

Ich habe dich geliebt, Greggdroule!

Ich weiß, dachte ich. *Du warst ... na ja, du warst mein Freund. Trotz der Tragödie, in die du mich geführt hättest, werde ich immer dankbar für deine Hilfe sein. Du hast mir mehr geholfen, als ich sagen kann.*

Das muss nicht zu Ende sein, sagte Aderlass, und seine »Stimme« war jetzt so weit weg, dass ich sie nur noch als Flüstern in meinem Kopf hörte. *Du brauchst mich noch immer. Das wirst du noch einsehen. Ich werde dir das hier verzeihen. Wir sollten dieser Welt Frieden bringen. Eines Tages wirst du das begreifen. Ich hoffe nur, dass es dann noch nicht zu spät ist.*

43

Diesmal gibt es keine Enten in Wanderstiefeln

Wir waren nicht gerade in Feierstimmung, als wir endlich wieder im Untergrund von Chicago eintrafen.

Die Welt hatte sich zweifellos für immer verändert. Die Magie war zwar noch immer nicht vollständig zurückgekehrt, was sich dadurch bestätigte, dass wir auf der Heimfahrt kaum Magie ausüben konnten. Aber es würde sicher nur noch wenige Tage dauern, keine Wochen oder Monate. Die panischen Berichte im Radio über Dutzende von Monstersichtungen und andere seltsame Vorkommnisse waren Beweis genug.

Noch wirkte das Leben einigermaßen normal, aber es war klar, dass hinter der nächsten Ecke das totale Chaos wartete. Als wir in der Bucht von San Francisco anlegten, wartete bereits Boz Hellfinger auf uns (der Zwerg mit der Vorliebe für Schweizer Biskuitrollen, der uns zu unserer zweiten MFM nach Wisconsin gefahren hatte). Hinter ihm stand ein großer Transporter, der uns allesamt zurück nach Chicago bringen sollte.

Für die Strecke brauchten wir fast vier Tage.

Zweimal auf dieser langen Fahrt wurde unser Fahrzeug durch einen Ausbruch von Magie lahmgelegt, zum ersten Mal in der Nähe von Henderson, Nevada, und zum zweiten Mal kurz vor Omaha, Nebraska. Jedes Mal kostete uns mehr als einen Tag, während wir einen neuen Transporter suchten, der noch funktionierte und groß genug für Stoney war. Die einzige gute Nachricht war, dass wir gleich am ersten Abend in einer kleinen Zwergenniederlassung bei Las Vegas einen heilkundigen Zwerg fanden, der Eagan behandeln und in einen stabilen Zustand bringen konnte.

Eagan war total erschöpft und schlief fast während der ganzen Fahrt, aber der Arzt in Vegas versicherte uns, dass er wieder zu Kräften kommen würde. Er hatte eine schwere Gehirnerschütterung und einige gebrochene Rippen, wundersamerweise nichts Schlimmeres – dabei war er doch aus solcher Höhe auf die Erde gestürzt.

Viele Lebensmittelläden, Restaurants und Tankstellen, an denen wir auf unserer Fahrt quer durch Amerika nach Chicago vorbeikamen, waren geschlossen. Besitzer und Angestellte wollten vermutlich in diesen ungewissen und beängstigenden Zeiten zu Hause bei ihrer Familie sein. Die meisten Menschen hatten noch immer keine Ahnung, was vor sich ging, obwohl einige Radiosprecher erschreckend zutreffende Theorien entwickelt hatten. Einige Anrufer in den Sendungen glaubten, dass Aliens etwas damit zu tun hatten. Die meisten Leute aber glaubten an eine Art biblisches Armageddon – was in vieler Weise noch gefährlicher war als die Wahrheit.

In einigen der Orte, durch die wir kamen, waren in den Straßen Plünderer unterwegs. Polizei und Nationalgarde versuchten verzweifelt, die Lage unter Kontrolle zu bringen. Egal, welche Lösung mein Dad für all das hatte, ich würde sie ganz schnell herausfinden müssen. Die Welt durfte sich nicht weiter in diese Richtung bewegen.

Auf der Fahrt schwiegen wir die meiste Zeit und waren düsterer Stimmung. Wenn wir überhaupt sprachen, dann redeten wir darüber, was vor uns lag. Darüber, was wir im nächsten Ort vorfinden würden – einmal fragten wir uns sogar laut, ob wir überhaupt nach Chicago zurückgelangen würden. Aber wir diskutierten auch darüber, was der Rat wohl vorschlagen würde, um Verumque Genus zu bekämpfen, und unsere Theorien reichten von zaghaft bis extrem.

Ich: »Wahrscheinlich gar nichts, ihr wisst schon, wir sind ja schließlich Zwerge.«

Ari: »Ja, und dann müssen wir wieder alles allein retten.«

Glam: »Nein, sie werden den totalen Krieg gegen alle ausrufen, da bin ich mir sicher.«

Als wir endlich zu Hause ankamen, empfing mein Dad mich mit einer tränenreichen Umarmung – schließlich war ich seit fast einem Monat verschollen gewesen, und gefangen, genau wie er.

Ich versicherte ihm immer wieder, dass mich die Elfen viel besser behandelt hatten als ihn, und das beruhigte ihn einigermaßen.

Es tat gut, meinen Dad wiederzusehen, obwohl ich jetzt wusste, dass sein Zustand vermutlich unheilbar war. Aber das spielte keine große Rolle mehr, nach allem, was mit Aderlass und den Elfen passiert war. Mir war jetzt klar, dass ich eigentlich dankbar sein müsste. Aderlass hatte mir geholfen, Dads Zustand mit neuem Blick zu sehen. Es war definitiv besser, als ihn ganz zu verlieren.

Als mein Dad mich endlich wieder losgelassen hatte, zeigte er auf einen Briefumschlag auf meinem Bett.

»Der ist heute Morgen gekommen«, sagte er. »Von einem unbewaffneten elfischen Kurier persönlich bei *Cronenbergs Kuttel-Imbiss und Wählscheibentelefon-Reparaturladen* abgeliefert.«

Im Umschlag steckte ein von Edwin handgeschriebener Brief:

Greg,

ich hoffe, Du bist wohlbehalten wieder in Chicago eingetroffen. Wir haben gesehen, wie Ihr zum Boot geflohen seid, und wir haben uns alle Mühe gegeben, die Bestien von Verumque Genus lange genug abzulenken, damit Ihr entkommen konntet. Ich möchte Dir dafür danken, dass Du weiterhin ein wahrer »Freund« bist, um das mal so zu sagen. Dein Hinweis auf Dr. Yelwarin kam gerade rechtzeitig, damit wir den Überraschungsangriff überleben konnten. Wir konnten sie zurückschlagen und sie traten den Rückzug an, aber beide Seiten haben schwere Verluste erlitten, und ich weiß, wir sind noch längst nicht am Ende. Sie werden wieder zuschlagen. Kannst Du es fassen, dass dieser Blödmann Perry Sharpe ihr Anführer ist? Wahrscheinlich sollte es uns nicht überraschen, aber ich hätte ihn niemals für clever und charismatisch genug gehalten, eine Armee anzuführen. Leider ist er entkommen … diesmal.

Wie dem auch sei, ich hoffe, Du hast bei Deiner Rückkehr gesehen, in welchem Zustand die Welt ist. Weltweit sind alle Flüge eingestellt worden. Wir stehen am Rande des gesellschaftlichen Zusammenbruchs. Das alles müsste Dir klarmachen, dass ich recht habe. Dass mein Plan Erfolg haben muss. Das Schicksal der Welt liegt in unseren Händen, Greg. Bitte, versuche nicht, mich aufzuhalten. Ich

hoffe, wenn das alles vorüber ist, können wir weiterhin Freunde sein. Oder zumindest keine Todfeinde.

»Und?«, fragte mein Dad, als ich endlich von dem Brief aufschaute. »Der Rat hätte mich fast gezwungen, ihnen den Brief auszuhändigen, da er von den Elfen kam. Aber ich habe ihnen klargemacht, dass ein solcher tyrannischer Eingriff unter unserer Würde als Zwerge wäre. Privatsphäre und Freiheit sind die Grundpfeiler unserer Kultur. Unserer Integrität.«

»Der ist von Edwin«, sagte ich.

Ich setzte mich und schilderte meinem Dad den Plan meines ehemals besten Freundes. Jedenfalls die Teile, die mir bekannt waren: dass der Welt abermals alle Magie genommen werden sollte, bis auf eine kleine Elfengruppe, die diese Magie dann einsetzen würde, um den Frieden zu erhalten und die Welt zur Normalität zurückzuführen – so gut das eben möglich wäre.

»Das ist kein so ganz schlechter Gedanke«, sagte mein Dad zu meiner Überraschung. »Wenigstens hat er das Herz auf dem richtigen Fleck. Aber er irrt sich. Die endgültige Rückkehr der Magie ist der einzige Weg zu wahrem Frieden.«

»Aber …« Ich zögerte, aus Angst, dass diese Frage, wenn ich sie zu energisch stellte, einen weiteren Anfall von Delirium auslösen würde. »Das sagst du immer wieder, aber weißt du auch, wie das gehen soll?«

Mein Dad schaute mir in die Augen und eine Sekunde lang war ich sicher, er würde mir gleich wieder etwas über Enten in Wanderstiefeln oder anderen Unsinn vorfaseln. Aber sein Blick blieb ausnahmsweise klar und scharf. Es kam mir fast vor, als ob ihn in diesem Moment etwas anderes Mystisches (wie Magie!) in Schach hielt.

»Ich wünschte, ich wüsste das selbst genauer«, sagte er. »Aber ich weiß, dass ich recht habe. Und du weißt das auch. Du spürst es doch bestimmt jedes Mal, wenn du merkst, dass dich Magie durchströmt. Wie rein und gut sie ist. Wie mächtig. Sie muss nur auf den richtigen Weg gelenkt werden. Ich glaube, deshalb haben die Feen sie damals vertrieben – nicht weil sie die Magie an sich für schlecht hielten, sondern weil Elfen und Zwerge und alle anderen sie für schlechte Dinge missbraucht haben. Es war ein eskalierender Krieg, bei dem kein Ende in Sicht zu sein schien; wir waren mit Vernunft nicht mehr zu erreichen. Denk mal darüber nach, Greg: Was macht Aderlass so gefährlich? Die Tatsache, dass er magisch ist? Oder dass er eine Waffe ist? Er wurde zum Töten geschmiedet, nur dafür ist er geschaffen! Es liegt nicht an der Magie selbst.«

»Es ist also wirklich so einfach? Wir müssen schlicht und ergreifend aufhören, Waffen herzustellen?«, fragte ich skeptisch.

»Genau!«, sagte mein Dad atemlos, und eine Sekunde lang glaubte ich, dass dies doch einer seiner verrückten Anfälle war. »Doch das ist nicht alles. Unser ganzes Denken muss sich ändern, aber uns von den Waffen zu befreien, wäre immerhin ein guter Anfang. Überleg doch mal: Zwergische Zauber sind von Natur aus nicht *aggressiv*. Sie sind weniger für den Kampf geeignet als zum Schutz. Ich bin nicht sicher, ob dir das aufgefallen ist, aber zwergische Zauber an sich können nicht töten. Wenn die Zwerge nicht mit dem Schmieden von Waffen angefangen hätten, würde Magie nur zu guten, hilfreichen Zwecken eingesetzt werden. Es war eine Veränderung in unserer Natur, die die Magie verdorben hat, nicht umgekehrt! Und das gilt für Elfen genauso. Magie kann eingesetzt werden, um unser Denken von allen negativen Einflüssen zu befreien. Von den niederen Instinkten. Von Hass und Wut, die mit Angst und Eifersucht und Unsicherheit einhergehen. Diese Gefühle sind die Auslöser von fast allem, was auf der Welt nicht stimmt. Natürlich soll das nicht heißen, dass Magie verhindern könnte, dass es böse Leute gibt. Oder sogar gemeine Taten. Wozu ist das Leben schon gut, ohne die Freiheit, schlecht zu sein? Aber ich weiß auch, dass Magie uns ermöglichen kann, die Dinge, die Welt und die anderen lebenden Wesen in unserer Nähe klarer zu sehen. Mit mehr Mitgefühl und Verständnis. Und wenn das passiert ... na ja, ich glaube, wir werden alle überrascht sein, wie schnell dann alle – Menschen, Zwerge, Elfen und was auch immer – aufhören, von sich aus Schlechtes zu tun. Wir werden keine Waffen mehr herstellen oder Magie für zerstörerische Zwecke einsetzen.«

Ich wusste nicht, wieso, aber ich wusste, dass er recht hatte. Es klang total logisch: Magie an sich hat keine Neigung zur Gewalt, zur Bosheit. Wir, Wesen aller Art, haben vor langer Zeit die Reinheit der Magie besudelt, nicht umgekehrt. Indem wir Waffen hergestellt, Kriege vom Zaun gebrochen, uns Feinde gemacht hatten. Magie war einfach ein Werkzeug, das Lebewesen benutzen konnten, nicht anders als Uran, Metalllegierungen, gewisse Pflanzen und Rohstoffe: alles Dinge, die in der modernen Welt missbraucht wurden, um immer wieder dieselben Fehler zu begehen. Jetzt war ich mehr denn je davon überzeugt, dass Dads Theorie immer noch zutraf. Dass der Weg zu dauerhaftem Frieden auf Erden die Magie war. Wir mussten sie diesmal nur richtig einsetzen.

Und das bedeutete, dass wir Edwin trotz seines Briefes eben doch aufhalten mussten.

Mein Dad hatte offenbar dasselbe gedacht, denn nun sprang er auf.

»Komm, dann wollen wir mal dem Rat von den Plänen deines Freundes erzählen.«

44

Immer schön die Flagge buttern

Einen Moment lang gestattete ich es mir, Hoffnung zu haben.

Ein klarer Fehler für einen Zwerg.

Zuerst dachte ich, dass sich Dads Zustand tatsächlich besserte. Schließlich war er in unserer Wohnung erstaunlich klar gewesen. Aber auf dem Weg zur Dosgrud-Silbermütze-Versammlungshalle brachte er ein neues *Körnchen der Wahrheit.* Ich seufzte verzweifelt, als er sich in einen überkandidelten Wortschwall stürzte, bei dem es darum ging, wie wichtig es ist, Flaggen in zerlassene Butter zu tunken, ehe sie gehisst werden – seine noch unsinnigere Begründung handelte so ungefähr davon, dass es dann leichter wäre, zu viel Stolz zu vermeiden (ob er nun Stolz auf die Flagge meinte oder Stolz auf die Butter oder beides, wusste ich nicht, und es war mir auch egal).

Und dann gestattete ich mir auch noch die Hoffnung, dass wir Edwin vielleicht wirklich aufhalten könnten.

Nachdem ich dem Rat alles erzählt hatte, was ich in meiner Gefangenschaft über die Pläne der Elfen herausgefunden hatte (wobei ich ganz bewusst betont hatte, wie anständig sie mich behandelt hatten), nickte Dunmor und sagte, er wisse genau, wie Edwin seinen Plan in die Tat umsetzen wolle. Was mich überraschte – ich hatte gedacht, ich würde ihnen den Plan schildern, sie würden genauso wenig wissen wie ich, darüber, wie Edwin sein Ziel erreichen wollte, und wir hätten alle keine Ahnung, wie wir ihn aufhalten sollten.

Aber *natürlich* passierte das nicht.

»Er glaubt offenbar zu wissen, wo er das Faranlegt-Amulett von Sahar finden kann«, sagte Dunmor.

»Aber das gibt es doch gar nicht!« Dhon Drachenbauch, einer der Ratsältesten, wurde reichlich laut.

»Lächerlich!«, fügte Ooj hinzu.

»Es muss aber existieren«, sagte eine Ratsfrau von einer der Bänke, die den Tisch der Ratsältesten umgaben. »Wie hätten die Feen sonst damals die Magie vertreiben können?«

»Selbst wenn es einmal existiert hat«, widersprach ein anderes Ratsmitglied, »bedeutet das nicht, dass das noch immer der Fall ist.«

Das hätte fast zu einem weiteren wilden Schlagabtausch im Rat geführt, aber Dunmor machte dem ein Ende, indem er energisch mit einem Stein auf den Tisch schlug.

»Also, Edwin Aldaron ist zweifellos davon überzeugt, dass es noch existiert«, sagte Dunmor, als er wieder die Aufmerksamkeit der Versammlung hatte. »Aus einem Übermaß an Vorsicht heraus halte ich es für angeraten, dass wir nicht nur davon ausgehen, dass es noch existiert, sondern auch, dass der neue Elfenlord aus irgendeinem Grund weiß, wo es zu finden ist. Es gibt einfach keine andere Erklärung für seinen Plan. Ich gehe davon aus, dass Edwin das Faranlegt-Amulett von Sahar nutzen will, um alle Magie in eine andere Substanz umzuwandeln, zu der nur er und seine Anhänger Zugang haben.

Möglicherweise hat er sogar vor, das Amulett endgültig zu vernichten, wenn sein Plan zum Erfolg geführt hat.«

Im Rat kam es abermals zu hektischen Diskussionen und wachsender Panik. Ich hob langsam die Hand, und als Dunmor wieder mit dem riesigen Felsbrocken auf den Steintisch schlug, kehrte Ruhe ein.

»Hast du noch mehr zu sagen, Greg?«, fragte er. »Ein Detail, das du vergessen hast, vielleicht?«

»Ich meine, wenn er glaubt, dieses Amulett gefunden zu haben, dann bedeutet das, dass wir es vielleicht auch finden könnten«, sagte ich. »Lasst uns nicht so schnell aufgeben.«

»Wo soll es denn bitte sein?«, wollte Dhon Drachenbauch wissen. »Dein *Freund* ist da offenbar besser informiert als wir.«

»Das stimmt schon«, sagte ich. »Aber irgendwo muss er seine Informationen ja herhaben. Was wissen wir darüber? Was sagen uns die alten Texte und dieses Zeug über seinen möglichen Aufenthaltsort?«

»Siehst du, das ist das Problem«, sagte Dunmor mit düsterer Miene. »Unser Wissen über das Amulett stammt ausschließlich aus uralter Feenüberlieferung, also Informationen, die mündlich in Form von Geschichten weitergegeben wurden – nicht schriftlich.«

»Und was sagen die Geschichten?«, fragte ich hartnäckig.

Die anderen hätten all diese Fragen gern ignoriert, wie typische Zwerge eben, aber da machte ich nicht mehr mit. Ich wollte mich vom Schicksal nicht mehr zu einem bestimmten Verhalten zwingen lassen. Ich war Greg und nur Greg und ich würde tun, was ich für richtig hielt.

»Also«, begann Dunmor. »Ehe sie sich ins Zentrum der Erde verbannt haben, haben die Feen das Faranlegt-Amulett von

Sahar in einer verwunschenen Höhle versteckt, die im magischen Reich eines unbekannten, fernen Waldes liegt. Angeblich haben sie den letzten verbliebenen Rest von Magie genutzt, um den uralten Geist eines halb elfischen, halb zwergischen Weisen namens Ranellewellenar Lichtmeister zum Hüter des Amuletts einzusetzen. Edwin ist offenbar die Lage des Waldes und der Höhle bekannt. Jetzt braucht er nur noch hinzugelangen – was ihm aber vermutlich erst möglich sein wird, wenn die Magie vollständig zurückgekehrt ist. Die Höhle ist angeblich ohne Magie nicht zugänglich – ein Grund, warum viele Elfen und Zwerge seit Langem glauben, das Amulett sei auf ewig verloren. Ein Paradoxon.

Aber jetzt, wo die Magie entgegen unserer Überzeugung zurückkehrt, da liegt es nahe, dass die Höhle doch wieder zugänglich sein könnte. Und wenn Edwin wirklich weiß, wo sie ist, dann hat er alles, was er braucht, um seinen Plan in die Tat umzusetzen. Und wir können nichts unternehmen, um ihn aufzuhalten, da wir ja nicht einmal wissen, wo sich der Wald befindet, von der magischen Höhle ganz zu schweigen. Sie könnte einfach überall auf der Welt sein, wo es einen Wald gibt oder irgendwann einmal einen gegeben hat.«

Als Dunmor geendet hatte, schien der ganze Saal resigniert auszuatmen, als wären die Anwesenden von hundert unsichtbaren Fäusten im Bauch getroffen worden.

Alles war verloren.

Wenn Edwin wirklich das Faranlegt-Amulett von Sahar ausfindig gemacht hatte, dann gab es keine Möglichkeit, ihn aufzuhalten.

Und ich war sicher, dass das der Fall war. Als ich in Gedanken unsere Gespräche noch einmal durchging, erinnerte ich mich an seinen Gesichtsausdruck. Edwins Zuversicht war niemals aufgesetzt. Ich kannte ihn zu gut, ich wusste, dass er nicht geblufft hatte. Als ich das Amulett erwähnt hatte, hatte er mich nur angegrinst, und es war dasselbe Grinsen, das immer in seinem Gesicht auftauchte, ehe er mich schachmatt setzte.

Edwin war garantiert unterwegs zu dieser Höhle, und wenn er das Amulett erst an sich gebracht hatte, war alles verloren.

Außerdem war da ja noch das Problem von Verumque Genus. Die Bedrohung durch diese Gruppe durften wir nicht vergessen. Selbst wenn irgendwer Edwin aufhielt, was konnten wir schon gegen diese andere Elfengruppe ausrichten? Die eine Monsterarmee befehligte und deren Pläne noch finsterer waren als alles, was Edwin vorhatte?

Versteht ihr?

Versteht ihr jetzt, warum ich gesagt habe, es sei ein Fehler, wenn sich ein Zwerg wie ich auch nur einen einzigen hoffnungsvollen Moment gestattet?

45

Ein überraschender Held tritt auf, und ich bin es nicht

Nach der Ratsversammlung ging ich zu Stoney.

Ich war nicht sicher, ob ich einfach hoffte, er könnte mich aufheitern, oder ob ich im tiefsten Herzen vorhatte, ihm noch mehr »Kacke« zu klauen, damit ich noch einmal so richtig mit Geld um mich werfen könnte, ehe die Welt endete. So oder so, sein bloßer Anblick versetzte mich schon in bessere Laune, als ich sein Zimmer betrat.

Er lehnte mit dem Rücken an der Mauer, seine Wunden von der Schlacht waren verbunden, und er knabberte einen großen Stapel Goldbarren wie Popcorn.

»Du hast ja Gold!«, sagte ich und freute mich darüber, dass jemand ihm sein Lieblingsessen gebracht hatte.

»ARIS DELEKTABLES DEPUTAT!«, brüllte Stoney. Sein Bauch war prall gefüllt mit Gold im Wert von Millionen von Dollars.

Ich lachte, trotz der sonstigen Lage.

»Nichts schmeckt besser, was?«, fragte ich.

»NEGATIV!«, sagte Stoney. »EXZEPTIONELLES ARTEFAKT SUPERIOR!«

»Wirklich?«, fragte ich und setzte mich neben ihn. »Was könnte denn besser sein als ein Haufen Gold? Also, wenn ich jetzt an einem Tisch voller Hamburger säße, was mein Lieblingsessen ist, dann wäre mein Leben perfekt.«

»STEIN EINS«, donnerte Stoney. »STEIN EINS RIVALENLOSES OBJEKT!«

Ich glaubte mich zu erinnern, dass er schon einmal von einem ganz besonderen Stein geredet hatte.

»Wirklich?«, fragte ich noch einmal. »Was war daran noch gleich das Besondere?« Ich machte mich bereit für Stoneys begeisterte Antwort.

»SELTENSTES MINERAL. UNIKAT. GEFÄHRDET. EINZIGARTIG. MUTMASSLICH NICHT EXISTENT.«

»Na, toll«, sagte ich düster. »Das klingt wie so ein blödes verzaubertes Ding, das der Schlüssel ist zu …«

Ich verstummte und sprang so plötzlich auf, dass Stoney überrascht aufschrie.

»Stoney!« Ich brüllte fast. »Ist dir klar, was du getan hast?«

Er starrte mich verdutzt an, sein Kinn hing herab und sein Mund war voller halb zerkauter Goldbarrenstücke.

»INKONTINENZ, GREG?«

»Nein, nein, ich hatte kein Malheur«, sagte ich und musste nun doch lachen. »Komm schon, mir nach. Vielleicht rettest du die Welt, Stoney.«

Teils, weil mein Dad so berühmt war, und teils aufgrund der hellen Aufregung in meiner Stimme konnte ich den Rat überreden, gleich noch einmal zusammenzutreten.

Ari, Froggy, Lake, Glam und Eagan kamen mit. Wir standen zusammen mit Stoney vor dem Tisch der Älteren. Meine Freunde waren ebenso aufgeregt gewesen wie ich, als ich ihnen erzählt hatte, was Stoney möglicherweise wusste.

Selbst die NOLA-Zwerge – Kichi, Tiki, Yoley und Boozy – waren dabei, hinter uns auf den Zuschauerbänken. Sie lächelten mir aufmunternd zu, als ich mich zu ihnen umschaute. Sie hatten sich dazu entschieden, New Orleans zu verlassen und mit meinen Freunden nach San Francisco zu gehen, um mich zu retten – in dem Wissen, dass es eine Weile dauern konnte, bis sie wieder nach Hause zurückkehrten, falls überhaupt. Aber sie wollten unbedingt helfen – weshalb Kimmy ihnen ihren Segen gegeben hatte.

»Ich hoffe, du hast wirklich etwas Sinnvolles zu sagen, junger Sturmbauch«, sagte Dunmor müde, als er seinen Sitz einnahm. »Wir haben viel zu tun.«

»Das habe ich«, versicherte ich ihm. Dann drehte ich mich zu Stoney um. »Los, Stoney. Erzähl ihnen von Stein Eins.«

»STEIN EINS AUSSERGEWÖHNLICHES MINERAL!«, brüllte Stoney aufgeregt und mehrere Ältere und der halbe Rat fuhren zusammen. »STONEY HABEN!«

Ich konnte Dunmor ansehen, dass ihm bereits die Geduld ausging.

»Stoney, was genau ist Stein Eins?«, fragte ich.

»SELTENSTES MINERAL«, erklärte Stoney. »UNIKAT. GEFÄHRDET. EINZIGARTIG. LILA FUNKELNDES MINERAL. RÖTLICH SCHIMMERNDES MINERAL. GRÜN GLITZERNDES MINERAL. ORANGE SPRÜHENDES MINERAL. MULITPLE NUANCEN. STRAHLKRAFT. EINER ALLEIN. NUR EINER ALLEIN.«

»Und weißt du, wo wir den finden können?«, fragte ich, um ihm ein Stichwort zu geben.

»AFFIRMATIV. STONEY WEGWEISER«, sagte er und zeigte auf seinen Kopf. »LOKALITÄTSDIAGRAMM DORT DRINNEN.«

Ich sah aufgeregt den Rat an und rechnete damit, dass sie in Jubel ausbrechen und sofort eine Abstimmung über unser Vorgehen verlangen würden. Eine Abstimmung, die einstimmig ausfallen und eine hektische Aktivität auslösen würde, die uns alle, hoffentlich, retten würde.

Aber das passierte natürlich nicht.

Wir waren schließlich immer noch Zwerge.

Die ganze Versammlung schien ein einstimmiges lautes Stöhnen von sich zu geben.

»Der hat den Verstand verloren«, sagte jemand. »Genau wie sein Vater.«

Offenbar hatte der Ruhm meines Dad im vergangenen Monat noch mehr an Glanz verloren. Das wahre Ausmaß seines Problems war vermutlich bei jeder neuen Episode deutlicher geworden, denn nun lachten mindestens vierzig Anwesende.

Aber das war mir egal.

»Warum in aller Welt sollte uns dieser blöde Felstroll und sein blöder Stein Eins interessieren?«, brüllte Ooj mich wütend an. »Du vergeudest unsere kostbare Zeit!«

»Lasst ihn doch erst mal erklären«, sagte Ari. »Das seid ihr Greg schuldig – *mindestens* das!«

»Genau«, fügte Eagan hinzu. »Ohne Greg hätten wir von alldem keine Ahnung. Von den Elfenfraktionen und von ihren wahren Plänen. Greg will die Tatsache zwar nicht akzeptieren, dass er eines Tages unser Retter sein wird, ein wahrer Zwergenheld, aber inzwischen müsst ihr doch alle begriffen haben, dass es so ist!«

»Er hat schon mehr für unsere Sache getan als ihr alle zusammen«, schaltete Glam sich ein. »Und er kann verdammt gut Dinge zerschlagen, wenn es sein muss ...«

Obwohl mir ihre Aussagen zu meinem Heldentum ziemlich unangenehm waren, musste ich vor Stolz grinsen, weil ich so wunderbare Freunde hatte. Ich wusste, dass sie immer für mich da sein, mich immer unterstützen würden, egal, wie mein nächster Plan aussehen mochte: ob ich vorschlagen würde, in eine elfische Wolkenkratzerfestung einzubrechen, um meinen Dad zu retten, nach New Orleans durchzubrennen, um einer elfischen Spaltergruppe auf den Zahn zu fühlen, die heiligste zwergische Reliquie aller Zeiten in die San Francisco Bay zu werfen, oder was auch immer der nächste Schritt in diesem neuen wahnwitzigen Leben sein würde (und sei es ein Schritt auf den Mond).

Wohin ich auch ging, ich wusste, sie würden hinter mir stehen.

»Wir halten auch zu Greg!«, rief Tiki von den Zuschauerbänken hinter uns. »Er ist der größte Zwerg, dem wir je begegnet sind!«

Die anderen NOLA-Zwerge johlten zur Bestätigung.

»Na gut, schön«, sagte Dunmor mit einem widerstrebenden und doch sichtbar stolzen Grinsen. »Greg, kläre uns auf. Was hat das alles mit unseren aktuellen Problemen zu tun?«

»Siehst du den Zusammenhang nicht?«, fragte ich. »Stoneys *Stein Eins* ist das verlorene Mineral *Corurak,* das das Zentrum des Faranlegt-Amuletts von Sahar bildet!«

Endlich hellten sich die Mienen einiger Ratsmitglieder und Älterer ein wenig auf.

»Wie kannst du da so sicher sein?«, fragte Dunmor misstrauisch.

»Überleg doch mal«, sagte ich. »Stoney sagt, es sei der seltenste Stein auf der Welt. Soweit wir wissen, gibt es nur noch einen davon. Er hat gesagt, dass sich die Farbe ändert. Er hat auch gesagt, dass der Stein leuchtet. Und wenn ich noch mal daran erinnern darf: Stoney war bei den VG-Elfen gefangen. Zusammen mit einigen der Elfen, die jetzt mit Edwin verbündet sind. In diesen Kerkern war jede Menge Gerüchte im Umlauf. Und vergesst nicht das Wichtigste: Stoney sagt, er weiß, wo der Stein zu finden ist.«

Das führte zu erregtem Gemurmel und einer weiteren chaotischen Diskussion. Einige, wie Ooj, waren noch immer nicht überzeugt. Andere dagegen, unter ihnen Dunmor, wirkten ziemlich aufgeregt und interessiert.

»Halt!«, brüllte ich und sofort verstummten alle. Ich war selbst überrascht davon, wie gebieterisch meine Stimme hier im Saal klang. »Diesmal werden wir den Felstroll nicht ignorieren oder als dumm oder unzuverlässig abtun. Stoney kann uns alle retten. Ich jedenfalls werde ihm zuhören und ihm folgen!«

»Jawoll!«, brüllten Ari und Glam.

Froggy klopfte mir ermutigend auf den Rücken.

»Wir machen auch mit«, fügten die NOLA-Zwerge hinzu.

Dunmor hämmerte mit seinem Felsbrocken auf den Tisch und rief alle zur Ordnung.

Der Rat hielt eine kurze Besprechung ab.

Dann wurde abgestimmt.

Und dieses eine Mal ließen sich Zwerge nicht von ihrem üblichen Pessimismus zur Untätigkeit verleiten. Dieses eine Mal setzten sich Zwerge dafür ein, einen Versuch zur Lösung all ihrer Probleme zu unternehmen.

Dieses eine Mal stimmte der Rat mit Ja.

Sowie die Stimmen ausgezählt waren, erdrückten mich Glam, Eagan, Froggy, Lake und Ari in einer kitschigen Gruppenumarmung. Na ja, ich sage zwar kitschig, aber ich meine das natürlich nett. Die NOLA-Zwerge kamen von den Zuschauerbänken angerannt, um mitzumachen. Und dann kam Stoney auf uns zu.

»STONEY PARTIZIPIERT AN FREUDENDEMONSTRATION!«

Wir beendeten unsere Gruppenumarmung in aller Eile und schlugen ihm vor, verbal mit uns zu feiern – ohne irgendwelche knochenzermalmenden Umarmungen. Stoney musste lachen, woraufhin wir auch alle lachen mussten. Und der verdutzte und verwirrte Rat sah schweigend zu, wie zehn Jugendliche und ein riesiger Felstroll sich kringelig lachten, obwohl wir alle wussten, dass große Abenteuer mit großen Gefahren auf uns warteten.

Aber das war uns egal, denn wir würden diese Abenteuer zusammen bestehen.

Die Einzelheiten wurden noch am selben Abend geplant, da wir keine Zeit zu verlieren hatten. Niemand wusste, wie dicht Edwin bereits daran war, das Amulett in seinen Besitz zu bringen. Auch nur eine Stunde zu spät zu sein, könnte verheerende Folgen haben.

Deshalb wollten wir gleich am nächsten Morgen aufbrechen: eine kleine Gruppe von Zwergenkriegern und ein Felstroll mit einer wichtigen Landkarte im Kopf. Wir wussten (so halbwegs), wohin Edwin unterwegs war. Und wir wussten, was er vorhatte.

Aber die eigentliche Frage war: Konnten wir ihm wirklich zuvorkommen und ihn aufhalten?

Oder würden wir weiterhin echte Zwerge sein und elender versagen als irgendein Zwerg jemals zuvor?

Namen mit Bedeutung:

Dunmor	Große Festung (Irisch)
Galdervatn	Zauberwasser (Norwegisch)
Jattemawr	riesengroß (Mischwort aus Schwedisch und Walisisch)
Skalleknuser	Schädelzertrümmerer (Norwegisch)